LIGA. DESLIGA

Da Autora:

O Primeiro Homem de Roma
(Série Os Senhores de Roma — Vol. 1)

A Coroa de Ervas
(Série Os Senhores de Roma — Vol. 2)

Os Favoritos de Fortuna
(Série Os Senhores de Roma — Vol. 3)

As Mulheres de César
(Série Os Senhores de Roma — Vol. 4)

César
(Série Os Senhores de Roma — Vol. 5)

César e Cleópatra
(Série Os Senhores de Roma — Vol. 6)

Pássaros Feridos

A Canção de Troia

A Sorte de Morgan

O Toque de Midas

Liga, Desliga

Colleen McCullough

LIGA, DESLIGA

Tradução
SIBELE MENEGAZZI

BERTRAND BRASIL

Título original: *On, Off*

Capa: Raul Fernandes
Foto de capa: PIER/GETTY Images

Texto revisado segundo o novo
Acordo Ortográfico da Língua Portuguesa.

2010
Impresso no Brasil
Printed in Brazil

CIP-Brasil. Catalogação na fonte
Sindicato Nacional dos Editores de Livros, RJ

M429l McCullough, Colleen, 1937-
Liga, desliga/Colleen McCullough; tradução Sibele Menegazzi. – Rio de Janeiro: Bertrand Brasil, 2010.
420p.

Tradução de: On, off
ISBN 978-85-286-1423-7

1. Romance australiano. I. Menegazzi, Sibele. II. Título.

10-1160
CDD – 828.99343
CDU – 821.111(94)-3

EDITORA BERTRAND BRASIL LTDA.
Rua Argentina, 171 – 2º andar – São Cristóvão
20921-380 – Rio de Janeiro – RJ
Tel.: (0xx21) 2585-2070 – Fax: (0xx21) 2585-2087

Atendimento e venda direta ao leitor:
mdireto@record.com.br ou (21) 2585-2002

Para Helen Sanders Brittain
com muito amor
e lembranças carinhosas dos velhos tempos.

PARTE UM

OUTUBRO E NOVEMBRO

1965

1

Quarta-feira, 6 de outubro de 1965

Jimmy despertou gradualmente, a princípio consciente de apenas uma coisa: o maldito frio. Seus dentes batiam, seus músculos doíam, os dedos das mãos e dos pés estavam dormentes. E por que não podia enxergar? *Por que não podia enxergar?* Tudo a seu redor estava em total escuridão, um negrume tão denso como jamais conhecera. Conforme foi despertando, percebeu também que estava aprisionado em algo apertado, malcheiroso, estranho. *Embrulhado!* O pânico se instalou, e ele começou a gritar, a unhar freneticamente o que quer que o estivesse confinando. Conseguiu rasgá-lo e abri-lo, mas quando o frio demoníaco persistiu, mesmo depois de ter conseguido se libertar, o pavor o levou à loucura. Havia mais daquilo à sua volta, da mesma espécie de invólucro, mas, a despeito de quanto gritasse, arranhasse e rasgasse, não conseguia encontrar a saída, não conseguia enxergar uma só partícula de luz nem sentir um sopro de calor. Então, gritou, arranhou, rasgou, ouvindo apenas seu coração retumbando e os sons que ele mesmo produzia.

* * *

Otis Green e Cecil Potter chegaram juntos ao trabalho, tendo se encontrado na Eleventh Street com sorrisos amplos um para o outro. Precisamente às sete da manhã, porém, não era ótimo não precisar bater o ponto? Seu local de trabalho era civilizado, cara, disso não havia dúvida. Eles colocaram a marmita com o almoço no armarinho de aço que haviam reservado para uso próprio — não precisavam de armários trancados, ali não havia ladrões. Então, deram início a sua jornada de trabalho.

Cecil podia ouvir seus bebês chamando; foi diretamente até a porta e a abriu, falando com eles num tom de voz doce.

— Olá, meninos! Como vocês estão, hein? Todo mundo dormiu bem?

A porta ainda estava se fechando atrás de Cecil quando Otis procedeu ao trabalho menos agradável do dia: esvaziar o frigorífico. Sua lixeira plástica de rodinhas cheirava a limpeza e frescor; colocou um saco plástico novo dentro dela e a empurrou até a porta do frigorífico, que era pesada e de aço, com uma maçaneta de fechamento automático. O que aconteceu em seguida foi como um borrão: assim que abriu a porta, algo passou correndo por ele, gritando feito um demônio.

— Cecil, venha aqui! — ele gritou. — O Jimmy ainda está vivo, temos de pegá-lo!

O grande macaco estava num estado de gritaria frenética, mas depois que Cecil falou com ele um pouco e, então, abriu os braços para ele, Jimmy se lançou de um pulo para seu colo, tremendo, e seus gritos foram se reduzindo a alguns choramingos.

— Meu Jesus, Otis — Cecil disse, acalentando o animal como um pai faz com o filho —, como foi que o Dr. Chandra não viu isso? O pobrezinho ficou trancado no frigorífico a noite inteira. Pronto, pronto, Jimmy, pronto, pronto! O papai está aqui, carinha, você está bem agora!

Os dois homens estavam chocados, e o coração de Otis batia fora de compasso, mas não houvera nenhum dano real. O Dr. Chandra iria pular de alegria por Jimmy, afinal, não ter morrido, pensou Otis, voltando para o frigorífico. Jimmy valia uns cem paus.

Nem mesmo um fanático por limpeza como Otis conseguia eliminar totalmente o cheiro de morte do frigorífico, por mais que o esfregasse com desinfetante e desodorizante. O fedor, não de decomposição, mas de algo mais sutil, rodeou Otis quando ele acionou o interruptor de luz, revelando o interior de aço inoxidável do frigorífico. Ai, meu Deus, Jimmy tinha feito uma bagunça e tanto! Sacos de papel rasgados estavam espalhados por toda parte, carcaças de ratos sem cabeça, de pelos brancos rígidos e caudas obscenamente nuas. E, atrás da dúzia de sacos de ratos, algumas bolsas muito maiores, também rasgadas. Suspirando, Otis foi buscar mais sacos em um armário e começou a arrumar o caos deixado por Jimmy. Com os ratos mortos devidamente reembalados, ele esticou o braço para dentro da câmara gelada e puxou a primeira das duas bolsas grandes para a frente. Havia sido rasgada de cima a baixo e a maior parte de seu conteúdo estava totalmente à mostra.

Otis abriu a boca e soltou um grito tão agudo quanto o de Jimmy, e ainda estava gritando quando Cecil entrou esbaforido, vindo da sala dos macacos. Então, parecendo não notar a presença de Cecil, Otis se virou e saiu correndo da ala de cuidados animais, atravessando os corredores, cruzando o vestíbulo, saindo pela porta de entrada, suas pernas abrindo e fechando numa corrida exaustiva pela Eleventh Street até sua casa, no segundo andar de um prediozinho velho onde viviam três famílias.

Celeste Green estava tomando café com seu sobrinho quando Otis irrompeu na cozinha; eles se levantaram de um pulo, as queixas passionais de Wesley contra os crimes do Homem Branco sendo subitamente esquecidas. Celeste foi buscar os sais de cheiro enquanto Wesley colocava Otis numa cadeira. Ao voltar com o frasco, ela empurrou Wesley rudemente da sua frente.

— Sabe qual é seu problema, Wes? Você está sempre atrapalhando! Se não vivesse estorvando Otis, ele não iria te chamar de moleque imprestável! Otis! Otis, meu bem, acorde!

A pele de Otis havia esmaecido do tom normal de marrom cálido a cinza pastel, que não melhorou nem quando os vapores do amoníaco foram enfiados sob seu nariz; porém, ele voltou à vida e afastou a cabeça com força.

— O que foi? O que aconteceu? — Wesley estava perguntando.

— Um pedaço de mulher — Otis sussurrou.

— Um o quê? — rispidamente, vindo de Celeste.

— Um pedaço de mulher. No frigorífico junto com os ratos mortos. Uma buceta e uma barriga. — Ele começou a tremer.

Wesley fez a única pergunta que importava para ele: — Era uma mulher branca ou negra?

— Não o perturbe com isso, Wes! — exclamou Celeste.

— Não era negra — disse Otis, levando as mãos ao peito. — Mas também não era branca. Mulata — ele acrescentou, escorregou da cadeira e caiu no chão.

— Chame uma ambulância! Vamos, Wes, *chame uma ambulância!*

Que veio bem rápido, devido a dois fatores de sorte: um, que o Hospital de Holloman ficava bem na esquina, e o outro, que as coisas estavam tranquilas àquela hora da manhã. Ainda bastante vivo, Otis Green foi colocado na ambulância com sua mulher agachada a seu lado; o apartamento foi deixado aos cuidados de Wesley le Clerc.

Que não ficou lá por muito tempo, não com notícias como aquela. Mohammed el Nesr vivia no número 18 da Fifteenth Street, e ele tinha de saber. Um pedaço de mulher! Não negra, mas tampouco branca. Mulata. Aquilo significava negra para Wesley, assim como para todos os membros da Brigada Negra de Mohammed. Estava na hora de o Homem Branco ser chamado a responder pelos mais de duzentos anos de opressão, por tratar os negros como cidadãos de segunda classe, até mesmo como animais desprovidos de uma alma imortal.

Quando saíra da prisão, na Louisiana, ele havia decidido vir para o norte, para a casa de sua tia, a quem chamava de Tante Celeste, em Connecticut. Ele ansiava por criar a reputação de homem negro importante, e isso seria mais fácil numa parte da nação menos inclinada do que

Louisiana a atirar negros na cadeia caso olhassem para o lado. Connecticut era onde Mohammed el Nesr e sua Brigada Negra se encontravam. Mohammed era culto, tinha um doutorado em Direito — ele *conhecia* seus direitos! Mas por motivos que Wesley via todos os dias, ao olhar no espelho, Mohammed el Nesr o havia dispensado como sendo inútil. Um negro de fazenda, um joão-ninguém. O que não havia arrefecido o ardor de Wesley; ele pretendia provar seu valor em Holloman, Connecticut! Tanto que, um dia, Mohammed é que olharia com admiração para *ele*, Wesley le Clerc, negro de fazenda.

Cecil Potter logo descobriu o que havia feito Otis sair correndo da sala de cuidados animais, mas ele não era do tipo que entrava em pânico. Não tocou no conteúdo do frigorífico. Tampouco chamou a polícia. Pegou o telefone e discou o ramal do professor, sabendo, com toda a certeza, que o professor estaria em seu escritório, mesmo àquela hora. Ele sempre dizia que seu único momento de paz era de manhã cedo. Mas não hoje, pensou Cecil.

— É um caso triste — disse o tenente Carmine Delmonico a seu colega de uniforme e teoricamente superior, o capitão Danny Marciano. — Sem parentes a quem possamos encontrar, as crianças terão que ficar a cargo do sistema.

— Você tem certeza de que foi ele?

— Absoluta. O pobre-coitado tentou simular que um estranho havia invadido sua casa, mas eis que sua mulher e o amante dela estavam na cama. O amante levou só alguns cortes, mas ela virou picadinho; foi ele, sim. Aposto que ele vai acabar confessando hoje mesmo, voluntariamente.

Marciano se levantou. — Vamos tomar o café da manhã.

Seu telefone tocou; Marciano franziu as sobrancelhas para Carmine e atendeu. Três segundos depois, o capitão da polícia havia se enrijecido e perdido toda a alegria. Ele formou com os lábios o nome "Silvestri!" para

Carmine e iniciou uma série de assentimentos com a cabeça. — Claro, John. Vou informar Carmine agora e mandar o Patsy para lá assim que puder.

— Problemas?

— E dos grandes. Silvestri acabou de receber um telefonema do chefe do Hug, o professor Robert Smith. Eles encontraram parte de um corpo feminino em seu frigorífico para animais mortos.

— Jesus!

Os sargentos Corey Marshall e Abe Goldberg estavam tomando o café da manhã no Malvolio's, a lanchonete que os policiais frequentavam por ser vizinha da central, que ficava no prédio de Serviços Municipais, na Cedar Street. Carmine nem se preocupou em entrar; bateu com o nó dos dedos na vidraça em frente à mesa em que Abe e Corey estavam devorando panquecas com xarope de bordo, acompanhadas por grandes canecas de café.

Caras de sorte, ele pensou. Eles podem comer; eu tenho que entregar meu relatório ao Danny e, portanto, não posso comer. Hierarquia é um pé no saco mesmo.

O carro que Carmine considerava como seu (na verdade, era do Departamento de Polícia de Holloman, mas do tipo à paisana) era um Ford Fairlane com motor V-8 envenenado e suspensão reforçada. Se os três policiais estivessem no carro, Abe sempre dirigia, Corey ia no banco do carona e Carmine se espalhava no banco de trás com sua papelada. Contar a situação para Corey e Abe levou meio minuto e o percurso da Cedar Street até o Hug, menos de cinco.

Holloman ficava no meio do litoral de Connecticut, com um porto espaçoso de frente para Long Island, do outro lado do estuário Sound. Fundada por puritanos dissidentes em 1632, sempre fora próspera, e não apenas devido às numerosas fábricas que ficavam em sua periferia e subindo o rio Pequot. Uma boa proporção de seus 150 mil habitantes estava ligada, de alguma maneira, à Universidade Chubb, uma instituição membro da Ivy League que não admitia ser inferior a nenhuma outra, nem mesmo a Harvard ou Princeton. Cidade e universidade estavam inseparavelmente conectadas.

O campus principal da Chubb ocupava três lados do grande parque central da cidade, seus antigos edifícios coloniais georgianos e góticos do século XIX eram acompanhados por alguns prédios surpreendentemente modernos, tolerados somente devido aos augustos nomes de arquitetos relacionados a cada um deles; também havia o Science Hill, a leste, onde ficava o campus de ciências, em torres quadradas de tijolos escuros e grandes janelas de vidro, e, bem mais distante, do outro lado da cidade, a oeste, encontrava-se a Faculdade de Medicina da Chubb.

Devido ao fato de as escolas de medicina sempre se desenvolverem ao lado de hospitais, a tendência, em 1965, era que sempre ficassem na pior parte da cidade; nesse aspecto, Holloman não era diferente. A Faculdade de Medicina da Chubb e o Hospital de Holloman se estendiam pela Oak Street, na fronteira sul com o maior dos dois guetos negros de Holloman, chamado de Recôncavo, já que ficava numa concavidade que, antigamente, tinha sido um pântano. Para complementar a desgraça do serviço de saúde, em 1960 os reservatórios da East Holloman foram trasladados para o final da Oak Street, a um descampado entre a rodovia I-95 e o porto.

O Centro de Pesquisas Neurológicas Hughlings Jackson ficava na Oak Street, em frente ao complexo Shane-Driver de apartamentos para estudantes de medicina; cem apartamentos para cem alunos. Ao lado do Shane-Driver estava o Pavilhão Parkinson de pesquisa médica. Ficava bem de frente para o vizinho do Hug, o Hospital de Holloman, um amontoado de doze andares que havia sido reconstruído em 1950, o mesmo ano em que o Hug fora levantado.

— Por que eles chamam o edifício de Hug? — Corey perguntou quando o Ford entrou na estrada provisória que cruzava um enorme estacionamento.

— São as três primeiras letras de Hughlings, acho — respondeu Carmine.

— *Hug?* Não tem a menor dignidade. Por que não as quatro primeiras letras? Daí seria Hugh.

— Pergunte ao professor Smith — disse Carmine, verificando sua localização.

O Hug era um gêmeo mais baixo e menor da Burke Biology Tower e da Susskind Science Tower, que ficavam do outro lado do campus, no Science Hill; era uma pilha quadrada, grosseira e atarracada, de tijolos escuros, com um monte de vidraças grandes. Ocupava uma área de quatro mil metros quadrados que antes estava coberta por barracos de favela, demolidos para abrir espaço para aquele monumento que perpetuava o nome de um homem misterioso, que não tinha absolutamente nada a ver com a sua origem. Quem diabos era esse Hughlings Jackson? Era uma pergunta que a cidade inteira se fazia. Por direito, o Hug deveria ter sido batizado com o nome de seu patrocinador, o imensamente rico e já falecido Sr. William Parson.

Como não tinham a chave do portão do estacionamento, Abe estacionou o Ford na Oak Street, bem ao lado do prédio. Que não tinha acesso pela Oak Street; os três foram pisoteando o caminho de cascalho no lado norte até uma porta simples de vidro, onde uma mulher muito alta os esperava.

Parece um bloquinho de brinquedo de criança no meio de uma sala enorme, pensou Carmine; quatro mil metros quadrados é um terreno imenso para se construir algo com apenas trinta metros de lateral. E a mulher estava segurando uma prancheta, merda. De escritório, não médica. Seu cérebro, automaticamente, sempre registrava todos os detalhes físicos de cada pessoa que penetrava seu mar territorial humano; portanto, encontrava-se bastante ocupado quando ela se aproximou: 1,90m descalça, trinta e poucos anos, terninho azul-marinho de talhe largo, sapatos baixos de cadarço, cabelo castanho-médio, rosto destacado por um nariz meio grande e queixo proeminente. Dez anos atrás ela não teria sido eleita Miss Holloman e muito menos Miss Connecticut.

Quando parou à frente dela, no entanto, ele notou que ela tinha olhos muito bonitos e interessantes, da cor do gelo denso, que ele sempre havia apreciado.

— Sargentos Marshall e Goldberg. Eu sou o tenente Carmine Delmonico — ele disse, brevemente.

— Desdemona Dupre, gerente administrativa — ela disse, ao conduzi-lo para um minúsculo hall de entrada, que aparentemente estava ali apenas para acomodar dois elevadores. Mas, em vez de apertar o botão para subir, ela abriu uma porta na parede oposta e os conduziu por um amplo corredor. — Este é nosso primeiro andar, que contém as instalações de cuidados animais e as oficinas — ela disse, seu sotaque localizando-a como alguém do outro lado do Atlântico. Virando uma esquina, chegaram a outro corredor. Ela indicou um par de portas mais adiante. — Ali está: cuidados animais.

— Obrigado — disse Carmine. — A partir daqui vamos sozinhos. Por favor, espere por mim perto dos elevadores.

As sobrancelhas dela se levantaram, mas ela deu meia-volta e desapareceu, sem nenhum comentário.

Carmine se encontrou dentro de uma sala bastante ampla, cheia de armários e recipientes grandes. Prateleiras altas com gaiolas suficientemente grandes para acomodar um gato ou um cão, enfileiradas organizadamente numa área, diante de um elevador várias vezes maior que os dois do hall de entrada. Outras prateleiras continham caixas de plástico encimadas por grades metálicas. A sala tinha um cheiro bom, penetrante como um bosque de pinheiros, com apenas um leve aroma de algo menos agradável, por trás.

Cecil Potter era um homem de boa aparência, alto, magro, muito bem arrumado em seu macacão branco impecavelmente passado e botinas de lona. Seus olhos, imaginou Carmine, sorriam muito, embora não estivessem sorrindo naquele instante.

Uma das políticas mais importantes de Carmine, naquele ano de protestos para acabar com a segregação racial, era que as pessoas negras com as quais se encontrasse no curso de seu trabalho ou vida social deveriam ser tratadas com cortesia; ele estendeu a mão, apertou firmemente a de Cecil, fez as apresentações sem elevar a voz nem parecer apressado. Corey e Abe eram leais a ele, chuva ou sol, e seguiram seu exemplo com a mesma cortesia.

— Está aqui — disse Cecil, movendo-se até uma porta de aço inoxidável com maçaneta de fechamento automático. — Não toquei em nada, apenas fechei a porta. — Ele hesitou e decidiu arriscar-se. — Hã, tenente, o senhor se importaria se eu voltasse para os meus bebês?

— Bebês?

— Os macacos. Símios. O nome reso significa alguma coisa para o senhor? Pois é, são eles. Estão lá dentro, e muito agitados. Jimmy não para de contar a eles onde ele esteve, e eles estão muito perturbados.

— Jimmy?

— O macaco que o Dr. Chandra achou que estivesse morto e colocou numa bolsa dentro do frigorífico, ontem à noite. Foi o Jimmy que realmente a encontrou: ele destruiu tudo lá dentro, quando despertou no frio que congelava sua poupança. Quando Otis... ele é meu ajudante e também é o faz-tudo por aqui... quando ele foi esvaziar o frigorífico, Jimmy saiu de lá de dentro guinchando e berrando. Daí Otis encontrou ela, e ele também saiu correndo, gritando mais do que Jimmy. Eu fui olhar e chamei o professor. Acho que o professor chamou vocês.

— Onde está o Otis agora? — perguntou Carmine.

— Conhecendo Otis, ele foi correndo para casa, para Celeste. Ela é tanto mãe quanto mulher dele.

Agora eles estavam de luvas; Abe afastou a lixeira da porta e Carmine a abriu, enquanto Cecil, já cantarolando e emitindo ruídos tranquilizadores, ia para a sala dos macacos.

Das duas bolsas grandes, uma ainda estava no fundo da câmara. A outra, rasgada de cima a baixo, havia exposto a metade inferior de um torso feminino. Quando Carmine percebeu o tamanho e a ausência de pelos pubianos, seu coração se apertou; uma criança pré-púbere? Ah, por favor, isso não! Ele não fez qualquer movimento para tocar em alguma coisa, apenas encostou os ombros na parede.

— Esperamos pelo Patrick — ele disse.

— Nunca senti um cheiro como este; morto, mas não em decomposição — disse Abe, louco por um cigarro.

— Abe, vá buscar a Sra. Dupre e diga que ela pode subir assim que os agentes policiais chegarem — disse Carmine, conhecendo muito bem aquela expressão. — Posicione-os em todas as entradas e saídas de emergência. — Então, sozinho com Corey, ele virou os olhos. — Por que aqui dentro? — perguntou.

Patrick O'Donnell o esclareceu.

Ostentando o moderníssimo título de Médico Legista numa cidade que sempre tivera um patologista sem habilidades criminais, Patrick havia adotado a patologia, inicialmente, porque não gostava de pacientes que lhe respondessem mal, e a vida de um patologista público porque significava uma grande quantidade de casos criminais, assim como de outros tipos de mortes súbitas ou misteriosas. Graças à campanha brutal de Patrick para levar Holloman à segunda metade do século XX, ele havia conseguido repassar a maioria das obrigações judiciais a um legista auxiliar e construir um pequeno império que abrangia muito mais do que simples autópsias. Ele acreditava na nova ciência da criminalística e desempenhava um papel ativo em todos os casos que lhe interessavam, ainda que não houvesse um corpo envolvido.

Sua aparência era tão irlandesa quanto seu nome: do cabelo avermelhado aos olhos azul-claros; porém, a bem da verdade, ele e Carmine eram primos em primeiro grau, filhos de irmãs de origem italiana. Uma se casou com um Delmonico e a outra, com um O'Donnell. Dez anos mais velho que Carmine, com um casamento bem-sucedido e seis filhos, Patrick não deixava que nenhum desses empecilhos estragasse a profunda amizade entre eles.

— Não sei muita coisa, mas eis o que sei — disse Carmine, passando a informá-lo dos detalhes. No final, ele repetiu: — Por que ali dentro?

— Porque se o macaco Jimmy não tivesse despertado da morte e entrado em pânico, essas duas sacolas marrons, não identificadas e intactas, teriam sido jogadas em algum tipo de lixeira e levadas para o incinerador do setor de cuidados animais — respondeu Patrick, com uma careta. — É a maneira perfeita de nos livrarmos de restos humanos. Puf! Desaparecem na fumaça.

Abe retornou a tempo de ouvir aquilo e empalideceu. — Jesus! — ele exclamou, horrorizado.

Depois de tiradas as fotos, Patrick içou a primeira bolsa até uma maca e a enfiou num saco para cadáver. Então, examinou o que podia ver sem danificar a bolsa de papel marrom.

— Não tem pelos pubianos — disse Carmine. — Patsy, se você me ama, diga que não se trata de uma criança.

— Os pelos foram... não raspados... foram arrancados pela raiz; portanto, ela é púbere. Uma garota pequena, no entanto. Como se o nosso assassino realmente ansiasse por uma criança, mas não tivesse coragem para persistir totalmente em seus desejos asquerosos. — Ele ergueu a segunda bolsa de papel, não tão danificada, e a colocou ao lado da primeira. — Vou voltar para o necrotério; você vai precisar do meu relatório o quanto antes. — O técnico principal de Patrick, Paul, já estava se preparando para aspirar o interior da câmara; depois disso, ele procuraria por impressões digitais. — Me empreste também o Abe e o Corey, Carmine, e poderemos deixar que Cecil siga com seu trabalho. Com exceção dos macacos, eles devem manter os animais de laboratório em outro lugar; estas são as gaiolas limpas do dia, prontas para serem utilizadas.

— Não deixem pedra sobre pedra, rapazes — disse Carmine, seguindo seu primo e os conteúdos da maca para fora.

Desdemona Dupre — que nome mais estranho! — estava no hall de entrada esperando, examinando um calhamaço de papéis em sua prancheta.

— Sra. Dupre, este é o Dr. Patrick O'Donnell — disse Carmine.

Ao que a mulher se eriçou: — Não sou uma senhora, sou uma senhorita! — ela disse com rispidez, o sotaque estranho evidente. — O senhor vai subir comigo, tenente, ou posso ir? Tenho trabalho a fazer.

— Falo com você mais tarde, Patsy — disse Carmine, seguindo a *Srta*. Dupre para dentro do elevador.

— Você é da, hã, Inglaterra? — ele perguntou enquanto subiam.

— Correto.

— Há quanto tempo está no Hug?

— Cinco anos.

Eles saíram do elevador no quarto andar, que era o último, embora o último botão do elevador dissesse TELHADO. Ali, a decoração do Hug estava disposta de forma mais harmoniosa. Não era tão diferente do primeiro andar: paredes pintadas de bege-padrão, madeiramento em carvalho escuro, sancas de luzes de teto fluorescentes sob difusores plásticos. Mais ao fundo, uma cópia do corredor do primeiro andar levava a uma porta, na extremidade mais distante, onde se unia a outro corredor à direita.

A Srta. Dupre bateu à porta, recebeu permissão para entrar e empurrou Carmine para dentro do domínio privado do professor Smith, mas ela mesma não adentrou.

Ele se viu encarando um dos homens mais impressionantemente bonitos que já tinha visto. Robert Mordent Smith, professor titular da cadeira William Parson no Centro de Pesquisas Neurológicas Hughlings Jackson, tinha mais de um metro e noventa de altura, era delgado e possuía um rosto inesquecível: uma maravilhosa estrutura óssea, sobrancelhas e cílios escuros, olhos azuis vívidos e uma cabeleira ondulada e grisalha. Em alguém jovem o suficiente para ainda não ter rugas nem linhas de expressão, o cabelo o ressaltava à perfeição. Seu sorriso revelava dentes brancos e regulares, embora, naquela manhã, o sorriso não chegasse aos esplêndidos olhos. O que não era nenhuma surpresa.

— Café? — ele indagou, indicando a Carmine com um gesto a cadeira, grande e cara, no lado oposto de sua mesa, também grande e cara.

— Sim, obrigado. Sem creme e sem açúcar.

Enquanto o professor pedia dois cafés através de seu interfone, seu convidado inspecionou a sala, uma área generosa de seis metros por sete e meio, com vidraças enormes em duas das paredes. O escritório do professor ocupava o canto nordeste do andar, então a vista era do Recôncavo, dos dormitórios Shane-Driver e do estacionamento. A decoração era cara; a mobília, de nogueira; os tecidos, de algodão estampado; e o tapete, um Aubusson. Uma coleção impressionante de títulos, diplomas e prêmios ficava numa parede listrada de verde, e o que parecia ser uma cópia excelente de uma paisagem de Watteau estava pendurado na parede atrás de sua mesa.

— Não é cópia — disse o professor, seguindo o olhar de Carmine. — É um empréstimo da Coleção William Parson, a maior e melhor coleção de arte europeia da América.

— Uau — disse Carmine, pensando na reprodução barata das íris de Van Gogh que ficava atrás de sua própria mesa.

Uma mulher de seus trinta e tantos anos entrou, trazendo uma bandeja de prata sobre a qual havia uma garrafa térmica, duas xícaras delicadas com pires, dois copos de cristal e uma jarra de cristal com água. Eles certamente sabiam se tratar ali no Hug!

Uma bonitona em trajes severos, pensou Carmine, examinando-a: cabelo negro preso no alto da cabeça num coque colmeia de abelha, rosto amplo, suave e praticamente sem distinções, olhos castanho-claros e um corpo incrível. Seu traje era composto de casaco e saia, de corte ajustado, e os sapatos eram sapatilhas Ferragamo. Que Carmine soubesse desses detalhes provavelmente se devia a uma longa carreira numa profissão que requeria conhecimento íntimo de todos os aspectos dos seres humanos e de seu comportamento. Aquela mulher era o que a mamãe chamaria de devoradora de homens, embora ela não parecesse sentir um átomo de atração pelo professor.

— Srta. Tamara Vilich, minha secretária — disse o professor.

Tampouco um átomo de atração por Carmine Delmonico! Ela sorriu, assentiu com a cabeça e partiu sem demora.

— Duas senhoritas maduras na sua equipe — comentou Carmine.

— Elas são simplesmente maravilhosas, quando você consegue encontrá-las — disse o professor, que parecia ansioso em adiar a razão daquela entrevista. — Uma mulher casada tem responsabilidades familiares que, às vezes, tendem a tomar tempo de seu dia de trabalho. Ao passo que as mulheres solteiras dão tudo de si no emprego; não se importam de trabalhar até tarde sem que isso tenha sido programado, por exemplo.

— Mais energia para dedicar, isso eu posso ver — disse Carmine. Ele sorveu seu café, que estava horrível. Não que ele esperasse que fosse bom. O professor, ele observou, bebeu água da graciosa jarra, embora tivesse servido pessoalmente o café para Carmine. — Professor, o senhor esteve no setor de cuidados animais para ver o que foi encontrado?

O professor empalideceu e negou enfaticamente com a cabeça. — Não, não, é claro que não! Cecil me chamou para dizer o que Otis havia encontrado e eu liguei para o comissário Silvestri imediatamente. Eu me lembrei, porém, de dizer a Cecil para não deixar que ninguém entrasse no setor até que a polícia chegasse.

— E se encontrou com Otis... Otis de que mesmo?

— Green. Otis Green. Parece que ele teve um infarto moderado. No momento, está no hospital. No entanto, seu cardiologista diz que não se trata de um ataque sério, então ele deve ser liberado em dois ou três dias.

Carmine pousou a xícara de café na mesa e se reclinou na poltrona de algodão estampado, as mãos cruzadas no colo. — Conte-me a respeito do frigorífico de animais mortos, professor.

Smith pareceu um pouco confuso, precisou claramente recorrer a suas reservas internas de coragem; talvez, pensou Carmine, seu tipo de coragem não se aplicasse a lidar com uma situação de assassinato, mas apenas com comitês de doação e pesquisadores ineptos. Quantas recepções da Chubb já tive que aguentar, escutando esse tipo de coisa?

— Bem, todo instituto de pesquisa tem um. Ou, se não for uma unidade muito grande, compartilha um com outros laboratórios vizinhos. Somos pesquisadores e, uma vez que, por motivos éticos, não podemos utilizar seres humanos nas experiências, usamos animais que estejam abaixo de nós na escala evolutiva. O tipo de animal depende do tipo de pesquisa: porquinhos-da-índia para a pele, coelhos para os pulmões e assim por diante. Como estamos interessados em epilepsia e em retardo mental e eles estão situados no cérebro, nossos animais de laboratório são ratos, gatos e primatas. Aqui no Hug são os macacos do tipo reso. No final de um projeto experimental, as criaturas são sacrificadas. Com extremo cuidado e gentileza, apresso-me em dizer. As carcaças são colocadas em sacos especiais e levadas para o frigorífico, onde permanecem até cerca das sete da manhã, nos dias de semana. Nessa hora, Otis recolhe os conteúdos do frigorífico numa lixeira de rodinhas e a empurra pelo túnel até o Pavilhão Parkinson, onde fica o setor principal de cuidados animais da faculdade de medicina. O incinerador no qual se eliminam todas as carcaças animais é parte do setor de cuidados animais do P.P., mas também está disponível para o hospital, que envia membros amputados e coisas do tipo para lá.

Seu discurso é tão formal, pensou Carmine, que ele fala como se estivesse ditando uma carta importante. — Cecil lhe contou como foram descobertos os restos humanos? — perguntou.

— Sim. — O rosto do professor começava a parecer perturbado.

— Quem tem acesso ao frigorífico?

— Qualquer pessoa aqui no Hug, embora eu duvide que alguém de fora pudesse utilizá-lo. Nossas entradas são poucas, e ficam trancadas.

— Por quê?

— Meu caro tenente, estamos bem no fim da linha entre a faculdade de medicina e o hospital, pela Oak Street! Mais além de nós fica a Eleventh Street e o Recôncavo. Uma vizinhança bastante desagradável, como tenho certeza de que você sabe.

— Notei que o senhor também se refere ao centro de pesquisas como "o Hug", professor. Por quê?

A boca ligeiramente trágica se retorceu. — A culpa é de Frank Watson — ele disse, entre dentes.

— Quem é esse?

— Professor de neurologia na faculdade de medicina. Quando o Hug foi aberto, em 1950, ele queria ser o chefe, mas nosso benfeitor, o falecido William Parson, foi categórico ao afirmar que sua cadeira seria dada a um homem com experiência em epilepsia e retardo mental. Como o campo de Watson é o de doenças desmielinizantes, naturalmente ele não era adequado. Eu disse ao Sr. Parson que ele deveria ter escolhido um nome mais fácil que Hughlings Jackson, mas ele estava decidido. Ah, ele era um homem bastante determinado, sempre! Obviamente, espera-se ver o nome abreviado, mas eu achei que seria chamado de "o Hughlings", ou de "o Hugh". No entanto, Frank Watson teve sua pequena vingança. Ele achou que seria terrivelmente inteligente chamá-lo de "o Hug" e o nome pegou. *Pegou!*

— Quem era ou é exatamente Hughlings Jackson, senhor?

— Um neurologista britânico pioneiro, tenente. A mulher dele tinha um tumor de crescimento lento no córtex motor... no giro anterior à fissura de Rolando, que representa o fim cortical da função motora voluntária do corpo; dos músculos, quero dizer.

Eu não entendo uma só palavra disso, pensou Carmine, quando a voz uniforme prosseguiu, mas ele se importa, por acaso? Não.

— Os ataques epiléticos da Sra. Jackson eram de um tipo muito curioso — continuou o professor. — Eles se limitavam a um lado do corpo, começavam em um lado do rosto, marchavam pelo braço e pela mão do mesmo lado e, finalmente, envolviam a perna. Ainda são conhecidos como convulsões jacksonianas. A partir delas, Jackson formulou as primeiras hipóteses sobre a função motora, sugerindo que cada parte do corpo tinha o seu lugar próprio e invariável no córtex cerebral. No entanto, o que impressionava as pessoas era a forma infatigável em que ele se sentava junto ao leito da mulher moribunda, hora após hora, tomando notas de seus ataques com minuciosa atenção aos detalhes. Um pesquisador por excelência.

— Bastante cruel, se você me perguntar — disse Carmine.

— Prefiro chamar de dedicação — disse Smith, com frieza.

Carmine se levantou. — Ninguém pode sair deste prédio a não ser com a *minha* permissão. Isso se aplica ao senhor também. Há policiais nas entradas, incluindo a do túnel. Sugiro que o senhor não diga nada sobre o que está acontecendo a ninguém.

— Mas nós não temos uma cantina! — disse o professor estupidamente. — O que os funcionários farão com respeito ao almoço, se não o trazem de casa?

— Um dos policiais pode anotar os pedidos e trazer comida. — Ele fez uma pausa na porta para olhar para trás. — Infelizmente, teremos que colher impressões digitais de todo mundo aqui. Uma inconveniência pior do que o almoço, mas tenho certeza de que o senhor entenderá.

Os escritórios, laboratórios e necrotério do médico-legista de Holloman também se localizavam no edifício de Serviços Municipais.

Quando Carmine entrou no necrotério, encontrou dois pedaços de um torso feminino, encaixados e dispostos numa mesa de aço para autópsias.

— Uma moça mestiça, bem nutrida, de cerca de dezesseis anos — disse Patrick. — Ele depilou o monte de Vênus antes de introduzir o primeiro de uma série de instrumentos: poderiam ser vibradores, pênis ocos, é difícil dizer. Ela foi estuprada várias vezes por objetos cada vez maiores, mas duvido que tenha morrido disso. Há tão pouco sangue no que encontramos do corpo que desconfio que ela tenha sido dessangrada, da mesma forma que se faz com um animal de abate numa fazenda. Não há braços nem mãos, pernas ou pés e não há cabeça. Estes dois pedaços foram escrupulosamente lavados. Até agora não encontrei traços de sêmen, mas há tanta contusão e inchaço lá dentro... ela foi estuprada analmente também... que precisarei de um microscópio. Minha opinião pessoal é que não haverá sêmen. Ele usa luvas e, provavelmente, utiliza seus pênis ocos como camisinha. Se é que ele chega a ejacular.

A pele da garota era de uma linda tonalidade de café com leite, a despeito da palidez pela falta de sangue. Seus quadris eram cheios; a cintura, pequena; os seios, lindos. Pelo que Carmine podia ver, não trazia nenhum dano além da região pubiana; não havia contusões, arranhões, cortes, mordidas ou queimaduras. Mas sem os braços e as pernas, não havia como afirmar se, ou como, ela havia sido amarrada.

— Parece uma criança, para mim — ele disse. — Não é uma garota muito grande.

— Eu diria que, no máximo, um metro e cinquenta e cinco de altura. A segunda coisa mais interessante — Patrick prosseguiu — é que o desmembramento foi feito por um profissional de verdade. Um só movimento com algo do tipo uma faca de cortar carne ou um bisturi de autópsia, e olhe as articulações da coxa e do ombro... desarticuladas sem força nem traumatismo. — Ele separou as duas porções do torso. — A secção transversa foi feita logo abaixo do diafragma. A cárdia do estômago foi ligada para impedir o vazamento dos conteúdos e o esôfago também foi ligado. A desarticulação da coluna vertebral é tão profissional quanto a das juntas. Não há sangue na aorta nem na veia cava. No entanto... — ele disse, apontando para o pescoço —, sua garganta foi cortada algumas horas antes de ele remover a cabeça. As jugulares estão cortadas, mas não as carótidas. Ela teria se dessangrado lentamente, sem jorrar sangue. Pendurada de cabeça para baixo, é claro. Quando ele cortou a cabeça, separou-a na junção da espinha entre a C-4 e a C-5, o que lhe deu uma pequena parte do pescoço, além do crânio inteiro.

— Gostaria que tivéssemos pelo menos os braços e as pernas, Patsy.

— Eu também, mas desconfio que tenham ido para o frigorífico ontem, junto com a cabeça.

— Ah, não! A cabeça ainda está com ele. Ele não vai abrir mão dela.

— Carmine falou de forma tão categórica que Patrick se assustou.

— Carmine! Esse tipo de coisa não acontece! Ou, se acontece, é com algum maníaco a oeste das Rochosas. Nós estamos em Connecticut!

— Ele ainda está com a cabeça, não importa de onde seja.

— Eu diria que ele trabalha no Hug, ou se não no Hug, em alguma outra parte da faculdade de medicina — disse Patrick.

— Um açougueiro? Alguém que trabalhe num matadouro?

— É possível.

— Você disse "a segunda coisa mais importante", Patsy. Qual é a primeira?

— Olhe aqui. — Patrick virou o torso inferior e apontou para a nádega direita, onde uma ferida em forma de coração, de aproximadamente três centímetros, destacava-se, escura e com crostas na pele impecável. — A princípio, pensei que ele tivesse cortado aí de propósito: coração, amor, esse tipo de coisa. Mas ele não fez uma incisão padrão nas bordas. Foi simplesmente um corte transversal, da mesma forma em que já vi um homem cortar fora o mamilo de uma mulher. Então pensei que ela poderia ter uma verruga aí, uma marca de nascença que se destacasse muito da superfície da pele.

— Algo que o ofendesse, que destruísse a perfeição dela — disse Carmine, pensativo. — Quem sabe? Talvez ele não soubesse que ela a tinha até levá-la aonde quer que tenha feito suas maldades com ela. Depende se ele a pegou por acaso ou se a conhecia previamente. Alguma ideia de sua origem racial?

— Nenhuma além do fato de que ela é mais caucasiana do que qualquer outra coisa. Um pouco de sangue negro ou mongol, ou ambos.

— Você está concluindo que ela era prostituta?

— Sem braços onde procurar sinais de agulhas, Carmine, é difícil, mas esta garota é... sei lá, aparentemente *saudável*. Eu procuraria nos arquivos de Pessoas Desaparecidas.

— Pretendo fazer exatamente isso — disse Carmine e voltou para o Hug.

Por onde começar, já que Otis Green não poderia ser interrogado, no mínimo, até o dia seguinte? Por Cecil Potter, então.

— Este emprego é muito bom — disse Cecil, sentado numa cadeira de metal com Jimmy no colo e, aparentemente, alheio ao fato de que o macaco estivesse ocupado arrumando seu cabelo, passando os dedos delicados pela cabeleira densa numa espécie de êxtase concentrado. Jimmy, ele havia explicado, ainda estava muito perturbado por sua terrível experiência. Carmine teria considerado aquele cenário bizarro muito mais fácil de aceitar se o macaco não estivesse usando uma meia bola de tênis no topo da cabeça; aquilo, explicou Cecil, era para proteger a série de eletrodos implantados em seu cérebro, assim como o conector fêmea verde-cítrico, incrustado no crânio com cimento odontológico cor-de-rosa. Não que a meia bola de tênis parecesse incomodar Jimmy; ele a ignorava totalmente.

— O que faz com que o emprego seja tão bom? — perguntou Carmine, ciente de que seu estômago estava roncando. Todo mundo no Hug tinha sido alimentado, mas, até agora, Carmine havia perdido o café da manhã *e* o almoço.

— Eu sou o chefe — disse Cecil. — Quando trabalhei no Pavilhão Parkinson, era apenas mais um recolhedor de lixo. No Hug, o setor de cuidados animais é meu. Eu gosto, principalmente porque nós temos os macacos. O Dr. Chandra... os macacos são dele, na verdade... sabe que eu sou o melhor tratador de macacos na Costa Oeste, então ele os deixa para mim. Eu até os acomodo na cadeira para as sessões. Eles adoram as sessões.

— Eles não gostam do Dr. Chandra? — perguntou Carmine.

— Ah, claro, eles gostam dele, sim. Mas a mim, eles amam.

— Você alguma vez esvazia o frigorífico, Cecil?

— Às vezes, mas não com frequência. Quando Otis está de férias, nós contratamos um homem da equipe de reserva do P.P. Otis não trabalha muito neste andar comigo; ele é do andar de cima. Troca as lâmpadas e trata dos resíduos perigosos também. Eu posso praticamente cuidar dos animais deste andar sozinho, exceto quando é preciso trazer as gaiolas para cá de andares superiores e inferiores. Nossos animais recebem gaiolas,limpas de segunda a sexta.

— Eles devem odiar os fins de semana — Carmine disse solenemente. — Se Otis não trabalha muito com você, como você limpa as gaiolas?

— Está vendo aquela porta ali, tenente? Conduz ao nosso lavador de gaiolas. Automatizado como um lavador de carros chique, só que melhor. O Hug tem de tudo, cara, de tudo.

— Voltando ao frigorífico. Quando você o esvazia, Cecil, de que tamanho costumam ser os sacos? É estranho ver sacos tão grandes quanto o... hã...?

Cecil pensou, a cabeça inclinada para um lado, o macaco aproveitando a chance para olhar atrás de sua orelha. — Não é estranho, tenente, mas é melhor o senhor perguntar ao Otis; ele é que é o especialista.

— Você notou alguém ontem, que não costuma fazer isso, colocando sacos no frigorífico?

— Não. Os pesquisadores em geral trazem seus sacos aqui para baixo pessoalmente, depois que eu e Otis vamos embora. Os técnicos também trazem sacos, só que dos pequenos. Sacos de ratos. A única técnica que traz sacos grandes é a Sra. Liebman, da sala de cirurgia, mas não ontem.

— Obrigado, Cecil, você foi de grande ajuda. — Carmine estendeu a mão para o macaco. — Até mais, Jimmy.

Jimmy estendeu a mão e apertou gravemente a de Carmine, seus grandes olhos âmbar tão repletos de entendimento que Carmine sentiu a pele se arrepiar. Pareciam tão humanos.

— Ainda bem que você é homem — Cecil disse, rindo, acompanhando Carmine até a porta com Jimmy no colo.

— Por quê?

— Meus seis bebês são machos e, meu amigo, eles odeiam as mulheres! Não suportam a presença de uma mulher na sala.

Don Hunter e Billy Ho estavam trabalhando juntos em uma engenhoca complicadíssima do tipo "máquina de Rube Goldberg", que montavam a partir de componentes eletrônicos, extrusões de plexiglas e uma bomba projetada para acoplar uma pequena seringa de vidro. Duas canecas de café estavam ali perto, parecendo frias e sujas.

Que ambos haviam recebido treinamento nas Forças Armadas ficou óbvio no instante em que Carmine pronunciou a palavra "tenente". Eles saltaram de perto da engenhoca e se enrijeceram em posição de atenção. Billy era de descendência chinesa; ele havia se tornado engenheiro eletrônico na Força Aérea dos Estados Unidos. Don era um inglês "do norte", como ele dizia, e havia servido no Royal Armoured Corps.

— O que é aquela geringonça? — perguntou Carmine.

— Uma bomba que estamos adaptando a um sistema de circuitos elétricos para que só libere um décimo de mililitro a cada trinta minutos — disse Billy.

Carmine pegou as canecas. — Eu pegarei café fresco da cafeteira que vi no corredor se vocês me deixarem tomar uma caneca com um monte de açúcar.

— Nossa, tenente. Pode ficar com o açucareiro inteiro.

Se não colocasse um pouco de açúcar em seu organismo, Carmine sabia que sua atenção começaria a vacilar. Ele detestava café doce demais, mas isso faria sua barriga parar de roncar. E, ainda por cima, ele conseguiria estabelecer um papo amigável. Eles eram rapazes falantes, ansiosos para explicar seu trabalho e muito entusiasmados em assegurar a Carmine que o Hug era ótimo. Billy era o engenheiro eletrônico e Don, o mecânico. Juntos, pintaram para Carmine um cenário fascinante de uma vida amplamente dedicada a projetar e construir coisas que nenhuma pessoa sã poderia imaginar. Porque os pesquisadores, Carmine foi informado, não eram pessoas sãs. Eram os maníacos mais irritantes do mundo.

— Um pesquisador é capaz de arruinar um carregamento de bolas de aço — disse Billy. — Eles podem ter um cérebro do tamanho do Madison Square Garden e ganhar o Prêmio Nobel e tal, mas, cara, como eles conseguem ser burros! Sabe qual é o principal problema deles?

— Você pode me dizer — disse Carmine.

— Bom-senso. Eles têm o bom-senso completamente fodido.

— O jóuvem Billy estááá ceeertíssimou — disse Don. Ou, pelo menos, foi o que pareceu que ele tinha dito.

Ao sair de lá, Carmine estava convencido de que nem Billy Ho nem Don Hunter haviam deixado dois pedaços de mulher no frigorífico de animais mortos. Embora quem quer que o tivesse feito não estivesse sofrendo de nenhuma falta de bom-senso.

O departamento de neurofisiologia ficava no andar imediatamente acima, o segundo. Era chefiado pelo Dr. Addison Forbes, que tinha dois colegas: o Dr. Nur Chandra e o Dr. Maurice Finch. Cada um deles tinha um laboratório espaçoso e uma sala ampla; além da suíte de Chandra ficava a sala de cirurgia e sua antessala.

A sala de animais era enorme e apresentava gaiolas com duas dúzias de gatos machos, assim como gaiolas para várias centenas de ratos. Ele começou por ali. Cada gato, notou, vivia em uma gaiola impecavelmente limpa, alimentava-se de comida enlatada, assim como de ração, e fazia suas necessidades em uma bandeja funda cheia de serragem aromática de cedro. Eram animais amistosos; não eram assustadiços nem deprimidos e pareciam bastante inconscientes da meia bola de tênis em sua cabeça. Os ratos viviam em caixas de plástico fundas cheias de serragem mais miúda, na qual mergulhavam como golfinhos no mar. Para dentro, para fora, e por todos os lados, curvando suas patinhas parecidas com mãos ao redor das tampas gradeadas de suas caixas com muito mais alegria do que os prisioneiros humanos costumavam agarrar as barras de sua cela. Os ratos, notou Carmine, estavam felizes.

Seu guia ali era o Dr. Addison Forbes, que não estava nada feliz.

— Os gatos pertencem ao Dr. Finch e ao Dr. Chandra. Os ratos são do Dr. Finch. Eu não tenho animais, sou clínico — ele disse. — Nossos equipamentos são excelentes — ele prosseguiu, com monotonia, ao conduzir seu visitante pelo corredor entre a sala de animais e os elevadores. — Cada andar tem um banheiro feminino e um masculino — ele indicou —, e uma cafeteira da qual nosso lavador de copos, o Allodice, se encarrega. Os cilindros de gás ficam neste armário, mas o oxigênio é encanado, assim como o gás de hulha e o ar comprimido. O quarto conduto é para a sucção a vácuo. Foi dada uma atenção específica às fundações e ao revestimento em cobre; nós trabalhamos em milionésimos de volts, o que significa fatores amplificadores que fazem com que a interferência seja um pesadelo. O edifício tem ar condicionado e o ar é filtrado minuciosamente, por isso há a proibição de fumar.

Forbes interrompeu sua narração monótona para parecer surpreso. — Os termostatos realmente funcionam. — Ele abriu uma porta. — Nossa sala de leitura e de conferências. Que completam o andar. Vamos para o meu escritório?

Addison Forbes, Carmine havia concluído após poucos instantes, era um completo neurótico. Ele ostentava uma magreza sólida e ossuda que sugeria alguém maníaco por exercícios e com tendências vegetarianas; ele tinha cerca de quarenta e cinco anos — a mesma idade que o Professor — e não muito a oferecer, caso você fosse um diretor de cinema à procura de um novo galã. Tiques faciais e gestos abruptos e sem sentido entremeavam sua conversa. — Eu sofri um infarto muito severo há exatamente três anos — ele disse —, e é um milagre que tenha sobrevivido. — Estava claro que aquilo o obcecava, algo que não era incomum em médicos, que, conforme Patrick lhe contara, nunca achavam que *eles* pudessem morrer, tornando-se pacientes horrorosos quando a mortalidade lhes vinha em cima. — Agora eu corro oito quilômetros entre o Hug e a minha casa todas as noites. Minha mulher me traz de carro de manhã e apanha o terno que usei no dia anterior. Já não precisamos de dois carros, uma economia muito bem-vinda. Eu como vegetais, frutas, frutos secos e, ocasionalmente, um pedaço de peixe no vapor, quando a minha mulher consegue encontrar algum que seja genuinamente fresco. E devo dizer que me sinto maravilhosamente bem. — Ele deu um tapinha na barriga, tão plana que havia afundado. — Bem pelos próximos cinquenta anos, rá, rá!

Cristo!, pensou Carmine. Acho que eu preferiria estar morto a abrir mão das frituras do Malvolio's. No entanto, existe de tudo. — Com que frequência o senhor ou seu técnico levam animais mortos até o frigorífico do primeiro andar? — ele perguntou.

Forbes piscou, parecendo não entender. — Tenente, eu já disse que sou médico clínico! Minha pesquisa é *clínica*, eu não uso animais experimentais. — Suas sobrancelhas tentavam ir em direções opostas. — Embora tenha de admitir: tenho o dom para dar a cada paciente exatamente o tipo de medicamento anticonvulsivo de que ele precisa. É um campo no qual há muito abuso; você consegue imaginar a ousadia de um clínico geral tolo assumindo a responsabilidade de receitar anticonvulsivos? Ele diagnostica um pobre paciente como idiopático e enche o coitado com Dilantina e fenobarbital enquanto, o tempo todo, o pobre paciente tem um pico no lobo frontal do tamanho do Everest! Humpf! Eu administro as clínicas de epilepsia no Hospital de Holloman, assim como em vários outros hospitais, e estou encarregado da unidade de EEG do Hospital de Holloman, ligada à clínica de epilepsia. Não me preocupo com EEGs *comuns*, entende? Há outra unidade para Frank Watson e seus subalternos de neurologia e neurocirurgia. Estou interessado nos picos, não em ondas delta.

— Hum-hum — murmurou Carmine, cujos olhos haviam começado a se embaçar durante aquela semidiatribe. — Então o senhor, definitivamente, nunca se desfaz de animais mortos?

— Nunca!

A técnica de Forbes, uma garota simpática chamada Betty, confirmou aquilo. — O trabalho dele se relaciona ao nível de medicamentos anticonvulsivos na corrente sanguínea — ela explicou em palavras que Carmine tinha uma leve esperança de entender. — A maioria dos médicos medica demais porque não mantém controle dos níveis de drogas na corrente sanguínea, em doenças de longo prazo como a epilepsia. Ele também é o único a quem as indústrias farmacêuticas pedem para testar novas drogas. E ele possui um instinto sobrenatural para o que cada paciente em particular necessita. — Betty sorriu. — Ele é estranho, de verdade. É arte, não ciência.

E como é que eu faço, perguntou-se Carmine, enquanto ia à procura do Dr. Maurice Finch para não ser soterrado por esse monte de blablablá médico?

Mas o Dr. Finch não era do tipo que afogava os outros com blablablá médico. Sua pesquisa, ele explicou brevemente, relacionava-se ao movimento de coisas chamadas íons de sódio e de potássio através da parede da célula nervosa durante um ataque epilético.

— Eu trabalho com gatos — ele disse —, a longo prazo. Depois que se implantam os eletrodos e as cânulas de perfusão em seu cérebro, geralmente sob anestesia geral, eles não sofrem nenhum trauma. Na verdade, esperam ansiosamente pelas sessões experimentais.

Uma alma gentil, foi o veredito de Carmine. Aquilo não deixava Finch de fora das suspeitas de assassinato, é claro; alguns assassinos brutais pareciam as criaturas mais gentis do mundo quando você os conhecia. Aos cinquenta e um anos de idade, ele era mais velho do que a maioria dos pesquisadores, conforme dissera o professor; a pesquisa era um jogo para os jovens, aparentemente. Judeu devoto, ele e sua mulher, Catherine, moravam numa fazenda de criação de galinhas; Catherine as criava para a alimentação kosher. Suas galinhas a mantinham ocupada, explicou Finch, já que nunca haviam conseguido ter filhos.

— Então o senhor não mora em Holloman? — ele perguntou.

— Bem nos limites do município, tenente. Nós temos oito hectares. Não apenas de galinhas! Sou um fervoroso cultivador de vegetais e flores. Tenho um pomar de maçãs e várias estufas também.

— O senhor leva seus animais mortos lá para baixo, Dr. Finch, ou a sua técnica... Patricia... faz isso?

— Às vezes eu o faço, às vezes, a Patty — disse Finch, seus grandes olhos cinza olhando para Carmine sem culpa nem incômodo. — Veja bem, meu tipo de trabalho significa que não sacrifico muitos animais. Quando termino de trabalhar com um gatinho, tiro os eletrodos e a cânula, castro e tento dá-lo a alguém, como animal de estimação. Eu não causo *danos* a ele, entende? No entanto, um gato pode desenvolver uma infecção cerebral e morrer, ou simplesmente morrer de causas naturais. Então, eles vão para o frigorífico lá embaixo. Em geral sou eu quem os leva; eles são pesados.

— E com que frequência há um gato morto, doutor?

— É difícil dizer. Uma vez por mês, talvez somente um a cada seis meses.

— Vejo que o senhor cuida bem deles.

— Um gato — disse o Dr. Finch pacientemente — representa um investimento de pelo menos vinte mil dólares. Ele tem que vir com papéis que satisfaçam a várias autoridades, inclusive a Sociedade Protetora dos Animais e a Sociedade Humanitária. Depois, existem os custos de sua manutenção, que tem de ser de primeira categoria ou ele não sobrevive. Eu preciso de gatos saudáveis. Por consequência, uma morte é bastante inoportuna, para não dizer exasperadora.

Carmine passou ao terceiro pesquisador, o Dr. Nur Chandra.

Que o deixou sem fôlego. Os traços de Chandra haviam sido feitos com um molde aristocrático, os cílios tão longos e densos que pareciam falsos, as sobrancelhas finamente arqueadas, e sua pele era da cor do marfim antigo. O cabelo negro ondulado era curto, acompanhando o estilo de suas roupas europeias; só que um mestre havia cortado seu cabelo e as roupas eram de cashmere, vicunha e seda. Uma lembrança enterrada veio à tona: aquele homem e sua mulher eram conhecidos como o casal mais bonito de toda a Universidade Chubb. Ah, agora ele tinha decifrado Chandra! Filho de algum marajá, nadando em dinheiro, casado com a filha de outro potentado indiano. Eles viviam numa propriedade de quatro hectares, logo na parte interna da divisa do município de Holloman, junto com um exército de criados e vários filhos que estudavam com professores particulares em casa. Aparentemente, a luxuosa Dormer Day School não era luxuosa o bastante. Ou será que poderia dar às crianças ideias americanas demais? Eles gozavam de imunidade diplomática; como, Carmine não sabia exatamente. Aquilo significava agir com luvas de pelica, e tomara Deus que ele não fosse o culpado!

— Meu pobre Jimmy — disse o Dr. Chandra, a voz solidária, mas sem destilar toda a ternura que Cecil destilara ao falar de Jimmy.

— Me conte a história de Jimmy, por favor, doutor — disse Carmine, com o olhar fixo em outro macaco, com as pernas cruzadas de forma relaxada, sentado em uma complicada cadeira de plexiglas dentro de uma caixa enorme cuja porta estava aberta. O animal estava sem seu chapéu de bola de tênis, revelando uma massa rosada de cimento odontológico na qual estava incrustado um conector fêmea verde-vivo. Um plugue masculino verde-vivo havia sido inserido nele, e um cabo grosso e retorcido, de fios de muitas cores, ia até um painel na parede da caixa. Supostamente, o painel conectava o macaco a um monte de equipamentos eletrônicos nas prateleiras de cinquenta centímetros ao redor da caixa.

— Cecil me chamou ontem para dizer que havia encontrado Jimmy morto, quando foi lá ver os macacos depois do almoço — disse o pesquisador com o sotaque inglês mais sonoro que Carmine já tinha escutado. Nada em comum com o sotaque da Srta. Dupre ou de Don Hunter, por mais diferentes que eles fossem um do outro. Incrível que um país tão pequeno contivesse tantos sotaques. — Eu fui lá para baixo ver com meus próprios olhos e, juro para você, tenente, que achei que Jimmy estivesse morto. Não tinha pulso, nem respiração, batimentos cardíacos ou reflexos, e ambas as pupilas estavam dilatadas. Cecil me perguntou se eu queria que o Dr. Schiller fizesse uma autópsia, mas respondi que não. Jimmy não teve seus eletrodos implantados há tempo suficiente para ser de muito valor experimental para mim. Mas eu disse a Cecil que o deixasse quieto e que eu o veria novamente às cinco horas e, se a situação não tivesse mudado, eu mesmo o colocaria no frigorífico. Que foi o que fiz.

— E este cara aqui? — perguntou Carmine, indicando o macaco que tinha exatamente a mesma expressão de Abe quando estava ansioso por um cigarro.

— Eustace? Oh, ele é de imenso valor! Não é mesmo, Eustace?

O macaco transferiu seu olhar de Carmine para o Dr. Chandra, então sorriu de forma macabra. Você é um canalha arrogante, Eustace, pensou Carmine.

O técnico de Chandra era um jovem chamado Hank, que conduziu Carmine até a sala de cirurgia.

Sonia Liebman o recebeu na antessala, apresentando-se como a técnica da sala de cirurgia. A antessala era utilizada para o armazenamento de provisões relacionadas à cirurgia; também continha duas autoclaves e um cofre de aparência formidável.

— Para minhas drogas de uso restrito — disse a Sra. Liebman, indicando o cofre. — Opiáceos, pentotal, cianeto de potássio, uma série de substâncias desagradáveis. — Ela entregou a Carmine um par de botinas de lona.

— Quem sabe a combinação? — ele perguntou, calçando-as.

— Eu, e não está anotada em lugar *nenhum* — ela disse com firmeza. — Se um dia eu bater as botas, eles terão que chamar um serralheiro para abri-lo. Compartilhe um segredo e deixará de ser segredo.

A sala de cirurgia, em si, se parecia com qualquer outra sala de cirurgia.

— Eu não opero sob condições completamente estéreis — ela disse, apoiando o traseiro na mesa de operações, que era uma extensão de protetores novos de lençol e tinha um aparato curioso montado em uma extremidade, cheio de varetas de alumínio, armações e botões reduzidos à escala de Vernier. Ela própria vestia um macacão limpo — e bem passado — e botinas de lona. Uma mulher atraente de cerca de quarenta anos, ele decidiu, magra e de ar objetivo. Seu cabelo escuro estava preso num coque prático, os olhos eram escuros e inteligentes e suas lindas mãos estavam arruinadas por unhas rentes demais.

— Pensei que uma sala de cirurgia tinha de ser estéril — ele disse.

— Uma limpeza escrupulosa é muito mais importante, tenente. Já vi salas de cirurgia mais estéreis que um eunuco, mas ninguém nunca realmente as *limpava*.

— Então a senhora é neurocirurgiã?

— Não, sou uma técnica com mestrado. A neurocirurgia é um campo masculino e eles fazem as neurocirurgiãs passarem o diabo. Mas no Hug eu posso fazer o que amo sem passar por esse tipo de trauma. Devido ao tamanho dos meus pacientes, trata-se de uma espécie de neurocirurgia de alto nível. Está vendo isto? É meu microscópio cirúrgico Zeiss. Eles não têm um destes nas salas de neurocirurgia da Chubb, nem unzinho — disse a dama com grande satisfação.

— A senhora opera o quê?

— Macacos para o Dr. Chandra. Gatos para ele e para o Dr. Finch. Ratos para os neuroquímicos do andar de cima e gatos para eles também.

— Eles morrem na mesa de operações com frequência?

Sonia Liebman pareceu ofendida. — O que o senhor pensa que eu sou? Uma desajeitada? Não! Eu *sacrifico* animais para os neuroquímicos, que geralmente não trabalham em cérebros vivos. Os neurofisiologistas trabalham com cérebros vivos. Essa é a principal diferença entre as duas disciplinas, para mim.

— Hã, o que a senhora sacrifica, Sra. Liebman? — Vá com cuidado, Carmine, vá com cuidado!

— Ratos, principalmente, mas também faço descerebrações de Sherrington em gatos.

— O que é isso? — ele perguntou, anotando em seu caderno, mas não querendo realmente saber; lá vinham mais detalhes obscuros!

— É a remoção do cérebro a partir do tentório, sob anestesia com éter. No instante em que eu abro o cérebro, injeto pentotal no coração e zás! O animal está morto. Instantaneamente.

— Então a senhora coloca animais relativamente grandes em sacos e os leva ao frigorífico para serem jogados fora?

— Sim, nos dias de descerebração.

— E com que frequência esses dias ocorrem?

— Depende. Se o Dr. Ponsonby ou o Dr. Polonowsky pedem prosencéfalos de gatos, aproximadamente a cada duas semanas, durante alguns meses, na quantidade de três a quatro gatos, dia sim, dia não. O Dr. Satsuma não pede com tanta frequência; talvez uma vez por ano, uns seis gatos.

— De que tamanho são esses gatos descerebrados?

— Monstruosos. Machos de cinco a sete quilos.

* * *

Certo, dois andares já vistos, dois ainda faltando. Serviços de utilidade pública, oficinas e neurofisiologia estavam feitos. Agora é subir para ver os funcionários administrativos no quarto andar e, depois, descer para o terceiro com a neuroquímica.

Havia três datilógrafas médicas, todas com formação em ciências biológicas, e uma funcionária responsável pelo arquivo, que não possuía nada mais impressionante do que um diploma de ensino secundário — como ela devia se sentir solitária ali! Vonnie, Dora e Margaret usavam grandes máquinas de escrever IBM esfera e podiam datilografar "eletroencefalograma" mais rápido do que um policial conseguia escrever "171". Nada de extraordinário ali; ele as deixou em paz, a arquivadora, Denise, fungando e esfregando os olhos enquanto espiava dentro de gavetas abertas, e as máquinas de escrever matraqueando feito metralhadoras.

O Dr. Charles Ponsonby estava esperando por ele no elevador. Ele tinha, conforme disse a Carmine, ao conduzir o visitante a seu escritório, a mesma idade do professor, quarenta e cinco anos, e substituía o professor quando ele se ausentava. Eles haviam estudado juntos na Dormer Day School, fizeram o curso preparatório de medicina juntos e, depois, tiraram o diploma de medicina na Chubb. Ambos, explicou Ponsonby com gravidade, eram ianques de Connecticut de longa tradição. Mas depois da faculdade de medicina, seus caminhos haviam divergido. Ponsonby tinha preferido ficar na Chubb para fazer sua residência em neurologia, enquanto Smith fora para a Johns Hopkins. Não que a separação tivesse sido muito longa: Bob Smith voltou para chefiar o Hug e convidou Ponsonby para se juntar a ele ali. Isso fora em 1950, quando ambos tinham trinta anos.

Mas por que o senhor ficou em casa?, perguntou-se Carmine, analisando o chefe de neuroquímica. Homem de estrutura e altura medianas, Charles Ponsonby tinha cabelos castanhos com fios grisalhos, olhos azuis pálidos sob óculos em meia-lua que se empoleiravam no nariz comprido e fino, e um ar de professor distraído. Suas roupas eram de tweed, de aparência surrada, o cabelo era espetado e as meias, notou Carmine, não combinavam: azul-marinho no pé direito e cinza no esquerdo. Tudo isso podia confirmar que Ponsonby era um homem avesso à aventura, que não via qualquer virtude em ir mais além de Holloman; porém, alguma coisa naqueles olhos remelentos dizia que ele poderia ter se transformado num homem diferente, caso também houvesse saído dali após obter seu diploma de médico. Uma hipótese baseada em um instinto visceral; *algo* tinha feito com que Ponsonby ficasse em casa, algo concreto e convincente. Não uma mulher, pois ele dissera, de forma bastante indiferente, que era um solteiro empedernido.

Interessante também descobrir os contrastes entre os vários escritórios. O de Forbes era incrivelmente organizado, sem lugar para móveis felpudos ou enfeites nas paredes; e tinha livros e papéis por toda parte, até mesmo no chão. Finch se inclinava pelos vasos de plantas e tinha uma deslumbrante orquídea em flor; em suas paredes, cascateavam samambaias. Chandra preferia o estilo de couro Chesterfield, com estantes de livros com portas envidraçadas e alguns maravilhosos objetos de arte indianos. E o Dr. Charles Ponsonby vivia de forma ordenada entre objetos medonhos como cabeças encolhidas e máscaras mortuárias de pessoas como Beethoven e Wagner; ele tinha também quatro reproduções de quadros famosos em suas paredes: *Saturno devorando seu filho*, de Goya, duas seções de O *Inferno*, de Bosch, e *O Grito*, de Munch.

— Você gosta de arte surrealista? — Ponsonby perguntou com animação.

— Pessoalmente, me interesso mais por arte oriental, doutor.

— Já pensei muitas vezes, tenente, que escolhi mal minha vocação. A psiquiatria me fascina, particularmente a psicopatia. Olhe aquela cabeça encolhida. Que espécie de crença pode provocar algo assim? Ou que visões originaram esses quadros?

Carmine sorriu. — Não adianta perguntar para mim. Sou apenas um policial. — E o senhor, ele completou num comentário silencioso, não é o meu suspeito. Óbvio demais.

Ali em cima, ele notou enquanto Ponsonby o conduzia pelos laboratórios, os equipamentos eram mais familiares: um aparelho de absorção atômica, um espectrômetro de massa, um cromatógrafo a gás, centrífugas grandes e pequenas — os mesmos aparatos que Patrick tinha em seu laboratório de medicina legal, só que mais novos e melhores. Patrick tinha que suar para conseguir as coisas; ali, eles podiam gastar à vontade.

De Ponsonby ele obteve mais informações sobre os cérebros felinos que eram transformados no que Ponsonby chamava de "sopa de cérebro" de forma tão natural que não tinha qualquer tom de jocosidade. Eles também usavam sopa de cérebro de ratos. E o Dr. Polonowski estava realizando alguns experimentos no enorme axônio da pata de uma lagosta — não das grandes pinças, mas de uma das pernas. Aqueles axônios eram imensos! A técnica de Polonowski, Marian, tinha frequentemente que parar na peixaria, a caminho do trabalho, e comprar as quatro maiores lagostas do tanque.

— O que acontece com as lagostas depois?

— São distribuídas por ordem, segundo uma lista, entre aqueles que gostam de lagosta — disse Ponsonby, como se a pergunta não tivesse mérito nenhum, visto que a resposta era tão óbvia. — O Dr. Polonowski não faz nada com o resto do bicho. É muita gentileza da parte dele distribuí-las, na verdade. Elas, *de fato*, são seus animais experimentais, ele poderia comer tudo sozinho. Mas ele entra na fila, como o resto de nós. Com exceção do Dr. Forbes, que virou vegetariano, e do Dr. Finch, que é ortodoxo demais para comer crustáceos.

— Diga-me, Dr. Ponsonby, as pessoas *prestam atenção* aos sacos de animais mortos? Se o senhor visse um saco grande totalmente cheio, e realmente chamasse sua atenção, o que iria pensar?

O rosto de Ponsonby registrou uma leve surpresa. — Duvido que pensaria a respeito, tenente, porque duvido que chamaria minha atenção.

Miraculosamente, Ponsonby não estava mais ansioso em entrar em detalhes sobre seu trabalho, que simplesmente explicou que tinha a ver com a química de um neurônio envolvido no processo de epilepsia.

— Até agora parece que todos trabalham com epilepsia. Há alguém estudando o retardo mental? Pensei que a Hug fosse para as duas coisas.

— Infelizmente, perdemos nosso geneticista há vários anos e o Professor Smith não encontrou um homem adequado para substituí-lo. A questão do DNA os está atraindo, entende? Muito mais excitante. — Ele deu uma risadinha. — A sopa *deles* é feita de *E. coli.*

E, portanto, seguiu-se o Dr. Walter Polonowski, cujo humor irritável não tinha qualquer relação com sua ascendência polonesa: isso, assim como a arte de Ponsonby, teria sido óbvio demais.

— Não é justo — ele disse a Carmine.

— O que não é justo, doutor?

— A divisão de trabalho aqui. Se você tem um diploma médico, como eu, Ponsonby, Finch e Forbes, tem de atender pacientes no Hospital de Holloman, e atender pacientes toma o tempo da pesquisa. Ao passo que os Ph.D.s, como Chandra e Satsuma, podem fazer pesquisas o tempo todo. É alguma surpresa o fato de que eles estejam tão à frente do resto de nós? Quando concordei em vir trabalhar aqui, deduzi que teria retardados idiopáticos como pacientes. E o que aconteceu? Herdei os pacientes com síndrome da má-absorção! — Polonowski disse, com raiva.

Ai, Jesus, lá vamos nós de novo! — Eles não são retardados, doutor?

— Sim, é claro que são, mas é algo secundário à sua má-absorção! Eles *não* são idiopáticos!

— O que significa idiopático, senhor?

— Um distúrbio de etiologia desconhecida; sem causa conhecida.

— Hum-hum.

Walt Polonowski era um homem bastante apresentável, alto, boa constituição física, cabelos e olhos de um dourado escuro fundindo-se na pele também dourado-escura. O tipo de homem, julgou Carmine, que não estava se queixando do seu lote de pacientes porque aquilo o incomodasse; o que o incomodava eram emoções essenciais, como o amor e o ódio. O cara vivia infeliz o tempo todo; isso era patente na expressão de seu rosto.

Mas, assim como os outros, ele nunca prestaria atenção em algo tão trivial quanto um saco de animal morto, e muito menos em seu tamanho. E por que cargas-d'água eu estou obcecado com sacos de animais mortos?, Carmine se perguntou. Porque alguém muito esperto tirou vantagem do frigorífico de animais, sabendo que o pessoal do Hug nunca notava os sacos de animais mortos. É por isso. E, ainda assim... "Meu dedão está coçando. Vem algum patife andando".* Ainda não terminou. Sim, eu sei disso, eu sei!

A técnica de Polonowski, Marian, era uma garota bonita, que informou a Carmine que levava pessoalmente os sacos do Dr. Polonowski lá para baixo. Seu jeito era desconfiado e defensivo, mas não com relação às bolsas de animais mortos, ele achava. Aquela era uma garota infeliz, e garotas infelizes geralmente o eram em relação a problemas pessoais, não ao local de trabalho. Empregos eram fáceis de encontrar para esses jovens, todos formados em ciências biológicas, alguns com pequenos projetos extras que contariam para a obtenção de um mestrado ou doutorado. Marian, Carmine seria capaz de apostar, vinha às vezes para o trabalho no Hug usando óculos escuros para esconder o fato de haver chorado grande parte da noite.

Depois dos outros, o Dr. Hideki Satsuma foi ótimo. Seu inglês era perfeito e de pronúncia americana; seu pai, ele explicou, havia trabalhado na embaixada japonesa em Washington, D.C., a partir da época em que as relações diplomáticas foram restabelecidas, depois da guerra. Satsuma havia terminado seus estudos nos Estados Unidos e seus diplomas eram de Georgetown.

— Estou trabalhando na neuroquímica do rinencéfalo — ele disse, percebeu o olhar vago no rosto de Carmine e riu. — Que, às vezes, é chamado de "cérebro do cheiro": a parte mais primitiva da matéria cinzenta humana. Está bastante envolvido no processo epilético.

Satsuma era outro bonitão; o Hug certamente tinha sua cota de homens bonitos! Seus traços também eram aristocráticos e ele havia passado por uma cirurgia para retrair as pregas epicânticas de suas pálpebras

---

* *Macbeth*: ato IV, cena 1. (N.T.)

superiores, dessa forma libertando um par de brilhantes olhos negros. Era bastante alto para um japonês. Ele se movia com a graça de Rudolf Nureyev e possuía o mesmo ar levemente tártaro. Carmine o resumiu como o tipo de pessoa que jamais deixava cair a peteca ou, no caso, a proveta. Era simpático também, o que incomodava Carmine, que havia servido seus anos de guerra no Pacífico e, portanto, não tinha a menor afeição pelos japas.

— Você precisa entender, tenente — disse Satsuma com sinceridade —, que nós, que trabalhamos num lugar como o Hug, não somos do tipo que presta atenção em algo, a não ser que envolva nosso trabalho, quando então nos dotamos de uma visão de raio X melhor que a do Super-Homem. Um saco de papel marrom com um animal morto pode chamar a atenção se for uma intrusão, mas, caso contrário, não nos afeta em absoluto. Como os técnicos do Hug são muito competentes, os sacos de animais não ficam por aí, atrapalhando. Eu nunca os levo lá para baixo. Meu técnico é quem faz isso.

— Vejo que ele também é japonês.

— Sim. Eido é meu assistente em todos os aspectos. Ele e a mulher vivem no décimo andar do prédio da Seguros Nutmeg, onde eu tenho a cobertura. Como você bem sabe, já que mora no mesmo edifício.

— Na verdade, eu não sabia. A cobertura possui um elevador privativo. Eido e a esposa eu já tinha visto. O senhor é casado, doutor?

— Eu não! Existem muitos peixes bonitos no mar para que eu escolha apenas um. Sou um homem solteiro.

— Tem alguma namorada aqui no Hug?

Os olhos negros cintilaram — com divertimento, não com raiva. — Oh, minha nossa, claro que não! Como meu pai me ensinou há muitos anos, só um solteiro tolo mistura negócios com prazer.

— Uma boa regra de vida.

— Você gostaria que eu o apresentasse ao Dr. Schiller? — perguntou Satsuma, sentindo que a entrevista havia terminado.

— Obrigado, é muita gentileza.

Ora, ora, outro bonitão no Hug! Um *viking*. Kurt Schiller era o patologista. Seu inglês tinha uma inflexão levemente germânica que, sem dúvida, explicava o olhar de feroz antipatia do Dr. Maurice Finch ao mencionar o nome Schiller. Nem uma gota de amor entre eles. Schiller era alto, quase esquelético, com cabelo louro-claro e olhos azuis pálidos. Algo nele irritava Carmine, embora não tivesse nada a ver com sua nacionalidade; o perceptivo policial desconfiava que ele fosse homossexual. Se Schiller não for um homossexual, há algo errado no meu faro de policial, e eu sei que não há, pensou Carmine.

O laboratório de patologia ocupava a mesma localização que a sala de cirurgia, no andar inferior, exceto que era um pouco maior devido a uma sala de animais sem nenhum gato. Schiller trabalhava com dois técnicos: Hal Jones, responsável pela histologia do Hug, e Tom Skinks, que trabalhava exclusivamente nos projetos de Schiller.

— Às vezes me enviam amostras de cérebro do hospital — disse o patologista —, devido à minha experiência com atrofia cortical e tecido cicatricial. Meu próprio trabalho envolve pesquisar marcas de cicatriz no hipocampo e no giro uncinado.

E blablablá. Naquele ponto, Carmine já havia aprendido a se desligar quando as palavras compridas começavam. Apesar de que o problema não era o tamanho das palavras, e sim sua ininteligibilidade. Como quando o engenheiro Billy Ho falava sobre um mu magnético inferior a um, como se Carmine automaticamente fosse saber do que ele estava falando. Todos nós falamos nosso próprio jargão, inclusive os policiais, ele pensou, com um suspiro.

Àquela altura, já eram seis da tarde e Carmine estava morrendo de fome. No entanto, seria melhor terminar de falar com todo mundo para que todos pudessem ir para casa e, então, ele pudesse comer com tranquilidade. Só faltava falar com quatro pessoas no quarto andar.

Ele começou por Hilda Silverman, a bibliotecária de pesquisas, que controlava uma sala enorme repleta de estantes de aço e armários de gavetas com livros, cartões, papéis, resumos, papéis reimpressos, artigos e excertos relevantes de livros extensos.

— Mantenho meus registros no nosso computador, atualmente — ela disse, acenando com sua mão sem manicure na direção de uma coisa do tamanho de um refrigerador de restaurante, equipado com duas bobinas de fita de quatorze polegadas e, sobre um console na frente, um teclado de máquina de escrever. — É uma ajuda e tanto! Acabaram-se os cartões perfurados! Tenho muito mais sorte do que a bibliotecária da faculdade de medicina, sabe? Eles ainda têm de fazer as coisas da forma antiga. No momento, estão montando um aparelho no Texas que poderemos acessar. Digitar palavras como "íons de potássio" e "convulsões" e receber resumos de todos os artigos já escritos sobre o assunto tão rapidamente quanto um teletipo os possa produzir. É mais um motivo pelo qual eu deixei a biblioteca central para vir para cá e ter meu próprio domínio. Tenente, o Hug está *nadando* em dinheiro! Embora seja duro ficar tão longe de Keith — ela complementou, com um suspiro.

— Keith?

— Meu marido, Keith Kyneton. Ele é aluno de pós-graduação em neurocirurgia, que fica logo ali, na outra ponta da Oak Street. Costumávamos almoçar juntos, mas agora já não podemos.

— Então, Silverman é seu nome de solteira?

— Isso mesmo. Eu tive de mantê-lo... era mais fácil, já que todos os documentos diziam Silverman.

Ele deduziu que ela tivesse trinta e poucos anos, mas podia ser mais jovem; sua expressão era um tanto cansada. Ela usava casaco e saia malcortados que já tinham visto dias melhores, sapatos gastos e nenhuma outra joia além da aliança de casamento. O cabelo ondulado castanho-avermelhado estava mal cortado e preso com grampos feios, os olhos castanhos bastante agradáveis pareciam encolhidos por óculos de lentes fundo de garrafa e o rosto não tinha qualquer maquiagem, sendo naturalmente simpático.

O que será, perguntou-se Carmine, que sempre faz com que as bibliotecárias pareçam bibliotecárias? Serão os ácaros dos papéis? A poeira? A tinta de impressão?

— Gostaria de poder ajudá-lo mais — ela disse, um pouco depois —, mas realmente não consigo me lembrar de ter visto um daqueles sacos. Tampouco já estive no primeiro andar, a não ser na parte da entrada dos elevadores.

— Quem são seus amigos aqui? — ele perguntou.

— Sonia Liebman, da sala de cirurgia. Mais ninguém, na verdade.

— E a Srta. Dupre e a Srta. Vilich, do seu próprio andar?

— Aquelas duas? — ela perguntou, com sarcasmo. — Elas estão ocupadas demais brigando para notar a minha existência.

Ora, ora, até que enfim uma informação útil!

Quem seria o próximo? A Dupre, ele decidiu, e bateu à sua porta. Ela tinha a sala no canto sudeste, o que significava janelas em dois lados, uma com vista para a cidade e a outra, para o sul, acima do porto enevoado. Agora, por que o professor não havia pegado aquela sala para ele? Ou será que ele não acreditava ser capaz de resistir a perder tempo olhando para aquela vista maravilhosa? A Srta. Dupre, que definitivamente não era maravilhosa, também tinha força de vontade suficiente, ele julgou, para resistir ao que jazia do lado de fora de suas janelas.

Ela se levantou de sua mesa para ficar acima dele, algo que, claramente, lhe dava prazer. Um passatempo perigoso, minha senhora. Você também pode ser colocada no seu lugar. Mas você é inteligente demais, e muito eficiente, e muito observadora; tudo isso se pode ver em seus belos olhos.

— O que a trouxe ao Hug? — ele perguntou, sentando-se.

— Um *green card*. Eu trabalhava como auxiliar administrativa em uma das regionais de saúde na Inglaterra. Era responsável por todas as instalações de pesquisa nos vários hospitais e universidades de tijolinhos da área.

— Hã... universidades de tijolinhos?

— São aquelas para onde vão os estudantes da classe trabalhadora; ou seja, como eu. Nós não vamos para Oxford ou Cambridge, que *não* são de tijolinhos, embora seus prédios mais novos sejam.

— Existe alguma coisa que a senhorita não saiba sobre este lugar? — ele perguntou.

— Muito pouco.

— E sobre os sacos de papel marrom com animais mortos?

— Sua fixação inexplicável por sacos de papel com animais mortos foi percebida por várias outras pessoas além de mim, mas nenhum de nós tem a menor ideia do que possa significar, embora eu consiga adivinhar. Por que não me conta a verdade, tenente?

— Apenas responda às minhas perguntas, Srta. Dupre.

— Então, me pergunte.

— A senhorita geralmente vê os sacos de animais mortos?

— É claro. Como gerente daqui, eu vejo tudo. A consignação anterior à última consistia de produtos de qualidade inferior, o que me obrigou a analisar exaustivamente o assunto — disse a Srta. Dupre. — No entanto, normalmente eu não os vejo, principalmente quando estão ocupados por um cadáver.

— A que horas Cecil Potter e Otis Green terminam o trabalho?

— Às três da tarde.

— Todo mundo sabe disso?

— Naturalmente. De tempos em tempos isso leva a reclamações por parte de algum pesquisador: eles, às vezes, supõem que o mundo inteiro exista para satisfazer suas necessidades. — Suas sobrancelhas claras se ergueram. — Minha resposta a eles é dizer que o Sr. Potter e o Sr. Green trabalham no horário dos cuidados animais. Os ritmos diários dos animais requerem cuidados num período de três ou quatro horas depois do nascer do sol. As noites não são tão importantes, desde que eles tenham sido providos de comida e de um ambiente limpo.

— Que outros serviços Otis realiza, além de cuidar dos animais?

— O dia do Sr. Green é amplamente tomado por suas tarefas nas salas de animais do andar de cima; suas outras tarefas não são muito exigentes. Ele carrega as coisas pesadas, faz a manutenção das lâmpadas e recolhe os resíduos perigosos. Você ficaria surpreso em saber que as mulheres técnicas pedem para o Sr. Green pegar cilindros de gás para elas. Costumávamos deixar que as garotas transportassem seus próprios cilindros, até que um deles foi acidentalmente derrubado e seu conteúdo pressurizado escapou. Não houve danos, mas se o gás não fosse inerte... — Sua expressão era pesarosa. — Existem outras ocasiões em que um dos pesquisadores tem de trabalhar com substâncias que emitem radiação gama. Isso requer que se levantem barreiras de tijolos de chumbo... extremamente pesados.

— Fico surpreso de que neste lugar tão chique não esteja tudo canalizado e instalado.

Ela se levantou, olhando-o de cima. — O senhor tem algo mais para me perguntar?

— Não. Obrigado pelo seu tempo.

Como é que eu faço para cair nas boas graças dela?, ele se perguntou enquanto caminhava até o escritório de Tamara Vilich. Ela é uma fonte de informações da qual preciso muito.

O escritório da secretária do professor tinha uma porta que se comunicava com o dele, Carmine notou ao entrar.

— O senhor se dá conta — disse Tamara Vilich com um toque ácido na voz — que por nos deixar para o final, criou-nos uma considerável inconveniência? Estou atrasada para um compromisso.

— São as penas do poder — disse Carmine sem se sentar. — Sabia que eu tive de ouvir mais linguagem artificial e jargão técnico hoje do que costumo escutar em meses? Também estou sofrendo inconveniências, Srta. Vilich. Não tomei café da manhã, não almocei e, até agora, não jantei.

— Então, vamos logo com isto! Eu preciso ir!

Desespero em sua voz? Interessante. — A senhorita costuma ver os sacos com animais mortos?

— Não. — Ela olhou com irritação para seu relógio. — Droga!

— Nunca?

— Não, nunca!

— Então pode ir para seu compromisso, Srta. Vilich. Obrigado.

— Agora estou atrasada demais! — ela gritou, desesperada. — Atrasada demais!

Mas ela se foi, correndo, antes que Carmine pudesse bater na porta de comunicação.

O professor parecia estar mais preocupado agora do que tinha estado naquela manhã; talvez, pensou Carmine, porque nada havia acontecido, desde então, para tranquilizar suas ansiedades nem para satisfazer sua curiosidade.

— Terei de informar o Conselho de Administração — Smith disse, antes que Carmine tivesse chance de falar.

— Conselho de Administração?

— Esta é uma instituição financiada de forma privada, tenente, que é supervisionada por um conselho. Se poderia dizer que todos nós precisamos trabalhar para poder comer. A generosidade do Conselho de Administração é diretamente proporcional à quantidade de trabalho genuinamente original e significativo que o Hug produz. Nossa reputação é única no mundo; o Hug, sem dúvida, estabeleceu um padrão alto. Agora essa... essa... essa *singularidade* acontece! Um evento aleatório que tem o poder de afetar drasticamente a qualidade do nosso trabalho.

— Um evento aleatório, professor? Não considero um assassinato como algo aleatório. Mas vamos deixar isso de lado, por enquanto. Quem faz parte desse conselho?

— William Parson morreu em 1952. Ele deixou dois sobrinhos, Roger Jr. e Henry Parson, no controle do seu império. Roger Jr. é o diretor-chefe do conselho. Henry é seu vice. Os filhos deles, Roger III e Henry Jr., também são membros do conselho. O quinto membro da família Parson é Richard Spaight, diretor do Banco Parson e filho da irmã de William Parson. O presidente Mawson MacIntosh, da Chubb, é um dos diretores, assim como o reitor da faculdade de medicina, Dr. Wilbur Dowling. Eu, como professor titular, sou o último integrante — disse Smith.

— Isso dá aos Parson uma ampla maioria. Eles devem controlar tudo com mão de ferro.

Smith pareceu surpreso. — Não, em absoluto! Precisamente o contrário! Desde que continuemos entregando o tipo de trabalho brilhante que temos feito nos últimos quinze anos, contamos com carta branca, praticamente. O testamento de William Parson foi muito específico. "A preço de banana só se conseguem macacos" era uma de suas máximas prediletas. Portanto, não pagamos preço de banana aqui no Hug e nossos pesquisadores são infinitamente mais inteligentes que os símios lá de baixo. Por isso a minha preocupação com esta singularidade, tenente. Uma parte de mim insiste que é apenas um sonho.

— Professor, o corpo é real e a situação é real. Mas eu gostaria de divagar por um momento. — O rosto de Carmine adquiriu uma expressão que a maioria dos que a contemplavam considerava irresistível. — O que acontece entre a Srta. Dupre e a Srta. Vilich?

O rosto comprido de Smith se franziu. — É assim tão óbvio?

— Para mim, sim. — Não havia necessidade de mencionar Hilda Silverman.

— Durante os nove primeiros anos de existência do Hug, Tamara era tanto minha secretária quanto gerente administrativa. Então, ela se casou. Eu te asseguro que não sei nada a respeito do marido exceto que, depois de alguns meses, ele a abandonou. Durante o tempo em que estiveram juntos, o trabalho dela sofreu terrivelmente. Como resultado, o Conselho de Administração decidiu que precisávamos de uma pessoa mais qualificada para conduzir nossos negócios.

— O marido da Srta. Vilich também era um huguita?

— O termo é "hugger", tenente — disse Smith como se tivesse algodão na boca. — As farpas de Frank Watson penetraram fundo. Já que existem os chubbers, ele disse, então também deve haver os huggers. E não, o marido não era nem hugger nem chubber. — Ele respirou fundo. — Para ser perfeitamente sincero, ele abusou da confiança da pobre moça. Nós percebemos tudo e não fizemos nada.

— Fico surpreso que o conselho não insistisse que o senhor a mandasse embora.

— Eu não poderia fazer *isso*, tenente! Ela veio trabalhar para mim logo que saiu da Faculdade de Secretariado Kirk, aqui em Holloman, e nunca teve outro emprego. — Um suspiro profundo. — No entanto, foi inevitável, quando a Srta. Dupre chegou, que Tamara sentisse antipatia por ela. Uma pena. A Srta. Dupre é excelente em seu trabalho; muito melhor do que Tamara, para ser honesto! Diplomas em administração hospitalar *e* contabilidade.

— Uma mulher dura. Talvez elas tivessem se dado melhor se a Srta. Dupre fosse mais do tipo glamorosa, hein?

Aquela isca foi ignorada; o professor optou por dizer: — A Srta. Dupre é muito apreciada, em todos os setores.

Carmine olhou de relance para seu relógio. — Hora de eu deixá-lo ir para casa, senhor. Obrigado por ser tão cooperativo.

— Você não acredita mesmo que o corpo tenha alguma coisa a ver com o Hug e com o meu pessoal, não é? — o professor perguntou enquanto caminhava com Carmine pelo corredor.

— Acho que o corpo tem tudo a ver com o Hug e com o seu pessoal. E, professor, adie sua reunião com a comissão até a próxima segunda-feira, por favor. O senhor tem liberdade para explicar a situação para o Sr. Roger Parson Jr. e para o presidente MacIntosh agora mesmo, mas que a cadeia de informações pare por aí. Sem exceções, de esposas a colegas.

Ser vizinho dos Serviços Municipais de Holloman significava que o Malvolio's lucrava muito em ficar aberto vinte e quatro horas por dia. Talvez porque tantos de seus clientes usassem uniforme azul-marinho, a decoração acompanhava o colorido azul estilo "porcelana inglesa", com alguns detalhes moldados em gesso exibindo donzelas, guirlandas e arabescos para quebrar um pouco a monotonia do tom. Corey e Abe haviam ido embora há muito tempo quando Carmine estacionou o Ford ali em frente e entrou para pedir carne assada com molho e purê de batatas, acompanhada por uma salada com molho de ervas Green Goddess e duas fatias de torta de maçã à moda da casa.

Finalmente, com o estômago cheio, ele foi caminhando para casa para tomar um longo banho; então, caiu nu na cama e nem notou quando a cabeça tocou no travesseiro.

* * *

Hilda Silverman chegou em casa e descobriu que Ruth já havia preparado o jantar: um cozido de costeletas de porco das quais ela não havia se preocupado em retirar a gordura, purê de batatas instantâneo, uma salada de alface murcha e transparente, por haver colocado o molho vinagrete cedo demais, e um bolo de chocolate congelado da marca Sara Lee, de sobremesa. Pelo menos não preciso me preocupar em manter a forma, pensou Hilda; o milagre é como Keith consegue manter a forma, já que ele *adora* a comida da mãe. Esse deve ser o único vestígio de suas origens, de família branca pobre, que restou em seu caráter. Não, Hilda, seja justa! Ele ama a mãe também, tanto quanto a sua comida.

Não que ele estivesse presente. Seu prato estava separado, coberto por papel alumínio, em cima de uma panela de água que Ruth mantinha em fogo baixo até que o filho chegasse, ainda que fosse às duas ou três da madrugada.

Hilda não gostava de sua sogra por ela ser, ainda hoje, tão desafiadoramente presa a suas origens de branca pobre, mas ambas estavam indiscutivelmente ligadas — por um elo chamado Keith —, e o ciúme não fazia parte do cenário. Keith era tudo, simples assim. Se Keith preferia que as pessoas não soubessem a respeito do seu passado, estava tudo bem para sua mãe, que seria capaz de morrer por ele tão alegremente quanto Hilda o faria.

Ruth fazia uma diferença enorme para o conforto de Keith e Hilda, já que sua presença permitia que Hilda mantivesse seu bem remunerado emprego. Melhor ainda: Ruth, de fato, gostava de morar numa casa horrível, em um bairro horrível; isso a lembrava (e também a uma parte de Keith) de sua velha casa em Dayton, Ohio. Outro lugar no qual as pessoas enchiam o quintal de casa com máquinas de lavar quebradas e carrocerias de carro enferrujadas. Tão úmido, deprimente e frio quanto Griswold Lane, em Holloman, Connecticut.

Keith e Hilda viviam na pior casa da Griswold Lane porque o aluguel era uma mixaria, permitindo que eles economizassem a maior parte de ambos os salários (o dela era o dobro do dele). Agora que Keith havia terminado sua residência e marcava passo como pós-doutorando, estava planejando entrar como sócio numa lucrativa clínica neurocirúrgica, de preferência localizada na cidade de Nova York. Não era para Keith Kyneton a vida tediosa e mal-remunerada de professor de medicina! Mãe e mulher se esforçavam heroicamente para ajudá-lo a realizar sua ambição. Ruth era uma pão-duro nata, que considerava a loja popular J.C. Penney's absurdamente cara e comprava no supermercado os produtos de dois dias atrás; Hilda economizava em coisas triviais como um corte de cabelo, não era capaz de comprar uma boina decente e sofria com seus óculos fundo-de-garrafa. Enquanto isso, a roupa e o carro de Keith tinham de ser os melhores, e seu trabalho tornava obrigatório o enorme gasto com lentes de contato. O que Keith queria, Keith deveria ter.

Naquele momento, enquanto Ruth e Hilda estavam se sentando, chegou Keith, e com ele o sol, a lua, as estrelas e todos os anjos do paraíso. Hilda se levantou de um salto e atirou os braços ao redor do pescoço dele, enterrando a cabeça sob seu queixo — oh, ele era tão alto, tão... tão fantástico!

— Olá, querida — ele disse, um braço em volta dela e se inclinando por cima de sua cabeça para beijar a mãe no rosto. — Olá, mãe, o que tem para o jantar? Será que sinto o cheiro das suas costeletas de porco?

— Com certeza, filho. Sente-se enquanto eu pego seu prato.

Então eles se sentaram a três lados da pequena mesa quadrada da cozinha, Keith e Ruth devorando a refeição gordurosa e de segunda-classe com gosto, Hilda apenas beliscando.

— Tivemos um assassinato hoje — disse Hilda, mastigando uma costeleta.

Keith ergueu os olhos, ocupado demais para comentar; Ruth pousou o garfo e olhou-a fixamente.

— Cacilda! — ela disse. — Um assassinato mesmo, de verdade?

— Bem, um corpo, de qualquer forma. Foi por isso que cheguei tão tarde em casa. A polícia estava por toda parte e não deixava ninguém sair, nem para almoçar. Por alguma razão eles deixaram o quarto andar por último; embora como é que alguém do quarto andar iria saber alguma coisa a respeito do setor de cuidados animais, no primeiro? — Hilda bufou indignada e conseguiu remover a gordura de sua costeleta.

— Só se fala disso no hospital e na faculdade de medicina — disse Keith, fazendo uma pausa para se servir de mais duas costeletas. — Passei o dia todo no centro cirúrgico, mas, mesmo lá, o anestesista e a instrumentadora só falavam sobre esse assunto. Como se um aneurisma bifurcado na artéria cerebral central não fosse o suficiente! Daí veio o radiologista com a novidade de que houve outro aneurisma na artéria basilar, então todo o nosso trabalho, provavelmente, terá sido em vão.

— Mas o angiograma não mostrou isso antes de vocês começarem?

— A basilar não se encheu adequadamente e Missingham não viu as radiografias até que quase houvéssemos terminado; ele estava em Boston. Seu assistente não é capaz de achar o próprio rabo dentro da calça, quanto mais um aneurisma numa artéria basilar insuficientemente preenchida! Desculpe, mãe, mas foi um dia bem frustrante. Nada deu certo.

Com suavidade nos olhos, Hilda o olhava com adoração. Como havia conseguido captar a atenção de Keith Kyneton? Um mistério, mas pelo qual estava permanentemente agradecida. Ele era todos os seus sonhos condensados em um, desde sua altura até o cabelo claro encaracolado, os lindos olhos cinza, a ossatura facial esculpida, o corpo musculoso. E era tão charmoso, tão eloquente, tão eminentemente adorável! Sem falar que era um neurocirurgião altamente capaz que havia escolhido uma ótima especialidade, a dos aneurismas cerebrais. Até recentemente eles haviam sido considerados como inoperáveis, como sentenças de morte, mas agora que a neurocirurgia tinha técnicas de congelamento sanguíneo e que o coração podia ser paralisado por alguns preciosos minutos, enquanto se extraía um aneurisma, o futuro de Keith estava garantido.

— Vamos, dê alguns detalhes — disse Ruth, com os olhos brilhando.

— Não posso, Ruth, porque não sei de nenhum. A polícia foi muito reservada sobre o assunto e o tenente que conversou comigo poderia dar lições de discrição a um padre católico. Sonia me disse que ele lhe deu a impressão de ser um homem muito inteligente e bem-educado, e eu pude ver a que ela se referia.

— Qual era o nome dele?

— Um nome de origem italiana.

— E não é sempre assim? — perguntou Keith, rindo.

O professor Bob Smith estava em casa com a mulher, Eliza, depois que o jantar havia terminado e eles tinham mandado os garotos fazer o dever de casa.

— Vai dificultar a vida.

— O conselho, você quer dizer? — ela perguntou, servindo-lhe mais café.

— Sim, o conselho, mas principalmente o trabalho, querida. Você sabe como eles podem ser temperamentais! O único que não me perturba é Addison. Ele dá graças por estar vivo, suas ideias a respeito dos anticonvulsivos são tão satisfatórias para ele quanto para mim, e, desde que nenhum de seus equipamentos quebre, ele está contente. Embora, como alguém possa correr oito quilômetros por dia e ficar contente, eu não sei. Complexo de Lázaro. — Ele sorriu, o que fazia maravilhas por seu rosto já impressionante. — Ah, como ele ficou irritado quando eu lhe disse que não aceitaria que ele fosse correndo para o trabalho todas as manhãs! Mas ele conseguiu controlar a raiva.

Ela deu uma risadinha, um som bastante atraente. — Seria de esperar que um atleta percebesse que obrigar os demais a sentir seu cheiro de cê-cê depois de correr não o tornaria um colega de trabalho ideal, não é? — Ela ficou séria. — É da coitada da mulher dele que eu mais sinto pena.

— Robin? A inexistente? Por quê?

— Porque Addison Forbes a trata como empregada, Bob. Sim, trata! Os sacrifícios que ela tem de fazer para encontrar a comida que ele quer! E para lavar suas roupas fedorentas... isso não é vida.

— Isso parece meio insignificante para mim, querida.

— Sim, suponho que seja, mas ela... bem, não é a pessoa mais inteligente do mundo, e Addison a faz saber disso. Algumas vezes já o peguei olhando de soslaio para ela e tendo calafrios. Sou capaz de jurar que ele realmente a odeia!

— Isso pode acontecer quando um estudante de medicina tem de se casar com uma enfermeira por conveniência — comentou Smith com certa secura. — Não existe igualdade intelectual, e depois que ele consegue o que quer, ela se transforma num motivo de vergonha.

— Você é tão esnobe.

— Não, sou pragmático. E tenho razão.

— Então, tá, talvez você tenha razão, mas é uma atitude cruel mesmo assim — disse Eliza com valentia. — Quer dizer, até mesmo na casa deles ele a tranca para fora! Eles têm essa maravilhosa torre com uma sacada sobre o porto e ele não permite que ela suba lá! O que é isso? É o quarto do Barba Azul, por acaso?

— Prova da desorganização dela e da obsessão dele por ordem. Eu não permito que você entre no porão, não se esqueça disso.

— Você não escutará nenhuma queixa minha a esse respeito, mas eu acho que você é duro demais com os meninos. Eles já passaram da fase destrutiva há muito tempo. Por que não deixá-los descer até lá?

O maxilar dele se apertou, endurecendo seu rosto. — Os meninos estão proibidos de ir ao porão de forma permanente, Eliza.

— Então não é justo, porque você passa cada segundo do seu tempo livre lá embaixo. Deveria passar mais tempo com os meninos, então por que não deixa que eles compartilhem seu brinquedo?

— Eu gostaria que você não chamasse de brinquedo!

Ela mudou de assunto; ele tinha aquele olhar obstinado, não iria escutar. — Esse assassinato é realmente um problema, Bob? Quer dizer, não é possível que tenha alguma coisa a ver com o Hug.

— Eu concordo, querida, mas a polícia pensa de outra forma — disse Smith com pesar. — Você acredita que colheram nossas impressões digitais? Por sorte somos um laboratório de pesquisas. A tinta saiu com xileno.

* * *

Walt Polonowski disse à sua mulher, num tom pouco gentil:

— Você viu minha jaqueta xadrez vermelha?

Ela deteve suas rondas pela cozinha, com Mikey apoiado em seu quadril, Esther dependurada em sua saia, e olhou para ele num misto de desprezo e desespero. — Cristo Todo-Poderoso, Walt, não é possível que a estação de caça já tenha chegado! — ela retrucou.

— Está quase aí. Vou até a cabana neste fim de semana para deixar tudo preparado; e isso significa que preciso da minha jaqueta, e não consigo encontrá-la porque ela não está onde deveria.

— Nem você. — Ela colocou Mikey em sua cadeira alta e Esther numa cadeira com uma almofada fofa; então, berrou para Stanley e Bella: — O jantar está pronto!

Um menino e uma menina entraram galopando, gritando que estavam famintos. A mamãe era uma excelente cozinheira, que nunca os obrigava a comer coisas de que não gostassem. Nada de espinafre, cenoura ou repolho, a não ser que ela o preparasse em forma de chucrute, como eles gostavam.

Walter sentou-se numa extremidade da mesa comprida e Paola, na outra, de onde poderia enfiar colheradas de comida na boca de Mikey, aberta como a de um passarinho, e corrigir os modos de Esther à mesa, ainda bem longe de serem perfeitos. — Outra coisa que não suporto — ela disse, assim que todos começaram a comer — é o seu egoísmo. Seria ótimo ter um lugar aonde levar as crianças num fim de semana, mas não! A cabana é sua e nós podemos bufar... Stanley, eu não estou te dando permissão para bufar!

— Você tem razão ao dizer que a cabana é minha — ele disse friamente, cortando com o garfo a deliciosa lasanha que ela fizera. — Meu avô me deixou a cabana, Paola; só para mim e mais ninguém. É o único lugar aonde posso ir para me afastar dessa desordem!

— De sua mulher e seus quatro filhos, você quer dizer.

— Exatamente.

— Se você não queria ter quatro filhos, Walt, por que não deu um nó na sua maldita coisa? É preciso dois para dançar tango.

— Tango? O que é isso? — perguntou Stanley.

— Uma dança sexy — respondeu sua mãe, evasiva.

Uma resposta que, por alguma razão inexplicável para Stanley, fez seu pai explodir numa gargalhada.

— Cale a boca! — resmungou Paola. — Cale a boca, Walt!

Ele enxugou os olhos, pôs outro pedaço de lasanha no prato vazio de Stanley e, então, encheu seu próprio prato. — Vou até a cabana na sexta à noite, Paola, e não voltarei para casa até segunda. Tenho uma montanha de coisas para ler e, como Deus bem sabe, não posso ler nesta casa!

— Se ao menos você desistisse dessa pesquisa idiota e começasse a atender numa boa clínica particular, Walt, nós poderíamos morar numa casa suficientemente grande para doze filhos sem destruir sua paz! — Seus grandes olhos castanhos faiscaram com lágrimas de raiva. — Você tem uma reputação fantástica por lidar com todas essas doenças estranhas e maravilhosas com nome de gente... Wilson, Huntington, não me peça para lembrar de todas!... e eu sei que recebe ofertas para trabalhar em clínicas particulares, em lugares muito melhores do que Holloman: Atlanta, Miami, Houston... lugares *quentes*! Lugares em que custa barato ter ajuda em casa. As crianças poderiam ter aulas de música, eu poderia voltar para a faculdade...

A mão dele bateu violentamente sobre a mesa; as crianças ficaram imóveis, tremendo. — E como, exatamente, você sabe que eu recebi ofertas de trabalho, Paola? — ele perguntou perigosamente.

Seu rosto empalideceu, mas ela o desafiou: — Você deixa as cartas espalhadas por toda parte, eu as encontro em todos os lugares.

— E as lê. E depois você se pergunta por que eu preciso me afastar. Minha correspondência é particular, você está me ouvindo? *Particular!*

Walt largou seu garfo, empurrou a cadeira para longe da mesa e saiu arrogantemente da cozinha. Sua mulher e filhos o acompanharam com os olhos, então Paola limpou o rosto sujo de Mikey e se levantou para pegar o sorvete e a gelatina.

Havia um velho espelho na parede ao lado da geladeira; Paola captou um vislumbre de si mesma e sentiu as lágrimas transbordarem. Oito anos tinham sido suficientes para transformar a jovem vivaz e extremamente bonita, de lindo corpo, numa mulher magra e sem graça que parecia muito mais velha do que era na realidade.

Ah, a alegria de conhecer Walt, de cativar Walt, de *prender* Walt! Um médico qualificado que era tão brilhante que eles logo ficariam ricos. O que ela não havia contado era com o fato de Walt não ter nenhuma intenção de abandonar a vida acadêmica; até os encanadores ganhavam mais! E os filhos foram chegando, chegando. A única forma de ela prevenir que houvesse um quinto filho era pecando: Paola estava tomando pílula.

As brigas, ela sabia, eram totalmente destrutivas. Perturbavam as crianças, perturbavam a ela mesma e estavam fazendo com que Walt fosse com uma frequência cada vez maior para sua cabana. Sua cabana... ela nunca sequer a tinha *visto*! Tampouco iria ver. Walt se recusava a lhe dizer onde ficava.

— Ah, uau, sorvete com calda de chocolate! — gritou Stanley.

— Calda de chocolate não combina com gelatina de uva — disse Bella, que era a exigente.

Segundo suas próprias diretrizes, Paola era uma boa mãe. — Você prefere sua gelatina e seu sorvete em tigelas separadas, meu bem?

O Dr. Hideki Satsuma entrou em sua cobertura, no topo do edifício mais alto de Holloman, e sentiu o estresse do dia escorregar de seus ombros.

Eido havia chegado em casa mais cedo do que ele, arrumado tudo da forma como seu mestre gostava e, então, descido dez andares até o apartamento menos elegante em que morava com a mulher.

A decoração era enganosamente simples: paredes cobertas por folhas de cobre marteladas; portas de quadrados de madeira negra e papel frágil; um biombo muito antigo de três folhas, com mulheres sem expressão, de olhos puxados, penteados altos e sombrinhas de nervuras; um pedestal liso de pedra polida que suportava uma flor perfeita em um vaso Steuben retorcido; assoalhos de madeira negra brilhante.

Um jantar frio de sushi estava disposto sobre a mesa de laca negra, colocada numa parte rebaixada da sala, e quando ele cruzou o ambiente e foi até seu quarto, encontrou seu *kimono* estendido, a banheira exalando nuvens preguiçosas de vapor e seu *futon* estendido.

Banhado, alimentado e relaxado, ele foi, então, até a parede de vidro que emoldurava seu pátio e ficou ali, absorvendo sua perfeição. Construí-lo o havia obrigado a gastar uma soma considerável, mas dinheiro não era algo com que Hideki precisasse se preocupar. Era tão bonito, ali dentro do apartamento, onde antes havia sido uma área aberta de jardim, no telhado. No lado que dava para o pátio as paredes eram espelhadas, mas da sala que o rodeava, as paredes eram transparentes. Seu conteúdo era escasso, ao ponto da austeridade. Alguns bonsais de coníferas, um cipreste de Hollywood alto, crescendo numa espiral dupla, um bonsai de bordo japonês incrivelmente antigo, talvez duas dúzias de pedras de diferentes tamanhos e formas, e seixos de mármore multicoloridos, distribuídos num padrão complexo sobre o qual não se deveria caminhar. Ali, as forças de seu universo particular se uniam da forma mais apropriada para seu bem-estar.

Mas, naquela noite, com a ponta dos dedos ainda cheirando levemente a xileno diante de seu nariz primorosamente sensível, Hideki Satsuma olhou para seu pátio com a certeza de que as fundações de seu universo privado haviam sido abaladas; que ele teria que reorganizar os vasos, as pedras, os seixos, para neutralizar aquele acontecimento profundamente perturbador. Um acontecimento além de seu controle; ele, que era movido a controlar tudo. Ali... naquele ponto em que aquele regato serpenteava em meio aos cintilantes seixos de jade... e ali, onde a dura rocha cinzenta saltava como a lâmina de uma espada diante da tenra redondeza vulvar da rocha vermelha fendida... E ali, onde a espiral dupla do cipreste de Hollywood se estreitava em direção ao céu... De repente, estava tudo errado, ele teria que começar tudo de novo.

Sua mente se deslocou com nostalgia para sua casa de praia, numa ponta de Cape Cod, mas o que havia acontecido ali recentemente requeria um período de recuperação. Além disso, a distância até lá era longa demais, mesmo voando em sua Ferrari vermelho-escura pelos ermos noturnos. Não, aquela casa tinha um propósito distinto e, enquanto estivesse conectado à mudança em seu universo, o epicentro do distúrbio jazia em seu pátio, em Holloman.

Poderia esperar até o fim de semana? Não, não poderia. Hideki Satsuma pressionou o botão que convocava Eido de seu apartamento.

Desdemona irrompeu em seu apartamento no terceiro andar de um residencial onde viviam três famílias, na Sycamore Street, logo depois do Recôncavo. Sua primeira parada foi o banheiro, onde preparou um banho quente e removeu os vestígios da caminhada de mais de três quilômetros até sua casa. Depois foi para a cozinha para abrir uma lata de cozido irlandês e outra de pudim cremoso de arroz; Desdemona não era nenhuma cozinheira. Os olhos que Carmine havia se surpreendido por achar bonitos nem sequer notavam o piso de linóleo furado ou o papel de parede se desprendendo nos cantos; Desdemona não vivia para os confortos humanos.

Finalmente, vestida com um roupão masculino de flanela, ela foi para a sala de estar, onde seu apreciado trabalho jazia num grande cesto de vime em cima de uma estante alta de bambu, ao lado de sua poltrona favorita, cujas molas fora de lugar ela nem notava. Franzindo a testa, ela enfiou a mão no cesto para pegar o longo pedaço de seda no qual estava bordando uma toalha para o aparador de Charles Ponsonby — com certeza ela o tinha colocado bem em cima, não? Sim, tinha, sim, estava certa disso! Não havia caos na vida de Desdemona Dupre; tudo tinha seu lugar e nele permanecia. Mas o bordado não estava ali. Em vez dele, ela encontrou um chumaço pequeno de cabelos pretos crespos, apanhou-o e o estudou. Naquele momento, viu o pano, com seus ricos tons de vermelho desordenados, no chão atrás da poltrona.

Deixou cair os cabelos; apanhou o bordado e o esticou para ver se havia sofrido algum dano, mas, embora um pouco amarrotado, estava perfeito. Que estranho!

Então, a resposta lhe ocorreu e ela apertou os lábios. Aquele enxerido do dono do residencial, que vivia no apartamento de baixo, tinha bisbilhotado por ali. Porém, o que ela poderia fazer a respeito? A mulher dele era tão simpática; ele também era, à sua maneira. E onde mais ela encontraria um apartamento completamente mobiliado por setenta dólares por mês, num bairro seguro? Os cabelos foram para a lata de lixo da cozinha e ela se acomodou com os pés sob o corpo na grande poltrona para dar continuidade ao que, particularmente, considerava o melhor bordado que já fizera. Um desenho complicado e espiralado em vários tons de vermelho, do rosado ao quase negro, sobre um fundo de seda cor-de-rosa clara.

Mas que praga aquele senhorio! Ele merecia encontrar uma armadilha.

Tamara estava cansada de pintar, e sua imaginação, no momento, era incapaz de visualizar um rosto suficientemente feio, suficientemente aterrorizante. A imagem viria, mas não esta noite. Não tão pouco tempo depois do desastre de hoje. Aquele policial insolente, Delmonico, com seu andar pesado, os ombros tão largos que o faziam parecer muito mais baixo do que era, o pescoço tão enorme que, em qualquer outra pessoa, a cabeça teria parecido encolhida; mas não a cabeça dele. Colossal. Porém, por mais que ela tentasse, de olhos fechados, os dentes apertados, não conseguia fazer com que seu rosto adquirisse traços suínos. E, depois que ele a fizera perder seu compromisso, ela queria muito pintá-lo como se fosse o porco mais feio da criação.

Ela não conseguia dormir, e o que mais havia a fazer? Ler um de seus livros de suspense pela enésima vez? Ela se atirou numa grande poltrona de couro púrpura e pegou o telefone.

— Querido? — ela perguntou quando uma voz sonolenta atendeu.

— Já te disse para nunca me ligar aqui!

Clique. A linha voltou a emitir o som de chamada.

Cecil, deitado na cama com o rosto sobre o belo seio de Albertia, tentava esquecer o terror de Jimmy.

Otis, ouvindo o tum-tum-tum ritmado de seu próprio coração, com lágrimas rolando por seu rosto marcado por linhas. Não teria mais que carregar tijolos de chumbo, nem rolar cilindros de gás até os suportes, nem enfiar gaiolas dentro do elevador. De quanto seria sua aposentadoria?

Wesley, feliz e excitado demais para dormir. Como Mohammed havia se empertigado às suas notícias! De repente, o postulante jeca da Louisiana parecia importante; ele, Wesley le Clerc, havia recebido a tarefa de manter Mohammed el Nesr informado sobre o assassinato de uma mulher negra no Hug. Ele estava no caminho certo.

Nur Chandra, exilado em sua casa de campo, no terreno ao qual somente ele e seu criado, Misrarthur, acediam. Ele estava sentado, com as pernas cruzadas, as mãos sobre os joelhos com as palmas viradas para cima, cada dedo perfeitamente posicionado. Não dormia, mas tampouco estava acordado. Um estado diferente, um plano diferente. Havia monstros que deveriam ser banidos, monstros terríveis.

Maurice e Catherine Finch, sentados na cozinha, analisavam suas contas.

— Que cogumelos, que nada! — exclamou Catherine. — Eles custam mais do que você ganha, Maurie, e as minhas galinhas não os comem.

— Mas é algo diferente a fazer, meu amor! Você mesma disse que cavar o túnel era um bom exercício e, agora que já está cavado, o que eu tenho a perder se tentar? Variedades exóticas, para algumas lojas exclusivas de Nova York.

— Vai custar um monte de dinheiro — ela disse teimosamente.

— Cathy, não nos falta dinheiro! Não temos filhos... por que precisamos nos preocupar com o dinheiro? O que as suas sobrinhas e os meus sobrinhos vão fazer com este lugar, hein? Vender, Cathy, vender! Então, vamos nos divertir com ele o máximo que pudermos primeiro.

— Está bem, está bem, pode criar seus cogumelos! Só não venha me dizer que eu não te avisei!

Ele sorriu, estendeu a mão para apertar a mão dela, endurecida. — Prometo que não vou reclamar se der errado, mas simplesmente não acho que vai dar.

2

Quinta-feira, 7 de outubro de 1965

O dia de Carmine começou no escritório do comissário John Silvestri, onde ele se sentou no meio de um semicírculo posicionado em volta da mesa. À sua esquerda estavam o capitão Danny Marciano e o sargento Abe Goldberg; à direita, o Dr. Patrick O'Donnell e o sargento Corey Marshall.

Não pela primeira vez, Carmine agradeceu sua sorte por ter aqueles dois homens como seus superiores hierárquicos.

Moreno e bonito, John Silvestri era um policial administrativo, sempre fora um policial administrativo e esperava, confiantemente, que quando se aposentasse, dentro de cinco anos, pudesse afirmar jamais ter sacado sua arma num tumulto, muito menos disparado um rifle ou uma espingarda. O que era estranho, já que ele havia entrado para o Exército dos Estados Unidos em 1941, como tenente, e saíra em 1945, coberto de condecorações, incluindo a Medalha de Honra do Congresso. Seu hábito mais irritante se relacionava aos charutos, os quais ele chupava, em vez de fumar, deixando tocos melequentos em seu rastro que empesteavam o ar com um odor que Carmine imaginava que deveria ser o cheiro de uma escarradeira num *saloon* do Velho Oeste.

Completamente ciente de que Danny Marciano era quem mais odiava os charutos, Silvestri adorava empurrar seu cinzeiro sob seu nariz arrebitado; o sangue italiano do norte tinha dado a Marciano a pele clara e sardenta e os olhos azuis, e uma vida sentado atrás da escrivaninha lhe dera alguns quilos extras. Um excelente subordinado, a quem faltava o tipo de paciência astuta necessária para provocar o comissário.

Eles deixavam que Carmine e os dois tenentes seus parceiros realizassem o trabalho policial de verdade, ignoravam as pressões políticas da cidade, da universidade e da capital, Hartford, e se podia confiar que defenderiam seus homens sempre que fosse preciso. Que Carmine era seu favorito, todo mundo sabia; quase não havia ressentimento por esse fato porque, na verdade, significava que Carmine herdava os casos delicados que exigiam diplomacia ou relacionamento com outras agências policiais. Ele era também o melhor homem do departamento para lidar com assassinatos.

Carmine havia acabado de completar seu primeiro ano na Universidade Chubb quando Pearl Harbor foi atacado; então, ele postergou a faculdade e se alistou. Por puro acaso, foi transferido para a polícia militar e, depois que passou pela fase de tirar guarda e prender soldados bêbados, descobriu que amava o trabalho; havia tantos crimes violentos e complicados, durante o efervescente período de guerra, quanto nas ruas de qualquer grande cidade. Quando a guerra e o período de ocupação no Japão chegaram ao fim, ele era major, qualificado para completar sua formação na Chubb através de um programa acelerado. Então, com um bom diploma embaixo do braço, que lhe permitiria dar aulas de literatura inglesa ou de matemática, ele decidiu que gostava mais do trabalho policial. Em 1949, entrou para a Polícia de Holloman. Silvestri, um tenente administrativo na época, logo identificou seu potencial e o colocou no Setor de Detetives, onde agora ele era o tenente-coronel. Holloman não era grande o bastante para ter um esquadrão de homicídios nem qualquer das subdivisões que as forças policiais das cidades grandes possuíam, então Carmine podia ser designado para todos os tipos de crime. No entanto, assassinato era sua especialidade e ele contava com uma formidável taxa de sucesso: quase cem por cento; nem todos condenados, é claro.

Ele estava ali sentado, ansioso, mas relaxado; aquele caso iria ser *interessantíssimo*.

— Você pode começar, Patsy — disse Silvestri, que já detestava o caso do Hug porque era certo que se tornaria famoso. Só houvera um pequeno parágrafo no *Holloman Post* daquela manhã, mas, assim que os detalhes vazassem para a imprensa, viraria notícia de primeira página.

— Posso te dizer — disse Patrick — que quem quer que tenha colocado o torso no frigorífico de animais mortos do Hug não deixou impressões digitais, fibras ou qualquer outro vestígio. A vítima está no meio da adolescência e tem sangue mestiço. Ela é de tamanho pequeno e parece bem cuidada. — Ele se inclinou adiante, em sua cadeira, os olhos cintilando. — Em sua nádega direita, ela tem uma crosta em forma de coração. Uma verruga, removida cerca de dez dias atrás. No entanto, não era uma marca de nascença pigmentada, era um hemangioma: um tumor formado por vasos sanguíneos. O assassino utilizou um fórceps diatérmico para cortar pela raiz os vasos que alimentavam a excrescência, coagulando-a. Ele deve ter levado horas para fazer isso. Depois, deve ter aplicado Gelfoam para ajudar na coagulação e, depois disso, deixou a crosta se formar e secar. Encontrei traços do que achei que fosse uma pomada de base oleosa, mas não era. — Ele respirou fundo. — Era maquiagem, exatamente da cor da pele dela.

A pele de Carmine começou a se arrepiar; ele estremeceu. — Ela ainda não parecia perfeita depois de ele ter removido a marca de nascença, então ele a cobriu com maquiagem para *fazer* com que ficasse perfeita. Ah, Patsy, que cara mais esquisito!

— Pois é — disse Patrick.

— Então, ele é cirurgião? — perguntou Marciano, empurrando o cinzeiro de Silvestri e seu conteúdo para longe de seu nariz.

— Não necessariamente — disse Carmine. — Ontem eu conversei com uma mulher que realiza *micro*cirurgias nos animais do Hug. Ela não tem diploma médico. Existem provavelmente dúzias de técnicos em qualquer grande centro de pesquisas como a Faculdade de Medicina de Chubb que podem operar tão bem quanto um cirurgião. Por essa razão, até Patsy nos contar como o cara coagulou a verruga que sangrava, eu estava considerando também açougueiros e trabalhadores de matadouros. Agora acho que posso excluí-los com segurança.

— Mas você acha que o Hug está envolvido — disse Silvestri, pegando o charuto asqueroso e sugando-o.

— Acho.

— Qual é o próximo passo?

Carmine se levantou, assentindo para Corey e Abe. — Pessoas Desaparecidas. Provavelmente em nível estadual. Holloman não tem nenhuma em seus arquivos, a não ser que o assassino tenha ficado com ela muito mais tempo do que precisou para fazer o que fez. Como não sabemos como ela se parece, vamos nos concentrar na marca de nascença.

Patrick deixou a sala com ele. — Você não vai resolver este caso rapidamente — ele disse. — O canalha não deixou nenhuma pista para você seguir.

— E eu não sei? Se aquele macaco não tivesse acordado no meio do gelo, nós nem sequer saberíamos que um crime havia sido cometido.

Como o arquivo de Pessoas Desaparecidas de Holloman não ajudou em nada, Carmine começou a telefonar para outros departamentos de polícia do estado. Os policiais estaduais haviam encontrado o corpo de uma garota de dez anos no bosque, próximo à Trilha dos Apalaches: uma menina grande, mestiça, que havia sido dada como desaparecida pelos pais que acampavam por ali. Mas ela morrera de uma parada cardíaca, e não havia nenhuma circunstância suspeita.

A polícia de Norwalk informou sobre uma garota desaparecida de dezesseis anos e origem dominicana chamada Mercedes Alvarez, que havia desaparecido dez dias antes.

— Um metro e cinquenta e cinco de altura, cabelo escuro encaracolado, mas não crespo, olhos castanho-escuros, um rosto bastante bonito;

corpo maduro — disse alguém que havia se apresentado como tenente Joe Brown. — Ah, e uma marca de nascença grande, em forma de coração, na nádega direita.

— Não saia daí, Joe, chegarei em meia hora.

Ele colocou as luzes no teto do Ford e acelerou o carro pela rodovia I-95, com a sirene berrando; levou pouco mais de vinte minutos para cobrir os sessenta e cinco quilômetros.

O tenente Joe Brown tinha a sua idade, quarenta e poucos, e estava mais excitado do que Carmine havia esperado. Brown estava numa situação crítica, assim como os outros policiais das redondezas. Carmine estudou a foto colorida do arquivo, procurou a referência à marca de nascença, que uma mão destreinada havia tentado esboçar.

— É a nossa garota, sem dúvida — ele disse. — Cara, que bonita ela é! Me dê as informações, Joe.

— Ela é estudante do segundo ano do ensino médio na St. Martha's High School; boas notas, nenhum problema, não tem namorado. É de uma família dominicana que está aqui em Norwalk há vinte anos: o pai trabalha no pedágio da rodovia, a mãe é dona-de-casa. Seis filhos: dois meninos e quatro meninas. Mercedes é... era a mais velha. O mais novo tem três anos, um menino. Eles moram num bairro antigo e tranquilo, cuidando da própria vida.

— Alguém viu Mercedes ser capturada? — perguntou Carmine.

— Ninguém. A gente se matou para encontrá-la porque... — ele fez uma pausa, parecendo preocupado — ela é a segunda garota desse tipo a desaparecer em dois meses. Ambas estudantes do segundo ano na St. Martha's, da mesma classe, amigas, mas não muito íntimas, se você me entende. Mercedes tinha aula de piano depois da escola, deveria chegar em casa às quatro e meia da tarde. Quando não apareceu, por volta das seis, e as freiras disseram que ela, sem dúvida alguma, havia saído da escola no horário, o Sr. Alvarez nos chamou. Eles já estavam preocupados por causa de Verina.

— Verina foi a primeira garota?

— Sim. Verina Gascon. De uma família *creole* de Guadalupe, também estão aqui há muito tempo. Ela desapareceu a caminho da escola. Ambas as famílias vivem perto da St. Martha's, a apenas um quarteirão de distância, em direções opostas. Nós vasculhamos Norwalk procurando por Verina, mas ela sumiu sem deixar rastro. E agora, com esta menina, foi a mesma coisa.

— Alguma possibilidade de que qualquer das garotas tenha fugido com um namorado secreto?

— Negativo — Brown disse enfaticamente. — Talvez você devesse ver as famílias, daí entenderia melhor. São cristãos latinos à moda antiga, criando os filhos de forma rigorosa, mas com muito amor.

— Vou vê-las, mas não ainda — disse Carmine, encolhendo-se por dentro. — Você pode tomar as providências para que o Sr. Alvarez identifique Mercedes com base na marca de nascença? Não podemos mostrar a ele mais do que um pedaço minúsculo de pele, mas ele terá que saber, de antemão, que...

— Sim, sim, *eu* é que fico com a tarefa de contar para o pobre-coitado que alguém cortou sua linda filha em pedaços — disse Brown. — Ah, meu Deus! Este trabalho às vezes é uma merda.

— Será que o padre deles estaria disposto a acompanhá-lo?

— Vou garantir que sim. E talvez uma ou duas freiras, para dar apoio extra.

Alguém entrou trazendo café e donuts de geleia; ambos os homens devoraram alguns e beberam com avidez. Enquanto esperava pelas cópias dos arquivos das duas garotas, Carmine telefonou para Holloman.

Corey, conforme disse Abe, já estava no Hug, e ele mesmo estava prestes a falar com o reitor Wilbur Dowling para descobrir quantos frigoríficos de animais mortos havia ao todo na faculdade de medicina.

— Recebemos alguma notícia de outras pessoas desaparecidas que combinem com os dados que temos da garota? — perguntou Carmine, sentindo-se melhor com a comida.

— Sim, três. Uma de Bridgeport, uma de New Britain e uma de Hartford. Mas, como nenhuma delas tinha a marca de nascença, não demos seguimento. Todos os casos aconteceram meses atrás — disse Abe.

— As coisas mudaram, Abe. Telefone para Bridgeport, Hartford e New Britain e diga a eles para nos enviar cópias dos arquivos à velocidade do som de uma sirene.

Quando Carmine entrou, Abe e Corey se levantaram e o seguiram até seu escritório, onde três arquivos estavam expostos sobre a mesa, esperando. A eles se juntaram os dois arquivos que Carmine trazia; ele destacou as cinco fotografias, todas coloridas, e as expôs numa fileira. Como irmãs.

Nina Gomez era uma garota guatemalteca de dezesseis anos de Hartford, e havia desaparecido há quatro meses. Rachel Simpson era uma garota negra-clara de dezesseis anos de Bridgeport, desaparecida há seis meses. Vanessa Olivaro era uma garota de dezesseis anos de New Britain, mestiça de chineses, negros e brancos, cujos pais procediam da Jamaica; ela havia desaparecido oito meses atrás.

— Nosso assassino gosta de cabelo encaracolado, mas não crespo, rostos que são incrivelmente bonitos, de uma determinada forma: lábios cheios, mas bem delineados, olhos escuros grandes e bem espaçados, um sorriso com covinha; altura de não mais que um metro e sessenta, corpo maduro e pele clara, mas não branca — Carmine disse, batendo de leve nas fotos.

— Você realmente acha que o mesmo cara pegou todas elas? — Abe perguntou, não querendo acreditar.

— Claro. Olhe só para o histórico delas. Famílias respeitáveis, tementes a Deus, todas católicas à exceção de Rachel Simpson, cujo pai é um ministro episcopal. Simpson e Olivaro frequentavam escolas locais, as outras três estudavam em escolas católicas, duas na mesma, a St. Martha's, em Norwalk. Então, há os intervalos. Uma a cada dois meses. Corey, volte ao telefone e pergunte sobre todas as pessoas desaparecidas que cumpram com essa descrição até... digamos, dez anos atrás. O histórico é tão importante quanto o critério físico; portanto, eu seria capaz de apostar que todas essas garotas eram conhecidas por sua... bem, se castidade é um termo fora de moda, então, ao menos, por sua *bondade*. Elas provavelmente eram voluntárias em algum tipo de caridade, como entregar refeições, ou auxiliar nos hospitais. Nunca faltavam à igreja, faziam o dever de casa, mantinham a barra da saia na altura do joelho, talvez usassem um toque de batom, mas nunca maquiagem completa.

— As garotas que você está descrevendo são raridades, Carmine — Corey disse, seu rosto moreno e narigudo sério. — Se ele capturou uma a cada dois meses, deve perder um tempão procurando-as. Olhe só a que distâncias ele chegou. Norwalk, Bridgeport, Hartford, New Britain... por que não há garotas de Holloman? Mercedes, pelo menos, foi abandonada em Holloman.

— Todas elas foram abandonadas em Holloman. Nós só temos cinco garotas por enquanto, Corey. Não vamos conhecer seu padrão até o rastrearmos desde o início. Em Connecticut, pelo menos.

Abe engoliu ruidosamente, com seu rosto claro, de nariz quebrado, parecendo pálido e nauseado. — Mas nós não vamos encontrar nenhum dos corpos anteriores a Mercedes, vamos? Ele os cortou e colocou os pedaços em pelo menos um frigorífico de animais mortos e, de lá, eles foram levados ao incinerador da faculdade de medicina.

— Tenho certeza de que você está certo, Abe — disse Carmine, que parecia desanimado aos olhos de seus companheiros mais constantes e leais. Independentemente de qual fosse o caso, Carmine geralmente o devassava e passava por cima dele com a graça e a energia de um tanque de guerra. Ele sentia, sangrava, se compadecia, compreendia... mas, até este caso, ele nunca havia deixado que nada tocasse tão fundo em seu íntimo.

— O que mais isso tudo te diz, Carmine? — perguntou Corey.

— Que ele tem uma imagem de perfeição em sua mente à qual essas garotas se parecem, mas que sempre há algo errado com cada uma delas. Como a marca de nascença em Mercedes. Talvez uma delas tenha mandado ele ir se foder; ele odiaria uma linguagem chula dessas vindo de lábios virginais. Mas o que o excita é o sofrimento delas, como qualquer estuprador. É por isso que eu, sinceramente, não sei se devemos classificá-lo como assassino ou estuprador. Ah, ele é ambos, mas como a mente dele funciona? Qual é o verdadeiro propósito do que ele faz, para *ele*?

Carmine fez uma careta. — Nós sabemos de que tipo de vítima ele gosta e que elas são relativamente raras, mas existem fantasmas mais visíveis do que ele. Em Norwalk, com dois raptos nas costas, os policiais se mataram procurando por larápios, espreitadores, estranhos nas ruas em volta da escola, estranhos entrando em contato com a escola ou com as famílias. Eles investigaram todo mundo, de cobradores da United Way, passando por lixeiros, carteiros, vendedores de enciclopédias a pessoas dizendo ser mórmons, testemunhas de Jeová ou de qualquer outro grupo religioso proselitista. Leitores de água e eletricidade, funcionários da prefeitura, podadores de árvores, instaladores de fios de eletricidade e telefone. Inclusive formaram um grupo de análise para tentar descobrir como ele poderia ter chegado suficientemente perto para raptar as garotas, mas até agora, não descobriram nada. Ninguém se lembra de nada que possa ajudar.

Corey se levantou. — Vou começar a dar os telefonemas — ele disse.

— O.k., Abe, me coloque a par das informações do Hug — disse Carmine.

Abe sacou seu bloco de anotações. — Há trinta pessoas trabalhando no Hug, se contamos o professor Smith num extremo e Allodice Miller, o lavador de recipientes, no outro. — Ele tirou duas folhas de papel de um arquivo sob seu cotovelo e as entregou a Carmine. — Aqui estão suas cópias dos nomes, idades, cargos, há quanto tempo trabalham lá e qualquer outra coisa que achei que pudesse ser útil. A única pessoa que se acredita que tenha conhecimentos cirúrgicos reais é Sonia Liebman, da sala de cirurgia. Os dois estrangeiros sequer são qualificados em medicina e o Dr. Forbes disse que desmaiou, uma vez, vendo uma circuncisão.

Ele pigarreou, virou uma página. — Existem várias pessoas que entram e saem praticamente à vontade, mas a cara delas é conhecida: tratadores de animais, vendedores, médicos da faculdade de medicina. A companhia de limpeza especializada Mitey Brite Scientific Cleaners tem um contrato para limpar o Hug, o que eles fazem entre a meia-noite e as três da manhã, de segunda a sexta, mas eles não tratam do lixo tóxico. Otis Green é quem faz isso. Aparentemente, é preciso ter treinamento, o que acrescenta alguns tostões ao pacote de pagamento de Otis. Duvido que a Mitey Brite tenha alguma coisa a ver com o crime porque Cecil Potter volta para o Hug todas as noites às nove, e tranca o setor de cuidados animais melhor do que o Fort Knox, para o caso de que algum faxineiro tente espiar por ali. São seus bebês, os macacos. Se eles escutarem o menor dos barulhos à noite, está instalado o caos.

— Obrigado por isso, Abe. Eu não havia pensado na Mitey Brite. — Carmine olhou para Abe com grande afeição. — Alguma impressão sobre os internos que valha a pena informar?

— Eles fazem um café horroroso — disse Abe —, e um espertalhão na neuroquímica encheu um béquer com esses doces de aparência deliciosa: cor-de-rosa, amarelo, verde. Só que não eram doces, eram de poliestireno.

— E você caiu.

— Eu caí.

— Mais alguma coisa?

— Só informações negativas. Você pode eliminar Allodice, o lavador de recipientes: burro demais. Duvido que os sacos tenham sido colocados no frigorífico enquanto Cecil e Otis estivessem trabalhando. Minha opinião é que foi mais tarde.

— E quanto ao número de lugares para uma possível desova?

— No final, encontrei sete frigoríficos diferentes para animais mortos, excluindo o do Hug. O reitor Dowling não ficou contente em ter de conversar com um policial sobre algo tão abaixo de sua posição, e ninguém parecia ter uma lista. Depois que os encontrei, vi que de jeito nenhum qualquer deles teria sido tão fácil de utilizar quanto o do Hug; todos eram mais públicos, mais movimentados. Cara, eles devem usar milhões de ratos! Eu os odeio quando estão vivos, mas, depois de hoje, os odeio mais ainda quando estão mortos. Estou apostando que seja alguém do Hug.

— Eu também, Abe, eu também.

* * *

Carmine passou o resto do dia em sua mesa estudando os arquivos até que fosse capaz de recitá-los de memória. Cada um deles era bem grosso, devido às características das vítimas. Estava claro que a polícia de cada cidade tinha trabalhado com muito mais dedicação do que o normal em suas investigações; normalmente, uma garota de dezesseis anos que desaparecia tinha uma reputação (por vezes, uma ficha criminal) que se enquadrava com o desaparecimento. Mas não aquelas meninas. O lamentável disso tudo, pensou Carmine, é que não interagimos o suficiente com as demais agências policiais. Se o fizéssemos, poderíamos ter apanhado esse cara antes. No entanto, não há corpo e não há evidências físicas de assassinato. Independentemente de quantos corpos tenha havido — coisa que eu não vou saber por algum tempo —, eu sei que eles terminaram no incinerador da faculdade de medicina. Muito mais seguro do que, digamos, enterrá-los no bosque. Connecticut tem muitas florestas, mas elas são *utilizadas*; não são sem limites como as do estado de Washington.

Meu instinto me diz que ele está guardando as cabeças como *memorabilia*. Ou senão, se ele também se desfaz das cabeças, deve guardar filmagens das garotas. Em super-8 a cores, talvez várias câmeras para captar todos os ângulos do sofrimento, e de seu próprio poder. Eu *sei* que ele é do tipo que guarda lembranças. Essa é sua fantasia particular, ele se sentirá compelido a gravá-la. Portanto, ele as está filmando ou mantendo as cabeças num congelador ou em potes de vidro com formol. Quantos casos já investiguei envolvendo *memorabilia*? Cinco. Mas nunca com um assassino múltiplo. Isso é tão estranho! E os outros me deixaram evidências. Esse cara, não. Quando ele olha seus filmes ou suas cabeças, o que ele sente? Exultação? Decepção? Excitação? Remorso? Gostaria de saber, mas não sei.

Quando entrou no Malvolio's para jantar, ele se sentou em sua cabine habitual, ciente de que não estava com fome, ainda que soubesse que precisava comer. Era só o começo; ele tinha de manter suas forças para aquele caso.

A garçonete era uma garota nova, então ele a deixou anotar o pedido, da carne assada ianque ao arroz-doce. Uma garota bonita, mas não fazia o tipo do seu assassino; a forma como ela olhou Carmine de cima a baixo era um convite óbvio, que ele ignorou. Desculpe, boneca, ele disse silenciosamente, essa época já ficou para trás. Embora ela o lembrasse um pouco de Sandra: uma bonitona fazendo hora enquanto esperava por um emprego melhor como atriz ou modelo. A cidade de Nova York ficava logo ali.

Quantas coisas haviam acontecido em 1950! Ele tinha sido recém-nomeado detetive; o Hug fora construído; o Hospital de Holloman fora construído; e Sandra Tolley tinha vindo servir mesas no Malvolio's. Ela o havia deixado completamente apaixonado ao primeiro olhar. Alta, peitos grandes como a Jane Russell, pernas de dois metros de comprimento, uma cabeleira loura, olhos imensos e míopes num rosto maravilhoso. Cheia de confiança em si e na carreira que sabia que iria fazer como modelo; ela havia distribuído seu portfólio em todas as agências de Nova York, mas não tinha condições financeiras de morar lá. Então, tinha se mudado para Connecticut, a duas horas de trem, onde poderia pagar um aluguel de menos de trinta dólares por mês e comer de graça, se trabalhasse como garçonete.

E, então, todas as suas ambições foram para o Além porque a visão de Carmine Delmonico também a havia deixado apaixonada. Não que ele fosse bonito ou mais do que apenas medianamente alto, com um metro e oitenta, mas tinha o tipo de rosto curtido que as mulheres adoravam e o corpo naturalmente musculoso. Eles se conheceram no ano-novo; casaram-se em um mês, e ela ficou grávida em três. Sophia, a filha deles, nasceu bem no final de 1950. Naqueles dias ele havia alugado uma boa casa em East Holloman, que era o bairro italiano da cidade, pensando que se rodeasse Sandra de hordas de parentes e amigos seus, ela não se sentiria tão sozinha quando ele tivesse de trabalhar até tarde. Mas ela era de família fazendeira de Montana, e não entendia nem apreciava o estilo de vida praticado em East Holloman. Quando a mãe de Carmine fazia uma visita para vê-la, Sandra achava que a mamãe a estava vigiando e, por extensão, via todas as visitas gentis e convites do círculo familiar dele como provas de que eles não confiavam nela.

Nunca houve nenhuma briga de verdade, tampouco muito descontentamento. O bebê era a imagem da mãe, o que satisfazia a todos; ninguém sabe melhor do que os italianos que os anjos são sempre louros.

Normalmente, Carmine estava na fila para entradas gratuitas toda vez que alguma peça ou teste de teatro da Broadway fazia sua última apresentação no Schumann Theater. No final de 1951, quando Sophia estava com um ano de idade, chegou sua vez de conseguir as entradas gratuitas. A atração era uma peça importante que já havia recebido críticas excelentes em Boston e na Filadélfia, então todo mundo da cidade de Nova York estaria lá. Sandra estava empolgadíssima, desenterrou seu vestido tomara que caia mais glamoroso, de cetim ciclâmen, justo como uma segunda pele e alargando-se abaixo dos joelhos, e uma estola de pele de marta branca, para mantê-la aquecida no que era um frio inverno. Ela passou a ferro o smoking de Carmine, complementado por uma camisa de rufos e faixa para a cintura, e comprou-lhe uma gardênia para a lapela. Ah, ela havia ficado tão empolgada! Como uma criança indo à Disneylândia.

Surgiu um caso e ele não pôde ir. Pensando em retrospectiva, ele agora estava feliz de não ter visto a expressão dela ao ficar sabendo; havia falado com ela pelo telefone. Me desculpe, querida, tenho de trabalhar hoje à noite. Mas ela foi à peça mesmo assim, completamente sozinha em seu vestido tomara que caia de cetim ciclâmen e a estola de pele de marta branca. Quando ela contou a ele, mais tarde naquela noite, ele não se importara nem um pouco. Mas o que ela não lhe contou foi que havia conhecido Myron Mendel Mandelbaum, o produtor de cinema, no salão de entrada do Schumann, e que Mandelbaum havia ocupado o lugar de Carmine, embora sua própria cadeira ficasse num camarote, muito mais perto do palco.

Uma semana depois, Carmine chegou em casa e descobriu que Sandra e Sophia haviam partido, deixando um bilhete resumido sobre a lareira dizendo que Sandra havia se apaixonado por Myron e estava tomando um trem para Reno; Myron já estava divorciado e queria desesperadamente se casar com ela. Sophia era a cereja do bolo de casamento, já que Myron não podia ter filhos.

Foi como um raio vindo do nada, para Carmine, que nem desconfiava quão infeliz sua mulher era. Ele não fez nada daquilo que os maridos enganados supostamente faziam. Não tentou sequestrar a filha, surrar Myron Mendel Mandelbaum, encher a cara nem deixar de dar o melhor de si no trabalho. Não por falta de encorajamento; sua família ultrajada teria feito as duas primeiras coisas por ele com prazer, e não podiam entender por que ele não lhes permitia. Ele simplesmente admitiu para si mesmo que aquele tinha sido um matrimônio incompatível, baseado em profunda atração física e nada mais. Sandra queria glamour, brilho, diversão e prazer, uma vida que ele não daria a ela. Seu salário era bom, mas não era principesco e ele era apaixonado demais por seu trabalho para conceder muita atenção à mulher. De muitas formas, ele decidiu, Sandra e Sophia estariam melhor na Califórnia. Ah, mas como doeu! Uma dor que ele não mencionou para ninguém, nem mesmo Patrick (que a adivinhou); apenas enterrou mais profundamente do que a lembrança.

Todos os meses de agosto ele ia a Los Angeles visitar Sophia, pois ele amava muito a filha. Porém, a visita daquele ano lhe havia revelado uma florescente cópia de Sandra, levada de limusine à escola todos os dias, onde era mais fácil comprar álcool, maconha, cocaína e LSD do que doces, e entediada por todas as suas posses. A pobre Sandra tinha se transformado numa viciada em cocaína, no circuito de festas de Hollywood; era Myron quem tentava dar uma vida decente à menina, por mais afundado que ele também estivesse. Por sorte, Sophia compartilhava da curiosidade do pai, era intelectualmente brilhante e havia adquirido uma certa dose de sabedoria, ao assistir à deterioração da mãe. De forma conjunta, Carmine e Myron haviam passado três semanas convencendo Sophia de que, se ela se mantivesse longe da bebida, da maconha, da cocaína e do LSD, e trabalhasse em sua formação escolar, não terminaria como Sandra. Ao longo dos anos, Carmine havia se afeiçoado cada vez mais ao segundo marido de Sandra; e essa última viagem havia cimentado uma forte ligação entre eles, cuja causa principal era Sophia.

— Você devia se casar novamente, Carmine — Myron dissera —, levar nossa menina para um lugar mais saudável do que aqui. Eu morreria de saudade dela, mas a amo o suficiente para saber que seria melhor.

No entanto, nunca mais, era o que Carmine tinha jurado depois de Sandra, e ele era tão fiel àquele juramento hoje quanto naquela época. Para oferecer-lhe consolo sexual ele tinha Antonia, uma prima distante viúva que vivia em Lyme; ela havia lhe oferecido aquilo com grande franqueza e nem uma gota de amor.

— Nós podemos nos aliviar sem enlouquecermos um ao outro — ela dissera. — Você não precisa das confusões de uma Sandra, e eu jamais poderei substituir Conway. Então, quando você precisar, ou eu precisar, podemos chamar o outro.

Um arranjo admirável que já durava seis anos.

Patrick entrou no Malvolio's bem quando ele estava terminando seu arroz-doce: uma massa cremosa, suculenta, doce e generosamente batizada com noz-moscada e canela.

— Como foi com o Sr. Alvarez? — Carmine perguntou.

Um calafrio, uma careta retorcida. — Horrível. Ele sabia por que não podíamos deixá-lo ver mais do que a marca de nascença, mas implorou muito, chorou tanto que eu tive de ocultar minhas próprias lágrimas. O padre dele e as freiras foram uma bênção. Eles o carregaram para fora em estado de colapso.

— Tome um uísque por minha conta.

— Era isso que eu esperava que você dissesse.

Carmine pediu dois irlandeses duplos para a garçonete provocativa e não disse mais nada até que Patrick houvesse engolido pelo menos metade do seu drinque e a cor tivesse começado a voltar a seu rosto.

— Você sabe tão bem quanto eu que nosso tipo de trabalho endurece um homem — Patrick disse então, girando o copo entre as mãos —, mas, pelo menos na maior parte dos casos, os crimes são sórdidos e as vítimas, por mais lamentáveis, não têm o poder de assombrar nossos sonhos. Ah, mas este! A total depredação de um inocente. A morte de Mercedes irá destruir aquela família.

— É pior do que você imagina, Patsy — Carmine disse, olhou em volta rapidamente para assegurar-se de que não poderiam ser ouvidos, e contou a ele sobre as quatro outras garotas.

— Ele é um *múltiplo*?

— Eu apostaria minha vida nisso.

— Então ele está golpeando os membros da nossa sociedade que menos merecem ser vitimados. Pessoas que não causam problemas, nem custam dinheiro ao governo, nem são chatos de ficarem telefonando para reclamar de cães que latem, ou da festa duas casas abaixo, e tampouco são filhos da puta grosseiros do Imposto de Renda. Pessoas a quem meu pai irlandês teria chamado de "sal da terra" — disse Patrick, terminando sua bebida de um gole.

— Eu concordaria com você, exceto quanto a um ponto. Até agora, todas as vítimas foram mestiças, e existem pessoas que se ofenderiam com isso, como você bem sabe. Apesar de sua longa residência em Connecticut, elas tinham raízes caribenhas. Até mesmo Rachel Simpson, de Bridgeport, acabou revelando ter origens de Barbados. Portanto, começa a parecer que existe algum tipo de *vendetta* racial envolvida.

Patrick pousou o copo vazio com um ruído surdo e deslizou para fora da cabine. — Vou para casa, Carmine. Se não for, vou ficar aqui e continuar bebendo.

Carmine não ficou muito atrás de seu primo; pagou a conta, deu uma gorjeta de dois dólares, em memória de Sandra, e caminhou meio quarteirão até seu apartamento, oito andares abaixo da cobertura do Dr. Hideki Satsuma, no edifício da Seguros Nutmeg.

3

Sexta-feira, 8 de outubro de 1965

Na sexta-feira, o *Holloman Post* e demais jornais de Connecticut estavam repletos de notícias sobre o assassinato de Mercedes Alvarez e o desaparecimento de Verina Gascon, que também se temia estar morta; mas nenhum repórter esperto tinha captado da polícia a impressão de que estavam lidando com um estuprador/assassino múltiplo de garotas adolescentes, cuidadosamente criadas e protegidas, ou que a origem caribenha pudesse ter relevância.

Havia uma mensagem sobre a mesa de Carmine avisando que Otis Green tinha saído do hospital e estava em casa, ansioso para vê-lo. Outra mensagem dizia que Patrick também queria vê-lo. Abe estava em Bridgeport fazendo investigações sobre Rachel Simpson, e Corey havia recebido a tarefa dupla de investigar sobre Nina Gomez em Hartford e Vanessa Olivaro em New Britain. Como a Guatemala tinha uma costa no Caribe, a nova ênfase era definitivamente caribenha.

Já que Patrick estava a apenas um passeio de elevador de distância, Carmine foi vê-lo primeiro. Ele estava em seu escritório, a mesa coberta de sacos de papel marrom.

— Eu sei que você já viu muitos destes, mas não sabe tanto a respeito deles quanto eu — Patrick disse enquanto esperava seu primo servir-se de café fresco de uma cafeteira.

— Então, me explique — disse Carmine, sentando-se.

— Como você pode ver, eles realmente vêm em todas as formas e tamanhos. — Patrick levantou um espécime de aproximadamente 30x15cm. — Neste cabem quatro ratos de duzentos e cinquenta gramas. Um pesquisador raramente usa ratos maiores do que isso, mas como os ratos continuam crescendo enquanto vivem, podem chegar ao tamanho de um gato ou mesmo de um cão *terrier* pequeno. No entanto, ninguém no Hug usa ratos tão grandes assim. — Ele segurou um saco de aproximadamente 60x45cm. — Por razões que eu desconheço, os gatos do Hug são todos machos grandes, assim como todos os ratos são machos. E os macacos. Este é um saco para gatos. Fui até o Hug hoje logo cedo e consegui trocar umas palavras... — o que, Carmine tinha certeza, não era um resumo injusto do encontro — com a Srta. Dupre, que cuida de todas as compras *e* do inventário. Os sacos são fabricados especialmente por uma empresa no Oregon. Consistem em duas camadas de papel marrom muito resistente, separadas por um recheio de 3mm de espessura, feito de fibra produzida a partir de bagaço de cana-de-açúcar. Você pode ver que há dois discos de plástico próximos um do outro. O arame do disco superior é torcido, formando um oito, ao redor do disco inferior, para que o saco não se abra. Da mesma forma que se fecharia o envelope de um memorando interdepartamental, exceto que estes últimos se fecham com um fio de barbante. Um animal morto pode ficar dentro do saco sem que haja vazamento de fluídos corporais por até setenta e duas horas, mas não se deixam as carcaças nos sacos nem metade desse tempo. Qualquer animal que morra durante o fim de semana não é encontrado antes da segunda-feira, a não ser que o pesquisador venha durante o fim de semana. Ele colocará a carcaça num saco, mas então colocará o saco em um dos congeladores espalhados em seu andar. Seu técnico, então, levará a carcaça até o setor de cuidados animais na manhã da segunda-feira, embora ela não vá para o incinerador até a manhã da terça.

Carmine levou um saco até o nariz e o cheirou com atenção. — Vejo que eles são tratados com um desodorizante.

— Correto, como diria a Srta. Dupre. Aliás, que mulherzinha mais arrogante!

— Isso já é demais! — gritou o professor para Carmine quando se encontraram no hall de entrada do Hug. — Você leu o que aquele idiota antivivisseccionista escreveu no *Holloman Post*? Nós, pesquisadores médicos, somos simples sádicos, claro! É culpa sua, que fica espalhando sobre o assassinato!

Carmine tinha gênio forte, que geralmente era bem controlado, mas aquilo era mais do que ele podia engolir. — Considerando — ele disse sarcasticamente — que só estou aqui no Hug porque algumas garotas inocentes sofreram de uma forma que, tenho certeza absoluta, nenhum animal jamais sofreu no Hug, seria melhor que concentrasse sua atenção no estupro e no assassinato, em vez de em antivivisseccionismo, meu senhor! Onde diabos estão suas prioridades?

Smith se abalou. — *Algumas*? Você quer dizer, mais de uma?

Engula a raiva, Carmine, não deixe que este espécime introvertido de isolamento esplêndido te pegue a veia! — Sim, quero dizer algumas! Sim, quero dizer mais de uma... muitas mais! O senhor precisa saber, professor, mas a informação é estritamente confidencial. Já é hora de levar isso a sério, porque a sua singularidade não é singularidade nenhuma! É múltipla! Está me ouvindo? Múltipla!

— Você deve estar enganado!

— Não estou — Carmine resmungou. — Cresça! Antivivisseccionismo é a menor das suas preocupações, portanto, não venha choramingar para o meu lado!

Havia residenciais familiares no Recôncavo em condições muito piores do que o de Otis. Próximo à Fifteenth Street, onde Mohammed el Nesr e sua Brigada Negra viviam, as casas tinham sido depredadas, as janelas, cobertas por tábuas de compensado, as paredes internas, forradas com colchões. Aqui na Eleventh Street havia pobreza, tinta descascada, provas de que os senhorios ausentes não se importavam com a manutenção, mas quando Carmine, ainda irritado, subiu correndo as escadas até o apartamento dos Green no segundo andar, encontrou o que havia esperado encontrar: um lugar limpo, belas cortinas e capas nos sofás, feitas em casa, superfícies de madeira lustradas, tapetes no piso.

Otis estava deitado no sofá, um homem de aproximadamente cinquenta e cinco anos, bastante em forma, mas com pele flácida o suficiente para sugerir que já havia carregado vinte quilos de sobrepeso. Sua mulher, Celeste, rondava por ali agressivamente. Ela era um pouco mais jovem que Otis e se vestia de forma elegante e vistosa, algo que fez sentido quando ele soube que ela era da Louisiana. Afrancesada. Uma terceira pessoa ocupava espaço na sala: um jovem muito negro com os mesmos maneirismos que Celeste, embora não tivesse nada de sua aparência ou de seu jeito com roupas; ele foi apresentado como Wesley le Clerc, sobrinho de Celeste e hóspede dos Green. Algo em seus olhos disse a Carmine que ele tinha um imenso ressentimento racial.

Nem a mulher nem o sobrinho estavam dispostos a sair da sala, mas Carmine não precisou exercer sua autoridade: Otis exerceu a dele.

— Vão embora e nos deixem em paz — ele disse brevemente.

Ambos partiram imediatamente, Celeste com ameaças do que aconteceria a Carmine se ele perturbasse seu marido.

— Você tem uma família leal — disse Carmine ao assentar-se numa banqueta grande de plástico, cheia de rosas vermelhas de plástico.

— Tenho uma *mulher* leal — disse Otis, bufando. — Esse garoto é um perigo. Quer fazer nome na Brigada Negra, diz que encontrou o profeta Maomé e que vai se chamar Ali não-sei-o-quê. É a coisa das raízes, como acontece com qualquer povo roubado aos milhões, mas, pelo que eu saiba, os Le Clerc vêm de uma parte da África que adorava o King Kong, não Alá. Sou um homem à moda antiga, tenente, não tento ser alguém que não sou. Vou à igreja batista e Celeste vai à católica. Fui um negro no exército dos brancos, mas se os alemães e os japas tivessem ganhado, eu estaria numa merda muito maior, é assim que eu vejo. Tenho um dinheirinho no banco e, quando me aposentar, vou voltar para a Geórgia para ter uma fazenda. Já estou até aqui — ele levou a mão à altura da garganta — com os invernos de Connecticut. Mas, enfim, não foi por isso que eu quis ver o senhor.

— Por que quis me ver, Sr. Green?

— Me chame de Otis. Para resolver o assunto. Quantas pessoas sabem o que eu encontrei no frigorífico?

— Quase ninguém, e estamos tentando manter assim.

— Era uma garotinha, não era?

— Não. Não era criança, de qualquer forma. Sabemos que ela era de uma família de dominicanos e sabemos que tinha dezesseis anos de idade.

— Então era negra, não branca.

— Eu prefiro dizer que não era nenhuma das duas coisas, Otis. Uma mestiça.

— Tenente, isso é um pecado terrível!

— É, sim.

Carmine fez uma pausa enquanto Otis resmungava baixinho, deixou-o se acalmar e, então, levantou a questão dos sacos.

— Existe um padrão normal para a quantidade e o tamanho dos sacos no frigorífico, Otis?

— Acho que sim — ele respondeu, após pensar um pouco. — Quer dizer, eu sei quando a Sra. Liebman está fazendo descerebrações porque há de quatro a seis sacos de gatos. Caso contrário, são na maioria sacos de ratos. Se morre um macaco, da forma como achamos que Jimmy tinha morrido, então há uma bolsa realmente grande, mas eu sempre vou saber o que há nela porque Cecil estará chorando desconsoladamente.

— Então, quando há de quatro a seis sacos de gatos no frigorífico, você sabe que a Sra. Liebman fez descerebrações.

— Isso mesmo, tenente.

— Você se lembra de alguma ocasião no passado em que havia de quatro a seis sacos de gatos no frigorífico e que a Sra. Liebman não poderia ter nada a ver com aquilo?

Otis pareceu surpreso, tentou se sentar.

— Você quer que a sua mulher vá parar na cadeia por me assassinar, Otis? Deite-se novamente, homem!

— Há cerca de seis meses. Seis sacos de gatos enquanto a Sra. Liebman estava fora, de férias. Lembro-me de ter me perguntado quem a estaria substituindo, mas então alguém me chamou e simplesmente joguei os sacos na minha lixeira e empurrei até o incinerador.

Carmine se levantou. — Foi uma grande ajuda da sua parte. Obrigado, Otis.

O visitante ainda não havia saído pela porta de entrada do edifício quando Celeste e Wesley voltaram.

— Você está bem? — inquiriu Celeste.

— Melhor do que antes de ele vir — disse Otis, de forma resoluta.

— De que cor é o corpo? — Wesley perguntou. — O policial disse?

— Não é branca, mas também não é negra.

— Uma mulata?

— Ele também não disse isso. *Mulatto* é um termo da Louisiana, Wes.

— Mulato é negro, não branco — disse Wesley com satisfação.

— Não vá fazendo tempestades em copos d'água! — exclamou Otis.

— Tenho que ver o Mohammed — foi a resposta de Wesley. Ele vestiu sua jaqueta preta de imitação de couro com o punho branco pintado nas costas.

— Você não vai ver Mohammed nenhum, garoto, você vai para o trabalho neste mesmo instante! Você não está qualificado para receber assistência social e eu não vou te hospedar aqui de graça! — retrucou Celeste. — Vamos, garoto, xô!

Suspirando, Wesley desvestiu o passaporte para o quartel-general de Mohammed el Nesr, no número 18 da Fifteenth Street, colocou uma jaqueta acolchoada de nylon e se apressou a sair em seu De Soto 1953 batido, rumo à Materiais Cirúrgicos Parson. Onde, se ele houvesse se dado ao trabalho de perguntar, coisa que não fez, poderia ter descoberto que sua destreza em fazer pinças hemostáticas mosquito já havia, mais de uma vez, feito a diferença entre sua permanência no emprego e uma carta de demissão.

* * *

Para Carmine, o dia estava deprimente e amargo; os arquivos de pessoas desaparecidas que se ajustavam à descrição de Mercedes estavam começando a chegar à sua mesa. Seis mais, para ser exato, uma a cada dois meses ao longo de 1964: em Waterbury, Holloman, Middletown, Danbury, Meriden e Torrington. O único lugar em que ele havia se repetido, em quase dois anos, era Norwalk. Cada uma das garotas tinha dezesseis anos e origens mestiças do Caribe, embora nunca fossem imigrantes recentes. Porto Rico, Jamaica, Bahamas, Trinidade, Martinica, Cuba. Um metro e cinquenta e cinco de altura, impressionantemente bonitas, de corpo maduro, criadas com extremo cuidado. Todos os arquivos novos chegados à sua mesa eram de garotas católicas, embora nem todas houvessem frequentado colégios católicos. Nenhuma tinha tido namorado, eram todas alunas nota dez e populares com os colegas de classe. O mais importante: nenhuma havia confidenciado a uma amiga ou a um membro da família ter um amigo novo, praticar uma nova forma de caridade ou mesmo ter um novo conhecido.

Às três da tarde, ele entrou sozinho no Ford e seguiu pela I-95 até Norwalk, onde o tenente Joe Brown havia organizado para que ele se encontrasse com a família Alvarez, na casa deles. Ele não poderia ir pessoalmente, foi rápido em acrescentar; Carmine sabia por quê. Joe não poderia encarar outra sessão com os Alvarez.

A casa era um residencial para três famílias do qual José Alvarez era proprietário; ele vivia no apartamento térreo com a mulher e os filhos e alugava o apartamento do meio e o superior. Assim era como todas as famílias da classe trabalhadora aspiravam viver: virtualmente isentas de aluguel, alugando o apartamento do meio para cobrir a hipoteca e as contas, e o do último andar para conseguir algum dinheiro extra para reformas e para ter uma segurança para o futuro. Morando no térreo, eles tinham o uso do quintal, de metade da garagem de quatro vagas e do porão. E um senhorio, vivendo no local que alugava, sempre podia ficar de olho nos inquilinos.

Como todas as casas vizinhas, esta estava pintada num tom escuro de cinza, tinha janelas duplas cujas persianas eram substituídas no verão por telas contra insetos, uma varanda na frente, que dava diretamente na calçada, mas um quintal grande, rodeado por uma cerca alta de metal; a garagem ficava nos fundos, com entrada por um dos lados da casa. Enquanto Carmine olhava, da rua ladeada de carvalhos, pôde ouvir os latidos de um cão grande; havia poucas chances de que alguém entrasse pelos fundos, com um sabujo de guarda.

O padre abriu a porta da frente, que estava separada da porta que levava aos dois apartamentos de cima. Carmine deu um sorriso ao clérigo e se contorceu para tirar o sobretudo.

— Sinto muito por ter de fazer isso, padre — ele disse. — Meu nome é Carmine Delmonico. Devo pedir que me chamem de tenente ou de Carmine?

Depois de pensar um pouco, o padre disse: — Tenente seria melhor, eu acho. Sou Bart Tesoriero.

— O senhor precisa falar espanhol na sua paróquia?

O padre Tesoriero abriu a porta interna. — Não, embora eu tenha uma boa quantidade de paroquianos hispânicos. É uma parte antiga da cidade, todos já estão aqui há muito tempo. Não é nenhum bairro criminoso, isso eu garanto.

A sala de estar, que era bem ampla no apartamento térreo, estava cheia de pessoas e de silêncio. Como também tinha origens latinas, Carmine sabia que os parentes teriam vindo de todas as partes para estar com os Alvarez nessa hora difícil. Isso significava que ele sabia lidar com eles; mas não precisou fazê-lo. O padre conduziu a todos, com exceção da família imediata, para a cozinha, com uma mulher que parecia ser a avó carregando o menino mais novo.

Isso deixou na sala José Alvarez, sua mulher, Concita, seu filho mais velho, Luís, e três filhas, Maria, Dolores e Teresa. O padre Tesoriero acomodou Carmine na melhor poltrona e sentou-se entre o marido e a mulher.

Era uma casa de toalhinhas de renda, cortinas de renda sob pregas de veludo sintético, móveis dignamente gastos e pisos revestidos em terracota, por baixo dos tapetes de estampas intrincadas. Nas paredes havia imagens da Última Ceia, do Sagrado Coração de Jesus, de Maria carregando o Menino Jesus e muitas fotografias emolduradas da família. Vasos de flores estavam por toda parte, cada um acompanhado de um cartão; o perfume das frésias e dos narcisos era tão forte que Carmine se sentiu sufocado. Onde é que os floristas as conseguiam, naquela época do ano? No centro do aparador da lareira havia uma fotografia de Mercedes, numa moldura de prata e, na frente, uma vela acesa dentro de um recipiente de vidro vermelho.

A primeira coisa que Carmine fazia quando entrava em uma casa em luto era imaginar como deveria ser a aparência do enlutado antes que a tragédia o atingisse. Era algo quase impossível ali; porém, nada podia alterar a estrutura óssea. Eram extremamente bonitos, todos eles, e todos tinham o mesmo tom de pele café com leite. Um pouco de sangue negro, um pouco de indígena caribenho, muito de espanhol. Os pais, provavelmente, tinham trinta e oito, trinta e nove anos, mas pareciam ser uma década mais velhos, sentados como dois bonecos de trapo, perdidos em seu próprio mundo de horror. Nenhum deles pareceu vê-lo.

— Luís, não é mesmo? — ele perguntou ao garoto, cujos olhos estavam inchados e avermelhados pelas lágrimas.

— Sim.

— Quantos anos você tem?

— Quatorze.

— E as suas irmãs? Quantos anos elas têm?

— Maria tem doze, Dolores tem dez e Teresa, oito.

— E seu irmãozinho?

— Francisco tem três.

Nesse ponto, o garoto já estava chorando novamente, as lágrimas pesadas e sem esperança que só caem depois que muitas outras já as precederam. Suas irmãs levantaram o rosto do lenço ensopado por um instante, seus pequenos joelhos ossudos apertados sob a barra da saia xadrez plissada, como pares de crânios de marfim. Agitadas por grandes soluços, elas ficaram sentadas e sofreram com toda aquela dor, com o terrível choque que agora perdia a força e se transformava em exaustão, depois dos dias de preocupação e, então, da notícia de que Mercedes estava morta, cortada em pedaços. É claro que ninguém havia tido a intenção de que eles descobrissem aquilo, mas haviam descoberto.

— Luís, você poderia levar suas irmãs para a cozinha e, depois, voltar aqui um momento?

O pai, ele viu, tinha finalmente focalizado seu rosto, observando-o com um espanto curioso.

— Sr. Alvarez, o senhor preferiria que nós adiássemos isso por mais alguns dias? — Carmine perguntou suavemente.

— Não — o pai sussurrou, com os olhos secos. — Nós aguentaremos.

Sim, mas, será que eu aguento?

Luís voltou, sem lágrimas.

— São apenas as velhas perguntas, Luís. Eu sei que já te perguntaram um milhão de vezes, mas as lembranças podem se ocultar e, então, repentinamente vir à tona sem razão nenhuma, que é o motivo pelo qual estou perguntando novamente. Entendo que você e Mercedes iam a colégios diferentes, mas me disseram que vocês eram grandes amigos. Garotas bonitas como a Mercedes são notadas, é algo natural. Ela alguma vez reclamou de ser notada? Seguida? Observada por alguém num carro ou no outro lado da rua?

— Não, tenente, sinceramente. Os garotos assobiavam quando ela passava, mas ela os ignorava.

— E quando ela esteve trabalhando como voluntária no hospital, no verão passado?

— Ela nunca disse nada para mim que não fosse sobre os pacientes e sobre como as freiras eram simpáticas com ela. Elas só a deixavam ficar na maternidade. Ela adorava.

Ele estava começando a chorar de novo: era hora de parar. Carmine sorriu e inclinou a cabeça, indicando a cozinha.

— Peço desculpas — ele disse para o Sr. Alvarez quando o garoto saiu

— Nós entendemos que você deva fazer muitas perguntas, tenente.

— Mercedes era uma criança que fazia confidências? Ela discutia as coisas com a mãe ou com o senhor?

— Ela fazia confidências a nós dois, o tempo todo. Sua vida a satisfazia, ela adorava falar sobre ela. — Um grande espasmo o atravessou, ele teve de se agarrar aos braços da poltrona para suprimi-lo. Os olhos que encaravam os de Carmine estavam transfigurados pela dor, enquanto os da mãe pareciam olhar diretamente para as profundezas do Inferno. — Tenente, nos contaram o que fizeram com ela, mas é quase impossível de acreditar. Nos disseram que Mercedes é um caso seu, que você sabe mais sobre o que aconteceu com ela do que a polícia de Norwalk. — Sua voz se afinou, com a urgência. — Por favor, eu te *imploro*, me diga! Ela... a minha garotinha sofreu?

Carmine engoliu em seco, empalado por aqueles olhos. — Só Deus sabe realmente a resposta, mas não acho que Deus seria tão cruel. Um assassinato desse tipo não precisa ser cometido para que se possa ver uma vítima sofrer. O homem pode muito bem ter dado a Mercedes drogas para que ela dormisse o tempo todo. De uma coisa o senhor pode ter certeza: não era o propósito de Deus fazê-la sofrer. Se o senhor acredita em Deus, então acredite que ela não sofreu.

E que Deus me perdoe por essa mentira, mas como eu posso dizer a verdade a este pai devastado? Ele está aí sentado, morto em sua mente, morto em espírito, dezesseis anos de amor, de cuidados, preocupação, alegria e pequenas tristezas desaparecendo na baforada de fumaça de um incinerador. Por que eu deveria compartilhar minha opinião sobre Deus com ele e tornar sua perda ainda pior? Ele tem de apanhar os caquinhos e continuar em frente; existem cinco outras crianças que precisam dele, e uma mulher cujo coração não foi meramente ferido; foi completamente destruído.

— Obrigada — disse a Sra. Alvarez, de repente.

— Obrigado por ser tolerante comigo — disse Carmine.

— Você os confortou imensamente — disse o padre Tesoriero a caminho da porta. — Mas Mercedes sofreu muito, não sofreu?

— Meu palpite é que tenha sofrido de forma indescritível. É difícil trabalhar no meu ramo e acreditar em Deus, padre.

Dois jornalistas haviam aparecido na rua, um com um microfone, o outro com um bloco de notas. Quando Carmine saiu, eles correram até ele, mas foram imediatamente afastados com rispidez.

— Vão se foder, seus urubus! — ele grunhiu, entrou no Ford e saiu dirigindo apressadamente.

Vários quarteirões depois, seguro de que não havia nenhum repórter na sua cola, ele estacionou o carro às margens da estrada e se deixou inundar por seus sentimentos. Se ela sofreu? Sim, sim, sim, ela sofreu! Ela sofreu horrivelmente, e ele fez de tudo para que ela permanecesse acordada para ver tudo. Sua última visão em vida deve ter sido do seu próprio sangue escorrendo por um ralo, mas a família jamais deveria saber disso. Já passei há muito tempo da fase de descrer em Deus. Acredito que o mundo pertence ao Diabo. Acredito que o Diabo é infinitamente mais poderoso do que Deus. E que os soldados da bondade, senão de Deus, estão perdendo a guerra.

4

Segunda-feira, 11 de outubro de 1965

Como o *Columbus Day*, o Dia de Cristóvão Colombo, não era um feriado, nada impediu que ocorresse a reunião do Conselho de Administração do Centro de Pesquisas Neurológicas Hughlings Jackson, às onze da manhã, na sala de reuniões do quarto andar. Bastante ciente de que não havia sido convidado, Carmine tinha toda a intenção de participar. Então, ele chegou cedo, pegou uma caneca fina de porcelana, abasteceu-a na cafeteira do corredor, serviu-se de dois donuts de geleia num prato de porcelana fina e teve a audácia de se sentar na cadeira da ponta mais distante da mesa, a qual ele girou para olhar pela janela.

Pelo menos "audácia" foi como a Srta. Dupre chamou, ao entrar com seus passos largos e encontrá-lo passando a língua sensualmente pelas iguarias do Conselho.

— Vocês têm sorte, sabia? — foi a resposta de Carmine. — Se os arquitetos do Hospital de Holloman não houvessem optado por colocar o estacionamento na frente do prédio, vocês não teriam vista nenhuma. Dessa forma, porém, podem ver até Long Island. O dia não está lindo? O outono está na melhor época e, por maior que seja meu pesar pela morte dos olmos, os bordos ainda são imbatíveis, com relação às cores. Suas folhas inventaram novas tonalidades quentes para o espectro de cores.

— Não sabia que o senhor contava nem com vocabulário nem com conhecimentos científicos para se expressar! — ela retrucou, seus olhos como o gelo. — Está sentado na cadeira do diretor geral e servindo-se de petiscos aos quais não tem nenhum direito! Por gentileza, pegue suas coisas e saia!

Neste momento, o professor entrou, deteve-se ao ver o tenente Delmonico e suspirou profundamente. — Ai, meu Deus, eu havia me esquecido de você — ele disse a Carmine.

— Goste ou não, Professor, eu tenho de estar aqui.

O presidente Mawson MacIntosh, da Universidade Chubb, chegou antes que o professor pudesse responder, sorriu para Carmine e apertou-lhe a mão calorosamente. — Carmine! Eu devia saber que Silvestri o colocaria neste caso — disse M.M., como era universalmente conhecido. — Fico muito contente. Venha, sente-se ao meu lado. E não... — ele acrescentou num sussurro conspirativo — desperdice suas papilas gustativas com os donuts. Experimente a massa folhada de maçã.

A Srta. Desdemona Dupre emitiu um pequeno ruído de fúria reprimida e saiu pisando duro da sala, colidindo com o reitor Dowling e com seu próprio professor de neurologia, Frank Watson. Aquele mesmo, o que tinha inventado o nome "Hug" para o centro de pesquisas e "huggers" para seus funcionários.

M.M., a quem Carmine conhecia bem devido a vários casos internos complicados e delicados da Chubb, parecia muito mais imponente do que o outro presidente, o dos Estados Unidos da América. M.M. era alto, vestia-se impecavelmente, era esguio, o rosto atraente coroado por uma cabeleira abundante, cujo tom originalmente castanho-avermelhado havia esmaecido a um belíssimo adamascado. Um aristocrata americano até os dedos dos pés. Apesar de sua altura, o presidente Lyndon B. Johnson empalidecia à insignificância toda vez que os dois homens ficavam lado a lado, algo que faziam, ocasionalmente. No entanto, pessoas da augusta linhagem de M.M. prefeririam mil vezes presidir uma grande universidade a um grupo indisciplinado de briguentos como o Congresso Americano.

Por outro lado, o reitor Wilbur Dowling parecia o psiquiatra que era: vestido de forma desalinhada numa combinação de tweed, flanela e com uma gravata-borboleta cor-de-rosa de bolinhas vermelhas, ele usava uma barba castanha cerrada para compensar a cabeça totalmente calva, e olhava para o mundo através de óculos de aros de tartaruga com lentes bifocais.

E nas poucas vezes em que vira Frank Watson, Carmine sempre tinha se lembrado do personagem Boris, do desenho "As Aventuras de Alceu e Dentinho". Watson se vestia de preto, tinha um rosto comprido e magro e um bigodinho fino de sedutor canastrão; o cabelo preto alisado com gomalina e um permanente olhar de escárnio completavam a semelhança com Boris. Sim, Frank Watson era, definitivamente, o tipo de pessoa que tomava regularmente um cálice de sarcasmo. Mas ele, com certeza, não fazia parte do Conselho de Administração do Hug, fazia?

Não, não fazia. Watson terminou sua conversa com o reitor e deslizou porta afora com um movimento metafórico da capa preta que ele não estava vestindo. Cara interessante, pensou Carmine. Vou ter de falar com ele.

Os cinco Parson entraram em grupo e sabiam que era melhor não questionar a presença de Carmine quando M.M. o apresentou de forma sutilmente efusiva.

— Se existe alguém capaz de chegar ao fundo deste caso inenarrável, é Carmine Delmonico — terminou M.M.

— Então, eu sugiro — disse Roger Parson Jr., ocupando a cadeira na ponta extrema da mesa — que nos coloquemos à inteira disposição do tenente Delmonico. Depois, isto é, que ele nos conte precisamente o que aconteceu e o que ele pretende fazer no futuro.

O grupo Parson se parecia tanto que qualquer pessoa os teria identificado como sendo parentes próximos; nem mesmo a diferença de trinta anos entre os três mais velhos e os dois membros mais jovens do clã importava muito. Eles estavam um pouco acima da média, em altura, levemente encurvados, com pescoço longo, nariz adunco, maçãs do rosto proeminentes, lábios curvados para baixo e cabelos escassos, escorridos, de um tom indeterminado de castanho. Os olhos de todos eles, sem exceção, eram cinza-azulados. Agora, M.M. parecia um verdadeiro magnata, enquanto os Parson pareciam acadêmicos miseráveis.

Carmine tinha passado parte do seu fim de semana pesquisando sobre eles e o grupo de empresas Parson. William Parson, o fundador (e tio do atual diretor geral) havia começado com peças de máquinas e tirado proveito de todas as suas posses até que elas se estendessem de motores a turbinas e instrumentos cirúrgicos, passando por máquinas de escrever e peças de artilharia. O Banco Parson tinha sido fundado precisamente no momento certo para saltar de uma vantagem à outra. William Parson se casou relativamente tarde. Sua mulher gerou apenas um filho, William Jr., que veio a ser retardado mental e epiléptico. O filho faleceu em 1945, aos dezessete anos, e a mãe pouco depois, em 1946, deixando William Parson sozinho. Sua irmã, Eugenia, havia se casado e também tivera apenas um filho, Richard Spaight, que agora encabeçava o Banco Parson e era um dos diretores do Hug.

O irmão de William Parson, Roger, tinha sido um bêbado desde jovem e, em 1943, escapou para a Califórnia com uma fatia considerável dos lucros da empresa, abandonando a mulher e os dois filhos. O caso foi abafado, as perdas foram absorvidas, e ambos os filhos de Roger provaram ser herdeiros leais, devotados e extremamente capazes, para William; seus filhos saíram do mesmo molde, com o resultado de que, no presente ano de 1965, as ações da Produtos Parson vinham sendo consideradas como *blue chips* há décadas. Depressão? Que nada! As pessoas ainda dirigiam carros que precisavam de motor, a Turbinas Parson fabricava turbinas a diesel e geradores muito antes que os aviões a jato voassem, as garotas continuavam martelando suas máquinas de escrever, as operações cirúrgicas continuavam aumentando, e os países continuavam explodindo uns aos outros com armas, canhões e morteiros da Parson, pequenos, médios e grandes.

Num aparte interessante, Carmine tinha descoberto que a ovelha negra da família, Roger, depois de ficar sóbrio na Califórnia, havia fundado a cadeia de restaurantes Roger's Ribs, se casado com uma estrela iniciante de cinema, feito uma vida muito boa para si mesmo e morrido em cima de uma prostituta, num motel fuleiro.

O Hug tinha nascido do desejo de William Parson de fazer alguma coisa em memória de seu filho falecido; no entanto, seu parto não fora muito fácil. Naturalmente, a Universidade Chubb esperava chefiá-lo e dirigi-lo, mas não era essa a intenção de Parson. Ele queria ser afiliado à Chubb, mas se recusou a entregar seu controle à universidade. No fim, a Chubb tinha desmoronado depois de ter recebido um ultimato de terríveis proporções. Seu centro de pesquisas, disse William Parson, iria, se necessário, aliar-se a outra instituição de aprendizagem fora do estado, ainda que esta fosse sórdida e barata e não fizesse parte da Ivy League. Quando um chubber como William Parson disse *isso*, a Chubb soube que havia sido derrotada. Não que a universidade não houvesse recebido uma fatia da torta: 25% do orçamento anual era pago à universidade, por direitos de associação.

Carmine também sabia que o Conselho de Administração se reunia a cada três meses. Os quatro Parson e o primo Spaight vinham de limusine, desde seu apartamento na cidade de Nova York, e ficavam hospedados em suítes no Cleveland Hotel, em frente ao Schumann Theater, na noite posterior à reunião. Isso era necessário porque M.M. sempre lhes oferecia um jantar, esperando que fosse capaz de persuadir os Parson a doar um prédio que, um dia, alojaria a coleção de arte de William Parson. Essa coleção, a mais importante em mãos americanas, tinha sido legada à Chubb pelo testamento de William Parson, mas sua entrega fora deixada a critério dos herdeiros, que até agora haviam preferido se aferrar até ao mais diminuto dos rascunhos de Leonardo.

Quando o professor estendeu a mão para ligar o gravador de rolo, Carmine levantou a sua.

— Desculpe, professor, esta reunião é absolutamente confidencial.

— Mas... mas... as atas! Pensei que como a Srta. Vilich foi excluída, ela poderia datilografar as atas com base na fita.

— Nada de atas — disse Carmine firmemente. — Pretendo ser franco e detalhista, o que significa que nada do que eu disser deve sair desta sala.

— Entendido — disse Roger Parson Jr. abruptamente. — Prossiga, tenente Delmonico.

Quando ele terminou, o silêncio era tão absoluto que um repentino soprar do vento lá fora pareceu um rugido. Todos, sem exceção, estavam pálidos, trêmulos e boquiabertos. Em todas as vezes em que havia se encontrado com M.M., Carmine nunca vira o homem abalado, mas depois de seu relatório, até seu cabelo parecia haver perdido o brilho. Ainda que, talvez, o único que compreendesse totalmente as implicações fosse o reitor Dowling, um psiquiatra famoso por seu interesse em psicoses orgânicas.

— *Não pode* ser alguém do Hug — disse Roger Parson Jr., enxugando os lábios com um guardanapo.

— Isso ainda deve ser estabelecido — disse Carmine. — Não temos nenhum suspeito em particular, o que significa que todos os membros do Hug estão sob suspeita. Por essa razão, também não podemos excluir nenhuma pessoa da faculdade de medicina.

— Carmine, você acredita realmente que pelo menos dez entre essas garotas desaparecidas tenham sido *incineradas*? — perguntou M.M.

— Sim, senhor, acredito.

— Mas você não apresentou nenhuma evidência real disso.

— Não, não apresentei. É tudo puramente circunstancial, mas condiz com o que sabemos de fato: que, não fosse pelos caprichos da sorte, Mercedes Alvarez teria sido completamente incinerada na última quarta-feira.

— É asqueroso — sussurrou Richard Spaight.

— É o Schiller! — gritou Roger Parson III. — Ele é velho o bastante para ter sido um nazista. — Ele se voltou ferozmente para o professor: — Eu te *disse* para não contratar alemães!

Roger Parson Jr. bateu na mesa bruscamente. — Jovem Roger, já basta! O Dr. Schiller não tem idade suficiente para ter sido nazista, e não é o papel deste conselho ficar especulando. Insisto para que o professor Smith seja apoiado, não censurado. — Ainda irritado com a explosão do filho, ele olhou para Carmine. — Tenente Delmonico, eu agradeço muito pela sua sinceridade, por mais indesejada que seja, e ordeno a todos vocês que mantenham silêncio sobre todos os aspectos desta tragédia. Embora... — ele acrescentou, um tanto pateticamente — suponho que devamos esperar que alguma coisa, no fim, acabe vazando para a imprensa.

— Isso é inevitável, Sr. Parson, mais cedo ou mais tarde. Esta investigação se tornou estadual. A quantidade de pessoas por dentro do caso aumenta a cada dia.

— O FBI? — Henry Parson Jr. perguntou.

— Nem tanto, senhor. A linha entre uma pessoa desaparecida e uma vítima de sequestro é tênue, mas nenhuma das famílias das garotas recebeu exigências de resgate, e o assunto permanece, até o momento, confinado a Connecticut. Mas pode ficar tranquilo, nós consultaremos qualquer agência que seja capaz de nos ajudar — disse Carmine.

— Quem está chefiando a investigação? — perguntou M.M.

— Por falta de alguém melhor, senhor, no momento sou eu, mas isso pode mudar. Há muitos departamentos de polícia diferentes envolvidos, entende?

— Você quer este trabalho, Carmine?

— Sim, senhor.

— Então, devo telefonar para o governador — disse M.M., seguro de seu poder; e por que não estaria?

— Ajudaria se a Produtos Parson oferecesse uma grande recompensa? — perguntou Richard Spaight. — Meio milhão? Um milhão?

Carmine empalideceu. — Não, Sr. Spaight, ao contrário! Primeiro de tudo, atrairia a atenção da imprensa para o Hug e, segundo, recompensas substanciosas apenas dificultam o trabalho da polícia. Elas fazem com que todos os malucos e fanáticos saiam da toca e, embora eu não possa afirmar que uma recompensa não produziria uma boa pista, as chances são tão escassas que dar seguimento a milhares e milhares de relatórios exigiria até a última gota das reservas policiais, e por nada. Se continuarmos chegando a becos sem saída, então talvez se possa oferecer uma recompensa de vinte e cinco mil dólares em dinheiro. Pode acreditar, isso já seria muito.

— Então — disse Roger Parson Jr. se levantando e dirigindo-se para o café —, sugiro que adiemos a reunião até que o tenente Delmonico possa nos dar algumas informações novas. Professor Smith, você e sua equipe devem cooperar totalmente com o tenente. — Ele começou a servir o café numa xícara e parou, perplexo. — O café não foi preparado! Eu *preciso* de um café!

Enquanto o professor se alvoroçava, pedindo desculpas e explicando que, normalmente, a Srta. Vilich preparava o café no final da reunião, Carmine ligou as várias cafeteiras e afundou os dentes num folheado de maçã. M.M. tinha razão. Delicioso.

Antes que Carmine saísse do escritório naquela tarde, o comissário John Silvestri entrou voando pela porta, para lhe dizer que tinha chegado a informação de Hartford de que haveria uma força-tarefa especial da polícia operando com base em Holloman, já que Holloman tinha os melhores laboratórios da polícia do estado. O tenente Carmine Delmonico foi nomeado para chefiar essa força-tarefa especial.

— Orçamento ilimitado — disse Silvestri, parecendo-se ainda mais do que o normal a um grande gato preto —, e pode pedir qualquer policial que você queira, de qualquer parte do estado.

Obrigado, M.M., Carmine disse a si mesmo. Tenho uma carta branca virtual, mas sou capaz de apostar meu distintivo que a imprensa saberá de tudo antes que eu saia deste escritório. Uma vez que os funcionários públicos entram na jogada, as línguas não ficam mais quietas. Com relação ao governador... assassinatos múltiplos, principalmente de cidadãs admiráveis, aumentam a aversão política.

Para Silvestri ele disse: — Visitarei cada departamento de polícia do estado pessoalmente para instruí-los, mas, por enquanto, fico satisfeito em manter a força-tarefa especial entre mim, Patrick, Abe e Corey.

5

Quarta-feira, 20 de outubro de 1965

Duas semanas haviam se passado desde a descoberta de Mercedes Alvarez no frigorífico de animais mortos do Hug, e a maré de notícias nos jornais, na TV e no rádio havia começado a se retrair, num vácuo de informação. Não havia vazado nem um pio sobre a incineração, o que surpreendeu a força-tarefa. Aparentemente, pressão vinda de cima por todos os tipos de pessoas influentes e políticas havia suprimido esse dado como sendo impressionante demais, horrivelmente perturbador demais. É claro que o fator Caribe tinha sido explorado sem descanso. O número de vítimas fora estabelecido em onze; nenhum caso anterior a Rosita Esperanza, em janeiro de 1964, tinha vindo à tona, nem mesmo nos demais estados da União. É claro que o assassino tinha recebido um apelido da imprensa: ele fora batizado como o Monstro de Connecticut.

A vida no Hug não mais se resumia a um pequeno triunfo no comportamento dos íons de potássio através da membrana celular neuronal, ou um grande triunfo quando Eustace tinha uma convulsão focal do lobo temporal, provocada pela estimulação elétrica de seu nervo ulnar. Agora, a vida no Hug estava carregada de tensões, que se exibiam através de olhares enviesados, de frases interrompidas pela metade, e da evasão constrangedora do assunto que nunca estava muito distante da mente de nenhum hugger. Um pequeno consolo: os policiais pareciam ter desistido de visitá-los, até mesmo o tenente Delmonico, que havia assombrado cada um dos andares do edifício durante oito dias.

As fendas que começavam a aparecer na estrutura social do Hug se irradiavam principalmente da figura do Dr. Kurt Schiller.

— Fique longe de mim, seu canalha nazista! — gritou o Dr. Maurice Finch para Schiller quando este veio perguntar-lhe sobre uma amostra de tecido.

— Claro, você pode me chamar do que quiser — Schiller retrucou, ofegando —, mas eu não me atrevo a retaliar; não aqui, entre judeus americanos!

— Se dependesse de mim, você seria deportado! — Finch disse, resmungando.

— Você não pode culpar uma nação inteira pelos crimes de alguns — Schiller insistiu, o rosto lívido, os punhos cerrados.

— Quem disse que não posso? Vocês *todos* eram culpados!

Charles Ponsonby interveio, pegou Schiller pelo braço e o conduziu ao seu próprio domínio.

— Eu não fiz nada... *nada*! — gritou Schiller. — Como é que podemos saber... saber *de verdade*... que o corpo foi cortado para ser incinerado? Não passa de fofoca, de uma fofoca maldosa! Eu não fiz nada!

— Meu caro Kurt, a reação de Maurie é compreensível — disse Charles. — Ele teve primos que foram parar nos fornos de Auschwitz, portanto, a simples ideia de incineração é... bem, profundamente perturbadora para ele. Também entendo que não é fácil ser o alvo dessas emoções. O melhor que você pode fazer é ficar longe dele até que o assunto morra. Irá morrer, sempre morre. Pois você está certo: não passa de fofoca. A polícia não nos disse nada. Mantenha a cabeça erguida, Kurt... seja *homem*! — A última frase foi dita num tom que fez com que Schiller enterrasse o rosto nas mãos e chorasse amargamente.

— Fofoca — disse Ponsonby a si mesmo ao voltar a seu laboratório — é como alho. Um bom auxiliar, mas um péssimo patrão.

Finch não era o único a usar Schiller como alvo de suas frustrações. Sonia Liebman ostentosamente se desviava dele sempre que o encontrava; Hilda Silverman, de repente, passou a colocar seus jornais e artigos em lugares errados; Marvin, Betty e Hank perdiam suas amostras e pintavam suásticas nos ratos cujos cérebros iriam para a patologia.

Finalmente, Schiller foi até o professor para entregar sua carta de demissão, apenas para vê-la recusada.

— Não posso aceitá-la de forma alguma, Kurt — disse Smith, cujo cabelo parecia ficar mais branco a cada dia. — Estamos sob investigação policial, não podemos alterar nossos quadros. Além disso, se você sair agora, seria sob uma nuvem de suspeita. Levante a cabeça e enfrente a situação, assim como o resto de nós.

— Mas eu já estou até aqui de levantar a cabeça — ele disse para Tamara, depois que o arrasado Schiller havia partido. — Ah, Tamara, por que isso teve de acontecer conosco?

— Se eu soubesse a resposta, Bob, tentaria consertar — ela disse, então, acomodou-o mais confortavelmente em sua cadeira e lhe deu um esboço do artigo do Dr. Nur Chandra para que lesse, aquele que, fria e clinicamente, descrevia os detalhes da incrível convulsão de Eustace.

Quando ela voltou a seu escritório, encontrou Desdemona Dupre ali, mas não esperando como qualquer outra pessoa teria feito. Aquela vaca inglesa estava descaradamente examinando o conteúdo da desorganizada mesa de Tamara!

— Você viu minha folha de pagamentos, Vilich?

O canto de um comunicado manuscrito altamente confidencial estava aparecendo sob um calhamaço de ditado rascunhado que ela havia transcrito para o professor; Tamara se atirou para empurrar Desdemona para longe.

— Não se atreva a bisbilhotar os meus papéis, Dupre!

— Eu simplesmente fiquei fascinada pelo caos em que você trabalha — Desdemona disse, arrastando as palavras. — Não me surpreende que você não tenha sido capaz de administrar este lugar. Não poderia organizar uma bebedeira numa cervejaria.

— Por que você não vai se foder? Uma coisa é certa: você é feia demais para conseguir um homem para fazer isso!

As sobrancelhas praticamente invisíveis de Desdemona se ergueram.

— Existem destinos muito piores do que morrer em dúvida — ela disse, sorrindo —, mas, por sorte, alguns homens gostam de escalar o Everest. — Seus olhos seguiram as unhas vermelhas de Tamara enquanto suas mãos remexiam os papéis, escondendo a folha vital de suas vistas. — Uma cartinha de amor? — ela perguntou.

— Cai fora! Seus pagamentos não estão aqui!

Desdemona foi embora, ainda sorrindo; pela porta aberta, ela pôde ouvir o toque do seu telefone, à distância.

— Srta. Dupre — ela disse, sentando-se.

— Ah, que bom, fico contente em saber que você está trabalhando — disse a voz de sua outra *bête noire*.

— Sempre estou trabalhando, Tenente Delmonico — ela disse, secamente. — A que devo esta honra?

— Que tal jantar comigo uma noite dessas?

O pedido veio como um choque, mas Desdemona não cometeu o erro de achar que ele estaria lhe fazendo um elogio. Então, o Senhor Executor Supremo estava desesperado, hein?

— Depende — ela disse cautelosamente.

— De quê?

— De quantas condições existam, tenente.

— Bem, enquanto você está tentando contá-las, que tal me chamar de Carmine e eu te chamar de Desdemona?

— O primeiro nome é só para os amigos e eu considero seu convite mais como uma espécie de inquisição.

— Isso significa que tenho o direito de te chamar de Desdemona?

— A permissão, não o direito.

— Ótimo! Hã... jantamos, Desdemona?

Ela se reclinou na cadeira e fechou os olhos, lembrando-se do impressionante ar de tranquila autoridade que ele tinha. — Muito bem, então, jantamos.

— Quando?

— Esta noite, se você estiver livre, *Carmine*.

— Ótimo. De que tipo de comida você gosta?

— Chinesa de Xangai padrão.

— Por mim, tudo bem. Passarei para te pegar em sua casa às sete.

Lógico que o canalha sabia o endereço de todo mundo! — Não, obrigada. Prefiro me encontrar com você no restaurante. Que é?

— O Faisão Azul, na Cedar Street. Conhece?

— Ah, sim. Te encontro lá às sete.

Ele desligou sem mais, deixando que Desdemona lidasse com uma pergunta do Dr. Charles Ponsonby, parado à sua porta; só depois de ter se livrado dele, ela pôde pensar e planejar, não uma sedução, mas um duelo. Ah, sem dúvida, um pouco de esgrima com o florete verbal seria muito bem-vinda! Como ela sentia falta desse aspecto da vida! Ali em Holloman ela estava exilada, guardando seu abundante salário o mais rapidamente possível para que pudesse dar o fora daquele país vasto e alienígena, retornar à sua terra natal e retomar a meada de uma vida social estimulante. Dinheiro não era tudo, mas até você ter algum, a vida ficava deprimente. Desdemona queria um apartamento pequeno em Strand-on-the-Green, com vista para o Tâmisa, dar várias consultorias para clínicas de saúde particulares e ter a cidade de Londres inteira como seu quintal. Na verdade, Londres era tão desconhecida para ela quanto Holloman havia sido, mas Holloman era um exílio, enquanto Londres era o centro do universo. Cinco anos já haviam se passado, faltavam outros cinco; então, seria adeus ao Hug e aos Estados Unidos. Uma super-referência para que conseguisse suas consultorias e uma conta bancária recheada. Isso era tudo que ela queria ou precisava dos Estados Unidos. Você pode tirar o inglês da Inglaterra, mas não pode tirar a Inglaterra do inglês.

Ela sempre ia e voltava caminhando do trabalho, uma forma de exercício que combinava com sua alma andarilha. Embora tal atividade espantasse alguns de seus colegas, o fato de sua rota atravessar o Recôncavo não fazia com que Desdemona se considerasse em perigo. Sua altura, seu andar atlético, seu ar de confiança e o fato de não carregar bolsa a tornavam uma vítima improvável a qualquer delito. Além disso, depois de cinco anos, ela já conhecia todos os rostos com que se encontrava e não recebia nada além de cumprimentos amigáveis, em respostas aos seus.

As folhas de carvalho já estavam caindo; quando Desdemona entrou na Twentieth Street para percorrer um quarteirão até a Sycamore, andou em meio a pilhas de folhas, pois os caminhões do município ainda não haviam passado por ali. Ah, lá estava ele! O siamês que sempre ficava no alto de um poste para dizer olá quando ela passava; ela parou para lhe render tributos. Atrás dela, ouviram-se passos nas folhas por uma fração de segundo depois que os dela haviam cessado. Foi isso que fez com que ela se virasse, surpresa, com um leve arrepio na nuca. Ah, com certeza não agora, depois de cinco anos! Mas não havia ninguém à vista, a não ser que estivesse se escondendo atrás de um carvalho próximo. Ela seguiu adiante, de ouvidos atentos, e parou novamente após uns seis metros. O farfalhar das folhas mortas atrás dela também parou, meio segundo tarde demais. Um suor leve surgiu em sua testa, mas ela continuou como se não houvesse percebido nada, virando na rua Sycamore, e surpreendeu a si mesma ao correr o último quarteirão até seu residencial.

Ridículo, Desdemona Dupre! Como você é boba. Foi o vento, foi um rato, um pássaro, alguma criaturinha que você não viu.

Quando ela subiu os trinta e dois degraus até seu apartamento no terceiro andar, estava respirando mais ofegantemente do que a corrida e a escada justificariam. Involuntariamente, seus olhos foram até o cesto de bordados, mas ele estava intocado. Seu bordado estava exatamente onde deveria estar.

* * *

Eliza Smith tinha preparado o jantar favorito de Bob, costelinhas de porco com salada e pão quente. Seu estado mental a preocupava imensamente. Desde o assassinato, ele tinha decaído cada vez mais; irritável de temperamento, crítico com as coisas que normalmente nem sequer notava, geralmente tão distante que não via nem ouvia nada. Ela sempre soubera que ele possuía esse lado, mas entre uma carreira brilhante e seu brinquedo no porão — assim como um bom casamento, ela se apressou em acrescentar —, ela tinha se sentido segura de que aquilo nunca iria dominar seu pensamento, seu mundo. Afinal, ele havia sobrevivido a Nancy — ah, tinha sido conturbado, durante algum tempo, mas ele havia se recuperado — e o que poderia ser pior do que aquilo?

Embora os jornais e noticiários da TV tivessem parado de martelar no tema do "Monstro de Connecticut", Bobby e Sam não haviam entendido a deixa. Todos os dias em que iam à Dormer Day School, se vangloriavam de ter um pai intimamente relacionado aos assassinatos, e não conseguiam enxergar por que não deveriam explorá-lo um pouco mais quando voltavam para casa. Quer dizer, *cortada em pedaços!*

— Qual deles você acha que foi, pai? — Bobby perguntou, de novo.

— Não comece, Bobby — disse sua mãe.

— Eu acho que foi o Schiller — disse Sam, roendo uma costelinha. — Aposto que ele era nazista. Ele parece nazista.

— Fique quieto, Sam! Deixe esse assunto pra lá — disse Eliza.

— Escutem a mãe de vocês, garotos. Já basta — disse o professor, seu prato praticamente intocado.

A conversa cessou enquanto os meninos comiam mais costelinhas, mastigavam ruidosamente o pão e espiavam o pai de forma especulativa.

— Ah, vamos, pai, por favor, *por favor* fale pra gente quem você acha que é — Bobby implorou.

— É o Schiller! É o Schiller! — cantarolou Sam. — Achtung! Sieg heil! Eu terrr um tigrrre no meu tanque!

Robert Mordent Smith colocou ambas as mãos sobre a mesa e se colocou de pé, então, apontou para um espaço vazio no amplo cômodo. Bobby engoliu em seco, Sam gemeu, mas os dois meninos se levantaram e foram até o lugar que o pai indicava, enrolando as barras da calça até os joelhos. Smith pegou uma vara fina e comprida, com uma extremidade retalhada, do lugar em que tradicionalmente ficava, sob o aparador, foi até os meninos e golpeou com o utensílio a panturrilha de Bobby. Ele sempre batia primeiro em Bobby porque Sam tinha tanto medo da vara que ter de assistir Bobby apanhando duplicava seu castigo. O primeiro corte provocou vergões vermelhos, mas cinco outros se seguiram enquanto Bobby continuava imóvel, corajosamente em silêncio; Sam já estava chorando. Mais seis cortes na outra panturrilha de Bobby e foi a vez de Sam receber seis golpes em cada uma, administrados tão fortemente e com tanta crueldade quanto os de Bobby, apesar dos gritos. Sam era um covarde, na opinião do pai. Uma *menina*.

— Vão para a cama e pensem nos prazeres de estarem vivos. Nem todos têm tanta sorte, lembram? Eu não vou tolerar mais essas provocações, entenderam?

— Sam, até pode ser — disse Eliza quando os garotos haviam ido embora —, ele só tem doze anos. Mas você não deveria bater com a vara num garoto de quatorze anos, Bob. Ele já é mais alto do que você. Um dia se virará contra a sua mão.

Como resposta, Smith foi até a porta do porão, as chaves de sua tranca de alta segurança nas mãos.

— E não há necessidade dessa obsessão por trancar tudo! — Eliza gritou da sala de jantar, quando ele desapareceu. — E se acontecesse alguma coisa e eu precisasse de você com urgência?

— Grite!

— Ah, claro — ela murmurou, começando a levar os restos do jantar para a cozinha. — Você não escutaria, com todo esse barulho. E escreva o que eu digo, Bob Smith, um dia seus filhos se voltarão contra você.

As melodias de um concerto para piano de Saint-Saëns irromperam de um par de alto-falantes gigantescos, posicionados no vão sem porta que saía da cozinha. Enquanto Claire Ponsonby descascava camarões crus na antiquíssima pia de pedra e removia suas veias, seu irmão abria o forno "lento" de seu fogão Aga, com as mãos protegidas por luvas, e retirava uma caçarola de terracota. A tampa estava vedada com uma massa feita com farinha e água para manter até a última gota do precioso suco; depositando a caçarola na parte de mármore da mesa de trabalho de trezentos anos de idade, Charles tinha começado a tediosa tarefa de romper a vedação de massa para remover a tampa.

— Criei um aforismo excelente hoje — ele disse, enquanto trabalhava. — Fofoca é como alho: um bom auxiliar, mas um péssimo patrão.

— Muito apropriado, considerando nosso menu, mas a fofoca no Hug está tão ruim assim, Charles? Afinal, ninguém *sabe* nada.

— Concordo que ninguém *sabe* se as partes do corpo iriam para o incinerador, mas a especulação é forte. — Ele riu. — O principal alvo da fofoca é Kurt Schiller, que se debulhou em lágrimas para cima de mim, humpf! Um germânico decorativo, desastrado, furtivo... eu tive de morder a língua para não falar nada.

— Isso está com um cheiro divino — Claire disse, virando-se para ele com um sorriso. — Faz não sei quanto tempo que não comemos um cozido de carne.

— Mas, primeiro, camarões na manteiga com alho — disse Charles. — Você terminou?

— Estou limpando o último agora. Música perfeita para uma refeição perfeita. Saint-Saëns é tão *exuberante*. Devo derreter a manteiga, ou você fará isso? O alho está amassado e pronto para o uso. Naquele pires ali.

— Vou fazer isso enquanto você arruma a mesa — Charles disse, empurrando um bloco de manteiga para dentro da panela, os camarões prontos para sua breve imersão no instante em que a manteiga borbulhasse e o alho estivesse dourado. — Limão! Você se esqueceu do suco de limão?

— Sinceramente, Charles, você é cego? Está bem do seu lado.

Toda vez que Claire falava, com sua voz rouca, o cão grande deitado com o queixo apoiado nas patas, num canto fora da passagem, erguia a cabeça, batia no chão com o rabo, as sobrancelhas claras subindo e descendo expressivamente na gentil cara preta, como um acompanhamento à música produzida pela fala de Claire.

Os camarões nas mãos habilidosas de Charles, a mesa posta, Claire foi até o balcão de mármore manchado e pegou uma grande tigela de comida enlatada para cachorro. — Aqui, Biddy, meu amor, jantar para você também — ela disse, atravessando o cômodo até onde o cão estava e colocando a tigela logo adiante de suas patas dianteiras. De pé num átimo, Biddy devorou a comida avidamente. — É o labrador em você que te torna tão voraz — disse Claire. — Uma pena que o pastor não possa te equilibrar. Os prazeres — ela continuou, com um ronronar em sua voz — são infinitamente mais doces quando usufruídos com lentidão.

— Eu concordo plenamente — disse Charles. — Vamos demorar pelo menos uma hora para fazer esta refeição.

Os dois Ponsonby se sentaram a cada lado da ponta de madeira da mesa, um processo vagaroso que só foi interrompido quando o LP teve de ser substituído. Esta noite era Saint-Saëns, mas amanhã poderia ser Mozart ou Satie, dependendo do menu do jantar. Escolher a música correta era tão importante quanto o vinho certo.

— Suponho que você vá à exposição de Bosch, Charles?

— Nem morto eu deixaria de ir. Mal posso esperar para ver seus quadros de verdade! Não importa quão boas sejam as impressões coloridas de um livro, elas nunca se comparam às pinturas originais. Tão macabras, tão cheias daquilo que eu não sei se é humor consciente ou inconsciente. Por alguma razão, eu nunca consigo penetrar na *mente* de Bosch! Ele era esquizofrênico? Tinha uma fonte de cogumelos mágicos? Ou aquela era apenas a forma na qual ele havia sido criado para ver não somente o mundo presente, mas o próximo? Eles pensavam na vida e na morte, em recompensa e punição, diferentemente do que fazemos hoje, disso eu tenho certeza. Seus demônios *destilam* júbilo ao sujeitar suas vítimas miseráveis à tortura. — Ele gargalhou. — Quer dizer, ninguém no Inferno deveria estar feliz. Oh, Claire, Bosch é um autêntico gênio! Suas obras, suas obras...!

— É o que você sempre me diz — ela disse, meio secamente.

O cão Biddy se agitou e veio colocar a cabeça no colo de Claire. Suas mãos compridas e finas puxaram as orelhas ritmicamente até que os olhos do cão se fecharam e ele grunhiu de satisfação.

— Teremos um menu Bosch para comemorar, quando você voltar — Claire disse, com riso na voz. — Guacamole com muita pimenta, frango tandoori, torta de chocolate diabólica... Shostakovitch e Stravinsky, um pouco de Moussorgsky... um bom vinho chambertin...

— Falando de música, o disco está riscado. Apronte o cozido, sim? — ele pediu, encaminhando-se para a nunca usada sala de jantar.

Claire moveu-se pela cozinha eficientemente enquanto Charles, agora em sua cadeira, a observava. Primeiro, ela tirou as minúsculas batatas do fogo, escorreu a água na pia, besuntou um pouco de manteiga sobre elas, na tigela, então levou a tigela até a mesa. O cozido, ela dividiu em duas porções, as quais serviu em dois antigos pratos Spode, colocando cada um deles entre um jogo de garfo e faca. A última a chegar foi uma tigela de vagens escaldadas. Nem uma peça de louça se chocou acidentalmente contra outra; Claire Ponsonby dispôs tudo sobre a mesa com exatidão. Enquanto o cachorro, sabendo-se desnecessário na cozinha, voltou a seu quadrado de tapete e apoiou a cabeça sobre as patas novamente.

— O que você pretende fazer amanhã? — Charles perguntou quando o cozido já havia sido substituído por um *espresso* forte e espesso e ambos estavam saboreando o aroma de charutos suaves.

— Levar Biddy para um longo passeio de manhã. Depois, Biddy e eu vamos ouvir uma palestra sobre partículas subatômicas... será no anfiteatro da Susskind. Já pedi um táxi para ir e voltar.

— Não deveria ser necessário pedir um táxi! — Charles retrucou, os olhos úmidos secando-se com a raiva. — Aqueles cretinos insensíveis que dirigem os táxis deveriam saber a diferença entre um cão-guia e qualquer outro cão! Um cão-guia, fazer xixi num táxi? Que besteira!

Ela estendeu sua mão e a colocou, inequivocamente, sobre a dele; sem tatear, sem escorregar. — Não é nenhum sacrifício pedir um táxi — ela disse pacificamente.

* * *

O menu do jantar na casa dos Forbes foi muito diferente.

Robin Forbes havia tentado fazer uma torta de nozes que não se desmanchasse ruidosamente no momento em que a faca a tocasse, e espargiu uma calda rala de cranberry por cima para, conforme disse a Addison:

— Animar um pouquinho, querido.

Ele experimentou o resultado com desconfiança e se afastou, horrorizado. — Está doce! — ele guinchou. — *Doce!*

— Oh, querido, um pinguinho de açúcar não vai te causar outro infarto! — ela exclamou, batendo as mãos, exasperada. — Você é o médico, eu sou apenas uma humilde enfermeira à moda antiga, sem diploma, mas até mesmo as enfermeiras sabem que açúcar é o combustível fundamental! Quer dizer, tudo que você come que não é transformado em tecido novo é transformado em glicose para o momento, e glicogênio para mais tarde. Você está se matando sem qualquer gentileza, Addison! Um jogador de futebol de vinte anos de idade não treina tanto quanto você!

— Obrigado pelo sermão — ele disse sarcasticamente, raspando com ostentação a calda de cranberry de sua torta vegetariana e, então, enchendo o prato com alface, tomate, pepino, salsão e pimentão. Sem molho, nem mesmo de vinagrete.

— Tive minha conversa semanal com Roberta e Robina essa manhã — ela disse com animação, morrendo de medo de que ele notasse que a torta dela era de carne, comprada na delicatessen, e que o molho cremoso italiano se escondia por baixo de sua salada modesta.

— Roberta foi aceita na neurocirurgia? — ele perguntou, não mais do que levemente interessado.

O rosto de Robin murchou. — Não, querido, eles a rejeitaram, ela disse que é porque é mulher.

— E é isso mesmo. A neurocirurgia exige vigor masculino.

Não adiantava discutir aquilo; Robin mudou de assunto. — Mas — ela disse, excitada —, o marido de Robina teve uma excelente promoção. Eles poderão comprar aquela casa que eles adoram em Westchester.

— Meus parabéns para o Fulaninho — ele disse distraidamente; seu trabalho o estava chamando do alto da torre.

— Oh, Addison, ele é seu genro! Callum Christie é o nome dele. — Ela suspirou, tentou outra vez. — Hoje à tarde eu vi uma reprise de *Quo Vadis*... minha nossa, como eles judiavam dos pobres cristãos, não? Leões arrastando braços humanos para todo lado... urgh!

— Conheço um monte de cristãos que eu alegremente atiraria aos leões. Te roubam seis dias por semana, daí vão à igreja no domingo e consertam tudo com Deus. Humpf! Tenho orgulho de assumir meus pecados, não importa quão horríveis sejam — ele disse, entre os dentes.

Ela deu uma risadinha. — Ai, Addison, sinceramente! Você não está falando coisa com coisa!

A salada havia desaparecido; Addison Forbes pousou seu garfo e faca e se perguntou pela milionésima vez por que havia se casado com uma enfermeira cabeça-oca no meio da faculdade de medicina. Embora ele soubesse a resposta e simplesmente não se importasse em admiti-la; ele não tinha tido dinheiro suficiente para terminar a faculdade, ela era doida por ele e a renda de uma enfermeira era o bastante. Naturalmente, ele havia planejado terminar a residência antes de pensar em ter uma família, mas a tola ficou grávida antes mesmo que ele se formasse. Portanto, ali estava ele, lutando com um internato e filhas gêmeas que ela havia insistido em chamar de Roberta e Robina. Apesar de serem homozigotas, Roberta tinha herdado sua inclinação médica, enquanto Robina, a cabeça-de-vento, tinha se tornado uma modelo adolescente de sucesso, antes de se casar com um corretor de ações bastante promissor.

Sua repugnância pela mulher não havia se dissipado com os anos; ao contrário, havia aumentado até que ele quase não pudesse suportar a visão dela e acalentasse fantasias secretas de matá-la aos pouquinhos.

— Seria muito melhor para você, Robin — ele disse, ao levantar-se da mesa —, se você se inscrevesse em algum programa de graduação da

Faculdade Estadual West Holloman, em vez de ficar se entupindo de pipoca no cinema. Ou poderia fazer cerâmica, o que me disseram que é a atividade das mulheres de meia-idade que não têm nenhum talento. Você não poderia fazer um curso de atualização em enfermagem, jamais daria conta da matemática. Agora que nossas filhas deixaram a segurança de seu rio maternal para cair na vida do oceano, seu rio se transformou numa poça estagnada.

O mesmo final para a mesma refeição; Addison subiu arrogantemente a escada em espiral para seu ninho de águias trancafiado enquanto Robin gritava atrás dele.

— Eu preferiria morrer a passar um aspirador de pó no seu cafofo estúpido, portanto deixe a porta aberta, pelo amor de Deus!

A voz dele flutuou de volta. — Você é abelhuda, minha querida. Não, obrigado.

Enxugando os olhos com um lenço de papel, Robin misturou o molho cremoso italiano com sua salada e inundou sua torta de carne com calda de cranberry. Então, levantou-se de um salto, correu até a geladeira e desenterrou uma vasilha de salada de batata que havia escondido por trás das latas de refrigerante dietético Tab. Não era justo que Addison lhe infligisse seu regime cruel, mas ela sabia exatamente por que ele o fazia: ele morria de medo de ter uma recaída, caso visse comida *de verdade*.

Carmine Delmonico ficou em pé, apoiando os ombros contra o ornamentado faisão azul e dourado pintado na janela do restaurante, com um grande saco marrom apoiado na curva de um braço. Seus olhos acompanharam preguiçosamente o Corvette vermelho brilhante, então se arregalaram quando ele deu ré com esmero até o meio-fio e a Srta. Desdemona Dupre extraiu sua considerável pessoa de dentro dele com muita flexibilidade.

— Uau! — ele disse, endireitando-se. — Não é o tipo de carro que eu havia imaginado para você.

— O valor dele só irá aumentar, e nunca depreciar, então quando eu o vender, não perderei dinheiro — ela disse. — Vamos entrar? Estou morrendo de fome.

— Pensei que poderíamos comer na minha casa — ele disse, começando a andar. — O restaurante está cheio de alunos de graduação da Chubb e minha cara é bem conhecida ultimamente, graças ao *Holloman Post*. Uma pena obrigar os coitados a ir ao banheiro só para tomar um gole da garrafa que levam escondida no saco de papel.

— As leis contra bebidas alcoólicas de Connecticut são arcaicas — ela disse, caminhando com ele. — Eles podem ser mortos numa guerra, mas não podem beber.

— Você não vai ouvir nenhuma queixa minha, embora eu esperasse que você fosse discutir mais sobre o lugar onde vamos comer.

— Meu caro Carmine, aos trinta e dois anos de idade eu sou um pouquinho velha demais para protestar contra comer no apartamento de um homem... ou seria uma casa? Temos que andar muito?

— Não, é logo ali na esquina. Moro no décimo segundo andar do prédio da Seguros Nutmeg. Dez andares de escritórios, dez de apartamentos. O Dr. Satsuma é dono da cobertura, mas eu não sou tão rico. Só modestamente bem de vida.

— Modéstia — ela disse, precedendo-o no saguão de mármore — não é uma qualidade que eu associe a você.

— O que eu mais gosto em você, Desdemona — ele disse, enquanto subiam rapidamente pelo elevador —, é a sua maneira de dizer as coisas. A princípio, achei que você estivesse tirando sarro de mim, mas agora percebo que é natural para você ser assim meio... pomposa.

— Se evitar gírias é parecer pomposa, então eu sou pomposa.

Ele a conduziu para fora do elevador, pescou uma chave de seu bolso e abriu a porta da frente, acendendo a luz.

Desdemona entrou numa sala que a deixou sem fôlego. As paredes e o teto eram de um vermelho chinês apagado, um carpete da mesma cor cobria o chão e muito se havia pensado em termos de iluminação. Faixas fluorescentes ocultas por uma sanefa se estendiam por todo o perímetro, iluminando algumas das obras de arte oriental mais bonitas que ela já tinha visto: um biombo de tigres emoldurado em ouro, um desenho a tinta, maravilhosamente engraçado e doce, de um homem gordo adormecido com a cabeça apoiada sobre um tigre, um grupo de tigres jovens e velhos, uma mãe tigre dando um sermão a um tigre bebê e, para equilibrar tantos tigres, alguns painéis de montanhas etéreas pintadas em pedras brancas, dentro de molduras pretas intricadamente esculpidas. Quatro cadeiras arredondadas chinesas, estofadas em vermelho, rodeavam uma mesa Lalique, com plumas de avestruz sob um tampo redondo de vidro de dois centímetros e meio de espessura; acima, resplandecia um pequeno lustre Lalique, combinando. Dois lugares haviam sido postos naquela mesa impecável, com cristal liso fino e porcelana lisa fina. Quatro poltronas vermelhas chinesas estavam dispostas em grupo ao redor de um cão chinês de cerâmica com uma lâmina de vidro apoiada sobre a cabeça. Nas paredes, alguns armários de laca preta rompiam tanto vermelho. Interessante, que aquele tom de vermelho não fosse discordante nem irritante. Era apenas intensamente suntuoso.

— Meus deuses! — ela exclamou, com delicadeza. — Daqui a pouco você vai me dizer que escreve poesia altamente intelectual e que tem em seu coração um milhão de mágoas secretas.

Aquilo o fez rir enquanto levava a sacola até uma cozinha que era tão branca quanto a sala era vermelha, imaculadamente limpa, tão organizada que chegava a ser um tanto intimidativa. Aquele homem era um perfeccionista.

— Longe disso — ele disse, despejando a comida fumegante em tigelas com tampa. — Sou apenas um policial carcamano de Holloman que anseia por ambientes bonitos quando chega em casa. Vinho branco ou tinto?

— Cerveja, se você tiver. Gosto de tomar cerveja com comida chinesa.

“Este lugar não é nem um pouco como eu esperava” — ela disse, levando duas das tigelas enquanto ele empilhava o restante em seus braços, como um garçom.

Ele puxou a cadeira para ela, acomodou-a e sentou-se.

— Coma — ele disse. — Peguei um pouco de cada coisa do cardápio.

Como ambos estavam famintos, eles deram conta da grande quantidade de comida, cada um habilidosamente manejando os palitinhos.

Eu *sou* uma esnobe, ela pensou enquanto comia, mas nós, ingleses, temos a tendência a ser esnobes a menos que sejamos da Coronation Street. Por que nos esquecemos de que os italianos governaram o mundo antes de nós, por muito mais tempo e com muito mais sucesso? Eles deram origem ao Renascimento, eles enfeitaram o mundo com sua arte, sua literatura e com o arco arquitetônico. E este policial carcamano de Holloman tem o ar de um imperador romano, então por que ele não deveria ter sentimentos ascéticos?

— Chá verde, chá preto ou café? — ele perguntou da cozinha, ao encher a lava-louça.

— Outra cerveja, por favor.

— O que você esperava, Desdemona? — ele perguntou, das profundezas de sua poltrona, com sua xícara de chá verde sobre a mesinha do cachorro chinês.

— Se houvesse uma Sra. Delmonico... afinal, poderia haver... eu esperaria ver um bom couro italiano e uma paleta de cores conservadora. Se aqui fosse o refúgio de um policial solteirão, talvez coisinhas vindas do Exército da Salvação. Você *é* casado? Só pergunto por educação.

— Fui, há muito tempo. Tenho uma filha de quase quinze anos.

— Sendo a pensão alimentícia americana como é, fico surpresa de que você possa comprar Lalique e arte chinesa.

— Nada de pensão — ele disse com uma careta. — Minha ex me abandonou para se casar com um cara que poderia comprar e vender a Chubb. Ela e a minha filha moram numa mansão em Los Angeles que parece o Hampton Court.

— Você já viajou.

— De tempos em tempos, até mesmo a trabalho. Pego os piores casos e, sendo a Chubb uma comunidade internacional, alguns casos se espalham até a Europa, o Oriente Médio, a Ásia. Eu vi a mesa e o lustre na vitrine de uma loja em Paris e deixei até as calças para comprá-los. As coisas chinesas eu comprei em Hong Kong e em Macau, enquanto estava no Japão, logo depois da guerra. Forças de ocupação. Os chineses estavam tão pobres que eu consegui essas coisas por uma ninharia.

— Mas isso não te impediu de lucrar com a pobreza deles.

— Não se pode comer tigres pintados, minha senhora. Ambas as partes conseguiram o que queriam. — Aquilo não foi dito de forma agressiva, embora contivesse uma dose de censura. — No primeiro inverno frio, tudo teria sido queimado. Detesto pensar em quanta coisa foi queimada durante os anos em que os japas trataram os chineses como ovelhas para o matadouro. Dessa forma, valorizo e cuido muito bem do que eu tenho. É café pequeno, comparado ao que os britânicos tiraram da Grécia e os franceses, da Itália — ele acrescentou com um pouco de malícia.

— *Touché*. — Ela pousou sua cerveja. — Tudo bem, hora de ir à vaca fria, tenente. O que você acha que pode arrancar de mim em troca de me alimentar?

— Provavelmente nada, mas quem sabe? Não vou começar perguntando nada que eu não possa descobrir sozinho, embora, se você descobrir algo acidentalmente, vai evitar que eu tenha de eriçar alguns membros do Hug. Você já é permanentemente eriçada, provavelmente devido a sua altura, portanto eu sei bem em que pé estou com você: uns dez centímetros abaixo da sua cabeça.

— Tenho muito *orgulho* da minha altura — ela disse, com os lábios apertados.

— E deve ter mesmo. Existem muitos caras que gostam de escalar o Everest.

Ela explodiu numa gargalhada. — Foi exatamente o que eu disse à Srta. Tamara Vilich hoje! — Moderando-se, ela o olhou de forma direta. — Mas você não é um deles, é?

— Negativo. Faço meus exercícios na academia da polícia.

— Faça suas perguntas, então.

— Qual é o orçamento anual do Hug?

— Três milhões de dólares. Um milhão em salários e pagamentos, um milhão para administrar gastos e suprimentos, três quartos de milhão para a Universidade Chubb, e um quarto de milhão como reserva.

Ele assoviou. — Jesus! Como diabos os Parson conseguem financiar isso?

— Através de um fundo com um capital de cento e cinquenta milhões. Isso significa que nunca gastamos tudo que é obtido em juros. Wilbur Dowling quer duplicar o tamanho do Hug para que inclua uma divisão psiquiátrica destinada a psicoses orgânicas. Embora isso não recaia nos parâmetros do Hug, tais parâmetros poderiam ser alterados legitimamente para realizar seu desejo.

— Por que diabos William Parson reservou tanto dinheiro?

— Acho que foi porque ele era um cético com relação aos negócios, que acreditava que o dinheiro invariavelmente perderia seu valor com o tempo. Ele estava tão sozinho, entende, e no final da sua vida o Hug se tornou a única razão de sua existência.

— Duplicar o tamanho do Hug para cumprir com as ambições do reitor seria um problema em outros aspectos, além do financeiro?

— Com certeza. Os Parson não gostam de Dowling, e M.M. é um chubber até a raiz dos cabelos, a ponto de considerar ciência e medicina coisas sórdidas que, por direito, deveriam fazer parte das universidades estaduais. Ele só as tolera porque o governo federal investe dinheiro em pesquisas científicas e médicas, e a Chubb lucra muito com isso. O Hug não é a única fonte de renda da Chubb.

— Então, M.M. e os Parson são os obstáculos. Sempre tem a ver com a personalidade, não? — Carmine perguntou, enchendo sua xícara com um bule mantido quente dentro de uma cesta forrada.

— Eles são seres humanos, portanto, sim.

— Quanto o Hug gasta em equipamentos relevantes?

— Este ano, mais do que o normal. O Dr. Schiller será favorecido com um microscópio eletrônico que custará um milhão.

— Ah, sim, o Dr. Schiller — ele disse, esticando as pernas. — Soube que alguns dos huggers estão dificultando tanto a vida dele que ele tentou pedir demissão hoje à tarde.

— Como você sabe disso? — ela inquiriu, endireitando-se na cadeira.

— Um passarinho.

O copo de cerveja foi baixado à mesa com um estrondo; Desdemona se levantou. — Então convide seu passarinho para jantar, não eu! — ela retrucou.

Ele não se moveu. — Acalme-se, Desdemona, e sente-se.

Ela ficou em pé, com seu costumeiro olhar altivo, os olhos travados nos dele, que eram, uma parte de sua mente registrou, não castanho-escuros, mas mais de uma tonalidade âmbar, que aquela sala ressaltava. O cérebro por trás deles sabia exatamente o que ela estava sentindo, e não podia se importar muito com seus remorsos. Como, ela admitia, era adequado: ele só se importava em encontrar o Monstro de Connecticut. Desdemona Dupre era um peão que ele podia facilmente se dar ao luxo de perder. Ela se sentou.

— Assim está melhor — ele disse, sorrindo. — O que você acha do Dr. Kurt Schiller?

— Como pessoa, ou como pesquisador?

— Ambos, eu acho.

— Como pesquisador, ele é uma reconhecida autoridade mundial na estrutura do sistema límbico, que é a razão pela qual o professor o roubou de Frankfurt. — Ela sorriu, algo que não fazia com suficiente frequência; seu sorriso transformava o rosto um tanto sem graça em um bastante atraente. — Como pessoa, eu gosto dele. O pobre-coitado trabalha sob certas desvantagens terríveis, além de sua nacionalidade.

— Como a homossexualidade?

— O passarinho de novo?

— A maioria dos homens não precisa que um passarinho lhes assobie isso, Desdemona.

— Verdade. As mulheres são mais facilmente enganadas, porque tendem a ver homens agradáveis e gentis como bons maridos em potencial. Muitos deles preferem seu próprio sexo, coisa que as esposas não descobrem até que já tenham tido alguns filhos. Aconteceu com duas amigas minhas. No entanto, Kurt é agradável e gentil, mas não vai atrás de mulheres para poder se reproduzir. Assim como todos os pesquisadores, ele vive para seu trabalho, então eu não acho que seus casos homossexuais sejam de longo prazo. Ou se ele, de fato, tem um namorado regular, imagino que o namorado não o veja muito.

— Você é fria demais — ele disse.

— É porque não estou realmente envolvida. Sinceramente, acho que Kurt veio para os Estados Unidos para recomeçar e se colocou numa posição geográfica que significa que pode viajar para a cidade de Nova York e para o ambiente homossexual sempre que quiser. O que ele esqueceu... ou talvez não soubesse, era quantas pessoas nas profissões médicas, nos Estados Unidos, são de origem judia. Já faz vinte anos que a Guerra terminou, com todas aquelas descobertas medonhas sobre os campos de concentração, mas as memórias ainda estão bastante vivas.

— Em você também, imagino — ele disse.

— Ah, para mim foram principalmente os horrores do racionamento de comida e roupa... o que você chamaria de bagatela. Bombas e V-2, mas não onde eu vivia, na periferia de Lincoln. — Ela deu de ombros. — Ainda assim, eu gosto de Kurt Schiller, e até acontecer esse caso terrível, todo mundo também gostava, inclusive Maurie Finch, Sonia Liebman, Hilda Silverman e os técnicos. Me lembro de Maurie dizendo, na época em que soube que Kurt assumira o cargo de patologista, que ele havia lutado um pouco com sua consciência, e que sua consciência disse que ele não deveria ser aquele a atirar a primeira pedra em um alemão jovem demais para ter participado no Holocausto. — Ela olhou de relance para seu relógio, o Timex mais barato que pudera encontrar. — Tenho que ir, mas obrigada, Carmine. A comida era exatamente o que eu queria, o ambiente, realmente maravilhoso e a companhia... bem, até que bastante suportável.

— Suportável o suficiente para repetirmos a dose na próxima quarta? — ele perguntou, levantando-a pela mão como se ela pesasse metade de seus setenta e três quilos.

— Se você quiser.

Ele desceu com ela no elevador e insistiu em acompanhá-la até seu Corvette.

Uma mulher interessante, ele pensou ao observar o carro se afastar ronronando. Há mais nela além de seu complexo com a altura. É só fazer com que ela fale e ela se esquece de se elevar acima da gente. Usa roupas baratas, picota ela mesma seu cabelo, não tem nenhuma joia. Isso faz dela uma sovina ou simplesmente indiferente à sua aparência? Não acho que ela seja nenhuma das duas coisas. Não me surpreenderia descobrir que ela é uma entusiasta das caminhadas. Posso vê-la percorrendo a passos largos a Trilha dos Apalaches, usando botas grandes; uma versão feminina de Tom Bombadil. Nenhuma chispa de atração entre nós, o que é um alívio. Como eu poderia apostar tudo que está nas minhas paredes que ela não é o Monstro de Connecticut, a Srta. Desdemona Dupre é o hugger lógico a cultivar.

Ah! Uma ótima noite de trabalho.

6

Quarta-feira, 17 de novembro de 1965

— Estamos marcando passo — disse Carmine a Silvestri, Marciano e Patrick. — Já vai fazer dois meses, desde que Mercedes foi raptada, e já reviramos todas as pedras de Connecticut. Não acho que tenha restado uma casa, celeiro ou abrigo desocupados, no estado inteiro, que não tenhamos virado do avesso, nem um bosque que não tenhamos percorrido de fora a fora. Se ele mantiver seu padrão, então já deve ter sua próxima vítima definida; mas nós não sabemos nada sobre ele, ou sobre a identidade de sua próxima vítima, que já não soubéssemos no primeiro dia.

— Talvez devêssemos estar procurando nas casas, celeiros e abrigos que não estão desocupados — disse Marciano, que sempre se impacientava com as restrições oficiais.

— Claro, eu concordo — disse Silvestri —, mas você sabe muito bem, Danny, que nenhum juiz nos emitiria um mandado de busca do jeito que as coisas estão no momento. Nós precisamos de *provas*.

— Pode ser que tenhamos espantado o assassino — disse Patrick. — Pode ser que ele não apanhe outra vítima. Ou, se o fizer, pode ser em outro estado. Connecticut não é muito grande. Ele poderia morar aqui e ainda assim pegar sua vítima em Nova York, Massachusetts ou Rhode Island.

— Ele vai pegar outra vítima, Patsy, e será dentro de Connecticut. Por que dentro de Connecticut? Porque é seu território. Ele se sente dono. Ele não é um estrangeiro aqui, este é seu lar, doce lar. Acho que ele já vive aqui há tempo suficiente para conhecer cada cidade e cada vilarejo.

— E quanto tempo isso levaria? — Patrick perguntou, intrigado.

— Depende se ele é um homem que viaja, não? Mas eu diria que, no mínimo, cinco anos... *se* ele for alguém que viaja.

— Isso não elimina muitos huggers da jogada.

— Não, Patsy, não elimina. Finch, Forbes, Ponsonby, Smith, a Sra. Liebman, Hilda Silverman e Tamara Vilich são nascidos e criados em Connecticut; Polonowski está aqui há quinze anos; Chandra, há oito e Satsuma, há cinco. — Carmine franziu a testa com raiva. — Vamos mudar de assunto. John, a imprensa está cooperando?

— E muito — Silvestri respondeu. — Será muito mais difícil para ele capturar uma garota desse tipo. Dentro de mais uma semana, os avisos serão emitidos: jornais, rádio, TV, com boas fotos das garotas e ênfase na origem caribenha e católica.

— E se ele mudar do tipo de garota? — perguntou Marciano.

— Todo maldito psiquiatra que eu consulto me *garante* que ele não fará isso, Danny. Eles alegam que ele raptou onze garotas que poderiam ser irmãs e que, portanto, tem fixação por um conjunto que consiste em cor de pele, rosto, tamanho, idade, geografia e religião — disse Carmine. — O problema é que tudo que os psiquiatras têm para se basear são pacientes que ainda não mataram, embora alguns tenham estuprado múltiplas vezes.

— Carmine, todos aqui nesta sala sabemos que a maioria dos assassinos é bastante estúpida — Patrick disse, parecendo pensativo —, e que, mesmo quando eles são inteligentes, não são brilhantes. Astutos, ou sortudos, ou talvez competentes. Mas este cara está muito à frente da matilha... inclusive de nós. O que me pergunto é: será que ele vai obedecer às regras que os psiquiatras estabeleceram? E se ele próprio for um psiquiatra? Como o professor Smith? Polonowski? Ponsonby? Finch? Forbes? Eu pesquisei sobre eles nos registros da Chubb e todos têm seus

D. M. P.s: Diploma de Medicina Psiquiátrica. Não são simplesmente neurologistas, foram até o fim da linha.

— Merda — disse Carmine. — Eu só tinha visto a sigla. Eu não mereço chefiar esta força-tarefa.

— Forças-tarefa são cooperativas — Silvestri o tranquilizou. — Agora nós sabemos, e que diferença isso faz?

— Poderia ser uma mulher? — Marciano perguntou, franzindo a testa.

— Segundo os psiquiatras, não, e, ao menos desta vez, concordo com eles — Carmine disse, com segurança. — Esse tipo de assassino ataca mulheres, mas não é uma mulher. Talvez ele quisesse ser uma, que se parecesse às nossas garotas... quem vai saber? Estamos tateando no escuro.

Desdemona havia desistido de ir e voltar caminhando do trabalho, dizendo a si mesma que era uma boba, mas incapaz de superar o sentimento que a acompanhava a cada passo, através das folhas caídas: alguém a estava seguindo, alguém esperto o bastante para não ser apanhado. A simples ideia de seu amado Corvette num estacionamento aberto às margens de um gueto ia contra sua natureza, mas não pôde evitar. Se o carro fosse roubado, então teria de rezar para que ele reaparecesse em um pedaço só. Mesmo assim, não conseguia se obrigar a contar a Carmine o que havia acontecido, embora soubesse que ele não iria rir. E como ela não era nem de origem caribenha nem tinha um metro e meio de altura, não pensou nem por um minuto que seu perseguidor tivesse alguma coisa a ver com o que incomodava Carmine.

Comendo pizza com ele em seu apartamento, ela o achou tão tenso quanto um gato cujo território houvesse sido usurpado por um cão; não que ele estivesse seco, apenas... os americanos tinham uma palavra excelente para aquilo: agitado.

Bem, ela também estava agitada e desembuchou suas novidades: — Kurt Schiller tentou se suicidar hoje.

— E ninguém me *contou*? — ele inquiriu.

— Tenho certeza de que o professor contará, amanhã — ela disse, limpando molho de tomate do queixo com dedos que tremiam levemente. — Só aconteceu pouco antes de eu sair.

— Merda! Como?

— Ele é médico, Carmine. Tomou um coquetel de morfina, fenotiazina e seconal para provocar falha cardíaca e respiratória, com stemetil para assegurar-se de que não vomitaria tudo.

— Quer dizer que ele está *morto*?

— Não. Maurie Finch o encontrou logo depois de ele ter tomado tudo e o manteve vivo, até que o pudessem transferir para a urgência do Hospital de Holloman. Depois de muitos antídotos e de uma lavagem gástrica, a crise passou. Coitado do Maurie, estava chocado e culpando a si mesmo.— Ela pousou sua pizza comida pela metade. — Falar sobre isso acaba com o apetite da gente.

— Estou vacinado — ele disse, pegando outra fatia. — Schiller é a única baixa?

— Não, apenas a mais dramática. Embora eu preveja que, depois que ele esteja recuperado o suficiente para voltar ao trabalho, aqueles que vinham atazanando sua vida o deixarão em paz. Nada mais de suásticas pintadas em seus ratos... isso eu achei absurdamente maldoso! As emoções podem ser coisas... terrivelmente destrutivas.

— Claro. As emoções atrapalham o bom-senso.

— Esse assassino é emocional?

— Frio como o espaço sideral, quente como o núcleo do Sol — respondeu Carmine. — Ele é um caldeirão de emoções que ele acha que consegue controlar.

— Você não acredita que ele, de fato, as controle?

— Não. São elas que o controlam. O que o torna um assassino tão exitoso é o equilíbrio entre o espaço sideral e o núcleo do Sol. — Ele pegou os restos de pizza do prato dela e os substituiu por uma fatia nova. — Tome, esta aqui está mais quente.

Ela tentou comer, mas ficou entalada; Carmine lhe entregou uma taça de conhaque XO, franzindo a testa. — Minha mãe diria que o bom mesmo é a *grappa*, mas conhaque é infinitamente melhor. Beba, Desdemona. Então, me diga quem mais no Hug pode ser considerado como baixa.

O calor fluiu pelo corpo dela, seguido pela mais maravilhosa sensação de bem-estar. — O professor — ela disse, então. — Todos nós achamos que ele está à beira de um ataque de nervos. Emite diretrizes, depois esquece que o fez; revoca coisas que não deveria, deixa que Tamara Vilich fique impune por seus crimes... — Ela cobriu a boca com a mão. — Eu não quis dizer literalmente. Tamara é uma vaca, mas eu acho que seus crimes são morais, não homicídios. Ela está tendo um caso com alguém e morre de medo de que descubram. Conhecendo-a, acho que é mais do que simplesmente um fruto proibido. Ela está apaixonada por ele, mas ele impôs uma condição: segredo ou nada.

— Isso significa que ele é alguém importante ou que ele tem medo da mulher. Quem mais, além do professor?

Os olhos dela se encheram de lágrimas. — Ah, Carmine, faça-me o favor! Nós todos estamos sentindo a tensão! Todos esperando e rezando para que, caso esse... esse monstro atue novamente, não comprometa o Hug. O moral está tão baixo que a pesquisa está sofrendo terrivelmente. Chandra e Satsuma estão resmungando sobre ir embora e Chandra, em particular, é nossa esperança mais brilhante. Eustace teve outra convulsão focal... até mesmo o professor se animou. É material para um Prêmio Nobel.

— Um viva para o Hug — Carmine disse secamente. Sua expressão mudou, ele ficou de joelhos na frente da cadeira dela e tomou-lhe as mãos. — Você está escondendo alguma coisa, e é sobre você. Me conte.

Ela se contorceu para afastar-se dele. — Por que eu deveria estar perturbada? — ela perguntou.

— Porque você está indo de carro para o trabalho. Eu vejo o Corvette no estacionamento do Hug; eu passo frequentemente por ali de carro, estes dias.

— Ah, isso! Está ficando frio demais para ir caminhando.

— Não foi isso que meu passarinho me contou.

Ela ficou em pé, foi até a janela. — É só uma bobagem. Só minha imaginação.

— O que é só imaginação? — ele perguntou, vindo para o lado dela.

Ele irradiava calor; ela já havia notado aquilo antes e achava curiosamente confortante. — Ah, bem... — ela disse, parou e, então, disse rapidamente, como se quisesse pôr as palavras para fora antes que pudesse se arrepender. — Eu estava sendo seguida até minha casa, toda noite.

Ele não riu, embora tampouco tenha ficado tenso. — Como você sabe? Você viu alguém?

— Não, ninguém. Essa é a parte assustadora. Eu ouvia o farfalhar dos passos pelas folhas secas e eles paravam quando eu parava, mas não rápido o bastante. Ainda assim... ninguém!

— Estranho, hein?

— Sim.

Ele suspirou, colocou o braço ao redor dela e a conduziu até uma poltrona, então lhe deu outro conhaque. — Você não é do tipo que entra em pânico e duvido que seja apenas sua imaginação. No entanto, não acho que seja o Monstro. Guarde aquele carro barulhento. Minha mãe tem um Merc velho que ela não usa, você pode usá-lo. Não atrairá os meliantes locais e talvez seu perseguidor entenda o recado.

— Eu não te incomodaria com isso.

— Não é incômodo nenhum. Vamos, vou te seguir até seu residencial e acompanhá-la até sua porta. O Merc estará lá amanhã de manhã.

— Na Inglaterra — ela disse enquanto ele a acompanhava até o Corvette —, um Merc seria um Mercedes-Benz.

— Aqui — ele disse, abrindo a porta para ela —, é um Mercury. Você tomou dois conhaques e haverá um tenente da polícia na sua cola, portanto, dirija com cuidado.

Ele era tão gentil, tão generoso. Desdemona afastou seu carro esporte vermelho-vivo do meio-fio no momento em que Carmine entrava em seu Ford e dirigiu para casa ciente do fato de que seu medo havia desaparecido. Era só isso que era necessário? Um homem forte a seu lado?

Ele observou enquanto ela trancava o Corvette e, então, a acompanhou até a porta da frente.

— Ficarei bem agora — ela disse e estendeu a mão para ele.

— Ah, não, vou checar lá em cima também.

— Está bastante bagunçado — ela disse, começando a subir as escadas.

Mas a bagunça com a qual seus olhos depararam não era a que ela havia mencionado. Sua caixa de bordados estava no chão, seu conteúdo espalhado por toda parte e sua nova peça de bordado, uma casula de padre, estava pendurada na sua cadeira e feita em pedaços.

Desdemona cambaleou, foi segurada. — Meu trabalho, meu lindo trabalho! — ela sussurrou. — Ele não foi tão longe antes.

— Quer dizer que ele esteve aqui antes?

— Sim, pelo menos duas vezes. Ele mexeu no meu trabalho, mas não o danificou. Ah, Carmine!

— Venha, sente-se. — Ele a forçou a se sentar em outra cadeira e foi até o telefone. — Mike? — ele perguntou a alguém. — Delmonico. Preciso de dois homens para vigiar uma testemunha. Para ontem, ouviu?

Sua calma estava inalterada, mas ele rondou pela cadeira em que ela trabalhava sem tocar em nada; então, sentou-se no braço da poltrona em que ela estava. — É um hobby incomum — ele disse, então, de forma casual.

— Eu adoro.

— Então é uma tristeza ver isto. Você estava trabalhando neste bordado quando ele a visitou antes?

— Não, estava fazendo uma toalha de aparador para Chuck Ponsonby. Muito elegante, mas não o mesmo tipo de coisa que esta. Eu a dei para ele uma semana atrás. Ele ficou maravilhado.

Ele não disse mais nada até que as luzes de uma viatura se refletiram pelas janelas da frente, então, deu um tapinha no ombro dela e partiu, aparentemente para dar instruções aos homens.

— Tem um cara bem em frente à sua porta, aqui em cima, e outro no alto da escada dos fundos. Você estará segura — ele disse, quando voltou. — Venho trazer o Merc logo cedo, mas você não vai poder ir direto para o trabalho. Deixe tudo exatamente como está até que meus técnicos cheguem aqui de manhã para ver se nosso amigo destrutivo deixou alguma pista.

— Ele deixou, na primeira vez — ela disse.

— O quê? — ele perguntou secamente e ela sabia que ele estava perguntando que pista, e não simplesmente fazendo uma exclamação. Carmine no trabalho não perdia tempo.

— Um minúsculo tufo de cabelos pretos.

O rosto dele ficou subitamente sem expressão. — Entendo. — Então ele foi embora, com se não soubesse o que dizer ao deixá-la.

Desdemona foi para a cama, embora não para dormir.

PARTE DOIS

DEZEMBRO 1965

7

Quarta-feira, 1º de dezembro de 1965

Os alunos saíram ruidosamente do colégio Travis High às centenas, alguns para caminhar distâncias curtas até sua casa no Recôncavo, outros para tomar um ônibus escolar dentre as dezenas enfileiradas ao longo da Twentieth Street, e nas esquinas até Paine. Nos velhos tempos, eles teriam simplesmente entrado em qualquer ônibus que fosse para o destino desejado, mas desde o advento do Monstro de Connecticut, cada aluno tinha um ônibus específico, identificado por um número. O motorista recebia uma lista de nomes e tinha ordens de não se mover até que todos os alunos estivessem a bordo. A administração do colégio Travis havia se tornado tão cuidadosa que o nome de um aluno ausente era apagado da lista daquele dia antes que esta fosse entregue ao motorista. Ir à escola não era tão problemático; o que todos temiam era a volta para casa.

Travis era o maior colégio público em Holloman, seu alcance abrangendo desde o Recôncavo até a porção ocidental da periferia ao norte da cidade. A maioria dos alunos era negra, mas não por muita diferença e, embora houvesse ocasionalmente problemas raciais ali, a maior parte dos alunos se misturava de acordo com suas afinidades pessoais. Portanto, ainda que a Brigada Negra tivesse seus adeptos no Travis High, várias igrejas e associações também tinham, assim como também havia aqueles indivíduos que mantinham uma média de notas razoáveis e não se metiam em problemas. Qualquer professor do colégio teria dito que os hormônios, geralmente, causavam mais problemas do que a raça.

Embora fossem os colégios católicos os que estivessem sob vigilância policial mais estrita, o Travis não fora negligenciado. Quando Francine Murray, aluna do segundo ano, dezesseis anos de idade, moradora do Valley, não tomou seu ônibus, o motorista desceu e correu até a viatura de Holloman, estacionada na calçada próxima ao portão de entrada. Em minutos, o caos reinava: ônibus eram detidos, enquanto alguns homens uniformizados perguntavam se Francine Murray estava entre os passageiros; outros pediam que os amigos de Francine se apresentassem; e Carmine Delmonico corria para o colégio Travis High, acompanhado por Corey e Abe.

Não que ele tivesse se esquecido do Hug. Antes de sair com o Ford, deu instruções a Marciano para garantir que todo mundo do Hug estivesse presente e fosse contabilizado. — Sei que não podemos nos dar ao luxo de mandar uma viatura para lá, então, telefone para a Srta. Dupre e diga a ela, de minha parte, que quero que cada um deles seja acompanhado até quando for ao banheiro. Você pode confiar nela, Danny, mas não lhe conte mais do que o necessário.

Depois de terem vasculhado a enorme e desorganizada escola, dos porões aos ginásios, os professores estavam reunidos no pátio, enquanto Derek Daiman, o diretor negro altamente respeitado, andava de um lado para outro. Viaturas continuavam chegando ao passo que as outras escolas comunicavam não contar com nenhum aluno desaparecido e seus contingentes de policiais se dispersavam para interrogar todo mundo que lhes passasse pela frente, para vasculhar o Travis de novo e para agrupar alunos que continuavam por ali, morrendo de curiosidade.

— O nome dela é Francine Murray — disse o Sr. Daiman a Carmine. — Ela deveria ter tomado aquele ônibus ali... — ele apontou —, mas não apareceu. Ela estava presente na última aula, de química, e pelo que eu pude verificar saiu do prédio com um grupo de amigos. Eles normalmente se espalham quando chegam ao pátio, dependendo de que ônibus vão tomar ou se vão embora a pé. Tenente Delmonico, isso é terrível, terrível!

— Angustiar-se não irá ajudar nem a ela nem a nós, Sr. Daiman — disse Carmine. — O mais importante é: como Francine é, fisicamente?

— Como as garotas desaparecidas — Daiman disse, começando a chorar. — Tão bonita! Tão popular! Só notas A, nunca teve nenhum problema, um grande exemplo para os colegas.

— Ela é de origem caribenha, senhor?

— Não que eu saiba — disse o diretor, enxugando os olhos. — Acho que foi por isso que não *notamos* nada... todas as reportagens diziam que era preciso ser parcialmente hispânica, e ela não é. É de uma daquelas famílias negras de Connecticut, realmente das antigas, de casamento inter-racial. Acontece, tenente, a despeito de as pessoas serem contra. Ah, meu bom Deus, meu bom Deus, o que é que eu vou fazer?

— Sr. Daiman, o senhor está tentando dizer que um dos pais de Francine é negro e o outro, branco? — perguntou Carmine.

— Acredito que sim, acredito que sim.

Abe e Corey tinham ido falar com os policiais uniformizados, dizendo-lhes que deveriam olhar todos os ônibus e, depois, mandá-los seguir caminho, mas que tinham de manter os amigos de Francine agrupados, até que pudessem ser questionados.

— Você tem certeza de que ela não está na escola, em algum lugar? — Carmine perguntou ao sargento O'Brien, quando este conduziu seus policiais e professores para fora do enorme edifício.

— Tenente, ela não está lá dentro, eu juro. Abrimos cada armário, olhamos embaixo de cada mesa, em cada banheiro, na cantina, nos ginásios, nas salas de aula, nas salas de reunião, nos depósitos, na sala da caldeira, nos sótãos, nos laboratórios de ciências, na sala do zelador... cada maldito canto — disse O'Brien, suando.

— Quem foi a última pessoa que a viu? — Carmine perguntou aos professores, alguns às lágrimas, todos tremendo com o choque.

— Ela saiu da minha aula com as amigas — disse a Srta. Corwyn, de química. — Eu fiquei para trás para arrumar as coisas, não as segui. Ah, deveria ter seguido!

— Não se mortifique, senhora, não tinha como saber — disse Carmine, avaliando os demais. — Alguém mais a viu?

Não, ninguém tinha visto. E não, ninguém tinha visto nenhum estranho.

Ele conseguiu de novo, pensou Carmine, andando até a aglomeração de jovens assustados que haviam alegado ser amigos de Francine Murray. Ele a levou embora sem que uma alma o tenha visto. Faz sessenta e dois dias desde que Mercedes Alvarez desapareceu, nós temos estado alerta, avisamos as pessoas, mostramos fotos do tipo de garota que ele ataca, apertamos a segurança nas escolas, colocamos todos os nossos recursos nisto. Deveríamos tê-lo apanhado! Então, o que ele faz? Ele nos tranquiliza com a certeza de que ser caribenha é uma parte obrigatória de suas obsessões e, então, muda para um grupo étnico diferente. E eu critiquei Danny Marciano por ter sugerido isso. Ah, e o Travis, entre todos os lugares! Um formigueiro humano! Mil e quinhentos alunos! Metade desta cidade considera o Travis como um campo de treinamento para criminosos, vagabundos e gente de baixo nível, esquecendo-se de que também é um lugar onde grupos inteiros de crianças decentes, brancas e negras, obtêm uma educação bastante boa.

A melhor amiga de Francine era uma garota negra chamada Kimmy Wilson.

— Ela estava com a gente quando saímos da aula de química, senhor — Kimmy disse, entre fungadas.

— Vocês todos estão juntos na aula de química?

— Sim, senhor, todos planejamos fazer o preparatório de medicina.

— Continue, Kimmy.

— Pensei que ela tivesse ido ao banheiro. Francine tem a bexiga fraca, ela está sempre indo ao banheiro. Não pensei muito sobre o assunto porque sei como ela é. Eu não pensei! — As lágrimas jorraram. — Ah, por que eu não fui com ela?

— Vocês viajam no mesmo ônibus, Kimmy?

— Sim, senhor. — Kimmy fez um esforço imenso para controlar seus sentimentos. — Nós duas moramos em Whitney, lá no Valley. — Ela apontou para duas garotas brancas que choravam. — Assim como Charlene e Roxanne. Nenhuma de nós pensou nela até que fizeram a chamada no ônibus e ela não respondeu.

— Você conhece a motorista?

— Não sei o nome dela, senhor, não da de hoje. Conheço sua cara.

Às cinco da tarde, o colégio Travis High já estava deserto. Depois de ter varrido a escola e a vizinhança, o cordão de segurança da polícia estava se ampliando cada vez mais, enquanto, pelo Recôncavo, corria a notícia de que o Monstro de Connecticut havia atacado novamente. Não uma latina. Uma garota negra de verdade. Enquanto Carmine estava a caminho da casa dos Murray, Mohammed el Nesr, alertado por Wesley le Clerc, convocava suas tropas.

A meio caminho do Valley, o Ford parou perto de uma cabine telefônica e Carmine falou com Danny Marciano sem as interferências de um rádio de carro; alguns membros da imprensa podiam sintonizar a frequência da polícia, e havia ruído demais.

— Algum ausente no Hug, Danny?

— Só Cecil Potter e Otis Green, que já haviam encerrado o dia de trabalho. Ambos estavam em casa quando a Srta. Dupre telefonou. Ela disse que todos os demais estavam presentes e contabilizados.

— O que você pode me dizer a respeito dos Murray? Tudo que eu consegui descobrir é que um dos pais é negro e o outro, branco.

— Eles são exatamente como todos os outros, Carmine... o sal da terra — disse Marciano, suspirando. — A única diferença é que não há conexão caribenha, pelo que se saiba. São frequentadores regulares da igreja batista local, então eu tomei a liberdade de chamar o pastor deles, Leon Williams, e lhe pedi que fosse até lá e desse a notícia. Está se espalhando à velocidade da luz e eu não queria que algum vizinho de olhos arregalados chegasse primeiro.

— Obrigado por isso, Danny. Que mais?

— Quem é negro é o pai. Ele é pesquisador adjunto de engenharia elétrica na Susskind Science Tower, o que significa que é um professor universitário júnior com um salário razoável. A mãe é branca. Ela trabalha no período de almoço da cantina da Susskind, então está em casa para mandar os filhos à escola e volta antes de eles chegarem. Eles têm dois meninos, ambos mais novos que Francine, que estudam na escola de primeiro grau Higgins. O reverendo Williams me disse que os Murray provocaram alguns comentários quando se mudaram para Whitney, nove anos atrás, mas a novidade foi passando e agora são apenas uma parte da paisagem local. São muito apreciados, e têm amigos de ambas as cores.

— Obrigado, Danny. Até mais tarde.

O Valley era uma área de população razoavelmente mista, não endinheirada, mas tampouco empobrecida. Havia tensões raciais ali de tempos em tempos, geralmente quando uma nova família branca chegava, mas a proporção entre os proprietários não era suficientemente alta para fazer com que a negritude fosse uma desvantagem financeira. Não era uma área famosa por se enviar cartas de ódio, matar animais de estimação, jogar lixo no terreno alheio ou fazer pichações.

Quando o Ford entrou em Whitney, formado por quarteirões de dois mil metros quadrados com casas modestas, Carmine pôde sentir Abe e Corey se enrijecerem.

— Jesus, Carmine, como é que fomos deixar isso acontecer? — Abe explodiu.

— Porque ele mudou de ritmo, Abe. Foi mais esperto que a gente.

Conforme se aproximavam de uma casa pintada de amarelo, Carmine colocou a mão no ombro de Corey. — Vocês dois ficam aqui. Se precisar de vocês, eu grito, o.k.?

O reverendo Leon Williams o recebeu na casa dos Murray. Isso já está virando hábito, Carmine.

Os dois filhos estavam em outra parte; sons de uma TV vinham até eles, fracamente. Sentados juntos num sofá, os pais tentavam bravamente continuar controlados; ela segurava a mão dele como se fosse um salva-vidas.

— O senhor não é caribenho, Sr. Murray? — perguntou Carmine.

— Não, definitivamente. Os Murray estão em Connecticut desde a Guerra Civil, lutaram pelo Norte. E a minha mulher é de Wilkes-Barre.

— Vocês têm uma foto recente de Francine?

Mais uma irmã das outras onze.

E assim foi, tudo de novo, as mesmas perguntas que ele já havia feito a outras onze famílias: quem Francine via, que boas ações fazia, se ela havia mencionado algum amigo ou conhecido novo, se havia notado alguém vigiando-a, seguindo-a. Como sempre, as respostas foram negativas.

Carmine não ficou nem um minuto a mais do que precisava. O pastor é uma fonte de consolo muito maior para eles, em sua dor, do que eu poderia ser. Eu sou o agente da destruição, talvez da vingança, e é assim que eles me veem. Eles estão ali rezando para que sua garotinha esteja bem, mas morrendo de medo de que ela não esteja. Esperando que eu, o agente da destruição, retorne e lhes diga que ela não está.

O comissário John Silvestri apareceu na rede de TV local depois do noticiário das seis, apelando para que as pessoas de Holloman e Connecticut ajudassem a procurar por Francine, para que se apresentassem se tivessem visto algo fora do comum. Um policial administrativo tinha seus usos, e um dos melhores de Silvestri era sua imagem pública: aquela cabeça leonina, o maravilhoso perfil, a dignidade calma, o ar de sinceridade. Ele não tentou se desviar das perguntas da apresentadora como faria um político, tão astuto como político ele era. E as observações desagradáveis dela sobre o fato de o Monstro de Connecticut ainda estar solto e capturando garotas inocentes não afetou em nada a compostura dele; de alguma forma, ele conseguiu fazer com que ela parecesse ser o lobo em pele de cordeiro.

— O assassino é esperto — Silvestri disse, simplesmente. — Muito esperto.

* * *

— Ele deve ser mesmo — disse Surina Chandra para o marido, quando estavam sentados em frente à sua gigantesca televisão. Eles haviam pagado uma fortuna para trazer uma linha especial da cidade de Nova York, para que pudessem pular de canal em canal da TV a cabo até as oito da noite quando, então, se sentavam para jantar. O que esperavam ver era algum programa sobre a Índia, mas isso era, sem dúvida, uma ocorrência bastante rara. Os Estados Unidos, conforme descobriram, não estavam nem um pouco interessados na Índia; estavam envolvidos demais em seus próprios problemas.

— Sim, ele deve ser — disse Nur Chandra distraidamente, com o pensamento num triunfo tão grande que ele queria gritar para o mundo inteiro ouvir. Só que ele não se atrevia a arriscar, não se atrevia. Tinha de continuar sendo seu segredo. — Vou dormir no meu chalé nos próximos dias — ele acrescentou. Um sorriso curvou seus lábios perfeitos. — Tenho um trabalho importante a fazer.

— Como alguém pode chamar o Monstro de esperto? — inquiriu Robin. — Assassinar crianças não é esperteza, é... é estúpido e inumano!

Qual seria, perguntou Addison Forbes a si mesmo, sua definição de "esperteza", se eu insistisse para que ela explicasse?

— Concordo com o comissário de polícia — ele disse, encontrando uma castanha de caju esmigalhada, oculta sob a alface. — Um tipo bastante esperto. O que o Monstro faz é asqueroso, mas eu admiro sua competência. Ele fez a polícia de boba. — A castanha derreteu em sua língua como néctar. — Que, aliás — ele disse com amargura —, teve a audácia de ordenar a Desdemona Dupre que nos caçasse como animais e nos perguntasse onde havíamos estado! Nós temos uma espiã em nosso meio e eu, pelo menos, não vou me esquecer disso. O resultado de suas bobagens é que estou atrasado com minhas anotações clínicas. Não me espere acordada. E jogue fora aquele pote de sorvete do congelador, ouviu?

* * *

— Sim, ele é esperto — disse Catherine Finch. Ela espiou Maurie ansiosamente; ele não era o mesmo desde que aquele idiota nazista havia tentado se matar. Com mais força em seu caráter do que Maurie tinha no dele, ela achou uma pena que o idiota nazista não houvesse conseguido, mas Maurie tinha uma consciência enorme e esta lhe estava dizendo que *ele* era o idiota. Nada que ela pudesse dizer impediria Maurie de se culpar, coitadinho.

Ele nem se preocupou em responder a ela, apenas empurrou sua carne e se levantou da mesa. — Talvez eu trabalhe um pouco nos meus cogumelos — ele disse, apanhando uma lanterna da varanda redolente ao passar por ela.

— Maurie, você não precisa trabalhar no escuro hoje! — ela gritou.

— Eu vivo no escuro, Cathy. O tempo todo.

Os Ponsonby não viram o comissário Silvestri na TV porque não tinham televisão em casa. Era inútil para Claire, e Charles se referia ao meio como "o ópio do rebanho inculto".

Esta noite, a música era o Concerto de Hindemith para Orquestra, uma peça estrondosa de sopros e metais que eles curtiram ainda mais quando Charles encontrou uma garrafa particularmente boa de Pouilly Fumé. Estavam fazendo uma refeição leve, uma omelete de *fines herbs* seguida de filés de linguado, escaldado em água generosamente temperada com um vermute branco bem seco; nada de carboidratos, apenas um pouco de alface romana com um vinagrete de óleo de nozes e um *sorbet* de champanhe para encerrar. Não era uma refeição para cafés e charutos.

— Como eles insultam minha inteligência, às vezes — Charles disse para Claire quando Hindemith entrou numa fase mais tranquila. — Desdemona Dupre veio nos procurar com uma conversa de que precisava da assinatura de todos nós num documento do qual Bob certamente não sabia nada; então, uma hora depois, a polícia chegou aos milhares.

Justo quando eu estava no meio de uma linha de pensamento que não precisava do ressoar de botas militares. Onde eu estivera durante toda a tarde? Humpf! Fiquei tentado a mandá-los para o inferno, mas não o fiz. Devo dizer que aquele Delmonico não dá ponto sem nó, no entanto. Ele não se dignou a nos brindar com sua presença, mas seus acólitos entregam sua presença por trás de tudo.

— Minha nossa — ela disse, placidamente, os dedos entrelaçados frouxamente na haste de sua taça de vinho. — Eles vão incomodar o Hug toda vez que uma garota desaparecer?

— Imagino que sim. Você não?

— Ah, sim. Que lugar triste o mundo está se tornando. Às vezes, Charles, fico muito feliz de andar por ele às cegas.

— Você andou por ele às cegas hoje, como sempre faz. Embora eu não quisesse que fosse assim. Tem uma história circulando sobre Desdemona Dupre estar sendo seguida. Embora, o que *ela* possa ter a ver com o outro assunto seja um mistério. — Ele deu uma risadinha. — Uma criatura tão grande e pouco atraente!

— As linhas sempre traçam padrões previsíveis, Charles.

— Isso — ele disse — depende de quem está fazendo as previsões.

Os Ponsonby riram, o cachorro bufou, Hindemith ressoou.

Para a grande surpresa de Carmine, ele encontrou o carro de sua mãe estacionado na frente do Malvolio's, quando chegou ali pouco depois das sete da noite, após ter entregado Corey e Abe às suas pobres mulheres.

— O que você está fazendo aqui? — ele perguntou, ajudando-a a sair do carro. — Mais problemas?

— Achei que você poderia precisar de companhia. Como é a comida aqui? Tem hambúrgueres para viagem?

— Nada de hambúrgueres para viagem, mas vamos comer lá dentro. Está mais quentinho.

— Fiz o melhor que pude pelo capitão Marciano hoje à tarde — ela disse, comendo uma batatinha frita (que ela chamava de "chip") com a mão —, mas levou meia hora para rastrear todos eles. Eu não conseguia encontrar nenhum dos pesquisadores, daí me dei conta de que, apesar de ser dia 1º de dezembro, lá em cima, no telhado, estava calor e protegido do vento. Eles estavam lá, discutindo sobre Eustace. Todos eles; e pareciam estar ali há uma cara.

— Uma cara?

— Um tempão.

— Me desculpe por haver te infligido isso, mas eu não podia abrir mão de nenhum policial enquanto houvesse uma esperança de encontrar Francine.

— Tudo bem, eu pus a culpa em você. De forma bem cáustica. — Ela pegou outra batata. — Desde que se espalhou a notícia sobre a minha guarda policial, tenho sido tratada de forma diferente. A maior parte deles acha que estou viajando.

— Viajando?

— Inventando tudo. Tamara diz que eu estou tentando conquistar você.

Ele sorriu. — É um esquema bastante tortuoso, Desdemona.

— Uma pena que meu bordado arruinado não tenha deixado nenhuma pista.

— Ah, ele é inteligente demais para ter deixado pistas depois da primeira vez. Ele sabia que você não iria nos informar.

Ela estremeceu. — Por que eu tenho a impressão de que você acha que seja o Monstro?

— Porque se trata de uma pista falsa, mulher.

— Você quer dizer que eu não estou realmente em perigo?

— Eu não disse isso. Sua guarda vai continuar.

— É possível que ele ache que eu saiba de alguma coisa?

— Talvez sim, talvez não. Pistas falsas não precisam de outra razão de ser, além de criar ilusões.

— Vamos voltar ao seu apartamento e assistir à entrevista do comissário no noticiário da noite — ela disse.

Então, depois, ela sorriu. — O comissário parece ser um doce. Ele não lidou superbem com a apresentadora espertinha?

As sobrancelhas de Carmine se ergueram. — Na próxima vez que o vir, vou dizer a ele que você o achou um doce. Bonita palavra, mas esse seu "doce", uma vez, capturou sozinho um ninho de metralhadoras alemãs de doze homens e salvou uma companhia inteira. Entre outras coisas.

— Sim, também posso ver esse lado dele. Mas você não vai mencionar o meu nome. Quando o vir, será um encontro muito sério, porque a situação é muito séria. O Monstro é realmente esperto, embora, talvez, isso seja subestimá-lo.

— Ele é uma porção de coisas, Desdemona. Esperto, inteligente, insano... talvez um gênio. O que eu sei é que a fachada que ele apresenta para o mundo é totalmente crível. Ele nunca baixa a guarda. Se o houvesse feito, alguém teria notado. Acho que ele deve ser um homem casado cuja mulher não desconfia dele. Ah, sim, ele é um sujeito esperto.

— Você também é bastante esperto, Carmine, mas é muito mais do que isso. Você é um buldogue. Uma vez que seus dentes se cravam em algo, você não consegue soltar mais. No fim, o peso de te arrastar atrás dele o deixará exausto.

Um calor percorreu o corpo dele, embora ele não soubesse bem se era devido ao conhaque ou ao elogio; Carmine se envaideceu, tomando muito cuidado contudo para que isso não transparecesse.

8

Quinta-feira, 2 de dezembro de 1965

Francine Murray ainda não havia aparecido, no dia seguinte, e ninguém, à exceção de seus pais, duvidava de que o Monstro a houvesse capturado. Ah, os pais também sabiam, mas como pode o coração humano existir num mar tão imenso de dor até que não haja alternativa? Ela tinha ido a uma festa do pijama, uma vez, sem dizer a eles... simplesmente havia se esquecido, mas tinha acontecido. Então, eles esperaram e rezaram, com a esperança vã de que fosse tudo um erro e que Francine viesse bater à porta.

Quando Carmine voltou a seu escritório às quatro da tarde, não tinha nada de positivo em resposta a um dia inteiro conversando com as pessoas, inclusive no Hug. Dois meses num caso e necas. Seu telefone tocou.

— Delmonico.

— Tenente, aqui é Derek Daiman do colégio Travis High. Seria possível que o senhor viesse para cá imediatamente?

— Estarei aí em cinco minutos.

Derek Daiman, pensou Carmine, provavelmente era sempre o último professor a ir embora do colégio; aquele seu bebê gigantesco e poliglota devia ser terrível de se administrar, mas ele conseguia fazer um bom trabalho.

Ele estava dentro do edifício principal do Travis, mas, no instante em que o Ford estacionou no pátio da escola, ele emergiu, correndo escada abaixo até o carro.

— Eu não disse nada a ninguém, tenente, só pedi ao garoto que encontrou para ficar onde estava.

Carmine o seguiu, virando a esquina à esquerda do bloco principal e seguindo até onde uma estrutura tosca, parecendo um galpão, havia sido acrescentada à lateral de tijolos por meio de um corredor, dando às janelas da parede de tijolos três metros de luz e ventilação, assim como uma vista do revestimento de metal pintado de amarelo-claro.

Educação era uma responsabilidade municipal; cidades como Holloman, prejudicadas por crescimento populacional desordenado em suas áreas mais pobres, lutavam para fornecer instalações adequadas. Por isso havia surgido o galpão, um hangar que continha uma quadra de basquete, arquibancadas para os espectadores e, no extremo mais distante, equipamentos de ginástica olímpica: cavalos, argolas suspensas do teto, barras paralelas e o que pareciam ser dois postes e uma barra horizontal, para saltos simples ou com vara. Outro ginásio espelhava este, do lado direito, com uma piscina e arquibancadas, no lugar da quadra de basquete, e com uma extremidade devotada ao boxe, à luta livre e aos exercícios. As garotas iam ali para praticar saltos graciosos; os garotos, para se arrebentar de dar pancadas nos sacos.

Embora eles entrassem no ginásio pelo pátio, poderiam também fazê-lo pelo edifício principal; o corredor curto permitia que os alunos tivessem acesso direto, obrigatório em dias de mau tempo, mas também tinha uma porta.

Derek Daiman conduziu Carmine através da quadra de basquete e das arquibancadas até a extremidade do ginásio, em cujas laterais se podia sentar sobre caixotes que se pareciam a baús de madeira. Ou, pelo menos, esse era o nome dado antigamente no exército; nas escolas, Carmine se lembrou, eram chamados simplesmente de caixas. Ao lado da última caixa da fileira, na parede do corredor, estava um garoto negro alto, de porte atlético, cujo rosto estava marcado pelas lágrimas.

— Tenente, este é Winslow Searle. Winslow, conte para o tenente Delmonico o que você encontrou.

— Isto — disse o garoto, levantando uma jaqueta rosa-bebê. — Pertence a Francine. O nome dela está aqui, vê?

FRANCINE MURRAY, bordado à máquina na faixa de tecido pela qual se podia pendurar a jaqueta num gancho.

— Onde estava, Winslow?

— Ali dentro, enfiada no meio de um dos colchonetes, com a manga de fora. — Winslow levantou a tampa da caixa para revelar que ainda continha dois colchonetes de ginástica, um enrolado e o outro, dobrado frouxamente.

— Como foi que você a encontrou?

— Pratico salto em altura, mas tenho mandíbula de vidro. Quando caio com muita força, acabo sofrendo uma concussão — disse Winslow num sotaque puramente de Holloman; sua forma de construir frases indicava que ele tirava notas boas em inglês e que não fazia parte de nenhuma gangue.

— Padrão olímpico em potencial, muitos convites de universidades — Daiman sussurrou no ouvido de Carmine. — Ele está pensando em escolher a Howard.

— Continue, Winslow, você está indo muito bem — disse Carmine.

— Eu sempre uso um colchonete especial supergrosso. O treinador Martin o guarda sempre na mesma caixa para mim, mas não estava lá quando vim treinar saltos, hoje depois das aulas. Fui procurar e o encontrei no fundo desta caixa aqui. É estranho, senhor.

— Como assim, estranho?

— A caixa deveria estar cheia, com colchonetes empilhados feito salsichas. Algumas das outras caixas estavam cheias demais... como sardinhas em lata. E meu colchonete supergrosso não estava nem enrolado. Estava dobrado, de um lado a outro da caixa. O que estava com a manga da jaqueta de Francine aparecendo estava bem em cima. Tive uma sensação estranha, então puxei a manga e a jaqueta saiu de dentro.

No chão, ao redor da caixa, estavam espalhados cinco colchonetes desenrolados; Carmine os analisou com desânimo. — Não imagino que você se lembre qual deles continha a jaqueta.

— Oh, sim, senhor. O que ainda está na caixa, em cima do meu colchonete.

— Winslow, meu rapaz — disse Carmine, apertando a mão do jovem calorosamente. — Vou torcer para que você ganhe uma medalha de ouro em 68! Obrigado pelo seu cuidado e pelo bom-senso. Agora, vá pra casa, mas não fale com ninguém a respeito disto, o.k.?

— Claro — disse Winslow; ele enxugou as lágrimas e foi embora, com seu andar lembrando o de um grande felino.

— A escola inteira está de luto — disse o diretor.

— E com razão. Posso fazer uma ligação externa daquele telefone? Obrigado.

Ele perguntou por Patrick, que ainda estava lá. — Venha pessoalmente, se puder; senão, mande Paul, Abe, Corey e todos os seus petrechos, Patsy. Talvez tenhamos encontrado alguma coisa útil.

— O senhor se importaria de esperar comigo, Sr. Daiman? — ele perguntou quando voltou até a caixa, com a tampa fechada e a jaqueta de Francine em cima.

— Não, é claro que não. — Daiman pigarreou, mudou o peso de um pé a outro, respirou fundo. — Tenente, eu não estaria cumprindo com minha obrigação se não te avisasse que vem problema por aí.

— Problema?

— Problema racial. A Brigada Negra está fazendo uma campanha forte por apoio, usando o desaparecimento de Francine como plataforma. Ela não é hispânica e, nos formulários que ela preenche, se declara negra. Nunca discuto com meus alunos de pele morena-clara como eles se consideram, em termos de raça, tenente... para mim, isso seria negar seus direitos. Como os novos conceitos sobre indigenismo: que somente uma pessoa indígena pode decidir se é ou não. — Ele se sacudiu, parecendo amargo. — Estou me desviando do assunto. O ponto é que alguns dos alunos mais irascíveis estão dizendo que se trata de um assassino branco de garotas negras, e que a polícia não está se esforçando para pegá-lo porque ele é um membro poderoso do Hug, com todo tipo de influência política. Como a minha escola é cinquenta e dois por cento negra e quarenta e oito por cento branca, a não ser que eu consiga manter os garotos da Brigada Negra sob controle, podemos ter um monte de problemas.

— Jesus, era só o que faltava! Sr. Daiman, estamos nos matando para encontrar esse assassino, o senhor tem a minha palavra. Simplesmente, não sabemos nada sobre ele, menos ainda se ele é membro do Hug... ninguém do Hug tem qualquer poder político! Mas eu agradeço pelo aviso e vou me assegurar de que o colégio Travis conte com proteção. — Ele olhou da caixa para a porta, que barrava o corredor que conduzia até o prédio principal da escola. — Se importa se eu der uma olhada? E onde fica a sala de química, indo daqui? É um laboratório ou uma sala de aula?

— É subindo o corredor do ginásio e é uma sala de aula. O laboratório fica na área de laboratórios em geral. Vá em frente, tenente, olhe tudo o que quiser — disse Daiman; ele foi até uma cadeira e se sentou, com a cabeça apoiada nas mãos.

A porta do corredor era simples, não estava duplamente trancada: será que nunca era trancada duplamente? No lado que dava para o túnel, ela só podia ser aberta com a chave — ou com um cartão de crédito, se não estivesse duplamente trancada. Carmine entrou no túnel de três metros de comprimento e saiu dele em frente ao banheiro feminino, diretamente no outro lado do vestíbulo.

Esse assassino sabe tudo!, ele pensou, chocado. Ele a agarrou quando ela foi ao banheiro — ela era famosa por isso —, arrastou-a pelo saguão de nove metros até um túnel de nove metros e um ginásio deserto. Provavelmente, ele abriu a porta antes de apanhá-la. E ele *sabia* que o ginásio estaria deserto! Fica deserto toda quarta-feira depois da aula, porque é quando os empreiteiros vêm para tratar do piso. Mas eles não o fizeram ontem, porque Francine desapareceu e eles não tiveram permissão para entrar. Uma vez no ginásio, ele arrumou os colchonetes, colocou-a no fundo da caixa mais próxima e se assegurou de que o colchonete supergrosso de Winslow a cobrisse completamente. Será que ele a amarrou e amordaçou, ou lhe deu uma injeção de alguma coisa para que ela apagasse durante algumas horas?

Nós procuramos em cada centímetro desta escola duas vezes, mas não a encontramos. E, quando não a encontramos, soubemos que ela era a décima-segunda vítima, abduzida do colégio antes que a viatura policial lá de fora pudesse avisar a base pelo rádio. Em ambas as buscas, alguém que a estava procurando deve ter aberto aquele baú e visto a mesma coisa que havia em todos os outros: colchonetes de ginástica enrolados. Talvez a pessoa tivesse cutucado os colchonetes, dentro da caixa, mas Francine não se moveu nem fez qualquer ruído. Então, quando estávamos convencidos de que Francine tinha desaparecido, quando o colégio Travis havia deixado de ter qualquer interesse para nós, ele voltou aqui e a recuperou. Vou colocar Corey para analisar a tranca da porta, ele é o melhor nisso.

Talvez o erro que estejamos cometendo seja o de subestimar sua persistência, o trabalho que ele tem com o planejamento. É como se ele não tivesse mais nada a fazer entre um rapto e outro além de passar todos os minutos de cada dia planejando como irá agarrar a próxima garota. Com que antecedência ele sabe a identidade de sua próxima vítima? Ele as escolheu anos atrás, quando elas estavam no início da puberdade? Ele tem uma lista delas na parede, cuidadosamente anotada em colunas: nome, data de nascimento, endereço, escola, religião, raça, hábitos? Ele tem de observá-las, ele *devia* saber a respeito da bexiga fraca de Francine. Será um professor substituto, indo de uma escola a outra com excelentes referências e uma ótima reputação? Isso nós teremos que investigar, começando agora mesmo.

— Ele deixou a jaqueta para nos provocar, ou será que Francine conseguiu escondê-la no colchonete? — ele perguntou a Patrick ao observar Paul colocar o casaco pesado delicadamente dentro de um saco plástico.

— Eu diria que Francine a escondeu — respondeu Patrick. — Ele é arrogante, mas deixar a jaqueta trai um de seus truques mais astutos. Até agora, estávamos convencidos de que as garotas eram apanhadas e levadas embora imediatamente. Por que nos contar que nem sempre ele faz isso? Acredito que ele queira nos deixar no mesmo túnel, olhando para o mesmo feixe de luz. O que significa, Carmine, que este novo acontecimento não pode vazar para a imprensa. Você confia no garoto que encontrou a jaqueta? No diretor?

— Sim, confio. Como ele a manteve quieta no baú, Patsy?

— Ele a drogou. Alguém tão meticuloso assim não teria cometido o erro de amordaçá-la antes de colocá-la num baú de artigos esportivos, relativamente sem ar e fedorento. Não há nenhum sinal de que ela tenha vomitado, mas os seres humanos variam e alguns são do tipo que vomita. Amordaçada, ela teria se afogado no próprio vômito. Não, ele não arriscaria isso. Ela é valiosa demais, ele vem planejando pegá-la há pelo menos dois meses.

— Se nós encontrarmos o corpo...

— Você não acha que a encontraremos com vida?

Carmine olhou para seu primo com o que Patrick chamava de "sua carranca desdenhosa". — Não, nós não vamos encontrá-la com vida. Não sabemos onde procurar e, onde gostaríamos de procurar, não podemos. Portanto, *quando* encontrarmos o corpo — ele prosseguiu —, é melhor você investigar a pele sob o microscópio. Tem uma picada em algum lugar, pois ele não teria tido tempo de injetá-la onde um bom patologista não fosse encontrar a marca. As probabilidades são de que ele tenha usado uma agulha bem fina e, desta vez, as partes do corpo podem não estar em condições tão boas.

— Talvez — disse Patrick, ironicamente — eu possa pegar emprestado o microscópio cirúrgico Zeiss do Hug. O meu é uma merda, em comparação.

— Com nosso orçamento ilimitado, não vejo por que você não possa encomendar um. Pode ser que não chegue a tempo para Francine, mas, quando você o tiver, tenho certeza de que encontrará muitas utilidades para ele.

— O que eu mais amo em você, Carmine, é sua ousadia. Eles vão te crucificar, porque eu é que não vou colocar meu nome na requisição.

— Eles que se fodam — disse Carmine. — Eles não têm que ver todas aquelas pobres famílias. Eu tenho pesadelos com as cabeças.

9

Sexta-feira, 10 de dezembro de 1965

Dez dias se passaram sem qualquer sinal de Francine Murray, embora Francine Murray não estivesse nos pensamentos de Ruth Kyneton, naquela manhã.

Mesmo durante a pior parte do inverno, Ruth Kyneton preferia usar o varal externo a enfiar suas roupas de cama recém-lavadas em uma daquelas secadoras. Não se podia comparar o cheiro de roupas secas ao ar fresco. Além disso, ela desconfiava fortemente de que os amaciantes perfumados antiestática anunciados na TV fossem, na verdade, um plano do governo para impregnar a pele dos americanos leais, cumpridores da lei, com substâncias desenvolvidas para transformá-los em zumbis. Cada vez que você se virava, o Congresso pisoteava nos direitos de alguém em favor dos bêbados, dos canalhas e criminosos, então, por que não fazê-lo através de amaciantes de roupa, das decorações de banheiro ou do flúor?

Ela pendurou suas roupas da maneira correta: dobrando a ponta de uma peça por cima da anterior, para deixar mais grosso, e prendendo as duas, enfiando a outra ponta por baixo da peça seguinte e prendendo-as juntas, sua boca cheia de prendedores e outros mais nos bolsos de seu avental. Sim, aquela forma significava a metade dos prendedores e um varal tão cheio que não aparecia nem um pedacinho do arame; depois de terminar, ela empurrou um galho bifurcado sob o varal para impedir que ele pendesse. O bom de hoje é que não estava tão frio a ponto de congelar as coisas enquanto estivessem molhadas. Por mais purista que fosse, Ruth nunca tinha gostado de lidar com roupas congeladas.

Durante toda a sua tarefa, ela estivera consciente do fato de que os três vira-latas do fim da Griswold Lane estavam brigando nos fundos do seu quintal; eles certamente iriam subir, porque era o que os vira-latas sempre faziam, e ela não estava disposta a permitir que alguns vira-latas sujassem seus brancos ofuscantemente brancos e suas cores vividamente vivas. Então, ela voltou até sua casa para apanhar uma vassoura de palha e marchou resolutamente pelo quintal até onde, nos fundos, corriam as águas de um pequeno riacho. O riacho era um aborrecimento; ele impedia que o chão se congelasse rapidamente, ela admitia, mas criava *lama*. Os cães estariam cobertos de lama negra e pegajosa.

— Xô! — ela gritou, caindo sobre eles como uma bruxa desmontada de sua vassoura, sacudindo-a malignamente. — Xô, criaturas sarnentas, xô! Vamos, xô!

Os cães estavam mais envolvidos numa disputa amigável do que brigando, de fato; os três puxavam um osso comprido, com carne besuntada de lama, e não pareciam dispostos a desistir do prêmio, até que a vassoura de Ruth golpeou dois deles com tanta força que eles fugiram, latindo, para deter-se a certa distância e esperar que ela desistisse. O terceiro cão, líder da matilha, agachou-se e dobrou as orelhas para trás, grunhindo e rosnando para ela. Mas Ruth havia perdido o interesse pelos vira-latas; o osso era duplo, e tinha um pé humano preso numa das extremidades.

Ela não gritou nem desmaiou. Com a vassoura ainda nas mãos, voltou até sua casa para chamar a polícia de Holloman. Isso feito, ela se posicionou à beira do lamaçal para ficar de guarda até que o auxílio chegasse, enquanto os cães, demovidos mas não derrotados, circulavam por ali.

* * *

Patrick isolou toda a área do riacho e se concentrou primeiro na cova, a apenas nove metros de onde os cães haviam competido pelo achado.

— Minha hipótese é que os guaxinins chegaram primeiro — ele disse a Carmine —, mas tenho certeza de que ela... sim, tem de ser Francine... foi deliberadamente enterrada para ser escavada logo depois. Só trinta centímetros de profundidade. Oito das dez partes ainda estão no lugar. Paul encontrou o úmero direito numa moita: os guaxinins. A tíbia e a fíbula esquerdas e o pé foram o que alertaram a Sra. Kyneton. Tenho pessoas de confiança vasculhando o local, mas não acho que a cabeça esteja por aqui.

— Nem eu — disse Carmine. — E voltamos novamente ao Hug.

— Parece que sim. Minha hipótese é que ele tem rancor do Hug.

Carmine deixou Patrick trabalhando e caminhou pesadamente até a casa para encontrar Ruth Kyneton pronta e disposta a falar, embora ela não estivesse de forma alguma indiferente ao destino de Francine Murray.

— Pobrezinha! Ele é que deveria ser dado como comida para os cães, só que até isso seria bom demais. Eu o ferveria em óleo... botaria ele sentado no óleo e acenderia o fogo com minhas próprias mãos e, então, olharia ele cozinhando bem devagar — ela disse, pressionando a mão na altura do diafragma. — Se importaria se eu tomasse uma xícara de chá, tenente? Acalma meu estômago.

— Se eu também puder tomar uma, senhora.

— Por que a gente? — ela perguntou. — Isso é o que eu gostaria de saber.

— Eu também, Sra. Kyneton. Mas, o mais importante: a senhora viu ou ouviu alguma coisa ontem à noite?

— Você tem certeza de que foi ontem à noite?

— Quase absoluta, mas me conte qualquer coisa fora do comum que tenha acontecido em qualquer das últimas nove noites.

— Nada — ela disse, colocando um saquinho de chá em cada uma das duas canecas. — Nunca ouvi barulho nenhum. Ah, os cachorros latiram, mas eles latem o tempo todo. Os Desmond tiveram um arranca-rabo... gritos, berros, coisas quebrando... duas noites atrás. Isso acontece normalmente. Ele é um bebum. — Ela refletiu por um momento. — Ela também.

— A senhora escutaria alguma coisa se estivesse dormindo?

— Não durmo muito, e nunca antes que meu filho chegue em casa — Ruth disse, inflando-se de orgulho. — Ele é cirurgião de cérebros na Chubb, lida com aquelas bolhinhas nas veias que estouram como canos de água.

— Artérias — Carmine corrigiu automaticamente; seu aprendizado no Hug estava começando a ficar aparente.

— Certo, artérias. Keith é o melhor que eles têm para consertar as bolhinhas. Sempre penso que deve ser como remendar a câmara de ar de uma bicicleta velha. Fiz muito disso quando era pequena. Talvez seja daí que o Keith tirou seu talento. Não sei de onde mais seria.

Se eu não estivesse tão preocupado e irritado, Carmine pensou, poderia me apaixonar por esta mulher. Ela é tão original.

— Keith. Ele é marido da Srta. Silverman.

— Isso. Eles estão casados há quase três anos.

— Entendo que o Sr. Kyneton chega em casa tarde com frequência, certo?

— Sim, sempre. As operações levam horas e horas. Ele é um tigre para o trabalho, o meu Keith. Não como o pai dele. *Aquele* não era capaz de trabalhar nem se estivesse acorrentado com uma porção de condenados. Sim, eu sempre espero acordada pelo Keith, para ter certeza de que ele come. Não consigo dormir enquanto ele não chega.

— Ele chegou tarde ontem à noite? Na noite anterior?

— Às duas e meia, ontem à noite; à uma e meia na noite anterior.

— Ele faz muito barulho quando entra?

— Negativo. Quieto feito um cadáver. Não faz diferença, eu o escuto mesmo assim. Ele desliga o motor do carro e desce pela rua, mas eu posso ouvi-lo — disse Ruth Kyneton com segurança. — Eu ouço.

— Houve algum momento ontem à noite em que a senhora achou que o tivesse ouvido, mas ele não entrou? Ou na noite anterior?

— Negativo. A única coisa que ouvi foi o Keith.

Carmine tomou seu chá, agradeceu a ela e decidiu ir embora. — Eu gostaria muito que a senhora não conversasse sobre isso com ninguém além da sua família, Sra. Kyneton — ele disse, na porta. — Eu voltarei para falar com eles assim que puder.

Patrick havia terminado de lavar as partes do corpo e de montá-las sobre sua mesa quando Carmine entrou.

— Estavam tão cobertas de lama, húmus e folhas que encontrar algo útil será um milagre — disse Patrick. — Eu guardei todo o líquido da lavagem, água destilada, e colhi uma amostra da água do riacho. Desta vez, tenho mais com o que trabalhar — prosseguiu, parecendo satisfeito. — O padrão de estupro é o mesmo: uma sucessão de pênis ocos e artificiais, penetração vaginal e anal. Mas está vendo aquela linha reta de hematoma nos braços, logo abaixo dos ombros, e aquela outra linha de hematoma abaixo dos cotovelos? Ela foi amarrada com alguma coisa de cerca de quarenta centímetros de largura, tecido grosso, como lona. As contusões ocorreram quando ela se debateu, mas não conseguiu se libertar. Também nos diz que o assassino não está interessado em seios. Ele os apertou bem sob uma amarra que os ocultava. Isso significa que ela estava deitada numa mesa. Com relação a por que ele simplesmente não algemou seus pulsos ou amarrou suas mãos para baixo, eu não sei. Deixar as pernas livres é mais lógico, pois ele precisava movê-las.

— Por quanto tempo ela ficou viva, depois que foi raptada, Patsy?

— Cerca de uma semana, mas não acho que ele a tenha alimentado. O trato digestivo estava vazio. Mercedes tinha sido alimentada com flocos de milho e leite. Embora só o que tínhamos de Mercedes fosse o torso, eu acho que ele mudou alguns de seus hábitos com Francine. Ou talvez cada vítima seja um pouco diferente. Sem os corpos, jamais saberemos.

— Há quanto tempo ela está morta? — Carmine perguntou.

— No máximo, trinta horas. Provavelmente menos. Ela foi enterrada ontem à noite, não na noite anterior, mas eu diria que foi antes da meia-noite. Ele não ficou com ela muito tempo, depois que ela morreu, mas posso te dizer que ela morreu por perda de sangue. Olhe os tornozelos — Patrick apontou.

Carmine não havia ido tão longe; ele se enrijeceu. — Vergões de ataduras — ele ofegou.

— Não é uma parte de seu método de controle. Elas não ficaram aí por mais de uma hora. Ah, mas ele é esperto! Não há fibras nem fiapos dessas ataduras, disso eu tenho certeza absoluta. Minha hipótese é que ele a tenha pendurado com um arame simples de aço inoxidável, o qual ele encapou para se assegurar de que as junções nunca entrassem em contato com a pele. O arame apertou, mas não rompeu a pele por abrasão nem por prender em qualquer ponto. Essas garotas são pequenas e leves, pesam menos de quarenta quilos. Assim como fez com Mercedes, ele cortou a garganta dela para dessangrá-la primeiro, depois a decapitou... não houve uma espera muito longa entre uma coisa e outra para Francine, comparado a Mercedes.

— Me diga que há sêmen.

— Duvido.

— Você vai testar a água da lavagem para ver se tem sêmen também?

— Carmine! O papa é católico?

— Espero que sim — disse Carmine, apertando o braço do primo.

Depois de lá, Carmine foi para o escritório de Silvestri, com Marciano se arrastando atrás dele; Abe e Corey ainda estavam na Griswold Lane, perguntando aos moradores se tinham visto ou ouvido algo incomum.

Ele atualizou a situação para Silvestri e Marciano.

— É possível — Marciano perguntou, depois — que esse cara não faça parte do Hug, mas que tenha ressentimentos contra o lugar ou contra alguém de lá?

— Isso começa a parecer cada vez mais provável, Danny. No entanto, eu gostaria de ter certeza de que todos os huggers realmente estavam onde deveriam estar na quarta-feira da semana passada, quando Francine foi capturada. Teria levado uns vinte minutos para ir do Hug ao colégio Travis e de volta... a trote lento. E a Srta. Dupre não localizou os huggers em menos de trinta minutos. No entanto, eles parecem ter estado juntos no telhado e, como há só sete deles, estou certo de que uma ausência de vinte minutos, seguida de respiração ofegante ao retornar, teria causado comentários. O Dr. Addison Forbes poderia não ter reaparecido com a respiração ofegante, estou levando isso em conta. Deixando isso de lado, o assassino definitivamente quer que acreditemos que seus assassinatos estão ligados ao Hug. Caso contrário, por que teria escolhido a casa dos Kyneton como lugar de desova? Ele queria que ela fosse encontrada rapidamente, então mal cavou lama suficiente para cobri-la. Todo animal carniceiro num raio de um quilômetro e meio deve ter vindo correndo. Ele está tentando provocar alguém ou algo, mas quem ou o que, eu não sei.

— Você não acha que os Kyneton tenham alguma coisa a ver com isso? — Silvestri perguntou.

— Não investiguei Hilda e Keith ainda, mas Ruth Kyneton é uma pessoa honesta.

— Aonde você vai agora?

— Vou falar com Hilda e Keith hoje, mas vou adiar os demais huggers até segunda-feira. Quero que eles cozinhem em fogo lento durante o fim de semana, assistindo aos noticiários e ouvindo todos os policiais falando na TV.

— Ele vai continuar matando, não vai? — perguntou Marciano.

— Ele não consegue parar, Danny. Nós é que temos de detê-lo.

— E aquele grupo novo de psiquiatras que o FBI e a polícia de Nova York consultam? Nenhuma ajuda por parte deles? — inquiriu Silvestri.

— A mesma ladainha de sempre, John. Ninguém sabe muito a respeito dos assassinos múltiplos. Os psiquiatras tagarelam sobre rituais e obsessões, mas não conseguem descobrir nada de *útil*. Não podem me dizer qual é a aparência desse cara, ou quantos anos ele tem, ou que tipo de emprego ele tem, ou sua infância, ou seu nível de escolaridade... ele é um enigma, uma porra de um mistério... — Carmine parou, engoliu, fechou os olhos. — Desculpe, senhor. Está começando a me afetar.

— Está afetando a todos nós. A questão é que talvez existam mais destes assassinos múltiplos aí fora do que nós sabemos — acrescentou Silvestri. — Muitos mais, como nosso assassino, e alguém vai *ter* de fazer alguma coisa que ajude a pegá-los. Nosso cara saiu impune de dez assassinatos antes que sequer soubéssemos que ele existia. — Ele pegou um charuto novo para mastigar. — Faça tudo que puder, Carmine.

— É o que eu pretendo — disse Carmine, levantando-se. — Mais cedo ou mais tarde, esse filho da puta vai escorregar e, quando ele o fizer, estarei lá para apanhá-lo na queda.

— Ah, isso poderia arruinar Keith! — Hilda Silverman gritou, o rosto pálido. — Logo agora que ele recebeu uma ótima oferta... não é justo!

— Oferta de quê? — perguntou Carmine.

— De ser sócio numa clínica particular. Ele terá que pagar sua parte, é claro, mas nós conseguimos economizar o suficiente para fazer isso.

O que responde à charada de por que eles vivem nesta semifavela, pensou Carmine, seu olhar passando de Hilda a Ruth, que parecia igualmente preocupada por Keith. As Mulheres Unidas de Keith.

— A que horas chegou em casa ontem à noite, Srta. Silverman?

— Não muito depois das seis.

— A que horas foi para a cama?

— Às dez, como sempre faço.

— Então, a senhorita não espera acordada por seu marido?

— Não há necessidade. Ruth espera. Eu sou quem ganha mais dinheiro, no momento, entende?

O som de um carro estacionando na garagem galvanizou ambas as mulheres; elas saltaram, correram até a porta da frente e ficaram pulando por ali como dois jogadores de basquete competindo por posição.

Uau!, foi a reação de Carmine quando Keith Kyneton entrou. Definitivamente, um príncipe, e não mais um sapo de Dayton, Ohio. Como a transformação havia ocorrido, e onde? Sua boa aparência e seu físico eram inegáveis, mas o que fascinou Carmine foram as roupas. Tudo do melhor, das calças sob medida de gabardine ao suéter castanho-amarelado de cashmere. O neurocirugião bem-vestido depois de um dia árduo na sala de cirurgia, enquanto sua mulher e sua mãe compravam roupas na Pobre&Molambenta.

Tendo se libertado de suas mulheres, Keith olhou para Carmine com olhos cinza duros, seus lábios generosos apertados. — Foi você quem me tirou da sala de cirurgia? — ele indagou.

— Eu mesmo. Tenente Carmine Delmonico. Me desculpe por isso, mas suponho que a Chubb tenha outro neurocirurgião para substituí-lo.

— Sim, é claro que tem! — ele retrucou. — Por que estou aqui?

Quando ele ouviu por que estava ali, Keith colapsou numa cadeira. — Nosso quintal? — ele sussurrou. — No *nosso*?

— No seu, Dr. Kyneton. A que horas o senhor chegou ontem à noite?

— Por volta das duas e meia, acho.

— Notou alguma coisa diferente no local onde estacionou seu carro? O senhor sempre estaciona aí na frente, ou coloca o carro na garagem?

— No auge do inverno, coloco na garagem, mas ainda estou deixando ali fora — ele disse, olhando não para Ruth, mas para Hilda. — É um Cadillac de um ano, dá a partida como um sonho, numa manhã fria. — Ele estava recuperando sua alta opinião de si mesmo. — A verdade é que estou podre de cansaço, quando chego em casa, realmente morto.

Um Cadillac novo enquanto sua mulher e sua mãe dirigem latas velhas de quinze anos de idade. Que merda o senhor é, Dr. Kyneton? — O senhor não respondeu a minha pergunta, doutor. Notou alguma coisa fora do normal quando chegou em casa ontem à noite?

— Não, nada.

— Notou que a noite passada estava meio úmida, o chão, molhado?

— Não posso dizer que notei.

— Sua garagem está aberta. Havia marcas de pneus estranhos?

— Já *disse*: eu não notei nada! — ele exclamou, irritado.

— Com que frequência trabalha até tarde, Dr. Kyneton? Quer dizer, Holloman está tão sobrecarregada assim de pacientes que requerem suas habilidades particulares?

— Como a nossa é a única unidade no estado com o equipamento adequado para realizar cirurgia cerebrovascular, a tendência é estarmos sobrecarregados.

— Então, chegar em casa às duas ou três da manhã é normal?

Kyneton mordeu o lábio, repentinamente afastando o olhar de sua mãe, de sua mulher, de seu interrogador. Escondendo alguma coisa. — Não é sempre por causa das cirurgias — ele disse, com mau humor.

— Se não as cirurgias, então, o quê?

— Eu faço pós-doutorado, tenente. Dou palestras que precisam ser preparadas, tenho de escrever notas de casos extremamente detalhadas, tenho de fazer rondas didáticas no hospital e fico ocupado treinando os residentes de neurocirurgia. — Seu olhar continuava desviado.

— Sua mulher me disse que o senhor vai comprar a sua parte numa clínica de neurocirurgia.

— Isso mesmo. Um grupo na cidade de Nova York.

— Obrigado, Srta. Silverman, Dr. Kyneton. Pode ser que eu tenha outras perguntas mais tarde, mas isso é suficiente por enquanto.

— Eu o acompanho até lá fora — disse Ruth Kyneton.

— Realmente não preciso que me acompanhem — Carmine disse com gentileza, quando eles chegaram à varanda e a porta da frente foi fechada.

— Bom saber que existem dois de nós que não somos tolos.

— É isso que a senhora acha deles, Sra. Kyneton? Tolos?

Ela suspirou, chutou uma pedrinha de cima do assoalho para a noite. — Eu penso que as fadas é que devem ter trazido Keith... ele nunca se encaixou, todo cheio de ares e graças, mesmo antes de ir ao jardim de infância. Mas vou te dizer uma coisa: ele trabalhou feito um condenado para conseguir estudar, melhorar a si mesmo. E eu o amo de paixão por isso. Hilda é boa para ele, sabe? Eu sei que não parece, mas ela é.

— Se essa clínica particular sair, o que será da senhora? — ele perguntou, parecendo grosseiro.

— Ah, eu não vou com eles, não! — ela disse, animada. — Vou ficar aqui mesmo, na Griswold Lane. Aqui eles cuidarão de mim.

Havia um monte de coisas que Carmine queria dizer, mas não disse. Em vez disso: — Boa noite, Sra. Kyneton. A senhora é uma mulher e tanto!

Enquanto voltava para a Cedar Street, Carmine se debatia com a descoberta inesperada de que o assassino, às vezes, escondia as garotas no local e as removia mais tarde. Aquilo atormentava sua mente mais do que a mudança de etnia.

— Ele não está implorando para que o apanhemos — ele disse a Silvestri —, nem está nos provocando só para nos mostrar como é inteligente. Não acredito que seu ego precise desse tipo de estímulo. Se ele nos provoca, é porque precisa fazê-lo, como parte de seus planos, e não como um charme à parte. Como enterrar Francine no quintal dos Kyneton. Pelo que eu saiba, isso é um mecanismo de defesa. E me diz que o assassino *está* conectado ao Hug, que ele cultiva ressentimentos contra alguém de lá... e que ele não está nem um pouco preocupado que nós possamos encontrá-lo.

— Acho que temos de inspecionar o Hug — disse Silvestri.

— Sim, senhor, e mais objetivamente, temos que inspecioná-lo amanhã, um sábado. Mas não vamos conseguir um mandado do Juiz Douglas Thwaites.

— E eu não sei? — Silvestri grunhiu. — Que horas são?

— Seis — disse Carmine, olhando para o relógio de parede antigo atrás da cabeça de Silvestri.

— Vou telefonar para o M.M. e ver se ele pode convencer o conselho do Hug a nos dar permissão para a inspeção. É lógico que eles podem enviar quantos huggers quiserem para nos vigiarem durante a inspeção, mas quem você preferiria, Carmine?

— O professor Smith e a Srta. Dupre — disse Carmine, prontamente.

* * *

— Ele lhe deu uma injeção de Demerol — Patrick disse quando Carmine entrou. — Ele não conseguiria pegar uma veia com uma garota se debatendo em seus braços, mas precisava que a droga funcionasse o mais rápido possível. Então, olhei primeiro em seu abdome, e lá estava. Com o risco de perfurar intestino ou fígado, ele teve de usar uma seringa hipodérmica de calibre grosso; uma agulha fina do tipo tuberculina de vinte e cinco teria continuado afundando no corpo, em vez de empurrar as coisas. Essa foi a nossa sorte. Uma picada de agulha calibre vinte e cinco teria sarado totalmente, nos sete dias em que ele a manteve viva. A de dezoito deixou um rombo.

— Por que aplicar no abdome é mais rápido do que no músculo?

— Se chama injeção parenteral, mistura a droga no fluído da cavidade abdominal. É a melhor coisa depois da veia. Eu havia suposto que ele tivesse usado Demerol, é um narcótico de ação rápida. Nome genérico: meperidina, e é mais viciante do que a própria heroína, portanto, conseguir uma receita para a versão *oral* não é nada fácil. Apenas o pessoal da área médica teria acesso a ampolas. De qualquer forma, eu estava certo. Apareceu a assinatura típica da meperidina.

— Alguma ideia de quanto ele deu a ela?

— Não. Eu encontrei os traços nas células dérmicas onde a agulha entrou. Mas ou ele calculou mal a dosagem ou Francine tinha mais resistência à droga do que o normal. Se ela conseguiu esconder a jaqueta, então ela recuperou a consciência muito antes do que ele havia previsto.

— Nada de mordaças, mas abafada por um colchonete supergrosso. Amarrada talvez com fita adesiva por cima da calça e da blusa. Ele mesmo deve ter tirado a jaqueta dela, para atar com fita adesiva os punhos da blusa — disse Carmine. — Quando ela acordou, não podia se mexer muito, embora seja possível que ela tenha conseguido começar a soltar as mãos. Acho que Francine era uma jovem formidável. Do tipo que não podemos nos dar ao luxo de perder.

— Elas são todas assim. — Patrick franziu a testa. — Mas, ainda assim, ele deveria ter visto uma manga cor-de-rosa saindo do meio de um colchonete preto.

— O lugar estava escuro e ele estava com pressa. É possível que Francine tenha se mexido o suficiente para esconder o que havia feito, ou talvez, quando ele abriu o baú, ela tenha saído lutando.

— Pode ser — disse Patrick.

— Você perdeu o jantar, Patsy?

— Nessie foi a um concerto na Chubb, portanto, é Malvolio's para mim hoje.

— E para mim também. Te encontro lá assim que disser para Silvestri aonde vou. — Carmine sorriu. — Ele ficará naquele telefone por pelo menos uma hora.

— Os santos que me protejam dos magnatas — Silvestri resmungou quando deslizou para sentar-se na cabine em que eles estavam. — Pelo menos estou no meu tempo livre, então posso tomar uma bebida. Café e um uísque escocês duplo com gelo — ele disse para a garçonete que lembrava Carmine de Sandra.

— Tão ruim assim, hein? — Patrick perguntou, solidariamente.

— O M.M. foi fácil. Ele entendeu nossa situação. Mas Roger Parson Jr. foi como tirar leite de pedra. Ele se recusa a ver qualquer conexão com seu precioso Hug.

— Como foi que você conseguiu convencê-lo, John? — Carmine perguntou.

O uísque chegou; Silvestri engoliu um pouco e se pareceu com um dos demônios executivos do inferno. — Eu disse a ele para pagar para ver, então. Se não há nenhuma conexão com o Hug, então quanto antes vasculharmos o lugar, melhor para ele. Apesar de que — ele acrescentou, ainda mostrando o sorriso diabólico — eu tive de pagar um preço pela permissão dele.

— E por que — perguntou Carmine, com cansaço — eu tenho a impressão de que é outra pessoa que vai pagar o preço?

— Porque, Carmine, você é esperto. Na próxima quinta-feira, ao meio-dia, você tem uma reunião com Parson no escritório dele em Nova York. Ele quer saber tudo que nós sabemos.

— Preciso tanto disso quanto de um tiro na cabeça.

— Pague o preço, Carmine, pague o preço.

10

Sábado, 11 de dezembro de 1965

Até os planos mais perfeitos podem dar errado, refletiu Carmine naquela manhã de sábado. Tinha havido um roubo à mão armada num posto de gasolina, ao qual os ladrões deram continuidade assaltando duas lojas de bebidas, uma joalheria e outro posto de gasolina, o que diminuiu sua reserva de homens de tal forma que ele soube que a busca levaria o dia todo. Corey e Abe e quatro outros detetives, todos novatos que teriam de ser supervisionados. Certo. Dois grupos de três, Abe liderando um, Corey, o outro, enquanto ele mesmo perambulava entre os grupos. Paul estava alerta para o caso de que aparecesse alguma evidência que precisasse de sua atenção.

Eles chegaram ao Hug às nove da manhã, sendo recebidos no saguão pelo professor e por Desdemona, nenhum dos quais muito contente, mas ambos sob ordens do conselho de serem cooperativos.

— Srta. Dupre, você vai com o sargento Marshall e seus homens neste andar. Suponho que tenha as chaves de tudo que esteja trancado. Professor, o senhor sobe um andar com o sargento Goldberg. O senhor tem chaves? — Carmine perguntou.

— Sim — sussurrou o professor, que parecia a ponto de desmaiar.

— Cecil está aqui — Desdemona disse a Carmine enquanto percorriam o corredor norte.

— Por causa da busca?

— Não, por causa dos seus bebês. Ele sempre vem nas manhãs dos fins de semana. Esperarei aqui fora, caso algum deles esteja na sala principal. Eles odeiam mulheres — ela disse.

— Ele me disse. Você pode ir com Corey olhar na oficina de máquinas e no laboratório de eletrônica. A última coisa que quero é Roger Parson Jr. nos acusando de roubar alguma coisa. Vou inspecionar a sala de cuidados animais pessoalmente.

— Fico agradecido por isso, tenente — disse Cecil, que não parecia incomodado pela invasão. — Quer ver onde vivem meus bebês? Eles estão de bom humor hoje.

Eu também estaria de bom humor se vivesse assim, Carmine disse a si mesmo, entrando num pequeno vestíbulo, isolado da sala principal dos macacos por barras pesadas de ferro. Eles eram tão fortes, explicou Cecil, que, quando se enfureciam, podiam quebrar correntes de metal como se fossem de açúcar. A área, bastante grande, considerando a população pequena, era ambientada como uma savana rochosa: uma parede de pedras irregulares entremeada de buracos, moitas, tufos de grama, toras de madeira, árvores de concreto com galhos e luz quente que imitava o calor do sol. Reostatos conectados a *timers* asseguravam que houvesse um amanhecer e um entardecer.

— Não é crueldade privá-los de fêmeas? — Carmine perguntou.

Cecil riu. — Eles se viram, tenente, do mesmo jeito que os homens fazem na prisão. Vão se comendo entre eles. Mas existe uma hierarquia, e o Eustace, ele é O cara. Quando chega um cara novo, ele é agarrado pelo Eustace, comido, e então é passado para o Clyde; daí, o velho Clyde passa o cara novo adiante e assim vai. O Jimmy, ele é o último da hierarquia. Nunca consegue fazer mais do que bater uma.

— Bem, obrigado por me mostrar tudo, Cecil, mas duvido que alguma garota tenha sido escondida aqui.

— Nisso você tem toda razão, tenente.

* * *

— O que é exatamente que você está procurando? — Desdemona perguntou quando ele se juntou ao grupo de Corey numa oficina que era o sonho de todo mecânico.

— Um armário com vestígios de cabelo humano, um fragmento de tecido, uma unha quebrada, um pedacinho de fita adesiva, uma mancha de sangue. Qualquer coisa que não deveria estar ali.

— Ah, então é para isso que servem as lupas e as luzes fortes! Pensei que esse tipo de coisa tivesse desaparecido com Sherlock Holmes.

— São os instrumentos adequados para uma busca deste tipo. Todos estes homens são especialistas em procurar evidências.

— O Sr. Roger Parson Jr. não está nada contente.

— Eu imagino, mas pergunte se me importo. A resposta é: não.

Sala por sala, armário por armário, estante por estante, a busca prosseguiu; satisfeitos de que o primeiro andar não tinha nada a oferecer, Corey e seu grupo subiram ao terceiro andar, com Desdemona e Carmine os acompanhando.

Durante essa inspeção mais vagarosa do terceiro andar, Carmine percebeu que, sob circunstâncias normais, a vida no Hug era agradável; a maioria dos técnicos havia tentado transformar ciência fria em cálida familiaridade. As paredes e as portas estavam cobertas por desenhos e caricaturas que apenas quem fosse parte do jogo acharia engraçados; também havia fotos de pessoas e paisagens, e pôsteres de coisas vividamente coloridas, cuja natureza Carmine nem sequer podia imaginar, ainda que pudesse apreciar sua beleza.

— Cristais sob luz polarizada — explicou Desdemona —, ou pólen, ácaros e vírus vistos com o microscópio eletrônico.

— Algumas destas baias de trabalho parecem a casa da Mary Poppins.

— A do Marvin, você quer dizer? — ela perguntou, apontando para uma área onde tudo, das gavetas às caixas e livros, havia sido encapado com papel Contact cor-de-rosa com borboletas amarelas. — Pense um pouco, Carmine. As pessoas como Marvin passam a maior parte de cada vinte e quatro horas enraizadas em um só lugar. Por que esse lugar deveria ser cinzento e anônimo? Os empregadores não param para pensar que, se os cubículos em que as pessoas trabalham fossem mais individualizados e harmoniosos, a produtividade poderia aumentar. Marvin é um poeta, só isso.

— Ele é técnico de Ponsonby, certo?

— Correto.

— E Ponsonby não tem objeções? Ele não me parece o tipo de homem que gosta de cor-de-rosa com borboletas amarelas, tendo Bosch e Goya em suas paredes.

— Chuck gostaria de fazer objeções, mas o professor não o apoiaria. A relação deles é interessante, vem desde a infância, e o professor já era o chefe desde aquela época, eu desconfio. — Ela viu Corey prestes a mover um aparato de colunas finas de vidro numa plataforma nivelada e gritou: — Não se atreva a tocar o Natelson! Um erro e você irá cantar de soprano no Coral dos Meninos de Viena.

— Não acho — disse Carmine solenemente — que isso seja grande o bastante para esconder alguma coisa. Olhe naquele armário.

Eles olharam em todos os armários, do primeiro andar ao telhado, mas não encontraram nada. Paul veio esquadrinhar a sala de cirurgia, coletando amostras de cada superfície que pudesse conter líquidos com a utilização de "swabs", que eram palitos de madeira com algodão numa das extremidades.

No entanto, ele comentou: — Duvido que haja alguma coisa. Essa Sra. Liebman é imaculada, nunca se esquece de limpar os cantos nem o lado de baixo.

— Minha impressão — disse Abe, contribuindo com seu tostão para a melancolia — é que o Hug pode ter recebido partes de corpos, mas que elas foram embaladas antes de chegarem, e foram diretamente do porta-malas do carro de alguém para o frigorífico de animais mortos.

— Um exercício negativo, rapazes, que nos diz alguma coisa — disse Carmine. — Qualquer que seja o papel representado pelo Hug neste caso, não é o de curral nem o de matadouro.

11

Segunda-feira, 13 de dezembro de 1965

O problema de um caso que já durava tanto tempo quanto o do Monstro era que a quantidade de trabalho que poderia ser feito diminuía de forma gradativa; o domingo tinha sido um dia difícil, de tentativas de ler, mudar de um canal da TV a outro, andar a esmo pela casa. Portanto, foi com alívio que Carmine chegou ao Hug às nove da manhã da segunda-feira. Para deparar com uma multidão de homens negros agrupados do lado de fora, carregando placas que diziam ASSASSINOS DE CRIANÇAS e INIMIGOS DOS NEGROS. A maioria usava a jaqueta da Brigada Negra por cima de fardas de combate. Havia duas viaturas da polícia estacionadas ali perto, mas os manifestantes eram organizados, e estavam satisfeitos em gritar e erguer o punho no gesto que era a assinatura pessoal de Mohammed el Nesr. Não havia nenhum chefe da Brigada Negra, notou Carmine; aqueles ali eram peixes miúdos, tentando atrair a atenção de um jornalista de TV ou dois. Quando Carmine subiu pela rampa da porta de entrada, eles praticamente o ignoraram, apenas soltando alguns gritos de "Porco!".

É claro que os noticiários do fim de semana haviam estado repletos de notícias sobre Francine Murray. Carmine havia repassado a advertência de Derek Daiman a Silvestri, mas, embora nada tivesse acontecido até hoje, qualquer policial com faro sensível podia sentir que haveria problemas. Holloman não era a única cidade envolvida, mas parecia ter se tornado o foco de toda a indignação, tanto geral quanto particular. O papel do Hug nas coisas garantia isso, e uma coisa era certa: os jornais não estavam coroando suas fotos de John Silvestri e Carmine Delmonico com louros; os editoriais do fim de semana tinham sido diatribes contra a incompetência policial.

— Você os viu? — o professor balbuciou quando Carmine entrou em seu escritório. — Você os viu? Manifestantes, *aqui!*

— Difícil não vê-los, professor — Carmine respondeu secamente. — Acalme-se e me escute. O senhor consegue pensar em alguém que possa ter algum tipo de ressentimento contra o Hug? Como um paciente?

O professor não tinha lavado sua magnífica cabeleira e seu barbeador havia deixado escapar tantos pelos quanto os que havia cortado. Prova de um ego, ou de uma personalidade, destruídos, ou seja lá como os psicólogos chamavam aquilo. — Eu não sei — ele disse, como se Carmine tivesse sugerido algo absurdo demais para ser imaginado.

— O senhor atende algum paciente?

— Não, há anos... exceto uma consulta ocasional sobre algum caso que tenha deixado todo mundo confuso. Desde que o Hug foi aberto, minha função tem sido a de apoiar meus pesquisadores, discutir seus problemas com eles, se estiverem com algum dilema ou se as coisas não resultarem como eles esperavam. Eu os aconselho, às vezes sugiro novos caminhos para eles explorarem. Tudo isso, minhas aulas, palestras e *mais* minhas leituras me deixam ocupado demais para atender pacientes.

— Quem atende pacientes? Refresque a minha memória.

— Addison Forbes, principalmente, já que sua pesquisa é inteiramente clínica. O Dr. Ponsonby e o Dr. Finch veem alguns pacientes, enquanto o Dr. Polonowski tem uma clínica grande. Ele é muito bom em síndromes da má-absorção.

Por que eles não podiam falar inglês? Carmine queria perguntar. Mas ele disse: — Então, o senhor sugere que eu fale com o Dr. Forbes primeiro?

— Na ordem que você quiser — disse o professor, chamando Tamara pelo intercomunicador.

Aí vem outra hugger que não parece muito esperta, Carmine notou. O que será que ela está tramando? Uma mulher bonita e sexy, mas que sabe que não lhe restam muitos anos bons.

Addison Forbes respondeu com um olhar vazio. — Atender pacientes? — ele perguntou. — Eu diria que sim, tenente! Meu influxo de pacientes pode chegar a mais de trinta por semana. Nunca menos de vinte, com certeza. Sou tão conhecido que minha clientela não é apenas nacional, mas internacional.

— É possível que algum deles tenha ressentimentos contra o senhor ou contra o Hug, doutor?

— Meu caro homem — Forbes disse com soberba —, raro é o paciente que compreende sua doença! No instante em que um tratamento não produz milagres, caso ele tenha levado a si mesmo a acreditar que iria, ele culpa seu médico. Mas eu sou particularmente cuidadoso em ressaltar a *todos* os meus pacientes que sou um simples médico, não um curandeiro, e que uma melhora, em si, já é um avanço.

Ele é insolente, intolerante e condescendente, além de neurótico, foi a opinião de Carmine, a qual ele não expressou. Em vez disso, perguntou suavemente: — Algum deles já o ameaçou?

Forbes pareceu chocado. — Não, nunca! Se você está procurando pacientes que ameaçam, deveria falar com cirurgiões, não com médicos clínicos.

— O Hug não tem cirurgiões.

— Tampouco pacientes que ameaçam — foi a resposta rígida de Forbes.

Com o Dr. Polonowski ele descobriu que a síndrome da má-absorção significava que o paciente não tinha tolerância ao que a natureza havia criado como alimento para todo mundo, ou que havia desenvolvido uma preferência por substâncias que a natureza não havia pretendido que fossem utilizadas como alimento por ninguém.

— Aminoácidos, frutas ou vegetais, chumbo, cobre, glúten, todos os tipos de gorduras — disse Polonowski, sentindo pena dele. — Se você atender bastantes pacientes, a lista de substâncias será quase infinita. O mel pode causar choque anafilático, por exemplo. Mas no que estou mais interessado é no grupo de substâncias que provocam danos cerebrais.

— Tem algum paciente que guarde rancor contra o senhor?

— Imagino que todo médico tenha, tenente, mas, pessoalmente, não consigo me lembrar de nenhum caso. Com meus pacientes, o dano já foi feito antes de eles virem até mim.

Mais um hugger de aparência esgotada, pensou Carmine.

O Dr. Maurice Finch parecia muito pior.

— Eu me culpo pela tentativa de suicídio do Dr. Schiller — disse Finch, desconsolado.

— O que está feito está feito, e o senhor não pode dizer que foi a causa, Dr. Finch, não pode mesmo. O Dr. Schiller tem uma porção de problemas, como tenho certeza de que o senhor sabe. Além disso, o senhor salvou a vida dele — disse Carmine. — Culpe a pessoa que colocou Mercedes Alvarez aqui. Agora, esqueça o Dr. Schiller por um momento e tente se lembrar se algum dos seus pacientes já o ameaçou alguma vez. Ou se o senhor, alguma vez, ouviu um paciente expressar ameaças contra o próprio Hug.

— Não — respondeu Finch, parecendo espantado. — Não, nunca.

Uma resposta que ele também recebeu do Dr. Charles Ponsonby, embora o rosto de Ponsonby tivesse ficado alerta, interessado.

— Certamente, é uma ideia — ele disse, franzindo a testa. — A gente se esquece desse tipo de ocorrência, mas é claro que deve ter acontecido. Vou meditar sobre o assunto, tenente, e tentar me lembrar, tanto em nome dos meus colegas quanto no meu. Embora eu tenha quase cem por cento de certeza que nunca aconteceu comigo. Sou inofensivo demais.

* * *

Do Hug, Carmine caminhou pela Oak Street, contra um vento terrível, até a Faculdade de Medicina da Chubb, onde percorreu o costumeiro labirinto de corredores e túneis em que aquelas instituições se especializavam e, finalmente, encontrou o departamento de neurologia. Ali, pediu para falar com o professor Frank Watson.

Que o atendeu de imediato, claramente se regozijando das desgraças do Hug, embora tenha se lembrado de lamentar pelos assassinatos.

— Ouvi dizer que foi o senhor quem deu o apelido para o Centro Hughlings Jackson, professor — disse Carmine, sorrindo levemente.

Watson se inflou como um sapo, alisou o fino bigodinho negro e levantou uma sobrancelha negra móvel. — Sim, fui eu. Eles odeiam, não é? Ab-so-lu-ta-men-te *odeiam.* Principalmente Bob Smith.

Como você gosta de se fazer de Mefistófeles!, pensou Carmine. — O senhor odeia o Hug?

— De paixão — disse honestamente o professor de neurologia. — Aqui estou eu, com tantas pessoas brilhantes na minha equipe, e tenho que lutar por cada centavo de dinheiro que possa encontrar para a pesquisa. Você sabe quantos ganhadores do Prêmio Nobel temos nesta escola, tenente? Nove! Imagine só: *nove!* E nenhum deles é hugger. Eles estão no meu campo, sobrevivendo com doações miseráveis. Bob Smith pode se dar ao luxo de comprar equipamentos que ele usa uma vez na vida, se tanto, enquanto eu tenho de contar o número de gazes que uso! Todo esse dinheiro foi a ruína de Bob Smith, que, de outra forma, poderia ter descoberto alguma coisa neurologicamente significativa. Ele não trabalha, ele representa. Um impostor.

— Dói tanto assim, hein? — perguntou Carmine.

— Não dói — disse Frank Watson com selvageria. — É a mais pura e absoluta agonia!

O retorno a Cedar Street revelou que a jaqueta de Francine Murray não havia gerado nenhuma outra pista além de sua presença no baú, o que também não ajudava muito. Através de Silvestri ele soube que o colégio

Travis havia sobrevivido àquele dia; na verdade, tinha havido mais problemas no colégio Taft, cujo volume de alunos incluía o gueto da Argyle Avenue. O que todos eles precisam, ele pensou, é de uma liderança política equilibrada; pelo menos, existe algo de bom em Mohammed el Nesr e sua Brigada Negra: comece a usar drogas, mesmo algo inócuo como a maconha, e você estará fora da organização. Ele quer seus soldados limpos de mente e firmes em seu propósito. E isso é bom, independentemente de qual possa ser seu propósito. Graças a Deus por Silvestri e pelo prefeito: desde que a Brigada Negra não fizesse mais do que perambular pela Fifteenth Street com cabos de vassoura no ombro esquerdo, eles não se alterariam. Porém, que tipo e quantas armas eles têm por trás daquelas paredes acolchoadas? Um dia alguém vai falar e, então, vamos conseguir o mandado de que precisamos para dar uma olhada.

Primeiro de dezembro... Nosso homem atacará novamente por volta do fim de janeiro ou começo de fevereiro, e nós estamos tão longe de pegá-lo quanto Mohammed el Nesr de convencer a maioria da população negra de Holloman de que o melhor caminho a seguir é o da revolução.

Ele apanhou o telefone, discou. — Eu sei que hoje não é quarta-feira, mas há alguma chance de que eu possa passar para te pegar e te levar para jantar comida chinesa ou alguma outra coisa comigo? — ele perguntou a Desdemona.

Ele parecia, ela pensou, extremamente pouco à vontade, embora ele tivesse sorrido quando ela entrou em seu Ford e tentado puxar conversa até saltar do carro, entrar no Faisão Azul e sair novamente, com os braços cheios de caixas de papelão.

Depois, só o silêncio, mesmo após ele ter feito sua transferência meticulosa da comida para as tigelas com tampa e acomodado Desdemona à mesa.

— Você, sem dúvida, gosta de arrumar trabalho para si mesmo — ela disse, empilhando comida no prato e inalando os aromas com alegria. — Eu ficaria feliz comendo diretamente das caixas, você sabe.

— Isso seria um insulto — ele disse, mas distraidamente.

Como ela estava com fome, não disse mais nada até que a refeição tivesse terminado, então afastou seu prato e, quando ele estendeu a mão para pegá-lo, ela agarrou firmemente seu braço. — Não, sente-se, Carmine, e me conte qual é o problema.

Ele baixou os olhos até a mão dela como se estivesse surpreso com algo, então, suspirou e se sentou. Antes que ela pudesse remover a mão, ele a cobriu com a dele e a segurou ali.

— Infelizmente, acho que vou ter de retirar seus guardas.

— É só *isso*? Carmine, já faz semanas que nada acontece. Tenho certeza de que quem quer que fosse, já se cansou há séculos. Não te passou pela cabeça que talvez tudo isso tenha sido porque às vezes eu faço bordados para a igreja católica? Afinal, a única coisa que foi cortada foi uma vestimenta de padre; pode ser que, quem quer que seja, tenha achado a peça de Chuck Ponsonby suspeita, mas não definitivamente religiosa; ela era longa, estreita, parecendo feita para um altar. As toalhas para aparador são assim.

— Eu pensei nisso — ele admitiu.

— Pois é. Eu agora só pego encomendas de roupas de mesa para casas: toalhas de mesa, panos de boca... quer dizer, guardanapos.

— Encomendas?

— Sim, eu cobro pelo meu trabalho. Bastante, na verdade. As pessoas com dinheiro se cansam dos bordados de sempre, em ponto-cruz ou de ilhós, que são produzidos aos montes em países com indústrias rurais. O que eu faço é exclusivo. As pessoas adoram e minha conta bancária cresce consideravelmente. — Ela pareceu culpada. — Eu ainda não declarei essa renda... por que deveria, se tenho que pagar impostos integrais e mesmo assim não posso votar? Não importa para você, como policial, né?

Os dedos dele vinham se movendo pela pele do antebraço dela como se ele gostasse da sensação, mas agora eles pararam. — Às vezes — ele disse com seriedade —, eu tenho ataques de surdez. O que foi que você disse? Alguma coisa sobre não votar?

— Não importa. — Ela afastou a mão, parecendo pouco à vontade. — Nós solucionamos o assunto principal, que é a retirada dos meus guardas. Fico aliviada, sinceramente. Apesar de existirem portas sólidas entre mim e eles, nunca sinto realmente que tenho *privacidade*. Então, que vão com Deus, é o que eu digo. — Ela hesitou. — Quando?

— Não tenho certeza. O clima pode ser seu melhor amigo. Caso você não tenha notado, o vento está aumentando e a sensação térmica cairá bem abaixo de zero amanhã. Isso faz com que todo mundo fique dentro de casa. — Ele se levantou da mesa. — Venha aqui e sente-se comigo, acomode-se confortavelmente, tome um conhaque, e converse comigo.

— Conversar com você?

— Isso, converse comigo. Preciso saber certas coisas, e você é a única a quem posso perguntar.

— Perguntar o quê?

— A respeito do Hug.

Ela fez uma careta, mas aceitou o conhaque, o que ele interpretou como uma anuência. — Muito bem, pode perguntar.

— Eu entendo o estado de espírito do professor, e também do Dr. Finch, mas por que Polonowski está tão nervoso? Pergunto, Desdemona, porque quero que você me dê respostas que não tenham a ver com assassinato. Se eu não sei por que um hugger está agindo de forma suspeita, minha tendência é pensar em assassinato, e talvez desperdiçar grande parte de um tempo valioso. Eu esperava que Francine fosse eximir vocês todos, mas ela não o fez. Esse cara é mais astuto que um rato de esgoto, então ele encontrou um jeito de estar em dois lugares ao mesmo tempo. Me passe os dados confidenciais do Polonowski.

— Walt é apaixonado por sua técnica, Marian, mas ele também está absolutamente preso a um casamento do qual acho que ele se arrependeu há anos — ela disse, girando o conhaque na taça bojuda. — Eles têm quatro filhos... são muito católicos, por isso não usam contraceptivos.

— "Não abras o odre de vinho até chegares a Atenas" — citou Carmine.

— Precisamente! — ela exclamou, de forma elogiosa. — Suponho que o pobre Walt seja um desses sujeitos cujo odre de vinho tenha vontade própria toda vez que ele se deita na cama, ao lado da taça de vinho da mulher. O nome dela é Paola e ela é uma mulher agradável que se transformou numa megera. Muito mais jovem do que ele, e culpando-o pela perda de sua juventude e de sua boa aparência.

— Ele está tendo um caso de fato com Marian?

— Sim, há alguns meses.

— Onde eles se encontram? No Major Minor's, algumas tardes? — ele perguntou, referindo-se ao motel na Rodovia 133 que fazia negócios excelentes no ramo da fornicação ilícita.

— Não. Ele tem uma cabana em algum lugar ao norte do estado.

Merda, pensou Carmine. O cara tem uma cabana da qual não sabíamos. Que conveniente. — Você sabe onde fica?

— Infelizmente, não. Ele não diz nem mesmo para a Paola.

— O caso amoroso é de conhecimento público?

— Não, eles são muito discretos.

— Então, como você sabe?

— Porque encontrei Marian no banheiro do quarto andar se acabando de chorar. Ela achou que estivesse grávida. Quando me solidarizei com ela e lhe aconselhei que mandasse fazer um diafragma à sua medida, se ela estivesse hesitante com relação à pílula, a história toda veio à tona.

— E ela estava grávida?

— Não. Alarme falso.

— Está bem, vamos passar para o Ponsonby. Ele tem uns quadros estranhos nas paredes do escritório, sem falar das cabeças encolhidas e máscaras de demônios. Tortura, monstros engolindo seus filhos inteiros, pessoas gritando.

A risada dela ressoou de forma tão contagiante que ele se sentiu aquecido por dentro. — Ai, Carmine! Assim é o Chuck! A arte é simplesmente mais uma faceta de seu insuportável esnobismo. Eu sinto pena dele.

— Por quê?

— Ninguém te contou que ele tem uma irmã cega?

— Eu faço meu dever de casa, Desdemona, então é claro que eu sei disso. Entendo que essa é a razão pela qual ele ficou em Holloman. Mas por que você sente pena dele? Dela, eu até entendo.

— Porque ele construiu sua vida inteira em função dela. Nunca se casou, não tem parentes próximos, embora eles conheçam os Smith desde a infância. São só eles dois numa casa pré-revolucionária na Ponsonby Lane. Houve uma época em que eles eram donos de toda a terra num raio de quase dois quilômetros, mas a educação escolar de Claire era cara, assim como a de Chuck, e eu entendo que eles passaram por dificuldades financeiras, no tempo dos pais deles. Certamente venderam toda a terra. Chuck adora arte surrealista e música clássica. Claire não pode ver a arte, mas ela também é fã de música. Os dois são gourmets e entusiastas dos vinhos. Acho que eu sinto pena dele porque, quando ele fala de sua vida juntos, se enche de entusiasmo, o que é... bem, *estranho*. Ela é irmã dele, não mulher, embora alguns membros mais cruéis da equipe façam algumas piadas a respeito deles. Eu acho que, no fundo de seu coração, Chuck deve se ressentir de pelo menos alguns aspectos do fato de estar preso a Claire, mas ele é leal demais para admitir isso, até para si mesmo. Ele certamente não pode ser o Monstro; não tem nem tempo nem liberdade para isso.

— Só achei a arte esquisita — ele disse, desculpando-se.

— Eu gosto da arte. É do tipo que se ama ou odeia.

— O.k., prosseguindo. Sonia Liebman.

— Uma mulher muito simpática, muito boa em seu trabalho. Ela é casada com um agente funerário, Benjamin Liebman. Sua única filha está numa faculdade perto de Tucson, fazendo o preparatório para medicina. Quer ser cirurgiã-geral.

Um agente funerário. Merda, eu não fiz meu dever de casa direito. — Benjamin trabalha para alguém ou está aposentado?

— Deus do céu, nada disso! Ele é dono de sua própria funerária, em algum lugar perto de Bridgeport. — Desdemona fechou os olhos, apertou-os. — Hum... "Comfort Funeral Home", acho que se chama.

Merda dupla. Um lugar ideal para um assassino que goste de fazer dissecações. Terei de fazer uma visitinha ao "Comfort Funeral Home" amanhã.

— Satsuma e Chandra?

— Procurando empregos em outros lugares. Os rumores dizem que Nur Chandra já recebeu uma oferta de Harvard, ansiosa em igualar o placar de Prêmios Nobel. Hideki ainda não tem certeza. Sua decisão, de alguma forma, jaz na harmonia de seu jardim.

Carmine suspirou. — Quem você acha que é, Desdemona?

Ela piscou. — Ninguém do Hug, digo de coração. Estou lá há cinco anos, o que me torna uma retardatária. A maioria dos pesquisadores é meio maluca, de uma forma ou de outra, mas isso faz parte da profissão. Eles são tão... *inofensivos*. O Dr. Finch conversa com seus gatos como se eles pudessem responder, o Dr. Chandra trata seus macacos como se pertencessem à realeza indiana... até mesmo o Dr. Ponsonby, que não gosta tanto dos seus ratos quanto os demais, mostra interesse nas coisas que eles fazem. Nenhum dos pesquisadores é psicótico, isso eu seria capaz de jurar.

— Ponsonby não gosta de seus ratos?

— Carmine, sinceramente! O Dr. Ponsonby simplesmente não *gosta* de ratos! Muita gente não gosta de ratos, inclusive eu. A maioria dos pesquisadores se acostuma a eles e consegue desenvolver grande afeição por eles, mas não todos. Marvin pega um rato com a mão sem luva para lhe dar uma injeção na barriga e o bicho o beija com os bigodes pela atenção. Já o Dr. Ponsonby usa uma luva térmica para forno se ele não puder evitar a necessidade de pegar um rato. Os incisivos deles podem penetrar luvas mais finas... bem, eles são capazes de roer o concreto!

— Você não está ajudando, Desdemona.

Levíssimos ruídos de golpes na janela fizeram com que Desdemona se levantasse. — Droga, granizo! Uma beleza para dirigir. Me leve até a minha casa, Carmine.

E isso, ele pensou com um suspiro interno, é o fim da tentativa de pegar a mão dela novamente. Não que ela me excite, é que, em algum lugar, por baixo de toda essa independência competente, está uma mulher irritantemente legal lutando para sair.

12

Quinta-feira, 16 de dezembro de 1965

Como não havia nevado antes do feriado de Ação de Graças, e a primeira quinzena de dezembro não tinha sido mais fria que o normal, a maior parte das pessoas de Connecticut achou que não haveria neve no Natal. No entanto, nevou muito na noite anterior ao dia em que Carmine deveria ir até a cidade de Nova York para se encontrar com os Parson. Como ele detestava trens e não estava disposto a fazer a viagem apertado num vagão fedendo a lã úmida, mau hálito e cigarro, Carmine saiu cedo no Ford para encontrar a rodovia I-95 reduzida de três para duas vias, mas ainda factível. Quando chegou a Manhattan, apenas as avenidas haviam sido limpas, principalmente porque ninguém nunca conseguia remover carros suficientes das ruas para limpá-las. Onde iria estacionar o Ford, ele não fazia ideia, ao percorrer lentamente a Park Avenue até conseguir virar na Madison, mas Roger Parson Jr. havia pensado nisso. Quando ele parou em frente a um edifício que não era nem o maior nem o menor daquele quarteirão, um porteiro uniformizado correu até ele para pegar as chaves do carro e entregá-las a um ajudante. Ele mesmo conduziu Carmine para o interior de um saguão purpuramente principesco, feito de mármore Lavanto, e passou pelo conjunto de elevadores até um que ficava no final. O elevador executivo: tinha uma fechadura nos controles e a decoração adequada a executivos.

Roger Parson Jr. o encontrou quando as portas se abriram, no quadragésimo terceiro andar; Richard Spaight estava a seu lado, ainda que sutilmente atrás.

— Tenente, estou muito feliz que tenha enfrentado o mau tempo para vir aqui. Veio de trem?

— Não, vim dirigindo. É mais difícil se deslocar dentro de Manhattan do que vir desde Connecticut — disse Carmine, entregando seu casaco, cachecol e seu chapéu de caçador.

Parson olhou para o chapéu com fascínio. — Ah... uma homenagem a Sherlock Holmes?

— Se o senhor fala de brincadeira, então acho que sim. Eu o comprei em Londres há alguns anos, quando os chapéus russos não eram muito apreciados por Joe McCarthy. Mantém as orelhas aquecidas.

Uma secretária de meia-idade saiu caminhando pesadamente com as peças de roupa enquanto Parson conduzia Carmine a uma sala de conferências um tanto pequena, equipada com seis poltronas ao redor de uma mesa de centro e seis cadeiras em volta de uma mesa de jantar mais alta. O piso era de parquete, coberto por tapetes persas espalhados, a mobília era de madeira nobre de bordo e as estantes tinham portas feitas com losangos de cristal de chumbo. Tudo muito chique, mas prático; à exceção dos quadros nas paredes.

— Uma parte da coleção do tio William — disse Spaight, indicando que Carmine se sentasse numa poltrona. — Rubens, Velásquez, Poussin, Vermeer, Canaletto, Ticiano. Na realidade, a coleção pertence à Universidade Chubb, mas nós temos a liberdade de adiar a entrega e, sinceramente, gostamos muito de olhar para eles.

— Eu não os culpo — disse Carmine, perguntando-se, ao colocar seu traseiro no couro vermelho-escuro da poltrona, se algum tecido tão barato quanto o de sua calça já a haveria maculado antes.

— Eu soube — disse Roger Parson Jr., cruzando uma perna delgada, elegantemente vestida, sobre a outra — que o Hug vem sendo o centro de algumas manifestações raciais.

— Sim, senhor, sempre que o clima permite.

— E por que vocês não estão fazendo algo a respeito?

— A última vez que olhei na Constituição, Sr. Parson, ela permitia manifestações organizadas de qualquer tipo, inclusive raciais — Carmine disse com voz neutra. — Se houver tumultos, poderemos agir, mas não em caso contrário. É constrangedor para o Hug, mas seus funcionários não estão sendo importunados ao chegar nem ao partir.

— Você deve admitir, tenente, que, pelo que podemos perceber, a polícia de Holloman não teve nenhum momento exatamente brilhante nos últimos dois meses e meio — disse Spaight, com os lábios apertados. — Esse sujeito sanguinário parece estar ganhando de dez a zero de vocês. Talvez seja hora de chamar o FBI.

— Nós estamos consultando o FBI regularmente, senhor, posso lhe garantir, mas o FBI tem tão poucas pistas quanto nós. Já perguntamos em todos os estados da União por crimes em particular, com natureza semelhante, sem qualquer resultado positivo. Nas últimas duas semanas, por exemplo, nós verificamos as credenciais e a localização de várias centenas de professores substitutos, sem qualquer resultado. Não ignoramos nada que pudesse oferecer uma solução.

— O que eu não entendo — disse Parson com irritação — é por que ele ainda está à solta! Vocês *devem* ter alguma ideia de quem seja o responsável!

— A metodologia da polícia depende de uma rede de conexões — Carmine explicou, tendo pensado no que iria dizer durante sua longa ida de carro até lá. — Sob circunstâncias normais, existe um grupo de suspeitos prováveis, seja quando se trata de assassinato, de roubo a mão armada ou tráfico de drogas. Nós todos nos conhecemos, os criminosos e os policiais. Nós, a parte policial da equação, conduzimos nossas investigações seguindo uma trilha batida, porque é assim que funciona melhor. Homens na minha posição já estão no serviço há tempo suficiente para desenvolver instintos bastante astutos sobre quem está na parte criminosa da equação. Assassinatos têm padrões, marcas características. Roubos têm padrões, marcas características. Eles nos conduzem a seus autores.

— Esse assassino tem um padrão, uma marca característica — disse Spaight.

— Não é disso que estou falando, Sr. Spaight. Esse assassino é um fantasma. Ele rapta uma garota, mas não deixa sequer um traço de si mesmo para trás. Ninguém nunca o viu, nunca o ouviu. Nenhuma garota parecia conhecê-lo. Assim que percebemos que ele queria vítimas com antecedentes caribenhos e tivemos uma chance de proteger todas as garotas desse tipo, ele mudou para uma negra de Connecticut, mestiça com branco da Pensilvânia. O mesmo tipo físico de garota, mas com um histórico étnico diferente. Levada de um colégio de cidade de interior com mil e quinhentos alunos. Ele variou sua técnica de outras formas que não tenho a liberdade de contar. O que posso dizer, senhores, é que não estamos nem um pouco à frente do que estávamos há dois meses e meio. Porque a rede de conexões não está presente. Ele não é um criminoso profissional, ele é um ninguém anônimo. Um fantasma.

— Ele poderia ter antecedentes registrados por algum outro crime? Estupro?

— Também já investigamos isso, Sr. Parson, e com um pente-fino. Minha intuição é de que ele seja tanto estuprador quanto assassino, e que ele só mata para garantir que a vítima não irá falar. Já analisei pessoalmente centenas de arquivos procurando qualquer coisa que possa sugerir um estuprador que tenha se arriscado a algo mais. Quando não encontrei correspondência por parte de nenhum dos estupradores condenados ou acusados, passei para os casos em que a garota ou a mulher retiraram as acusações; isso acontece com frequência. Olhei fotos de garotas, descrições de seu estupro, mas meus instintos policiais nem sequer se agitaram. Se ele estivesse ali, tenho certeza de que se agitariam.

— Então ele deve ser jovem — disse Spaight.

— O que o faz dizer isso, senhor?

— Seu histórico tem dois anos. Crimes tão chocantes assim certamente teriam produzido sintomas de mania antes disso, se ele fosse um homem mais velho.

— Uma boa observação, mas não acho que esse assassino seja muito jovem, senhor. Ele é frio, calculista, engenhoso, sem consciência, nem a mais leve sombra de dúvida. Tudo isso sugere maturidade, não juventude.

— Ele poderia ter as mesmas origens étnicas que suas vítimas?

— Nós todos havíamos considerado essa possibilidade, Sr. Parson, até que ele cruzou a linha étnica. Um dos psiquiatras do FBI achou que ele pudesse ser parecido às suas vítimas, ter a mesma cor, digamos, mas se um homem assim existe, nós não o identificamos e ele não tem registro de antecedentes.

— Portanto, o que você está dizendo, tenente, é que se... ou quando... esse assassino for pego, não será por nenhum dos seus métodos mais tradicionais.

— Sim — disse Carmine, simplesmente —, é isso que estou dizendo. Assim como muitos outros, ele cairá por um acaso ou por um acidente.

— Não é uma opinião que inspire confiança — disse Parson secamente.

— Ah, nós o pegaremos, senhor. Já o forçamos a fazer mudanças e o continuaremos pressionando. Não acho que seu estado mental esteja tão sereno quanto antes.

— *Sereno?* — perguntou Spaight, espantado. — Certamente que não!

— Por que não? — retrucou Carmine. — Ele não tem sentimentos, Sr. Spaight, como o senhor e eu os compreendemos. Ele é insano, mas equilibrado.

— Quantas outras garotas irão sofrer uma morte agonizante? — Parson perguntou, as palavras cortantes.

O rosto de Carmine se contorceu. — Se eu pudesse responder a essa pergunta, saberia a identidade do assassino.

Uma criada de uniforme entrou com um carrinho de chá e começou a arrumar a mesa grande.

— Acredito que ficará para o almoço, tenente? — perguntou Roger Parson Jr., levantando-se.

— Obrigado, senhor.

— Sente-se, por favor.

Carmine se sentou e olhou para o aparelho de jantar Lenox.

— Somos patriotas — disse Spaight, sentando-se à direita de Carmine, enquanto Parson colocava-se à sua esquerda. Encurralado.

— Em que aspecto, Sr. Spaight?

— Aparelho de jantar americano, toalhas americanas. Tudo americano, na verdade. O tio William era quem gostava de coisas estrangeiras.

Coisas estrangeiras. Não são os termos que eu usaria para descrever o tapete, pensou Carmine. Nem o Velásquez.

Um mordomo e a empregada serviram a mesa: salmão defumado da Nova Scotia com fatias finas e douradas de pão com manteiga, vitela assada *au jus* com *pommes Lyonnaise* e espinafre ao vapor, uma seleção de queijos e um café divino. Nada de álcool.

— O típico almoço com drinques — disse Richard Spaight — é uma maldição. Se eu sei que um cliente teve um desses, eu não o atendo. Os negócios exigem uma mente clara.

— Assim como o trabalho de policial — disse Carmine. — Nesse aspecto, o comissário Silvestri impõe lei seca. Nada de bebidas alcoólicas a não ser fora de serviço, e nada de ter bebidas no trabalho. — Ele estava encarando o Poussin, belo como um sonho. — É lindo — ele disse a seu anfitrião.

— Sim, nós escolhemos obras tranquilas para esta sala. Os Goyas do período da guerra ficam no meu escritório. Ao sair, no entanto, não deixe de ver nosso único El Greco. Está sob vidro blindado no final do corredor — disse Roger Parson Jr.

— Vocês já sofreram algum roubo de obra de arte? — o policial teve de perguntar.

— Não, é muito difícil entrar aqui. Ou talvez seja porque existem vários alvos mais fáceis. Esta é uma cidade cheia de obras de arte maravilhosas. Eu geralmente me divirto pensando em como roubaria um bom Rembrandt do Metropolitan ou um Picasso de um marchand na 53th. Street. Se eu realmente quisesse, acredito que nenhum dos dois seria impossível.

— Talvez seu tio William também conhecesse os truques.

Richard Spaight explodiu numa gargalhada. — Ele certamente conhecia! No tempo dele, era muito mais fácil, claro. Se você fosse a Pompeia ou Florença, só o que precisava fazer era dar dez dólares para o guia. Você deveria ver o piso de mosaico romano no conservatório da casa antiga em Litchfield. É magnífico.

Feliz Natal, rá, rá, pensou Carmine ao entrar no Ford previamente aquecido para iniciar a viagem de volta para casa. Não é nenhum dos dois, no entanto, caso suma um Rembrandt do Metropolitan, eu posso dar uma dica à polícia de Nova York sobre onde procurar. M.M. estará debaixo da terra antes que este bando abra mão da coleção do tio William, mesmo sendo um monte de coisas estrangeiras.

13

Sexta-feira, 24 de dezembro de 1965

— Oh, droga! — disse Desdemona, enrugando o nariz. — A maldita ventilação do esgoto está para cima de novo. — Por um momento cogitou se deveria bater à porta do proprietário ao descer as escadas, então decidiu não fazê-lo. Ele já não estava muito contente com a presença de policiais em suas dependências e vinha dando a entender que talvez fosse melhor que Desdemona encontrasse uma nova moradia. Então, ela iria aguentar a ventilação do esgoto sem outro confronto.

Quando abriu sua porta, o fedor de fezes a atingiu com força, mas ela nem notou. Só o que viu foi o rosto enegrecido e congestionado de Charlie, o policial que geralmente pegava o turno da noite às quintas-feiras. Ele estava deitado como se houvesse lutado desesperadamente, com braços e pernas dobrados para fora; mas era o rosto, o rosto... Inchado, a língua para fora, os olhos esbugalhados. Parte de Desdemona queria gritar, mas isso a teria caracterizado como uma mulher típica, e Desdemona havia passado a metade de sua vida provando para o mundo que ela era igual a qualquer homem. Apoiando-se nos batentes da porta, ela se obrigou a permanecer imóvel por tempo suficiente para que conseguisse parar em pé. Lágrimas se juntaram, caíram. Ah, Charlie! Era um trabalho tão entediante, ele lhe dissera uma vez, pedindo um livro emprestado. Ele já tinha lido tudo que gostava da biblioteca dos Serviços Municipais, o que não era muita coisa. Ela teria um Raymond Chandler ou um Mickey Spillane? Mas o melhor que ela pudera oferecer fora uma Agatha Christie, que ele não tinha gostado nem entendido.

Pronto, funcionou. Desdemona soltou dos batentes e começou a se virar para ir até o telefone. Então, notou o pedaço grande de papel enfiado acima da janela de iluminação do patamar da escada. Escrito em preto brilhante no branco brilhante, com letras imaculadas.

VOCÊ É UMA FOFOQUEIRA,
SUA LOUCA SORRATEIRA!
AQUELE POLICIAL CARCAMANO
NÃO É NENHUM OTELO, SE NÃO ME ENGANO,
MAS EU AINDA VOU TE PEGAR!
E ATÉ QUE CHEGUE ESTE MOMENTO — PODE SUAR!

— Carmine — ela disse calmamente quando ele atendeu ao telefone —, preciso de você. Charlie está morto. Assassinado. — Engoliu em seco, respirou fundo. — Bem em frente a minha porta. Por favor, venha!

— A porta ainda está aberta? — ele perguntou, igualmente calmo.

— Sim.

— Então, feche, Desdemona, agora mesmo.

Praticamente nenhum dos sargentos administrativos tinha visto Carmine Delmonico passar por eles correndo; mas, então, ele passou voando, com Abe e Corey atrás, carregando seu casaco, chapéu e cachecol. Em menos de um minuto, Patrick O'Donnell o seguiu.

— Uau! — disse o sargento Larry D'Aglio a seu secretário. — A merda deve estar batendo no ventilador de todos os lados.

— Não numa manhã como esta — disse o secretário. — Está frio demais.

* * *

— Estrangulado com um garrote feito com corda de piano — disse Patrick. — Pobre coitado! Ele tentou lutar, mas foi como um reflexo. A corda já estava em volta de seu pescoço e passando pela laçada antes que ele soubesse o que estava acontecendo.

— Laçada? — perguntou Carmine, desviando sua atenção do poeminha na janela.

— Nunca vi nada parecido antes. Uma laçada numa ponta da corda, um cabo de madeira na outra. Você passa o cabo pela laçada, dá um passo para trás e puxa com toda a força. Charlie nem sequer conseguiu pôr as mãos nele.

— E, então, ele colocou seu bilhete, com a maior frieza do mundo... olhe só, Patsy! Absolutamente reto, exatamente no meio da vidraça... como ele o fixou aqui?

Patrick ergueu os olhos e ficou espantado. — Jesus!

— Bem, Paul poderá nos dizer quando retirá-lo. — Carmine endireitou os ombros. — Hora de bater à porta dela.

— Como ela estava quando te telefonou?

— Não estava gaguejando, de forma alguma. — Ele bateu, chamou-a em voz alta. — Desdemona, é o Carmine! Me deixe entrar.

Seu rosto estava contorcido e pálido, as mãos tremiam, mas ela estava no controle de si mesma. Não havia desculpa para tomá-la nos braços e tentar consolá-la.

— Pista falsa, hein? — ela disse.

— Pois é, ele aumentou a aposta. O que você tem para beber aí?

— Chá. Eu sou inglesa, nós não nos dedicamos ao conhaque. Só chá. Feito do jeito certo: com folhas, não saquinhos. Holloman é um lugar bastante civilizado, sabe? Há uma loja de chá e café onde consigo encontrar Darjeeling. — Ela o conduziu até a cozinha. — Eu fiz quando ouvi as sirenes.

Nada de canecas; havia xícaras e pires, frágeis, pintados à mão. O bule estava coberto com algo que parecia uma boneca de pano, o bico e a alça apontando em direções opostas por baixo de um saiote bem forrado, com terminações de babados. Leite, açúcar, até biscoitos. Bem, talvez dar atenção escrupulosa aos rituais domésticos fosse a forma dela de ser forte. De suportar.

— Leite primeiro — ela disse, retirando a boneca de cima do bule.

Ele não teve coragem de dizer a ela que tomava o chá à moda americana: fraco, sem leite, com uma fatia de limão. Então, ele sorveu educadamente o líquido escaldante e esperou.

— Você viu o bilhete? — ela perguntou, parecendo melhor depois do chá.

— Sim. Você não pode mais ficar aqui, é claro.

— Duvido que me deixassem ficar! Meu senhorio já não estava feliz com meus guardas. Agora ele deve estar soltando espuma pela boca. Mas aonde eu posso ir?

— Medida de proteção. Nós temos um apartamento no meu prédio para pessoas como você.

— Não tenho condições de pagar o aluguel.

— Medida de proteção significa que não há aluguel, Desdemona.

Por *que* ela era tão sovina?

— Entendo. Então, é melhor eu começar a juntar minhas coisas. Não tenho muito.

— Tome mais um pouco de chá primeiro, e me responda algumas perguntas. Você ouviu alguma coisa fora do normal durante a noite? Viu Charlie?

— Não, não ouvi nada. Tenho sono pesado. Charlie disse olá quando chegou; eu o ouvi chegar, embora já houvesse passado da minha hora costumeira de dormir. Ele geralmente vem pedir um livro, ainda que não goste muito da minha escolha de autores.

— Você deu um livro a ele ontem à noite? — Não havia necessidade de dizer a ela que Charlie não deveria estar lendo em serviço.

— Sim, um livro da Ngaio Marsh. O nome o deixou intrigado, ele não sabia como pronunciar. Achei que ele fosse gostar mais dela do que da Agatha Christie: as vítimas da Marsh geralmente morrem numa terrível sujeira de excrementos. — Ela estremeceu. — Igual ao Charlie.

— Algum sinal de que ele tenha, de fato, entrado neste apartamento?

— Não, e acredite, eu já procurei. Não há uma agulha fora do lugar.

— Mas ele poderia ter entrado. Isso é algo com o que eu não havia contado.

— Não se culpe, Carmine, por favor.

Ele se levantou. — Existe alguma coisa que faça você gritar, Desdemona?

— Ah, sim — ela disse com gravidade. — Aranhas e baratas.

— Nada, como sempre — Patrick disse no escritório de Silvestri. — Não há impressões digitais, fibras, detritos de nenhum tipo. Ele deve ter usado alguma forma de medida na janela, o aviso... é grande demais para ser chamado de bilhete... estava colocado perfeitamente. Equidistante em milímetros. E ele o fixou com quatro bolinhas de massa de modelar, pressionou os cantos do papel na massa, até chegou a ajustar o lado esquerdo para levantar uma fração. E ele é original! Foi escrito com letras de decalque em Times Bold 48. Em papel suficientemente fino para ter colocado uma pauta quadriculada por trás; todas as letras estão absolutamente alinhadas. Papel barato de desenho, do tipo que as crianças compram em qualquer loja. Ele decalcou as letras pressionando-as com algo redondo e de metal: o cabo de uma faca ou talvez de um bisturi. Não com um buril, é grosso demais.

— Você consegue ter uma ideia do tamanho das mãos dele pela forma em que apertou o papel na massa de modelar? — perguntou Marciano.

— Não. Acho que ele colocou um pano entre seus dedos e o papel.

— O que te fez achar que o garrote era incomum, Patsy? — Carmine perguntou, suspirando. — Uma laçada com um cabo não é tão incomum.

— Este é. O cabo não é de madeira, como eu havia pensado. É um fêmur humano entalhado. Mas não foi ele que esculpiu. Parece incrivelmente antigo, então vou fazer uma datação com carbono. A corda é de piano.

— Apertou a pele o bastante para cortar? — perguntou Silvestri.

— Não, apenas o suficiente para obstruir as vias aéreas e as carótidas.

— Ele já tinha usado um assim antes.

— Ah, sim, já tem muita prática.

— Mas ele deixou este garrote para trás. Isso quer dizer que terminou de brincar com este brinquedo? — perguntou Abe.

— Eu diria que sim.

— Você ainda acha que Desdemona Dupre é uma pista falsa? — Corey perguntou, mais perturbado que os outros; a esposa de Charlie era muito amiga de sua mulher.

— Não posso acreditar que seja outra coisa! — Carmine exclamou, as mãos nos cabelos. — Ela não é nenhuma tola; se soubesse de alguma coisa, teria me contado.

— Qual é a sua teoria sobre ela, Carmine? — perguntou Silvestri.

— Que ele a escolheu por uma série de razões. Uma: ela é solitária. Mais fácil de atingir. E, talvez, o mais importante de tudo: ele sabe que Desdemona é o membro do Hug que eu uso, que sempre usei. O bilhete... o aviso... a chamar de fofoqueira.

— E quanto ao aviso? — insistiu Silvestri.

— Ah, é um primor! Quer dizer, a fraseologia está mais para inglês internacional do que americano. Ele sabe usar *pontuação*. Ele usa "carcamano", que é um pouco antiquado. Ele indica seu nível de educação se referindo a mim como Otelo, cuja esposa era Desdêmona. — Ele percebeu o olhar de Corey e explicou: — Um verdadeiro canalha chamado Iago manipulou a possessividade de Otelo e sua paixão por Desdêmona. Fez Otelo pensar que ela era infiel. Então, Otelo a estrangulou. Dadas as circunstâncias, um garrote foi provavelmente o mais perto que ele chegou de um estrangulamento.

— Ele está tentando te provocar? — Patrick perguntou.

— Duvido. Ele provocou ela. O que ele estava fazendo era nos mostrar que não há nada que podemos fazer para protegê-la, se ele decidir agir.

— Um assassino de policiais! — disse Corey, com ferocidade.

— Um assassino de crianças!!! — devolveu Marciano. — Temos de detê-lo, Carmine!

— Nós o faremos. Eu não vou desistir, Danny, não importa o que aconteça.

A única forma de entrar no apartamento de Desdemona no décimo andar do prédio da Seguros Nutmeg era falando pelo interfone e, depois, apertando um código de dez algarismos numa fechadura especial. O código seria mudado todos os dias e ninguém tinha permissão de escrevê-lo, nem mesmo Desdemona.

Que não se queixou, quando Carmine entrou naquela noite, trazendo sacolas cheias de alimentos.

— Chá Darjeeling do Scrivener's, café colombiano da mesma loja, pão integral, manteiga, presunto fatiado, algumas refeições prontas congeladas, roscas frescas de passas, maionese, picles, biscoitos com gotas de chocolate, tudo que achei que você pudesse gostar — ele disse, depositando as sacolas no balcão da cozinha.

— Estou sitiada? — ela perguntou. — Não tenho permissão para ir ao trabalho ou caminhar nos fins de semana?

— Caminhar está fora de cogitação, com certeza, mas podemos ir comer no Malvolio's hoje à noite, ou em qualquer outro lugar que você queira. Você não sai sem estar acompanhada por dois policiais, e eles não estarão lendo livros — ele disse. — A porta significa que não preciso desperdiçar dois homens na vigilância, mas, uma vez que você passe por ela, é propriedade do governo.

— Eu vou odiar — ela disse, pegando o casaco de um gancho.

— Então, vamos esperar que não seja por muito tempo.

PARTE TRÊS

JANEIRO e FEVEREIRO
1966

14

Sábado, 1º de janeiro de 1966

O telefone acordou Carmine de um sono profundo pouco antes das oito da manhã no Dia de Ano-Novo, uma das poucas vezes, em quase três meses, que ele havia decidido deixar que corpo e mente dormissem até mais tarde. Não porque houvesse comemorado a virada do ano; embora tivesse sido o mais desgastante de sua vida, ele tinha muitos motivos para achar que o novo ano poderia ser ainda pior. Portanto, ele havia passado sua Noite de Ano-Novo sozinho em seu apartamento, assistindo à multidão na Times Square pela TV. Tinha passado por sua cabeça convidar Desdemona para subir os dois andares, mas ele decidiu não fazer isso porque o preocupava o fato de que, talvez, ela já estivesse cansada de sua companhia. Se ela jantava fora, era ele quem a acompanhava e pagava pelo jantar, não importando o quanto ela reclamasse sobre aquilo que ele considerava mera cortesia. O resultado foi que ele se deitou muito antes da meia-noite, teve um sono fantástico e estava pronto para ser despertado quando o telefone tocou.

— Delmonico — ele disse.

— É o Danny — disse a voz de Marciano. — Carmine, vá para New London agora mesmo. Houve outro rapto. Dublin Road, no lado do rio que dá para Groton. Abe e Corey já estão a caminho, assim como Patrick. Os policiais de New London estarão esperando por você.

Ele ficou em pé imediatamente, consciente de um suor que o termostato de 10°C não havia provocado; ele gostava de dormir no frio, isso o impedia de tirar as cobertas de cima. — Mas não pode ser — ele disse, tremendo. — Só se passaram trinta dias desde Francine, o cara não deveria atacar até o final do mês.

— Não temos certeza de que seja o mesmo cara; o rapto aconteceu durante a noite, para começar, e é uma experiência nova para os policiais de New London. Vá até lá e diga a eles o que é que estão enfrentando.

Com Abe ao volante, eles voaram os sessenta e cinco quilômetros até New London, Paul e Patrick em sua van, seguindo-os.

— Trinta dias, só se passaram trinta dias! — Abe disse quando a I-95 começou a entrar em New London; ele não tinha dito uma palavra, até então.

— Pegue a saída para Groton logo depois da ponte — disse Corey, com um mapa aberto sobre os joelhos. — Não pode ser o mesmo cara, Carmine.

— Saberemos em alguns minutos, então fiquem calmos.

O local não foi difícil de encontrar; todas as viaturas de polícia do condado de New London pareciam estar estacionadas ao longo de uma rua de casas modestas, em terrenos de oitocentos metros quadrados; Dublin Road, Groton.

A casa indicada por um guarda estava pintada de cinza, uma residência térrea, pequena demais para ser chamada de fazenda. Era definitivamente a casa de um operário que se orgulhava de si mesmo e de sua propriedade. Uma só olhada e Carmine soube, com o coração apertado, que as pessoas que viviam ali eram respeitadas e respeitáveis. Uma família perfeita para os propósitos do assassino.

— Tony Dimaggio — disse um homem com uniforme de capitão, a mão estendida para Carmine. — Uma garota negra de dezesseis anos chamada Margaretta Bewlee foi raptada durante a noite. O Sr. Bewlee parece achar que foi pela janela do quarto, mas não deixei nenhum dos meus rapazes se aproximar dela por medo de que destruíssem evidências; isso está muito além da nossa capacidade, se foi o Monstro que a pegou. Vamos entrar — ele disse, precedendo Carmine. — A mãe está em estado de choque, mas o Sr. Bewlee está segurando as pontas.

— Entrarei assim que levar o Dr. O'Donnell até o lado de fora da janela. Obrigado pela paciência, Tony.

A família era negra-azulada: pai, mãe, uma garota no começo da adolescência e dois garotos chegando a ela.

— Sr. Bewlee? Tenente Delmonico. Me conte o que aconteceu.

Ele estava daquela tonalidade cinzenta que indicava extremo sofrimento nas pessoas de cor escura, mas conseguia dominar seus sentimentos; perder o controle poderia fazer toda a diferença para Margaretta, e ele sabia disso. Sua mulher, ainda de roupão e chinelos, estava sentada como se transformada em pedra, com os olhos vidrados.

O Sr. Bewlee respirou fundo. — Nós brindamos o ano novo, depois fomos para a cama, tenente. Todos nós... ninguém aqui costuma dormir tarde, então mal podíamos manter os olhos abertos.

— Vocês tomaram alguma bebida alcoólica, como vinho espumante?

— Não, apenas um ponche de frutas. Não se bebe álcool nesta casa.

Seu rosto estava se enevoando; quando ele não parecia entender o que vinha a seguir, olhava para Carmine como se implorasse. Me ajude, me ajude!

— Onde trabalha, Sr. Bewlee?

— Sou soldador de soldas de precisão na Electric Boat, e irei receber um aumento em algumas semanas. Nós só estávamos esperando pelo aumento para mudar de casa, comprar alguma coisa maior. — As lágrimas jorraram e ele hesitou.

— Me apresente seus filhos, Sr. Bewlee.

O pai retomou o controle, certo de que conseguiria fazer aquilo. — Esta é Linda, ela tem quatorze anos. Hank tem onze, Ray tem dez. Temos um menininho, Terence. Ele tem dois anos e dorme no nosso quarto. Linda o levou à casa da vizinha, a Sra. Espinoza. Nós pensamos que ele não precisaria... não precisaria... — Ele desmoronou, enterrou o rosto nas mãos, lutando para se recompor. — Sinto muito, eu não consigo...

— Não há pressa, Sr. Bewlee.

— Etta... é assim que nós a chamamos, e Linda dividem o mesmo quarto.

— *Dividem?*

— Isso mesmo, tenente. As duas dormem lá. Nós não acordamos muito cedo, mas quando minha esposa começou a preparar o café da manhã, ela chamou as garotas. Linda disse que Etta estava no banheiro, mas, na verdade, eram os garotos, não Etta. Então começamos a procurar por ela, não pudemos encontrá-la. Foi então que eu chamei a polícia. Só conseguia pensar no Monstro. Mas não pode ser ele, pode? Ainda não está na hora de ele agir, e Etta é como o resto de nós: *negra*. Quer dizer, nós somos negros de verdade. Ele não iria querer a nossa garotinha, tenente.

Como ele poderia responder àquilo? Carmine se voltou para a irmã de Etta: — Linda, é isso mesmo? — ele perguntou, sorrindo para ela.

— Sim, senhor — ela conseguiu dizer, chorando.

— Não vou te dizer para não chorar, Linda, mas você pode ajudar mais a sua irmã se me responder, o.k?

— O.k. — Ela enxugou o rosto.

— Você e Etta foram dormir à mesma hora, certo?

— Sim, senhor. Meia-noite e meia.

— Seu pai disse que todos vocês estavam com sono. É verdade?

— Morrendo — disse Linda, simplesmente.

— Então vocês duas foram direto para a cama?

— Sim, senhor, assim que fizemos nossas orações.

— Etta se importa de fazer as orações?

Os olhos de Linda se secaram; ela pareceu chocada. — Não, senhor, não!

— Vocês conversaram um pouco depois que se deitaram?

— Não, senhor, pelo menos não eu. Eu caí no sono assim que me deitei.

— Você ouviu algum barulho durante a noite? Acordou para ir ao banheiro?

— Não, senhor, dormi até que a mamãe nos chamou. Apesar de ter achado estranho que Etta tivesse se levantado antes de mim. Ela adora ficar dormindo. Daí, pensei que ela devia ter pulado da cama para chegar antes de mim ao banheiro, mas quando bati à porta, foi o Hank que respondeu.

A menina tinha um rosto lindo, olhos escuros líquidos, uma pele perfeita, lábios bem cheios que levariam um monge dedicado a quebrar seus votos, com as margens bem desenhadas e uma curva que, para Carmine, sempre sussurrava tragédia. Os lábios de uma garota negra, vermelho-escuros e sombreados em rosa no ponto onde se encontravam, formando aquela prega comovedora. Margaretta tinha esse mesmo rosto?

— Você não acha que Etta poderia ter fugido, Linda?

Os olhos grandes ficaram ainda maiores. — Por que ela faria isso? — Linda perguntou, como se aquilo em si já fosse a resposta.

Sim, por que ela faria isso? É meiga, dócil e adorável como todas as outras. Ainda faz suas orações na hora de dormir.

— De que altura é a Etta?

— Um metro e setenta e cinco, senhor.

— Ela tem um corpo bonito?

— Não, ela é magra. Ela fica deprimida com isso, porque gostaria de ser uma estrela como Dionne Warwick — disse Linda, que mostrava todos os indícios de que também seria alta e magra. Alta e magra. *Negra.*

— Obrigado, Linda. Alguém ouviu algum barulho na noite passada?

Ninguém.

Então, o Sr. Bewlee trouxe uma fotografia; Carmine se pegou olhando fixamente para uma garota que se parecia muito com a Linda. E com as outras.

* * *

Patrick entrou sozinho, carregando sua bolsa.

— Qual porta do corredor, Linda?

— A segunda à direita, senhor. A minha cama é a da direita.

— Viu alguma coisa que indique que ele tenha entrado pela janela, Patsy?

— Nadinha, exceto que tanto a parte externa quanto a interna têm fechaduras comuns que não estavam trancadas. O piso lá fora está totalmente congelado. É gramado no verão, mas está morto atualmente. O peitoril parece não ter sido tocado desde que as janelas externas foram colocadas, em outubro passado, ou quando as telas de insetos foram retiradas. Deixei o Paul lá fora para garantir que eu não tenha perdido nenhum detalhe, mas não acho que tenha.

Eles entraram num quarto que mal tinha espaço suficiente para acomodar duas jovens em desenvolvimento, mas que estava extremamente arrumado e bem cuidado; paredes pintadas de cor-de-rosa, um tapetinho trançado cor-de-rosa entre as duas camas de solteiro, uma de cada lado da janela. Cada garota tinha um armário em frente aos pés de sua cama. Um pôster grande de Dionne Warwick e um menor de Mary Bell estavam pregados na parede, acima da cama de Margaretta; na de Linda tinha uma prateleira com meia dúzia de ursinhos de pelúcia.

— Quietas, de sono profundo — disse Patrick. — As roupas de cama mal foram desarrumadas. — Ele foi até a cama de Margaretta e se inclinou para colocar o nariz a milímetros do travesseiro. — Éter — disse. — Éter, não clorofórmio.

— Tem certeza? Éter evapora em segundos.

— Tenho certeza. Meu nariz é bom o bastante para trabalhar na indústria de perfumes. Ficou preso nesta dobra, está vendo? Agora já foi. Nosso cara pressionou um chumaço ensopado em éter no rosto dela, pegou-a e a levou embora, pela janela. — Patrick foi até a janela e levantou a parte interna com a mão enluvada, depois a externa. — Escute isso... nem um pio. O Sr. Bewlee cuida bem de sua casa.

— A não ser que o nosso cara a tenha lubrificado.

— Não, aposto que foi o Sr. Bewlee.

— Jesus, Patsy, esse cara é frio! Uma garota que mede um metro e setenta e cinco descalça deve pesar cinquenta quilos e a irmã dela dormindo a menos de três metros... se Linda houvesse acordado...

— As crianças dormem como os mortos, Carmine. Margaretta provavelmente nem chegou a despertar de todo, olhando suas roupas de cama... Não há sinais de luta. Linda dormiu durante a coisa toda, totalmente alheia. Ele teria feito tudo em dois minutos, no máximo.

— Então a questão é: quem deixou as janelas destrancadas? Será que o Sr. Bewlee não as verificava regularmente, ou nosso cara fez uma visita de antemão e as destrancou?

— Ele visitou antes. Acho que o Sr. Bewlee as tranca quando começa a fazer frio de verdade e, então, não as abre até o primeiro degelo. A casa tem um bom sistema de aquecimento e está frio demais para as garotas abrirem a janela. O inverno é bem mais frio aqui do que em Holloman.

Paul entrou, balançando a cabeça.

— Então, vamos começar a examinar cada centímetro quadrado aqui dentro; ensacamos todas as roupas de cama de Margaretta, com atenção especial para a fronha. Carmine — Patrick disse, quando o primo ia saindo do quarto —, se esta garota é alta, magra e negra de verdade, ele mudou *todos* os seus parâmetros. Talvez não seja o mesmo cara.

— Quer apostar?

— Trinta dias... uma técnica diferente de captura... um tipo diferente de garota... é nisso que você está pedindo que eu acredite.

— Sim, estou. O fator mais importante não mudou. Esta garota é tão pura e intocada quanto as outras. As mudanças que ocorreram não me dizem que conseguimos assustá-lo muito. Ele está trabalhando num plano mestre, e esta é uma parte dele. Doze garotas em vinte e quatro meses. Talvez agora ele faça doze garotas em doze meses. É um novo ano. Talvez o tamanho delas e sua cor de pele sejam irrelevantes para a segunda dúzia, ou talvez Margaretta seja seu novo tipo.

Patrick respirou fundo, ruidosamente. — Você acha que ele irá mudar o que faz com elas também, não acha?

— É isso que meus instintos estão me dizendo, sim. Mas não duvide de uma coisa, Patsy: este é o nosso cara. Não é outra pessoa.

Carmine deixou Abe e Corey para voltar com Patrick; recaiu sobre eles a tarefa de fazer a via-sacra na Dublin Road, batendo de porta em porta para perguntar se alguém tinha visto ou ouvido alguma coisa. Não havia muitas chances, em pleno dia de ano-novo, entre as festas e as bebedeiras.

Eram 10h30 da manhã quando o Ford entrou na propriedade dos Smith, pelo caminho longo e serpenteante que terminava numa casa branca de madeira, muito grande e tradicional, numa colina, as janelas de vidraças georgianas emolduradas por persianas verde-escuras. Não era pré-revolucionária, mas também não era nova. Dois hectares de terra, naturalmente florestada a não ser onde ficava a casa; não havia nenhum jardineiro na família Smith.

Uma mulher bonita de cerca de quarenta anos atendeu à porta; a mulher do professor, sem dúvida. Quando Carmine se apresentou, ela abriu a porta completamente e o convidou a entrar numa casa tão extraordinariamente decorada quanto seu exterior sugeria; coisas boas, sem contenção de gastos, mas de gosto pouco aventureiro. Estava claro que os Smith podiam se dar ao luxo de comprar qualquer coisa que quisessem.

— Bob está por aí, em algum lugar — Eliza disse, vagamente. — Você aceitaria uma xícara de café?

— Sim, obrigado. — Carmine a seguiu até uma cozinha engenhosamente maquiada para parecer cem anos mais antiga do que era realmente, dos buracos de cupim à pintura desbotada.

Dois garotos adolescentes entraram quando Eliza entregou o café à visita. O ímpeto natural dos garotos daquela idade estava ausente; Carmine estava acostumado a garotos que o bombardeavam com perguntas, já que invariavelmente achavam que sua profissão era glamorosa e que um assassinato era melhor do que qualquer coisa na TV. Porém, os filhos da família Smith, apresentados como Bobby e Sam, pareciam mais atemorizados do que curiosos. Assim que a mãe lhes deu permissão, eles saíram, com ordens de irem procurar o pai.

— Bob não está bem — disse Eliza, suspirando.

— A tensão deve ser grande.

— Não, não é isso, na verdade. O problema dele é que não está acostumado a que as coisas deem errado, tenente. Bob sempre teve uma vida encantada. Ancestrais ianques respeitáveis, muito dinheiro de família, melhor aluno de todas as classes em que esteve, sempre conseguiu tudo o que queria, inclusive a Cadeira William Parson. Quer dizer, ele só tem quarenta e cinco anos... você percebe que ele ainda não tinha trinta quando a Cadeira lhe foi entregue? E tem ido maravilhosamente bem! Elogios aos montes.

— Até agora — disse Carmine, mexendo seu café, que exalava um aroma velho demais para estar saboroso. Ele sorveu e descobriu que seu nariz estava certo.

— Até agora — ela concordou.

— A última vez que o vi, achei que ele parecia deprimido.

— Muito deprimido — disse Eliza. — O único momento em que ele se anima é quando desce ao porão. É o que ele fará hoje. E novamente amanhã.

O professor Smith entrou, parecendo assustado. — Tenente, isto é inesperado. Feliz ano novo.

— Não, senhor, não está nada feliz. Acabo de vir de Groton e outro rapto aconteceu, um mês adiantado.

Smith deixou-se cair na cadeira mais próxima, o rosto branco como giz. — Não no Hug — ele disse. — Não no Hug.

— Em Groton, Professor. *Groton*.

Eliza se levantou rapidamente, sorrindo de forma artificial. — Bob, mostre o seu brinquedo para o tenente — ela disse.

Você é brilhante, Sra. Smith, disse Carmine a si mesmo. Você sabe que não estou visitando para desejar feliz ano novo para ninguém, e estou prestes a perguntar se posso dar uma olhada extraoficial na casa. Mas você não quer que seu marido recuse um pedido agradável, então pegou o touro pelos chifres e forçou o professor a uma cooperação que ele não está disposto a oferecer.

— Meu brinquedo? Ah, o meu brinquedo! — Smith disse e, então, se iluminou. — Meu brinquedo, é claro! Você gostaria de vê-lo, tenente?

— Gostaria, sim, sem dúvida. — Carmine abandonou o café sem qualquer pesar.

A porta do porão estava equipada com várias fechaduras que haviam sido instaladas por um profissional e demorou algum tempo para que Bob Smith as abrisse. A escada de madeira era mal-iluminada; no final dela, embaixo, o professor acionou um interruptor que iluminou o enorme cômodo com uma luz intensa, sem sombras. De queixo caído, Carmine contemplou o que Eliza Smith havia chamado de brinquedo.

Uma mesa praticamente quadrada de quinze metros de lado enchia o porão. Sua superfície estava realisticamente decorada com colinas ondulantes, vales, uma cadeia de alpes, várias planícies, florestas com árvores minúsculas e perfeitas; rios fluíam, um lago se formava abaixo dos flancos de um vulcão cônico, água caía de um penhasco. Fazendas aqui e ali, uma cidadezinha numa planície, outra entre duas colinas. E, por toda parte, cintilavam os trilhos duplos prateados de uma ferrovia em miniatura. Os rios tinham pontes feitas com vigas de aço realistas a ponto de terem rebites, uma balsa movida por transmissão por correia cruzava o lago, um belo viaduto arqueado carregava os trilhos através dos alpes. Na periferia das cidadezinhas, havia estações ferroviárias.

E os trens! O aerodinâmico Super Chief correu em velocidade rápida entre as árvores de uma floresta, cruzando uma elevada ponte pênsil de forma impecável. Duas locomotivas a diesel rebocavam um trem de carga com vagões de carvão; outro consistia de tanques de gasolina e de produtos químicos e um terceiro, de vagões fechados de madeira. Um trem suburbano local estava parado na estação de uma das cidades.

Ao todo, Carmine contou onze trens, todos em movimento, à exceção do simples trem local na estação, as velocidades variando da rapidez do Super Chief à lentidão rastejante de um trem de carga puxando tantos tanques de gasolina que contava com pares de locomotivas inseridos ao longo de seu comprimento formidável. E tudo em miniatura! Para Carmine, era uma das maravilhas do mundo, um brinquedo pelo qual valeria a pena morrer.

— Nunca vi nada parecido em toda a minha vida — ele disse com a voz rouca. — Não existem palavras para descrever.

— Venho construindo desde que nos mudamos para cá, há dezesseis anos — disse o professor, que estava se animando rapidamente. — Todos eles são movidos a eletricidade, mas hoje, mais tarde, mudarei para vapor.

— Vapor? Quer dizer, locomotivas movidas a lenha? Carvão?

— Na verdade, eu gero o vapor através da queima de álcool, mas o princípio é o mesmo. É muito mais divertido do que movê-los simplesmente com a eletricidade doméstica.

— Aposto que o senhor e seus garotos se divertem incrivelmente aqui embaixo.

O professor se enrijeceu, exibindo um olhar que fez Carmine se arrepiar: podia ter levado uma vida encantada, mas por baixo da depressão e da autocomiseração ainda havia ao menos um pouco de fibra. — Meus garotos não vêm aqui embaixo, estão proibidos — ele disse. — Quando eram menores e não havia fechaduras na porta, acabaram com este lugar. *Acabaram!* Eu levei quatro anos para consertar o estrago. Eles me deixaram devastado.

Estava na ponta da língua de Carmine censurá-lo dizendo que, certamente, os garotos já eram grandes o bastante agora para respeitar os trens, mas ele decidiu não se intrometer nos assuntos domésticos de Smith. — Como o senhor consegue chegar ali no meio? — ele perguntou, ao invés, semicerrando os olhos sob as luzes. — Um guindaste?

— Não, eu entro por baixo. Está montado em seções, todas bem pequenas. Eu pedi que um engenheiro hidráulico instalasse um sistema que me permita elevar uma seção tanto quanto necessário, e movê-la para um lado, para que eu possa fazer minhas alterações em pé. Embora seja mais para a limpeza do que qualquer outra coisa. Se eu vou mudar de diesel para vapor, só tenho que dirigir o trem até a borda, está vendo?

O Super Chief abandonou sua rota, cruzou através de vários conjuntos de pontos enquanto outros trens eram detidos ou desviados, e parou na borda da mesa. Carmine quase imaginava poder ouvi-lo, tinindo e assobiando.

— O senhor se importa se eu olhar seu sistema hidráulico, professor?

— Não, absolutamente. Tome, você precisará disto, está escuro aí embaixo. — O professor lhe entregou uma lanterna grande.

Aríetes, cilindros e bielas havia aos montes, porém, por mais que ele rastejasse por baixo de cada parte da mesa, Carmine não pôde encontrar nenhum alçapão oculto, nenhum compartimento escondido; o piso era de concreto, estava muito limpo e, de alguma maneira, uma conexão entre trens e garotas jovens parecia improvável.

O menino nele teria ficado extasiado de passar o resto do dia brincando com os trens do professor, mas, uma vez satisfeito que o porão dos Smith não continha nada além de trens, trens e mais trens, Carmine se despediu. Eliza o conduziu pela casa quando ele perguntou se poderia inspecioná-la. A única coisa que a deixou ansiosa por um momento foi uma vara fina sobre o aparador na sala de jantar, com a ponta significativamente esfiapada. Então o professor batia nos filhos, e não de leve. Bem, meu pai bateu em mim até eu ficar grande demais para ele, aquele anão de gênio ruim. Depois dele, os sargentos de treinamento do exército foram fichinha.

Dos Smith ele foi à casa dos Ponsonby, não longe dali, mas o lugar estava deserto. As portas abertas da garagem revelavam um Mustang vermelho, mas não o carro maior que Carmine tinha visto no estacionamento do Hug. Estranhas, as pessoas que dirigiam conversíveis V-8! Desdemona e, agora, Charles Ponsonby. Hoje ele devia ter saído com a irmã no carro maior; irmã e cão-guia provavelmente precisavam de espaço.

Ele decidiu não visitar os Polonowski; em vez disso, parou em uma cabine telefônica e ligou para Marciano. — Danny, mande alguém dar uma olhada na cabana de Walter Polonowski. Se ele estiver lá com Marian, não o perturbe, mas se ele estiver lá sozinho, ou não estiver lá, seus rapazes devem vistoriar tudo com gentileza suficiente para que Polonowski não se lembre de coisas como mandados de busca.

— Qual é seu veredito sobre o rapto de Groton, Carmine?

— Ah, é o nosso homem, mas provar isso será difícil. Ele mudou seu padrão, entrou o ano novo com uma nova melodia. Assim que Patrick voltar, fale com ele. Eu estou dando um passeio de carro pelas casas dos huggers. Não, não, não precisa entrar em pânico! É só para olhar. Apesar de que, se eu encontrar alguém em casa, vou pedir para inspecionar lugares como porões e sótãos. Danny, você tinha de ver o que tem no porão do professor! Caramba!

Enquanto estava na cabine telefônica, tentou ligar para os Finch, cujo telefone tocou sem resposta. Os Forbes, ele descobriu, usavam um serviço de atendimento telefônico, provavelmente pelo fato de Forbes atender tantos pacientes humanos. A operadora de voz doce informou Carmine que o Dr. Forbes tinha ido a Boston para passar o fim de semana e lhe deu um número de telefone naquela cidade. Quando ele o chamou, o Dr. Addison Forbes gritou com ele, irritado:

— Acabei de saber que outra garota foi pega — disse Forbes —, mas não olhe para mim, tenente. Minha mulher e eu estamos aqui com nossa filha Roberta. Ela acaba de ser aceita como ginecologista e obstetra.

Estou ficando sem suspeitos, Carmine pensou, desligou o telefone e voltou para o Ford.

Entrando na cidade de Holloman pela Sycamore Street, ele decidiu ver o que Tamara Vilich estaria fazendo num fim de semana de feriado.

Depois de verificar quem era pelo painel de vidro, ela abriu a porta da frente em trajes bastante fora do padrão dos huggers: um vestido esvoaçante de seda escarlate transparente com fendas dos dois lados que subiam até o quadril, muito sexy, que não deixava muito à imaginação. Ela é uma dessas mulheres, ele pensou, que nunca usam calcinha. Uma exibicionista do sexo feminino.

— Você parece estar precisando de um café decente. Entre — ela disse, sorrindo, o escarlate de sua roupa dando um brilho vermelho e demoníaco a seus olhos camaleônicos.

— Bela casa — ele disse, olhando ao redor.

— Esse comentário — ela disse — é tão estereotipado que parece pouco sincero.

— Só estou tentando puxar papo.

— Então puxe papo consigo mesmo por um minuto, enquanto eu lido com o café.

Ela desapareceu na direção da cozinha, deixando-o à vontade para absorver a decoração. O gosto dela era ultramoderno: cores brilhantes, bons sofás de couro, cromo e vidro em vez de madeira. Mas ele mal notou tudo isso; sua atenção foi atraída pelos quadros que assaltavam as paredes indefesas. Num lugar de honra havia um tríptico. O painel da esquerda mostrava uma mulher nua em cores rubras, com um rosto grotescamente feio, ajoelhando-se para adorar a uma estátua de Jesus Cristo, de aparência fálica; o painel central mostrava a mesma mulher deitada de costas com as pernas bem abertas e a estátua na mão esquerda; o painel da direita a mostrava com a estátua enfiada na vagina e seu rosto explodindo em pedaços, como se atingida por uma bala com ponta de mercúrio.

Absorvendo a mensagem, ele escolheu um lugar para se sentar de onde não pudesse ver aquela coisa asquerosa.

Os outros quadros mostravam mais violência e ira do que obscenidade, mas ele não penduraria nenhum deles em sua casa. Um leve cheiro de tinta a óleo e terebintina lhe disse que, provavelmente, Tamara era a pintora; mas o que a levava a pintar aqueles temas? Um corpo masculino em estado de putrefação pendurado de cabeça para baixo numa forca, um rosto quase-humano contorcendo-se e babando, um punho cerrado vertendo sangue do meio dos dedos. Charles Ponsonby poderia aprovar, mas o olho de Carmine era suficientemente astuto para julgar que sua técnica não era brilhante; não, aqueles quadros não eram bons o bastante para interessarem um conhecedor como Chuck. Tudo que eles tinham era o poder de ofender.

Ou ela é doente ou é mais cínica do que eu desconfiei, ele pensou.

— Gosta da minha arte?— ela perguntou, voltando a juntar-se a ele.

— Não. Acho mórbida.

Sua cabeça delicada tombou para trás e ela riu com vontade. — Você se engana quanto aos meus motivos, tenente. Eu pinto aquilo que tem tanta saída, num certo mercado, que mal se consegue encontrar o suficiente. O problema é que minha técnica não é tão boa quanto a dos mestres na área, então só posso vender meu trabalho por seu conteúdo subjetivo.

— Ou seja, por uma ninharia. Certo?

— Sim. Embora, um dia, talvez eu seja capaz de viver disto. O dinheiro real está em edições limitadas de impressões, mas eu não sou litógrafa. Preciso fazer cursos que não tenho condições de pagar.

— Ainda pagando pela fraude no Hug, hein?

Ela saltou de sua cadeira como uma mola e voltou para a cozinha, sem responder.

O café dela estava muito bom; ele bebeu com vontade e serviu-se de um folheado de maçã recém-saído do congelador.

— Acredito que você seja proprietária deste lugar — ele disse, sentindo-se melhor.

— Você vem investigando as pessoas?

— Claro. É parte do meu trabalho.

— E, no entanto, você tem a audácia de julgar o *meu* trabalho. Sim — ela prosseguiu, acariciando a garganta com uma mão comprida e bonita —, sou proprietária deste residencial. Alugo o segundo andar para um residente de radiologia e sua mulher enfermeira, e o andar de cima para um casal de ornitólogas lésbicas que trabalham na Burke Biology Tower. O aluguel tem colocado o pão na mesa desde o meu... hã... pequeno deslize.

Isso mesmo, Tamara, seja insolente, combina muito mais com você do que a indignação. — O professor Smith deu a entender que seu marido, na época, te manipulou.

Ela se inclinou para a frente, os pés enfiados sob o corpo e espichou os lábios com desdém. — Dizem que ninguém faz aquilo que não quer fazer, então, o que você acha?

— Que você o amava muito.

— Como você é perspicaz, tenente! Suponho que amava, mas isso parece ter sido há uma eternidade.

— Você permite que seus inquilinos usem o porão? — ele perguntou.

Suas pálpebras suaves baixaram, seus lábios se curvaram levemente. — Não, não permito. O porão é meu.

— Não tenho um mandado, mas você se importaria que eu desse uma olhada?

Os mamilos dela se enrijeceram como se ela, repentinamente, ficasse com frio. — Por quê? O que aconteceu? — ela perguntou com agressividade.

— Outro rapto. Ontem à noite, em Groton.

— E você acha que, porque eu pinto deste jeito, sou uma psicopata com um porão inundado de sangue. Olhe onde quiser, estou cagando — ela disse, e foi para um cômodo que ele percebeu que tinha sido um segundo quarto, mas que agora era seu ateliê.

Carmine se aproveitou da autorização dela, vagou pelo porão e não encontrou nada pior do que um rato morto numa ratoeira; se ele houvesse simpatizado com ela, teria removido o animal, mas como ele não simpatizou não o fez.

O quarto dela era muito interessante: couro negro, lençóis negros de cetim numa cama cuja armação era suficientemente robusta para prender algemas, uma pele de zebra, sobre o carpete preto, com a cabeça intacta e dois olhos brilhantes de vidro vermelho. Aposto, ele pensou, andando silenciosamente por ali, que você não é a que recebe as chicotadas, meu bem. Você é uma dominatrix. Me pergunto quem está sendo açoitado.

Uma fotografia numa moldura de prata ornamentada estava na mesinha de cabeceira, no que ele imaginou que fosse o lado dela da cama; uma mulher mais velha, de aparência severa, que se parecia o suficiente a Tamara para ser sua mãe. Ele a apanhou de uma forma que, se ela tivesse entrado no quarto, teria parecido casual e, então, deslizou rapidamente o fundo. Bingo! Xeque-mate. Atrás da mãe havia uma foto de corpo inteiro de Keith Kyneton; ele estava nu em pelo, com o físico de um Mr. Universo e duro como um garoto de quinze anos. Trinta segundos depois, a mãe estava novamente na mesinha. Por que eles não percebem que esconder uma foto atrás de outra é o truque mais velho do Livro dos Enganos? Agora eu sei tudo a seu respeito, Srta. Tamara Vilich. Você pode estar chicoteando os outros, mas não este aqui... comprometeria o trabalho dele. Vocês brincam juntos, então? Você o veste de bebê e dá palmadas na bunda dele? Finge que é uma enfermeira fazendo-lhe uma lavagem intestinal? Ou uma professora severa, atacando-o com humilhações? Talvez uma prostituta pegando-o como cliente num bar? Ora, ora, ora!

Sem mais lugares aonde ir, ele foi para casa, mas desceu do elevador no décimo andar e apertou o interfone de Desdemona. Sua voz respondeu, sem entonação; não era uma evidência de desgosto e sim da tecnologia.

— Aconteceu outro caso — ele disse abertamente, tirando suas camadas externas de roupa.

— Carmine, não! Só faz um mês!

Ele olhou em volta, localizou o cesto de bordados e uma toalha de mesa que estava sendo terminada mais rapidamente do que teria sido, em seus dias de caminhada. — Por que — ele indagou, o humor piorando ao nível de profunda desmotivação e querendo alguém em quem descontar — você é tão sovina, Desdemona? Por que não gasta dinheiro consigo mesma? Qual é a razão para este estilo de vida tão frugal? Você não pode comprar um vestido bonito de vez em quando?

Ela ficou absolutamente imóvel, uma linha pálida nos lábios apertados, os olhos exibindo um sofrimento que ele nunca tinha visto neles, nem mesmo por Charlie. — Eu sou uma solteirona, economizo para minha velhice — ela disse calmamente —, mas é mais do que isso. Em cinco anos eu vou voltar para casa... para um lugar sem violência, sem policiais armados e sem Monstro de Connecticut. É essa a razão.

— Me desculpe, eu não tinha nenhum direito de perguntar. Me perdoe.

— Não hoje, e talvez nunca — ela disse, abrindo a porta. As roupas de frio seguiram o dono, atiradas numa pilha no chão. — Adeus, tenente Delmonico.

15

Terça-feira, 4 de janeiro de 1966

O primeiro dia útil do novo ano foi cheio de vento e neve, mas o clima não havia impedido que alguém emporcalhasse o Hug com pichações: ASSASSINOS, PORCOS, FASCISTAS, desenhos de suásticas e, bem ao longo da fachada, KU KLUX KLAN DE HOLLOMAN.

Quando o professor chegou e viu o que tinha sido feito com a menina de seus olhos, teve um ataque. Não cardíaco; a crise de Robert Mordent Smith foi de espírito. Uma ambulância o levou, a equipe de atendimento bastante ciente de que, quando chegasse ao edifício vizinho, no setor de emergência, teria de gritar não por cardiologistas, mas por psiquiatras. Ele chorava, gemia, xingava, resmungava, as palavras que dizia, completamente incompreensíveis.

Carmine veio ver o Hug com os próprios olhos, tão grato quanto John Silvestri de que o inverno estivesse se provando rigoroso, afinal; o verdadeiro tumulto racial não explodiria até a primavera. Só dois homens negros tinham enfrentado os elementos para agitar placas já esfarrapadas pelo vento. O rosto de um deles era familiar; Carmine parou na frente da entrada e o estudou. O sujeito era pequeno, magro, insignificante, de pele muito escura, nem bonito nem sexy. Então onde, *onde*? Lembranças enterradas tendiam a vir à tona de repente, como aconteceu com esta;

uma vez que as coisas estivessem na mente de Carmine, elas permaneciam lá, sendo ressuscitadas quando estimuladas por um acontecimento. O sobrinho da mulher de Otis Green. Wesley le Clerc. Ele caminhou pesadamente até Le Clerc e seu companheiro, outro do tipo eu-seria-se-pudesse, que parecia menos determinado que Wesley.

— Vão para casa, rapazes — ele disse de forma agradável —, caso contrário nós teremos que escavar vocês de baixo da neve. Exceto, Sr. Le Clerc, que eu gostaria de uma palavrinha antes. Vamos entrar para fugir do frio. Eu não estou te prendendo, só quero conversar, palavra de escoteiro.

Para sua surpresa, Wesley o seguiu docilmente enquanto o outro homem partiu tão rápido como se liberado da escola.

— Você é Wesley le Clerc, certo? — ele perguntou depois que entraram, batendo os pés no chão para remover a camada de neve das botas.

— E se for, hein?

— O sobrinho da Sra. Green, de Louisiana.

— Sim, eu tenho ficha criminal, pode economizar o tempo de verificar. Sou um conhecido agitador. Em outras palavras, uma dor de cabeça negra.

— Quanto tempo você cumpriu pena, Wes?

— Ao todo, cinco anos. Nada de furtos de calotas nem de roubos à mão armada. Apenas agressão aos caipiras inimigos dos negros.

— E o que você faz em Holloman, além de participar de manifestações pacíficas e vestir uma jaqueta da Brigada Negra?

— Faço instrumentos cirúrgicos na Parson Materiais Cirúrgicos.

— Esse é um bom emprego, requer habilidade manual e intelectual.

Wesley se empertigou, enfrentando Carmine, que era muito mais robusto, como se fosse um galo de briga. — O que você tem a ver com o que eu faço, hein? Acha que eu pintei as coisas lá fora, hein?

— Oh, cresça, Wes! — disse Carmine com cansaço. — As pichações não são da Brigada Negra, são de crianças do colégio Travis High, você acha que eu não sei disso? O que eu quero saber é por que você está lá fora congelando a bunda enquanto o tempo está ruim demais para que haja uma audiência.

— Estou lá para dizer ao Homem Branco que está na hora de se preocupar, Sr. Policial Espertalhão. Você não vai apanhar esse assassino porque não quer. Pelo que eu sei, Sr. Policial Espertalhão, é você quem está matando garotas negras.

— Não, Wes, o assassino não sou eu. — Carmine se inclinou contra a parede e olhou Wesley com óbvia simpatia. — Desista do caminho de Mohammed! É o caminho errado. Uma vida melhor para as pessoas negras não virá através da violência, não importa o que Lenin disse a respeito do terrorismo. Afinal, muitas pessoas brancas aterrorizam os americanos negros há duzentos anos, mas isso destruiu o espírito negro? Volte para a escola, Wes, e consiga um diploma de Direito. Isso ajudará a causa negra mais do que Mohammed el Nesr seria capaz de fazer.

— Ah, claro! E onde é que eu vou arrumar dinheiro para isso?

— Fazendo instrumentos na Parson Materiais Cirúrgicos. Holloman tem boas escolas noturnas e existem muitas pessoas em Holloman ansiosas para ajudar.

— O Homem Branco que enfie sua condescendência no rabo!

— Quem disse que estou falando dos brancos? Muitas dessas pessoas são negras. Homens de negócios, profissionais. Não sei se eles já existem na Louisiana, mas certamente existem em Connecticut, e nenhum deles é do tipo Pai Tomás. Eles trabalham para sua própria gente.

Wesley le Clerc girou nos calcanhares e partiu, sacudindo o punho direito cerrado para o ar.

— Pelo menos, Wes — disse Carmine, sorrindo às costas de Wesley, que se afastava —, você não me mandou para aquele lugar.

Mas Wesley le Clerc não estava pensando em gestos mal-educados, ao seguir pisoteando a neve que caía cada vez mais forte. Ele estava pensando no tenente Carmine Delmonico duma forma diferente. Esperto, muito esperto. Tranquilo e seguro demais para dar a alguém uma desculpa para alegar perseguição ou mesmo discriminação; sua resposta tinha sido a maneira suave de anular a raiva. Só que não desta vez. Não a minha raiva. Através de Otis eu tenho os meios de passar para Mohammed informações de que ele precisará quando chegar a primavera. Mohammed me olha com um pouco mais de respeito atualmente, e o que ele vai dizer quando eu contar a ele que os policiais de Holloman ainda estão xeretando pelo Hug? A resposta está dentro do Hug. Delmonico sabe tão bem quanto eu. Brancos ricos, privilegiados. Quando cada americano negro for discípulo de Mohammed el Nesr, as coisas irão mudar.

— O caminho é árduo — disse Mohammed el Nesr a Ali el Kadi. — Muitos de nossos irmãos negros sofreram lavagem cerebral, e muitos outros foram seduzidos pelas grandes armas do Homem Branco: a droga e a bebida. Nem mesmo agora, que o Monstro pegou uma garota negra de verdade, estamos conseguindo recrutar gente suficiente.

— Nossa gente precisa de mais provocação — respondeu Ali el Kadi; esse era o nome que Wesley le Clerc tinha escolhido, quando desposou o Islã.

— Não — disse Mohammed fortemente. — Nossa gente não precisa, a Brigada Negra precisa. E não de provocação. Nós precisamos de um mártir, Ali. Um exemplo resplandecente que nos trará homens às dezenas de milhares. — Ele deu um tapinha no braço de Wesley/Ali. — Enquanto isso, vá fazer seu trabalho, trabalhe bem lá. Matricule-se numa escola noturna. Cultive este porco infiel, o Delmonico. E descubra tudo aquilo que puder.

Os Forbes ainda estavam em Boston, ficariam lá até as estradas estarem seguras, e os Finch estavam isolados pela neve. Walt Polonowski tinha passado o fim de semana em sua cabana, mas com uma garota viva, Marian. Os homens que Danny Marciano havia enviado até lá para investigar não tinham anunciado sua presença; não fazia parte das intenções de Carmine deixar nenhum hugger mais infeliz do que o necessário e isso significava ajudar Polonowski a manter seu segredo... por enquanto.

Patrick não havia encontrado nada na casa da Dublin Road que confirmasse ou negasse que o raptor de Margaretta era mesmo seu homem, embora houvesse determinado que o método escolhido fora o éter.

— Ele usa um tipo de traje protetor — Patrick disse ao primo. — Feito de um material que não solta fibras e, seja lá o que ele usa nos pés, tem solas lisas que não deixam pegadas a não ser que ele pise na lama, coisa que ele não faz. O traje tem um capuz ou gorro ajustado que cobre seu cabelo, e ele usa luvas. Com o rapto dessa noite, fica claro que tudo que ele veste é de cor preta. Pode ser que ele escureça o rosto. Estou presumindo que o traje seja de borracha e justo, como uma roupa de mergulho.

— Geralmente esses trajes atrapalham os movimentos, Patsy.

— Hoje em dia não, se você puder se dar ao luxo de comprar os melhores.

— E ele pode, porque eu acho que ele tem dinheiro.

As investigações de Corey e Abe em Groton não renderam nada; o ano-novo era sempre confuso.

— Obrigado, rapazes — Carmine disse a eles.

Ninguém disse o óbvio: que eles saberiam mais detalhes quando o corpo de Margaretta aparecesse.

A noite anterior tinha sido testemunha de Carmine subindo no elevador do prédio da Seguros Nutmeg até o último andar, onde procurou pelo Dr. Hideki Satsuma. Que estava disposto a recebê-lo.

— Nossa, que bonito — disse Carmine olhando ao redor. — Tentei falar com o senhor ontem à noite, doutor, mas o senhor não estava.

— Não, estava na minha casa em Cape Cod. Na cidade de Chatham. Quando ouvi a previsão do tempo, decidi voltar hoje.

Então Satsuma tinha uma casa em Chatham, hein? Um percurso de três horas em sua Ferrari vermelha. Menos, se o percurso tivesse começado em Groton.

— Seu pátio é lindo — Carmine disse, indo até a parede de vidro para olhar o jardim.

— Costumava ser, mas existem alguns desequilíbrios que estou tentando corrigir. Ainda não consegui, tenente. Talvez seja o cipreste de

Hollywood... não é uma árvore japonesa. Eu o coloquei ali porque achei que era necessário haver um filamento da América, mas talvez estivesse errado.

— Na minha opinião, doutor, ele deixa o jardim... mais alto, enrolado em si mesmo como uma espiral dupla. Sem ele, não há nada suficientemente alto para alcançar o topo das paredes, e nada simétrico.

— Entendo o que quer dizer.

Entende o cacete, pensou Carmine. O que um *gaijin* sabe sobre colocar o universo num jardim?

— O senhor me daria permissão para mandar alguém dar uma olhada na sua casa em Cape Cod?

— Não, tenente Delmonico, não daria. E, se você sequer tentar, vou processá-lo.

Assim terminou a segunda-feira, sem nenhum resultado visível.

Às seis da tarde de terça-feira ele chegou na casa número 6 da Ponsonby Lane, para enfrentar os Ponsonby em seu próprio território. Seu carro foi recebido pelo latido grave de um cão grande e, quando Charles Ponsonby abriu a porta da frente, estava segurando a coleira do... cão-guia de sua irmã?

— Que raça estranha — ele disse a Ponsonby, ao despir as camadas superiores de roupa na antessala da entrada.

— Metade labrador, metade pastor alemão — disse Charles, pendurando as roupas. — Nós dizemos que é um lapastor e o nome dela é Biddy. Está tudo bem, doçura, o tenente é amigo.

A cachorra não tinha tanta certeza. Ela decidiu deixá-lo entrar, mas manteve o olhar atento nele.

— Estamos na cozinha, começando a preparar um jantar com Beethoven. Sinfonias número três, cinco e sete... sempre preferimos suas sinfonias ímpares às pares. Venha por aqui. Espero que não se importe de nos sentarmos na cozinha.

— Fico feliz em sentar em qualquer lugar, Dr. Ponsonby.

— Me chame de Chuck, embora, por questões de formalidade, continuarei usando seu título oficial. Claire sempre me chama de Charles.

Ele conduziu Carmine através de uma dessas genuínas casas de 250 anos que se inclinam nas traves e têm pisos cheios de ondulações e saliências, até uma sala de jantar mais moderna que se abria ao que era, definitivamente, a cozinha original. Ali, os buracos de cupim, a pintura desbotada e a madeira lascada eram autênticos. Morra de inveja, Sra. Eliza Smith.

— Esta cozinha devia estar separada da casa, antigamente — disse Carmine ao apertar a mão de uma mulher de trinta e tantos anos que se parecia muito com o irmão, até mesmo nos olhos aquosos.

— Sente-se ali, tenente — ela disse com uma voz de Lauren Bacall, indicando com a mão uma cadeira Windsor. — Sim, era separada. As cozinhas tinham de ser, naquele tempo, para o caso de um incêndio. Caso contrário, a casa toda se queimaria. Charles e eu a juntamos à casa com uma sala de jantar, mas, ah, o processo da construção foi uma dor de cabeça terrível!

— Por quê? — ele perguntou, aceitando um cálice de xerez amontillado de Charles.

— As regulamentações insistem que temos que construir com madeira da mesma idade da casa — disse Charles, sentando-se de frente para Carmine. — Por fim, consegui localizar dois celeiros antigos no norte do estado de Nova York e comprei ambos. Era madeira demais, mas nós armazenamos para quaisquer reformas futuras. Carvalho sólido, de boa qualidade.

Claire estava em pé, seu perfil voltado para Carmine, empunhando uma faca de lâmina fina e flexível, a qual estava utilizando para preparar dois cortes grossos de filé. Espantado, Carmine observava seus dedos habilidosos enfiarem a faca sob um tendão e removê-lo sem perder nada da carne; ela realizava a tarefa melhor do que ele teria feito.

— Você gosta de Beethoven? — ela perguntou a ele.

— Sim, gosto muito.

— Então, por que não fica para jantar conosco? Tem bastante comida, eu garanto, tenente — ela disse, lavando a faca sob uma torneira de metal na pia de pedra. — Primeiro, um suflê de queijo com espinafre, um *sorbet* de limão para limpar o paladar, depois filé-mignon com molho *Bearnaise*, batatas precoces cozidas em caldo de carne caseiro e *petits-pois*.

— Parece delicioso, mas não posso ficar muito tempo. — Ele sorveu o xerez, descobrindo que era muito bom.

— Charles me disse que outra garota desapareceu — ela disse.

— Sim, Srta. Ponsonby.

— Me chame de Claire. — Ela suspirou, colocou a faca de lado e se uniu a eles na mesa, aceitando um xerez como se pudesse vê-lo.

A cozinha era praticamente do jeito que devia ter sido sempre, exceto que, onde a grande chaminé teria abrigado os espetos, ganchos e o forno de pão, típicos do século XVIII, agora havia um enorme fogão de combustão lenta. O cômodo estava quente demais para Carmine.

— Um fogão Aga? Eu nunca tinha visto um destes — ele disse, terminando seu xerez.

— Nós o compramos na Inglaterra, durante nossa única aventura no exterior, anos atrás — disse Charles. — Tem um forno bem lento para fazer assados que demoram o dia todo, e outro suficientemente rápido para fazer justiça aos produtos de confeitaria e aos pães franceses. Tem vários queimadores. E também nos fornece água quente no inverno.

— É a óleo?

— Não, a lenha.

— Isso não custa caro? Quer dizer, queimar óleo só custa nove centavos por galão. Madeira deve custar muito mais.

— Custaria, se eu tivesse que comprá-la, tenente, mas não preciso. Nós temos oito hectares de floresta explorável acima do parque Sleeping Giant, a última propriedade que temos, além destes dois hectares. Retiro dali o que necessito a cada primavera e replanto as árvores que corto.

Jesus, lá vamos nós de novo!, pensou Carmine. Quantos huggers têm esses esconderijos secretos por aí? Abe e Corey terão de ir até lá amanhã e varrer os oito hectares de floresta dos Ponsonby... ah, eles vão adorar fazer isso, com toda essa neve no chão! Benjamin Liebman, o papa-defunto, tem uma funerária tão limpa que nós teríamos de pegá-lo no ato, enquanto o professor tem um porão cheio de trens; mas, uma maldita floresta inteira...

Um segundo cálice do xerez de Ponsonby deixou Carmine consciente de que ele não havia tomado café da manhã nem almoçado; hora de ir embora.

— Espero que não considere minha pergunta grosseira, Claire, mas você sempre foi cega? — ele perguntou.

— Ah, sim — ela disse com animação. — Sou um daqueles bebês que receberam oxigênio puro na incubadora. A culpa foi da ignorância.

A onda de pena que sentiu fez com que ele desviasse o olhar até uma parede onde havia um conjunto de fotografias emolduradas, algumas antigas o bastante para serem daguerreótipos em sépia. Uma forte semelhança familiar percorria os rostos: traços quadrados e duros, sobrancelhas violentamente marcadas e cabelos escuros. A única diferente era, claramente, a última delas: uma mulher de idade cujo rosto era muito mais parecido ao de Charles e Claire, dos cabelos finos aos olhos claros e aquosos, e as feições lúgubres, alongadas. A mãe deles? Se fosse, então eles não haviam sido feitos ao molde dos Ponsonby, e sim ao dela.

— Minha mãe — disse Claire com aquela habilidade misteriosa de captar o que estava acontecendo no mundo visível. — Não deixe que minha presciência o incomode, tenente. Em certos aspectos, não passa de um truque.

— Posso ver que ela é sua mãe e que vocês dois se parecem mais com ela do que com os Ponsonby.

— Ela era da família Sunnington de Cleveland, e nós realmente puxamos aos Sunnington. Mamãe morreu há três anos, uma libertação misericordiosa. Sofria de uma demência muito severa. Mas não se pode colocar uma Filha da Revolução Americana num asilo para senhoras senis, então eu cuidei dela pessoalmente até o amargo fim. Com excelente ajuda das autoridades municipais, devo acrescentar.

Então, esta casa é de uma Filha da Revolução Americana, pensou Carmine. Ponsonby e sua irmã provavelmente não votam em ninguém que seja ainda que ligeiramente de esquerda.

Ele se levantou, a cabeça girando levemente; os Ponsonby serviam xerez em taças de vinho, não em cálices pequenos de xerez. — Obrigado pela hospitalidade, eu agradeço muito. — Ele olhou de relance para a cachorra, deitada com os olhos fixos nele. — Até mais, Biddy. Prazer em conhecê-la também.

— O que você acha do bom tenente Delmonico? — Charles Ponsonby perguntou à irmã quando voltou para a cozinha.

— Que ele não perde muitos detalhes — ela disse, batendo claras de ovos em seu creme de queijo e espinafre.

— Verdade. Eles vão pisotear nossa floresta inteira amanhã.

— Você se importa?

— Nem um pouco — disse Charles, raspando o suflê cru para dentro de uma forma e colocando-o no forno quente. — Embora eu sinta pena deles. Buscas vãs são sempre exasperantes.

16

Quinta-feira, 13 de janeiro de 1966

— Carmine parece desanimado — Marciano sussurrou para Patrick.

— Ele e Desdemona não estão se falando.

O comissário Silvestri pigarreou. — Então, quantos deles se recusaram a permitir que déssemos uma olhada sem mandado de busca?

— Em geral, eles foram bastante cooperativos — disse Carmine, que realmente parecia desanimado. — Pude olhar tudo que pedi para olhar, mas tomei o cuidado de garantir que pelo menos um deles estivesse comigo. Não pedi permissão a Charles Ponsonby para vasculhar sua floresta porque não vi motivo para fazê-lo. Caso Corey e Abe encontrem algum vestígio recente no meio de toda esta neve ou evidências de que vestígios recentes foram encobertos, então pedirei. Minha teoria é de que os oito hectares estarão imaculados, e então por que dar a Chuck e a Claire Ponsonby motivo de angústia antecipada?

— Você gosta de Claire Ponsonby — disse Silvestri, afirmando um fato.

— Sim, gosto. Uma mulher incrível, não cultiva nenhum rancor. — Ele a tirou de sua mente. — Respondendo à sua pergunta original, por enquanto recebi recusas por parte de Satsuma, Chandra e Schiller, os três forasteiros. Satsuma enviou Eido, seu peão particular, para sua casa de campo em Cape Cod, uns dez segundos depois que saí de sua cobertura, é o que imagino. Chandra é um canalha arrogante, mas isso é provavelmente compreensível, sendo ele o filho primogênito de um marajá. Ainda que conseguíssemos um mandado, ele reclamaria para a Embaixada Indiana, e trata-se de uma nação extremamente suscetível. Schiller é um caso mais patético. Não suspeito de que ele seja capaz de nada mais grave do que ter um monte de fotos de jovens nus em suas paredes, mas não forcei muito as coisas com ele devido à sua tentativa de suicídio. Foi séria, não uma encenação.

Carmine sorriu. — Falando de fotos de homens nus, encontrei uma coisa extraordinária no quarto estilo "correntes-e-couro" de Tamara Vilich. Ninguém menos que o ambicioso neurocirurgião Keith Kyneton, que tem um corpo melhor do que o do Mr. Universo. Dizem que esses caras musculosos fazem isso para compensar o pinto pequeno, mas não posso dizer isso dele. Ele é bem-dotado como um ator de filme pornô.

— Bem, o que se tira disso? — perguntou Marciano, reclinando-se na sua cadeira para fugir do charuto de Silvestri; por que sempre acabava enfiado debaixo do nariz dele? — Isso exclui os Kyneton? Ou Tamara Vilich?

— Não de todo, Danny, embora eles nunca tenham estado no alto da minha lista. Ela pinta uns quadros bastante mórbidos e é uma dominatrix.

— Então o bonitinho do Keith gosta de apanhar, hein?

— Parece que sim. No entanto, Tamara não pode deixar muitas marcas nele ou a esposa apaixonada perceberia. É da mãe dele que eu sinto mais pena.

— Outra de quem você gosta — comentou Silvestri.

— Sim, bem, será hora de se preocupar quando não houver ninguém de quem eu goste.

— O que você planeja fazer agora? — perguntou Marciano.

— Atacar Tamara com o assunto Kyneton.

— Isso não vai ser nenhum sacrifício. Dela você não gosta.

* * *

Ele a enfrentou no escritório dela. — Encontrei a foto do Dr. Keith Kyneton embaixo do retrato da sua mãe — ele disse, sem rodeios, admirando a presença de espírito dela; seus olhos, mais cáquis naquela luz, se ergueram até o rosto dele sem qualquer temor.

— Foder não é o mesmo que assassinar, tenente — ela disse. — Nem sequer é crime, entre dois adultos maiores de idade.

— Não estou interessado na foda, Srta. Vilich. Quero saber onde vocês se encontram para foder.

— Na minha casa, no meu apartamento.

— Com metade da vizinhança trabalhando em alguma parte da Faculdade de Medicina da Chubb ou na Science Hill? Alguém que conheça Kyneton ou o carro dele seguramente o identificará, mais cedo ou mais tarde. Acho que vocês têm um esconderijo em algum lugar.

— Você está errado, não temos. Eu sou solteira, moro sozinha e Keith se certifica de que não haja ninguém por perto, se ele chega antes de escurecer. Apesar de que ele nunca chega antes de escurecer. É por isso que eu amo o inverno.

— E os rostos espiando por trás das cortinas de renda? Seu caso com o Dr. Kyneton dá a ele uma ligação dupla com o Hug. Mulher *e* amante trabalhando lá. A mulher dele sabe?

— Ela vive na mais completa ignorância, mas suponho que você vá sair tagarelando para quem quiser ouvir sobre Keith e eu — Tamara disse, com mau humor.

— Eu não tagarelo, Srta. Vilich, mas terei de falar com Keith Kyneton, certificar-me de que não exista um esconderijo em algum lugar. Detecto violência no relacionamento de vocês, e violência geralmente indica um esconderijo seguro.

— Onde não se possam ouvir os gritos. Nunca chegamos tão longe, tenente, é mais uma questão de representar um cenário — ela disse. — Professora severa com um garotinho levado, mulher policial com suas algemas e cassetete recheado de areia... você sabe. — A expressão dela mudou, ela estremeceu. — Ele vai me abandonar. Ah, meu Deus, o que é que eu vou fazer? O que vou fazer depois que ele me largar?

O que só serve para provar, Carmine pensou, ao partir, como as suposições podem estar equivocadas. Achei que a única pessoa que ela amasse fosse a si mesma, mas ela é doida por um palerma como Keith Kyneton, o que pode explicar suas pinturas. Elas representam o que ela sente com relação ao amor... que triste, odiar o amor! Porque ela sabe que Keith só está ali pelo sexo. É Hilda que ele ama... se é que ele é capaz de amar.

Tamara o alcançou no elevador.

— Se você se apressar, tenente, encontrará o Dr. Kyneton entre cirurgias — ela disse. — Hospital de Holloman, décimo andar. A melhor forma de chegar lá é pelo túnel.

Era tão assustador quanto todos os túneis; depois de explorar o labirinto de túneis em que os japas haviam vivido, em algumas ilhas do Pacífico durante a Guerra, Carmine os temia e tinha precisado se forçar a descer às entranhas da terra em Londres para andar pelos túneis entre as conexões de metrô. Túneis sempre emitiam um murmúrio, uma raiva transmitida pela terra, que fora ultrajada e invadida. Independentemente de quão seco ou bem-iluminado, um túnel sempre sugeria terrores à espreita. Ele percorreu rapidamente os noventa metros do túnel do Hug, seguiu à direita na bifurcação e chegou ao porão do hospital, perto da lavanderia.

Todas as salas de cirurgia ficavam no décimo andar, mas o Dr. Keith Kyneton estava esperando por ele no saguão dos elevadores, vestido de uniforme verde, com um par de máscaras de algodão penduradas em volta do pescoço.

— Particular, insisto em manter esse assunto em particular — disse o neurocirurgião num sussurro. — Aqui dentro, rápido!

"Aqui" era um depósito atulhado de caixas de materiais, sem cadeiras nem qualquer atmosfera que Carmine pudesse usar a seu favor.

— A Srta. Vilich te contou, hein? — ele perguntou. — Eu nunca quis que ela tirasse aquela maldita fotografia!

— Você deveria ter rasgado.

— Oh, Jesus, tenente, você não entende! Ela a *queria*! Tamara é... é fantástica!

— Nisso eu posso acreditar, se você gosta de um pouco de perversão. A Enfermeira Cateter e seu kit de lavagem intestinal. Quem começou, você ou ela?

— Sinceramente, não me lembro. Nós dois estávamos bêbados, numa festa do hospital à que Hilda não pôde ir.

— Há quanto tempo foi isso?

— Dois anos. Natal de 1963.

— Onde vocês se encontram?

— Na casa de Tamara. Sou bastante cuidadoso ao chegar e partir.

— Em nenhum outro lugar? Nenhum esconderijo secreto no campo?

— Não, apenas na casa de Tamara.

De repente Kyneton se virou, colocou ambas as mãos no antebraço de Carmine e se pendurou nele, tremendo, lágrimas escorrendo por seu rosto.

— Tenente! Senhor! Por favor, eu imploro, não conte a ninguém! Minha sociedade em Nova York está quase acertada, mas se eles descobrirem isso, vou perdê-la! — ele gritou.

Com a mente em Ruth e Hilda, e seus constantes sacrifícios por aquele bebezão mimado, Carmine afastou selvagemente suas mãos.

— Não me toque, seu egoísta de merda! Eu estou cagando para a sua preciosa clínica em Nova York, mas acontece que gosto muito da sua mãe e da sua mulher. Você não merece nenhuma das duas! Eu não vou contar a ninguém, mas você não pode ser burro o bastante a ponto de achar que a Srta. Tamara Vilich será assim tão caridosa, com certeza! Você vai largá-la, não importa quão fantástico seja o sexo pervertido com ela, e ela vai retaliar como qualquer outra mulher desprezada. Amanhã, todo mundo que importa saberá. Seu professor, sua mãe, sua mulher e o pessoal de Nova York.

Kyneton sucumbiu, olhou ao redor em vão procurando por uma cadeira, agarrando-se, em vez disso, a uma caixa de gazes. — Ai, Jesus, Jesus, estou *arruinado*!

— Endireite-se, Kyneton, pelo amor de Deus! — Carmine retrucou. — Você não está arruinado... ainda. Encontre alguém para te substituir em sua próxima cirurgia, mande sua mulher ir para casa e vá atrás dela. Quando estiver sozinho com ela e sua mãe, confesse. Fique de joelhos e implore por perdão. Jure que jamais fará isso novamente. E não esconda nada. Você é um enganador de bico doce, vai conseguir convencê-las. Mas Deus o ajude se você não tratar direito aquelas duas mulheres no futuro, está me ouvindo? Não vou te acusar de nada no momento, mas não pense que não posso encontrar alguma coisa de que te acusar se eu quiser, e estarei de olho em você, durante todos os anos em que for policial. Uma última coisa: da próxima vez que você fizer compras na Brooks Brothers, compre um presente bonito para sua mãe e para sua mulher na Bonwit's.

O canalha escutou alguma coisa? Sim, mas só aquilo que ele achou que o salvaria. — Nada disso me ajuda com relação à sociedade na clínica.

— É claro que sim! Desde que sua mãe e sua mulher estejam do seu lado. Vocês três juntos podem fazer com que Tamara Vilich pareça uma mulher frustrada contando uma porção de mentiras.

As engrenagens estavam se movendo; Kyneton se animou visivelmente. — Sim, sim, entendo o que você quer dizer! É assim que vamos fazer!

Um momento depois, Carmine estava sozinho. Keith Kyneton havia saído correndo para consertar seus furos sem nem sequer uma palavra de agradecimento.

— E o que, exatamente — inquiriu uma voz feminina colérica —, você pensa que está fazendo aqui?

Carmine exibiu sua impressionante credencial dourada para a enfermeira, que parecia pronta para chamar a segurança do hospital.

— Estou pagando penitência, minha senhora — ele disse. — Uma terrível penitência.

* * *

O mundo, quando coberto de neve fresca, era tão lindo; assim que removeu as camadas superiores de roupas, Carmine virou uma de suas poltronas de frente para uma enorme janela com vista para o porto e apagou todas as luzes internas do apartamento. O amarelo estridente da iluminação da rodovia o ofuscava, mas, refletida sobre o manto de neve, ficava mais suave, mais dourada. O gelo estava começando a se expandir além da Costa Leste, embora os cais ainda formassem um vazio negro salpicado de faíscas; ventava demais para que houvesse reflexos longos e ondulantes. Não haveria mais balsas de veículos até maio.

O que ele iria fazer com relação a Desdemona? Todas as suas abordagens tinham sido repelidas, todos os seus bilhetes de desculpas, devolvidos sem abrir, enfiados debaixo de sua porta. Até agora ele, sinceramente, não sabia por que ela tinha ficado tão mortalmente ofendida, tão endurecida... claro, ele havia ultrapassado os limites, mas as pessoas não discutiam, às vezes? Não se desentendiam? Tinha alguma coisa a ver com o orgulho dela, mas o quê, exatamente, ele não sabia. Aquela barreira que podia ser erguida por nacionalidades diferentes, alta demais para se ver do outro lado. Teria sido seu comentário sobre comprar um vestido novo de vez em quando, ou simplesmente o fato de ele se atrever a questionar seu comportamento? Será que ele a fizera se sentir pouco feminina, ou grotesca, ou... ou...

— Eu desisto — ele disse, apoiou o queixo na mão e tentou pensar no Fantasma. Esse era o novo nome que ele dera ao Monstro, que não tinha nada em comum com as concepções populares sobre os monstros. Ele era um fantasma.

17

Quarta-feira, 19 de janeiro de 1966

— Vou dar uma caminhada, querida — Maurice Finch disse a Catherine ao se levantar da mesa do café da manhã. — Não estou com muita vontade de ir trabalhar hoje, mas vou pensar no assunto, enquanto caminho.

— Claro, faça isso — disse sua mulher, olhando rapidamente pela janela, para o termômetro lá fora. — Está oito abaixo de zero, então se agasalhe bem... e se você decidir ir trabalhar, dê a partida no carro quando voltar. — Ele parecia, ela achou, consideravelmente mais animado ultimamente, e ela sabia por quê. Kurt Schiller tinha voltado para o Hug e abordado Maurie para lhe garantir que a discussão entre eles não tinha sido a causa de sua tentativa de suicídio. Aparentemente, o amor de sua vida o havia dispensado por outra pessoa. O nazi idiota (a opinião de Catherine sobre Schiller não havia mudado) não entrou em detalhes, mas ela supôs que os homens que gostavam de homens eram tão vulneráveis quanto os que gostavam de mulheres; alguma criatura à toa — que importava de que sexo era? — havia se cansado de ser adorada, precisava de alguém com uma nova abordagem e, talvez, uma conta bancária maior.

Ela observou Maurie da janela enquanto ele descia pelo caminho congelado que levava a seu pomar de macieiras, seu local favorito. Eram árvores antigas, nunca tinham sido podadas para que as frutas ficassem à altura de serem colhidas, mas na primavera, elas se transformavam numa nuvem abobadada de flores brancas de tirar o fôlego e, no outono, encobriam-se de esferas vermelhas lustrosas que pareciam bolas numa árvore de Natal. Vários anos atrás, Maurie havia se inspirado a posicionar certos galhos de modo a formar arcos; a madeira antiga tinha rangido em protesto, mas Maurie o fez com tanta gentileza e tão vagarosamente que agora os espaços entre as árvores pareciam as naves de uma catedral.

Ele desapareceu; ela foi lavar os pratos.

Então, ouviu-se um grito agudo, aterrorizante. Um prato se estilhaçou no chão enquanto Catherine agarrava seu casaco e corria loucamente. Seus pés em chinelos escorregavam e deslizavam no gelo, mas, de alguma forma, ela conseguiu manter o equilíbrio. Outro grito! Sem sentir a temperatura de oito graus negativos, ela correu mais rápido ainda.

Maurie estava parado próximo ao maravilhoso muro de pedra que circundava seu pomar, olhando para cima, para algo que cintilava sobre a camada de neve dura como aço que havia se acumulado ali durante a última nevasca.

Uma olhada e ela o puxou para longe, de volta ao calor da cozinha, de volta à sanidade. De volta aonde ela poderia telefonar para a polícia.

Carmine e Patrick se posicionaram onde Maurice Finch havia estado, já que os pés dele tinham destruído quaisquer outras pegadas que pudessem existir ali antes — o que era altamente improvável, ambos pensavam.

Margaretta Bewlee estava inteira, à exceção da cabeça, que não havia sido encontrada em lugar algum. Contra a brancura ofuscante, sua pele escura cor de chocolate era ainda mais escura, o rosado das palmas e solas dos pés repetindo a cor do vestido que ela usava: uma confecção em renda cor-de-rosa completamente bordada com pedrarias brilhantes. Era suficientemente curto para que se visse a entreperna da calcinha de seda cor-de-rosa, sinistramente manchada.

— Jesus, *tudo* é diferente! — disse Patrick.

— Te vejo no necrotério — Carmine disse, virando-se. — Se eu ficar aqui, vou retardar seu progresso.

Ele entrou e foi até onde os Finch se aconchegavam um ao outro em sua mesa de café da manhã, com uma garrafa de vinho Manischevitz diante deles.

— Por que eu? — Finch perguntou, o rosto mortalmente pálido.

— Tome mais um pouco de vinho, Dr. Finch. E se eu soubesse por que o senhor poderíamos ter uma chance de apanhar esse desgraçado. Posso me sentar?

— Sente-se, sente-se! — soltou Catherine, indicando um copo limpo. — Tome um pouco, você também está precisando.

Embora ele não gostasse de vinho doce, o Manischevitz realmente ajudou; Carmine pousou seu copo e olhou para Catherine. — A senhora ouviu alguma coisa durante a noite, Sra. Finch? Estava tão frio que tudo fazia barulho.

— Nada, tenente. Maurie colocou turfa e proteção vegetal em seu túnel de cogumelos durante algum tempo, depois que ele chegou em casa ontem, mas nós estávamos na cama às dez e dormimos direto até às seis da manhã de hoje.

— Túnel de cogumelos? — Carmine perguntou.

— Eu quis ver se conseguia cultivar as variedades gourmet — Finch disse, parecendo um pouco melhor. — Cogumelos são delicados, mas eu não entendo por que, ao ver como eles crescem no campo.

— O senhor se importa se vasculhamos sua propriedade, doutor? Sinto que o fato de encontrarmos Margaretta aqui torna isso necessário.

— Faça o que quiser, o que precisar... desde que apanhe esse monstro! — Finch se levantou como se fosse um homem idoso. — No entanto, acho que sei por que não escutamos nada, tenente. Quer ver?

— Certamente.

Tomando o cuidado de não pisar em nenhum ponto onde o chão parecia ter sido alterado, Maurice Finch conduziu Carmine até a área onde ficavam suas estufas, e então, entre os galpões grandes e aquecidos que continham as galinhas de Catherine. Finalmente, a mais de quinhentos metros da casa, Finch parou e apontou para alguma coisa.

— Está vendo aquela estradinha? Ela vem de um portão que dá para a Rota 133 e termina na margem do pomar. Nós a abrimos colocando uma lâmina na frente do nosso caminhão por causa do riacho... quando o riacho transborda, ele corta o acesso da nossa casa à rota 133. Se o Monstro soubesse da existência dessa estradinha, poderia usá-la para dirigir até aqui e nós jamais o ouviríamos.

— Obrigado por me mostrar isso, Dr. Finch. Volte para sua mulher.

Finch fez o que lhe era mandado sem protestar, enquanto Carmine foi procurar Abe e Corey, e explicar onde eles deveriam procurar por sinais do Fantasma. Ele é um fantasma, veio como um fantasma e foi-se como um fantasma, mas é um fantasma muito bem-informado, o Fantasma. Maurice Finch tinha enchido sua propriedade de estradas caseiras, mas o Fantasma conhece cada uma delas. E você fez uma boa pergunta, Dr. Finch: “Por que eu?”. Por quê, realmente?

Carmine assegurou-se de estar de volta ao edifício dos Serviços Municipais antes que Patrick trouxesse o corpo de Margaretta; aquela seria uma autópsia que ele iria querer assistir do início ao fim.

— Ela foi colocada no alto de um banco de neve completamente congelado, mas desconfio que ela já estivesse congelada quando ele a largou ali — disse Patrick quando ele e Paul, delicadamente, retiraram o corpo alongado da bolsa. — O chão está congelado por toda parte, nada menos que uma escavadeira teria podido rompê-lo para que ela fosse enterrada, mas, desta vez, ele não estava preocupado em escondê-la, nem mesmo por pouco tempo. Ele a deixou a céu aberto, com um vestido cintilante.

Os três homens ficaram olhando para Margaretta, e para aquele vestido bastante peculiar.

— Não vi muito a Sophia durante os anos em que ela usou vestidos de festa — disse Carmine —, mas com todas essas filhas, Patsy, você deve ter visto dúzias de vestidos de festa. Este não é o vestido de uma jovem, é? É um vestido de festa para crianças, no qual ela foi enfiada.

— Sim. Quando a levantamos, descobrimos que ele não estava totalmente abotoado nas costas. Os ombros de Margaretta são largos demais, mas, como seus braços são finos, ele conseguiu fazer com que, visto de frente, o vestido lhe caísse bem.

O vestido tinha mangas pequenas e bufantes com punhos apertados, e uma cintura feita para o corpo de uma criança: larga e um pouco reta. Numa menina de dez anos, provavelmente teria chegado até os joelhos; nesta jovem, mal cobria o alto das coxas. A renda cor-de-rosa claro era francesa, Carmine deduziu; renda verdadeira, cara, costurada numa base de tela fina e resistente. Então, posteriormente, outra pessoa havia costurado por cima o que pareciam ser várias centenas de pedras falsas transparentes, num padrão que repetia o da renda; cada pedra estava perfurada na ponta para que passasse uma agulha fina com linha. Trabalho manual minucioso, que acrescentaria muito à etiqueta de preço. Ele teria de mostrar aquilo a Desdemona para obter uma estimativa realmente precisa de sua qualidade e valor.

Ele observou Patrick e Paul despirem Margaretta do estranho traje, que teria de ser mantido intacto. Uma das razões pelas quais ele amava tanto o primo era o respeito de Patrick pelos mortos. Não importando quão repulsivos fossem alguns corpos que ele encontrava — cobertos de matéria fecal, vômito, gosmas inomináveis —, Patrick os manuseava como se Deus os tivesse criado, e criado com amor.

A remoção do vestido deixou Margaretta numa calcinha de seda cor-de-rosa que ia da cintura às coxas: era uma peça recatada. A entreperna estava manchada de sangue, mas não de forma repulsiva. Quando foi removida, deixou à mostra a genitália depilada.

— É o nosso cara, com certeza — disse Carmine. — Alguma ideia, antes de começar, de como ela morreu?

— Não pela perda de sangue, certamente. Sua pele está praticamente da cor certa e só há uma incisão no pescoço, a que a decapitou. Não há marcas de ataduras nos tornozelos, embora eu ache que ela tenha sido amarrada com a costumeira faixa de lona ao redor do peito. Ele pode ter colocado outra em volta da parte inferior de suas pernas entre os estupros, mas terei que olhar muito mais de perto para verificar isso. — Seus lábios se apertaram. — Acho que, desta vez, ele a estuprou até a morte. Não há muito sangue externamente, mas ela está bastante inchada no abdome para alguém que ainda não começou a se decompor. Depois que ela morreu, ele a colocou num congelador até que estivesse pronto para abandoná-la em algum lugar.

— Então — disse Carmine, afastando-se da mesa —, esperarei por você no seu escritório, Patsy. Eu ia ver esta autópsia até o fim, mas não acho que consiga.

Marciano se encontrou com ele do lado de fora. — Você parece meio pálido, Carmine. Você tomou café da manhã?

— Não, e nem quero tomar.

— Claro que quer. — Ele farejou o hálito de Carmine. — Seu problema é que você andou bebendo.

— Você chama vinho Manischevitz de bebida?

— Não. Até mesmo Silvestri o classificaria como suco de uva. Vamos, colega, você pode me dar todas as informações no Malvolio's.

Ele não tinha conseguido comer muito da torrada francesa com xarope de bordo, mas voltou a seu escritório se sentindo melhor por ter tentado comer. Hoje, o dia traria mais castigos mentais do que havia feito até então; ele tinha a premonição de que o Sr. Bewlee insistiria em ver os restos da filha, independentemente do que dissesse seu ministro religioso, ou de quem se oferecesse para fazer essa tarefa horrível. Algumas partes dela ele simplesmente não podia ter permissão de ver, mas ele conheceria cada linha na palma de suas mãos, talvez uma pequena cicatriz onde ele houvesse tirado uma farpa grande de seu pé, o formato de suas unhas... As doces e adoráveis intimidades da paternidade que Carmine jamais havia experimentado. Como é estranho isso, ser pai de uma criança que você realmente não conhece, que sempre morou longe de você e em cuja companhia você sente solidão.

Agora que ele tinha começado a chamar o assassino de fantasma, alguns cantos e fendas em sua mente se alteraram para permitir que tênues raios de luz penetrassem; Carmine se pegou pensando em novos canais desde aquela noite em que havia olhado para o porto de Holloman na neve, e ver Margaretta Bewlee em seu vestido de festa sobre o banco de gelo havia liberado outra avenida que acenava sedutoramente para ele, logo ali, fora de seu alcance, o fantasma de uma ideia. Um fantasma...

Então, ele captou. Não um fantasma. *Dois* fantasmas.

Como seria mais fácil se houvesse dois deles! A velocidade e o silêncio, a invisibilidade. Dois deles: um para oferecer uma isca, algo que uma garota de dezesseis anos, pura como a neve recém-caída, agarraria tão ansiosamente quanto um salmão agarra a mosca certa. Um gatinho abandonado, um cachorrinho todo enlameado e maltratado?

Éter... Éter! Um deles acenava com a isca, o outro vinha por trás como um raio e apertava um pano ensopado com éter sobre o rosto da garota... Não haveria chance de gritar, nem o risco de uma mordida ou de a mão escorregar por um instante, permitindo chamar ajuda. A garota estaria inconsciente em segundos, aspirando o éter para dentro de seus pulmões conforme se debatesse. Então, os dois a levariam rapidamente, dariam uma injeção, enfiariam num veículo ou num esconderijo temporário. Éter... O Hug.

Sonia Liebman estava na sala de cirurgia do Hug arrumando as coisas depois de uma sopa de cérebro de rato. Quando viu Carmine, o rosto dela se escureceu... mas não por causa dele.

— Oh, tenente, eu soube! O coitado do Maurie está bem?

— Ele está bem. Não poderia ser diferente com aquela mulher que ele tem.

— Então o Hug continua até o pescoço na merda, certo?

— Ou alguém quer fazer parecer que sim, Sra. Liebman. — Ele fez uma pausa, não via por que fazer rodeios. — A senhora tem éter na sala de cirurgia? — perguntou.

— Claro, mas não é éter anestésico, é simplesmente éter anidro. Aqui — ela disse, conduzindo-o até a antessala, onde apontou para uma fileira de latas numa prateleira alta.

— Serviria como anestésico? — ele perguntou, pegando uma lata da prateleira para examiná-la. Aproximadamente do tamanho de uma lata grande de pêssegos, mas com um gargalo curto e estreito encimado por um bulbo metálico. Não era uma tampa, e sim um lacre. A coisa deve ser tão volátil, ele pensou, que nem a tampa mais apertada poderia impedi-lo de evaporar.

— Eu uso como anestésico quando vou operar gatos.

— Quer dizer, quando remove o cérebro deles?

— Você está aprendendo, tenente. Sim.

— Como a senhora os eteriza?

Como resposta, ela trouxe um recipiente feito de plexiglas transparente de um canto da sala; tinha aproximadamente trinta e cinco centímetros de lado, oitenta centímetros de altura e uma tampa firmemente vedada, fechada por presilhas. — É uma velha câmara cromatográfica — ela disse. — Coloco uma toalha grossa no fundo, esvazio uma lata inteira de éter na toalha, ponho o gato lá dentro e fecho a tampa. Na verdade, eu faço isso lá fora, na escada de incêndio, com melhor ventilação. O animal fica inconsciente bem rápido, mas não tem como se machucar nas laterais lisas, antes disso.

— Tem alguma importância se ele se machuca, quando está prestes a perder o cérebro e nunca mais acordar? — Carmine perguntou.

Ela recuou como uma cobra a ponto de dar o bote. — Sim, seu tolo, é claro que tem importância! — ela sibilou. — Nenhum animal é sujeitado a dor ou sofrimento na *minha* sala de cirurgia! O que você pensa que nós somos, a indústria de cosméticos? Conheço veterinários que não tratam seus animais tão bem quanto nós!

— Desculpe, Sra. Liebman, não quis ofendê-la. Pode culpar a minha ignorância — disse Carmine, prostrando-se humildemente. — Como a senhora abre a lata? — ele perguntou, para mudar de assunto.

— É provável que exista uma ferramenta para isso — ela disse, apaziguada —, mas eu não a tenho, então uso um fórceps velho.

Que se parecia com um alicate grande, exceto que as duas pontas abauladas se juntavam em oposição e apertavam o que quer que fosse colocado entre elas. Como o bulbo de metal macio de uma lata de éter, conforme Sonia Liebman passou a demonstrar. Carmine recuou do cheiro que parecia saltar de dentro da lata mais rápido do que um gênio.

— Você não gosta do cheiro? — ela perguntou, surpresa. — Eu adoro.

— A senhora sabe quanto éter tem em estoque?

— Não precisamente... não é valioso nem importante. Quando percebo que o estoque da prateleira está diminuindo, simplesmente peço mais. Eu o uso para as descerebrações, mas também é usado para lavar os vidros, se um pesquisador for fazer um teste que exija que não haja qualquer tipo de resíduo.

— Por que éter?

— Porque temos de sobra, mas alguns pesquisadores preferem clorofórmio. — Ela franziu a testa, pareceu repentinamente entender. — Ah, entendi aonde você está querendo chegar! Éter não permanece no corpo, tenente, assim como não fica nos vidros. Algumas respirações e ele é expelido diretamente para fora dos pulmões e da corrente sanguínea. Não posso usar pentotal ou nembutal para anestesiar numa descerebração porque eles continuam no cérebro por horas. O éter some... puf!

— A senhora não poderia usar um gás anestésico?

Sonia Liebman piscou, como se estivesse surpresa com a densidade dele. — Claro que poderia; mas por quê? Os humanos podem cooperar, e não têm presas nem garras. Com animais, é uma injeção de nembutal parenteral ou a câmara de éter.

— A câmara de éter é comum nos laboratórios de pesquisa?

Aquilo foi suficiente! Ela se virou e começou a remexer uma pilha de instrumentos cirúrgicos. — Não tenho como saber — ela disse, a voz tão fria quanto o ar lá fora. — Cheguei a esta técnica sozinha, e isso é tudo que importa, pelo que me diz respeito.

Sentindo que deveria se afastar dela, curvando-se profundamente em salamaleques por todo o caminho, Carmine deixou a Sra. Liebman lançando impropérios a respeito da absoluta estupidez dos policiais.

— Mercedes e Francine foram brutalmente estupradas com uma sucessão de instrumentos e posso apenas supor que ele tenha feito a mesma coisa com Margaretta, de início — Patrick disse a Carmine, Silvestri, Marciano, Corey e Abe. — Depois ele progrediu a um tipo novo de aparato que devia estar incrustado com farpas e pregos, talvez com uma ponta de lâmina. Isso a deixou em farrapos por dentro... intestinos, bexiga, rins, chegou até mesmo ao fígado. Lacerações enormes, múltiplas. Ela morreu de choque antes de poder sangrar internamente até a morte. Havia um pouco de Demerol em sua corrente sanguínea, portanto, aonde quer que ele tenha levado Margaretta depois que a apanhou, era longe demais de Groton para confiar no éter além dos poucos minutos iniciais. Não encontrei nenhum vestígio de éter na fronha, a propósito.

— Você esperava encontrar? — Marciano perguntou.

— Não, mas eu senti o cheiro numa dobra da fronha na hora que chegamos à casa dos Bewlee.

— Ela perdeu sangue quando a cabeça foi removida? — Abe perguntou.

— Só um pouquinho. Ela estava morta há algumas horas quando ele fez isso. Por causa de sua altura, ele parece ter usado uma faixa em volta de cada perna, além da faixa ao redor do peito, para segurá-la.

— Se ela morreu de forma prematura, por que esperar treze dias para desovar o corpo? O que ele fez com ela? — Corey perguntou.

— Colocou-a num congelador suficientemente grande para que ela ficasse deitada.

— Ela já foi identificada? — Carmine perguntou.

O rosto de Patrick se contorceu. — Sim, pelo pai. Ele estava tão calmo! Ela tem uma pequena cicatriz na mão esquerda... uma mordida de cachorro. No momento em que ele a encontrou, disse que aquela era sua filha, nos agradeceu e foi embora.

A sala ficou em silêncio. Como eu poderia lidar com isso, se fosse Sophia?, Carmine se perguntou. Não há dúvida de que eles sentem a lâmina penetrar mais profundamente, todos têm filhas que não foram para a Califórnia antes que os laços tivessem sido devidamente forjados. O inferno é pouco para essa besta.

— Patsy — Carmine disse, quebrando o momento —, é possível que existam dois deles?

— Dois? — Patrick perguntou, não entendendo. — Quer dizer, dois assassinos?

— Sim.

Silvestri sugou o charuto, fez uma careta, jogou-o na lata de lixo. — Dois como *ele*? Você está brincando!

— Não, John, não estou. Quanto mais eu penso sobre essa série de raptos, mais convencido fico de que foram necessárias duas pessoas para fazê-los. Daí para dois assassinos é um passo óbvio.

— Um passo gigantesco, Carmine — disse Silvestri. — *Dois* monstros? Como eles teriam se encontrado?

— Não sei, mas talvez por meio de algo tão comum quanto um anúncio nos classificados pessoais do *National Enquirer*. Cauteloso, mas claro como a água, para alguém com os mesmos gostos. Ou talvez eles já se conheçam há anos, tenham até crescido juntos. Ou talvez tenham se encontrado por acaso num coquetel.

Abe olhou para Corey e virou os olhos; eles estavam pensando na possibilidade de passar dias sentados no depósito do *National Enquirer*, lendo até encontrar um anúncio de pelo menos dois anos atrás.

— Você está empurrando a merda morro acima, Carmine — disse Marciano.

— Eu sei, eu sei! Mas esqueça por um momento como eles se juntaram e concentre-se no que acontece com a vítima. Eu me dei conta de que tem de haver uma isca. Essas garotas não são do tipo que seria atraído pelo convite de algum homem, ou que se deixaria engambelar pela oferta de fazer um teste de atriz, nenhum dos planos que funcionam com garotas criadas com menos cuidados. Mas pense em como seria difícil para um homem conseguir realizar a captura sem uma isca!

Carmine se inclinou para a frente, avançando. — Veja a Mercedes, que fecha a tampa do piano, diz adeus à irmã Theresa e sai sozinha do anexo de música. E em algum lugar tranquilo, sem ninguém em volta, Mercedes vê algo tão irresistível que tem de chegar mais perto. Algo que apele a seu coração, como um gatinho ou um cachorrinho meio morto de fome. Mas como ele deve estar precisamente no local certo, há mais alguém ali, também chorando pelo animal. Enquanto Mercedes está entretida, o outro homem ataca. Um para acenar com a isca, um para agarrar. Ou Francine, em algum lugar próximo aos banheiros, ou mesmo dentro deles. Ela vê a isca, sente o apelo em seu coração, é agarrada. Ainda há gente demais na escola para arriscar-se a retirá-la do Travis, então eles a colocam no baú de materiais esportivos. Como é mais fácil fazer isso rapidamente se há dois deles! É quarta-feira, os ginásios estão desertos e a classe de química fica logo ali, perto dos banheiros. Com Margaretta, há uma irmã dormindo a menos de três metros. Não há iscas, mas será que esse assassino correria o risco de Linda acordar, quando ele planeja tudo tão meticulosamente? A parte encarregada da isca tem agora um novo papel: vigiar Linda e agir, se ela se mover. Como ela não se move, é moleza para dois homens tirar uma garota alta pela janela, um do lado de dentro, outro do lado de fora.

— Por que você dificulta tanto as coisas para si mesmo? — perguntou Patrick.

— As coisas são tão difíceis quanto têm de ser, Patsy. Se um assassino não é suficiente, então temos de pensar que existem dois.

— Eu concordo — disse Silvestri, de repente —, mas não quero nem um pio sobre a teoria de Carmine fora desta sala.

— Só mais uma coisa, John. O vestido de festa. Eu gostaria de mostrá-lo a Desdemona Dupre.

— Por quê?

— Por que ela faz bordados incríveis. Não há nenhuma etiqueta no vestido, ninguém nunca viu algo parecido antes e quero tentar descobrir onde poderia começar a procurar pela pessoa que o fez. Isso significa que preciso saber quanto custaria, se fosse comprado em uma loja, ou quanto uma pessoa como Desdemona cobraria para bordá-lo à mão. Ela pega encomendas, ela saberá.

— Claro, depois que Paul houver feito suas análises... e se você confia que ela não abrirá o bico sobre o assunto.

— Eu confio.

18

Segunda-feira, 24 de janeiro de 1966

O jornal óbvio para se procurar por alguém anunciando-se estar em busca de um parceiro para qualquer propósito — desde negócios, passando por sexo, até assassinato — era o *National Enquirer*, que era lido no país inteiro e podia ser encontrado em qualquer caixa de supermercado, em meio a chicletes e revistas. Depois de conversar com os três psiquiatras especializados em assassinato, Carmine pôde equipar Abe e Corey com algumas palavras-chave antes de mandá-los ler os anúncios pessoais entre janeiro de 1963 e junho de 1964. O Fantasma poderia ter feito sua horrível parceria antes de a primeira garota desaparecer, ou pode ter visto como sua tarefa seria mais fácil com um ajudante, depois de ter dado início sozinho à sua carreira assassina.

A natureza da isca agora estava mais clara para Carmine: um objeto de piedade, de apelo irresistível a uma jovem sensível, de coração mole. Portanto, ele abandonou aquela linha de raciocínio e passou a analisar o tipo de lugar em que as garotas ficariam, enquanto eram estupradas e mortas, e onde eram guardadas. A sensação geral da polícia era que o local dos assassinatos fosse improvisado; apenas Patrick entendia o ponto de vista de Carmine, de que o local era tudo menos improvisado. Uma pessoa tão meticulosa a ponto de alinhar um bilhete iria querer que seu "laboratório" fosse perfeito.

Depois da descoberta do corpo de Margaretta Bewlee na propriedade de um hugger, os huggers se desdobraram para conceder à polícia permissão para investigar qualquer lugar que quisesse. Até Satsuma, Chandra e Schiller cederam. O túnel de cogumelos de Maurice Finch não passava disso; uma segunda inspeção na funerária de Benjamin Liebman tampouco produziu qualquer resultado; o "ninho de águias" de Addison Forbes consistia em duas salas redondas, uma em cima da outra, abarrotadas de materiais de leitura profissional, empilhados de forma organizada ou dispostos em prateleiras; o porão dos Smith era o paraíso dos trens; a cabana de Walter Polonowski era um ninho de amor, com fotos de Marian lindamente distribuídas por toda parte, uma cama grande e uma cozinha razoável. Paola Polonowski tinha aproveitado a oportunidade e ido até a cabana no rastro da polícia, e o resultado era que agora Polonowski estava morando com Marian e parecendo muito mais feliz. O refúgio de Hideki Satsuma acabou revelando localizar-se próximo ao canto da enseada de Cape Cod, em Orleans, uma casa de solteiro projetada por arquiteto que não continha nada mais imputável do que uma quantidade enorme de material pornográfico fortemente inclinado à violência, ainda que não ao assassinato. O Dr. Nur Chandra só estava sendo "espírito de porco", como Desdemona teria expressado; sua atividade secreta na casa de campo consistia numa nova geração de computador que ele estava tentando programar sem ter de recrutar um daqueles incríveis jovens estudantes de medicina da Chubb, que pagavam por seus estudos desenvolvendo programas para finalidades científicas específicas. Chandra tinha tanta certeza de seu Prêmio Nobel que não queria falar sobre seu trabalho com ninguém, menos ainda com um estudante de medicina da Chubb, superinteligente e ambicioso. A floresta dos Ponsonby era só uma floresta; não havia cabanas, galpões, celeiros nem nada subterrâneo. E o pior segredo de Kurt Schiller era uma fotografia dele com o pai e Adolf Hitler. Seu pai tinha sido um capitão de submarino altamente condecorado, convidado para ir conhecer *der Führer* e levar consigo seu filhinho louro; Hitler adorava crianças louras com pais corajosos. O Schiller Pai tinha afundado com seu submarino ao deparar com uma carga de profundidade, em 1944; Kurt tinha dez anos na época.

Assim, segundo Silvestri, Marciano e o resto dos policiais mais experientes de Connecticut, o local das mortes devia ser improvisado. Caso contrário, alguém já teria notado.

Mas não é improvisado, Carmine disse a si mesmo. Se eu fosse o Fantasma, o que iria querer? Instalações impecáveis, é isso que eu iria querer. Superfícies que pudessem ser lavadas com mangueira, escrupulosamente limpas. Isso significa azulejos, em vez de cimento; metal, em vez de madeira ou pedra. Eu iria querer uma sala de cirurgia. Dois Fantasmas poderiam construí-la, se ambos fossem habilidosos com as mãos; poderiam até mesmo fazer as instalações elétricas. O que, provavelmente, não poderiam fazer seriam os encanamentos, e o lugar teria de ter encanamentos. Um suprimento de água com muita pressão, ralos adequados e conexão com o sistema de esgoto ou com uma fossa. Os Fantasmas também iriam querer um banheiro, senão para a vítima, então para eles mesmos. Com a vítima, eles provavelmente usavam uma comadre, davam banho de esponja.

Então, enquanto Abe e Corey se arrastavam pelos anúncios pessoais do *National Enquirer*, Carmine verificou cada propriedade pertencente a um hugger para ver se alguma delas teria contas de luz ou de água estranhamente vultosas. Infelizmente, os huggers mais prósperos moravam em lugares com acesso a água de poço e não utilizavam água encanada, mas ninguém apresentou uma conta enorme de eletricidade. Um gerador? Era possível, se o ruído pudesse ser abafado. Daquele exercício infrutífero, ele passou a varrer desde as empresas de encanamentos até os encanadores autônomos mais humildes, de uma ponta à outra de Connecticut. Procurando por um trabalho lucrativo que envolvesse a instalação do que teria sido descrito como um ginásio esportivo particular ou um clube recreativo exclusivo ou, até mesmo, uma casa de piscina. As possibilidades encontradas se revelaram genuínas, todas localizadas nos condados de Fairfield ou Litchfield. Carmine estava ciente de que o tipo de coisa sobre a qual estava perguntando indicava alguém com dinheiro, mas ele sempre havia pensado que o Fantasma tivesse muito dinheiro. Em todos os lugares em que olhou, não encontrou nada. Isso indicava uma de três coisas: a primeira, que os dois Fantasmas foram capazes de instalar seu próprio encanamento; a segunda, que eles contrataram um encanador, a quem pagaram generosamente em dinheiro para que ficasse em silêncio a respeito do trabalho e não recolhesse os impostos; e a terceira, que os Fantasmas haviam alugado ou comprado um local já adequado a seus propósitos, como uma clínica veterinária ou o consultório de um cirurgião. Ele fez algumas ligações para ver quantas clínicas veterinárias ou consultórios cirúrgicos haviam mudado de mãos no final de 1963, mas os que tinham mudado de mãos eram legítimos. Como sempre, nada, nada, nada.

Como o vestido de renda cor-de-rosa estava bordado com 265 pedras e cada uma delas tinha de ser examinada separadamente para garantir que só tivesse uma impressão digital, supostamente a da costureira, passaram seis dias até que Carmine pudesse mostrar o traje a Desdemona.

Ele tocou o interfone dela sentindo-se mais estúpido e ansioso do que quando estava na escola secundária e a garota de seus sonhos, na época, dissera que sim, ele poderia levá-la ao baile de formatura. A boca seca, o coração aos pulos... só faltava mesmo o buquê de flores.

— Desdemona, é o Carmine. A trabalho. Não abra a porta, eu vou digitar o código.

— Como você está? — ele perguntou a ela, retirando seus casacos e colocando a caixa do vestido (merda, o que ela iria *pensar*?) sobre a mesa.

Ela não pareceu nem alegre nem triste em vê-lo. — Estou bem, mas morrendo de tédio — ela disse. Então, apontando um dedo para a caixa do vestido: — O que é isto?

— Algo que eu tive que garantir para o comissário que você não iria comentar com ninguém. Eu sabia que você não iria, mas ele, não. Pode ser que você não saiba que a última vítima, Margaretta Bewlee, foi encontrada usando um vestido de festa infantil. Não podemos rastreá-lo, mas achei que talvez, com seu olho para trabalhos refinados, você pudesse nos dizer *alguma coisa* a respeito.

Em um segundo, ela tinha aberto a caixa e estava sacudindo o vestido; então, o segurou, virou-o e, finalmente, o estendeu sobre a mesa. — Quer dizer que a última garota não foi cortada em pedaços?

— Não, apenas a cabeça foi removida.

— Os jornais disseram que ela era alta. Isto aqui não iria servir nela.

— Não servia, mas ela foi enfiada nele assim mesmo. Seus ombros eram largos demais para que ele abotoasse atrás, e isso leva à minha primeira pergunta: por que botões? Tudo tem zíper, hoje em dia.

Paul havia fechado os botões, que rebrilhavam como joias genuínas sob a luz da mesa. — É por isso — ela disse, mexendo em um deles. — Um zíper teria estragado o efeito. Os botões brilham.

— Você já tinha visto um vestido assim?

— Apenas numa apresentação de teatro, quando eu era pequena, mas era algo improvisado, por causa do racionamento de roupas. Este aqui é bastante pretensioso.

— É feito à mão?

— Até certo ponto, mas provavelmente não tanto quanto você pensa. As pedras foram costuradas à mão, mas por uma especialista que pode pregá-las mais rápido do que você come carne assada. A pessoa trabalha por encomenda, então ela enfia a agulha pelo furo, dá a laçada em sua linha de algodão em volta da pedra uma vez, então passa a agulha pela renda e pela pedra seguinte... está vendo?

Carmine via.

— Algumas estão faltando porque não foram pregadas com suficiente firmeza, e elas saem numa fieira tão comprida quanto a linha de algodão da agulha... está vendo?

— Achei que Paul pudesse ter feito isso no laboratório.

— Não, é mais provável que tenha acontecido com o manuseio brusco, e não posso imaginar que o vestido tenha sido manuseado dessa forma em um laboratório de patologia.

— Então, o que você está dizendo é que o vestido é acessível?

— Se você tiver mais de cem dólares para gastar num vestido que a criança provavelmente só usará uma ou duas vezes, então, sim. É um exercício de lucro, Carmine. Quem faz e vende esses vestidos sabe com que frequência eles serão usados, então, procura economizar no que for possível. O forro é sintético, não de seda, e o saiote é de tela barata, engomada até ficar dura.

— E a renda?

— Francesa, mas não da melhor qualidade. Feita à máquina.

— Com esse nível de preço, nós deveríamos procurar na seção infantil de lojas como a Saks e a Bloomingdale's, em Nova York? Ou talvez na Alexander's, em Connecticut?

— Com certeza numa boutique, ou loja de departamentos, razoavelmente cara. Eu diria que o vestido é ostentoso, não elegante.

— Roupa de ver Deus — ele disse distraidamente.

— Perdão?

— É só uma forma de dizer. — Ele respirou fundo — Estou perdoado?

Os olhos dela se degelaram, até cintilaram um pouco. — Suponho que sim, seu bobo sem graça. Carmine Delmonico de menos é pior do que de mais.

— Malvolio's?

— Sim, por favor!

— Agora, um assunto diferente — ele disse, enquanto eles tomavam café. — Já está tarde, podemos conversar aqui mesmo. Habilidades manuais.

— Quem no Hug tem e quem não tem?

— Exatamente.

— Começando pelo professor?

— Como ele está, falando nisso?

— Trancado num hospital de loucos exclusivo em algum lugar perto de Trumbull, em Bridgeport. Imagino que eles o estejam adorando como paciente. A maior parte de seus internos consiste em alcoólatras ou viciados em drogas em recuperação, além de um monte de neuróticos com ansiedade. Enquanto o pobre e velho professor sofreu um colapso grave... fantasias, ilusões, alucinações, perda de contato com a realidade. Quanto às suas habilidades manuais, são consideráveis.

— Ele seria capaz de fazer instalações elétricas e hidráulicas numa casa?

— Ele não iria querer, Carmine. Qualquer coisa que exigisse trabalho manual pesado, ele consideraria como abaixo de sua dignidade. O professor não gosta de sujar as mãos.

— Ponsonby?

— Não saberia trocar a arruela de uma torneira.

— Polonowski?

— Um homem bastante habilidoso para os consertos caseiros. Ele não tem dinheiro para contratar um carpinteiro quando as crianças quebram uma porta, ou um encanador quando as crianças entopem a privada com um bichinho de pelúcia.

— Satsuma?

Ela virou os olhos para cima. — Tenente, fala sério! Para que você acha que serve o Eido? Há também a mulher do Eido, que é uma escrava. E Chandra tem um exército inteiro de lacaios de turbante.

— Forbes?

— Eu diria que ele é competente com as mãos. Ele faz alguns serviços na casa, isso eu sei. Eles tiveram tanta sorte, os Forbes! Na época em que compraram a casa, a taxa de hipoteca era de dois por cento, e eles têm trinta anos para quitá-la. Agora vale uma fortuna, é claro... de frente para a água, oito mil metros quadrados e nada de tanques de petróleo por perto.

— Trasladar os tanques para o final da Oak Street ajudou a todo mundo da Costa Leste. Finch?

— Constrói suas próprias estufas e jardins de inverno. Existe uma grande diferença, segundo ele me diz. Também é capaz de cavar um túnel para cogumelos. Mas eu diria que Catherine é ainda mais competente. Todos aqueles milhares de galinhas...

— Hunter e Ho, os engenheiros?

— Poderiam construir o Empire State Building, com melhorias.

— Cecil?

— Mas isso não seria uma acusação? — ela perguntou, olhando feio.

— Simplesmente não posso dizer, Carmine. Ele tem habilidades, mas, na cabeça das pessoas, ele tende a ser não apenas um serviçal, mas um serviçal *negro*, ainda por cima. Não é de admirar que eles nos odeiem. Nós merecemos ser odiados.

— Otis?

— No momento, Otis não está fazendo nenhum trabalho pesado. Aparentemente, ele teve um início de insuficiência cardíaca, então estou tentando conseguir uma boa aposentadoria para ele com os Parson. Particularmente, duvido que seus problemas tenham muito a ver com a quantidade de trabalho pesado que ele realiza. Seu pesadelo é o sobrinho de Celeste, Wesley. Otis morre de medo que o garoto cause problemas para Celeste. O Recôncavo e a Argyle Avenue estão fervilhando ultimamente.

— Espere até a primavera — Carmine disse secamente. — Nós ganhamos algum tempo com o clima, mas quando esquentar, o inferno abrirá suas portas.

— O marido de Anna Donato é encanador.

— Anna Donato... Refresque a minha memória.

— Ela cuida de todos os equipamentos estranhos, tem o dom da coisa.

— O *ménage* Kyneton?

— Ai, meu Deus! O quarto andar é um verdadeiro circo atualmente. Hilda e Tamara andam a ponto de se matar. Quase sempre são discussões aos gritos, mas houve uma ocasião em que elas saíram rolando pelo chão, se chutando e mordendo. Foram necessários quatro funcionários de escritório e eu para apartar as duas. Portanto, estamos profundamente felizes de que o professor não esteja lá para ver essas mulheres no fundo do poço. No entanto, Hilda já terá ido embora antes da data em que o professor volte. O queridíssimo, amadíssimo Keith, conseguiu entrar na sociedade médica que ele estava querendo, em Nova York.

— E quanto ao Schiller?

— Não é *nada* habilidoso. Não consegue nem afiar uma lâmina de micrótomo. Veja bem, ele não precisa fazê-lo. É para isso que servem os técnicos.

— E que tal voltarmos para o meu apartamento para um conhaque?

Desdemona deslizou para fora da cabine. — Pensei que você jamais ofereceria.

Carmine caminhou com ela pelo quarteirão, de volta àquele nevoeiro de alegria colegial que sentira depois que sua acompanhante do baile de formatura lhe dissera que tinha adorado a noite e oferecera seus lábios para um beijo. Não que Desdemona estivesse prestes a lhe oferecer os lábios. Uma pena. Eles eram cheios e sem batom. Ele começou a rir da lembrança de tentar limpar batom vermelho vivo de sua boca.

— O que é tão engraçado?

— Nada, nada mesmo.

19

Segunda-feira, 24 de janeiro de 1966

O comissário Silvestri fez uma conferência discreta à qual convidou os vários chefes de investigação do caso do Fantasma, espalhados por todo o estado de Connecticut. — Daqui a uma semana, fará trinta dias — ele disse para a sala cheia de homens silenciosos —, e nós não fazemos ideia se o Fantasma, ou os Fantasmas, mudaram seu padrão para uma por mês ou se ainda estão seguindo o padrão de uma a cada dois meses e apenas resolveram comemorar o ano-novo com uma farra especial.

Embora a imprensa ainda se referisse ao assassino como o Monstro, a maior parte da polícia envolvida no caso agora o chamava de Fantasma, ou Fantasmas. As ideias de Carmine haviam criado raízes porque homens como o tenente Joe Brown, de Norwalk, viram a lógica que havia nelas.

— Entre esta quinta-feira, dia 27, e a quinta que vem, 3 de fevereiro, todos os departamentos colocarão uma equipe de vigilância atrás de cada suspeito que tiverem, vinte e quatro horas por dia. Se não obtivermos nenhum resultado, pelo menos será um processo eliminatório. Se *soubermos* que um suspeito foi vigiado e que ele não nos enganou, então esse suspeito poderá ser eliminado da lista, caso alguma garota desapareça.

— E se nenhuma garota desaparecer? — perguntou um policial de Stamford.

— Então, faremos tudo novamente no final de fevereiro. Concordo com Carmine de que tudo que sabemos aponta para uma série de mudanças: intervalo de tempo, um rapto noturno, o vestido de festa, somente a decapitação... mas não podemos ter certeza de que ele tenha adotado esse novo padrão permanentemente. Seja um ou dois, está bem à frente de nós. Só temos de continuar insistindo, rapazes, da melhor forma que pudermos.

— E se uma garota desaparecer e não houver nenhum suspeito envolvido? — perguntou um policial de Hartford.

— Então, repensaremos outra vez, mas de forma diferente. Ampliaremos a rede para abarcar novos suspeitos, mas não abandonaremos os antigos. Eu os deixo com Carmine.

Que não tinha muito mais a dizer, exceto a respeito de seus atuais suspeitos. — Holloman está na posição ímpar de ter mais de um suspeito — ele disse. — Os demais departamentos estarão vigiando estupradores conhecidos, com histórico de violência, ao passo que Holloman tem um grupo de suspeitos sem qualquer histórico conhecido de estupro ou violência: a equipe de funcionários do Hug, e mais duas outras pessoas. Ao todo, trinta e duas pessoas. Nós não temos condições de manter tantas pessoas sob vigilância vinte e quatro horas, e é por isso que estou pedindo que voluntários de outros departamentos nos deem uma mão. Nossas equipes devem contar com homens experientes, que não sejam propensos a dormir em serviço nem a se distrair. Se algum de vocês puder abrir mão de homens confiáveis, eu agradeceria muito por sua ajuda.

E assim foi arranjado. Vinte e nove huggers, o professor Frank Watson, Wesley le Clerc e o professor Mordent Smith deveriam ser vigiados todo o tempo por homens cuja atenção não oscilaria. Uma tarefa tremenda, inclusive em termos logísticos.

Um número surpreendente dos suspeitos de Holloman ou morava na Rota 133, ou próximo a ela, e a Rota 133 era uma típica rodovia estadual: duas pistas de mão dupla, sinuosa, mas sem oferecer muitos abrigos; não havia margens amplas, shopping centers nem estacionamentos concomitantes, tampouco havia recantos ou áreas de descanso. Todas essas coisas ficavam ao longo da Boston Post Road, enquanto a Rota 133 ia de vilarejo a vilarejo internamente, abrindo-se a uma eventual ruazinha de casas ou, geralmente, não se comunicando com nada. Tamara Vilich e Marvin Schulman, ambos na Sycamore Street, próximo ao centro de Holloman, eram fáceis de vigiar; assim como Cecil e Otis, na Eleventh Street. Mas os Smith, os Ponsonby, os Finch, a Sra. Polonowski, a família de Frank Watson, os Chandra e os Kyneton estavam todos, de alguma forma, ligados à Rota 133.

O motel vagabundo que se honrava de ter o nome de Major Minor's era adjacente à Ponsonby Lane, na Rota 133, e há anos não tinha tanto movimento noturno como o que se estava prometendo para a semana seguinte.

Carmine, Corey e Abe dividiram a vigilância da casa dos Ponsonby em três turnos de oito horas; que Carmine tivesse escolhido os Ponsonby se devia puramente ao fato de ele não acreditar que nenhum dos suspeitos fosse render frutos e, até agora, os Ponsonby tinham recebido menos atenção do que, por exemplo, os Smith ou os Finch. Eles encontraram um lugar onde se esconder, atrás de um grupo de árvores de loureiros, a quarenta e cinco metros da entrada da casa dos Ponsonby, na Rota 133, depois de verificar que a Ponsonby Lane era um beco sem saída e que não havia qualquer outro acesso veicular à casa, além daquela entrada.

Ele checou tudo pessoalmente com antecipação, descobrindo que os Forbes eram os mais difíceis de vigiar, graças a seu acesso para a água e à ladeira íngreme e frondosa que descia de East Circle, seu acesso à estrada, até a água; a casa ficava num platô a meio caminho. Os Smith tampouco eram fáceis, entre a colina onde a casa estava, o bosque denso e a estrada tortuosa de acesso. No entanto, o professor estava definitivamente encarcerado em Marsh Manor, na parte de Bridgeport que dava para

Trumbull, sob a guarda da polícia de Bridgeport. Quanto aos Finch, era uma coisa boa, na verdade, que ele os houvesse praticamente eliminado da lista. Eles tinham nada menos do que quatro portões abrindo-se para a Rota 133, e em nenhum deles seria possível que uma viatura não identificada se posicionasse sem ser detectada por um olhar mais aguçado. A polícia de Norwalk estava cuidando de Kurt Schiller, e a de Torrington estava vigiando Walter Polonowski e sua amante, em sua cabana no norte do estado.

Então, por que Carmine sentia que aquela vigilância massiva não iria render nenhum fruto? Ele genuinamente não sabia por quê, exceto pelo fato de que os Fantasmas eram fantasmas, e você só via fantasmas quando eles queriam que você os visse.

20

Segunda-feira, 31 de janeiro de 1966

Haviam caído cinquenta e seis centímetros de neve na quarta-feira anterior, e nenhum degelo se seguira, o que não era incomum em janeiro. Em vez disso, a temperatura despencou a onze abaixo de zero, fazendo até menos, à noite. A vigilância se transformou num pesadelo, homens encapotados com todos os casacos de pele que a mulher ou a mãe lhes pudessem emprestar, tapetes de pele, gorros de pele, cobertores, camadas de lã, roupas de baixo térmicas, cobertores elétricos que podiam ser ligados à bateria do carro, aquecedores do século XIX enchidos com carvão de churrasco, qualquer coisa que os impedisse de se congelar. Pois, logicamente, no instante em que o mercúrio do termômetro caía a menos dois graus não se podia deixar o motor ligado por causa do denso vapor branco que saía do escapamento, revelando a presença de um veículo ocupado. Os homens mais sortudos eram os que ficavam aconchegados dentro dos abrigos de caça, típicos do Alasca.

Carmine pegou o turno da meia-noite às oito da manhã todas as noites; seu carro era um Buick bege com interior de veludo pelo qual ele agradecia a todos os santos que existissem.

A noite de domingo para segunda foi a mais fria de todas, chegando a dezoito graus negativos. Enrolado em duas mantas de cashmere, ele ficou sentado com os quebra-ventos abertos apenas o suficiente para impedir que os vidros se embaçassem, seus dentes batendo como castanholas. A folhagem perene dos loureiros-da-montanha o escondia bem, mas, na quinta-feira, a primeira noite de sua vigilância, ele tinha se preocupado com Biddy. Será que a cachorra sentiria sua presença e latiria? Não havia acontecido e tampouco aconteceu nesta noite. Apenas um homem descerebrado, ele pensou, se aventuraria a sair de casa; aquela era a estação das lareiras, do delicioso calor flutuando pelos ventiladores, de encontrar coisas para se fazer em casa. Se os Fantasmas houvessem planejado um rapto, com certeza esse frio terrível os deteria.

A propriedade dos Ponsonby tinha sido uma dor de cabeça. Um bloco de dois hectares, mais comprido do que largo, descendo abruptamente a partir de uma cadeia de colinas que formavam uma espinha, funcionando como fronteira traseira; a antiquíssima casa ficava perto da estrada, com uma floresta esparsa ao redor. A cadeia de colinas que se estendia atrás de todos os blocos naquele lado da Ponsonby Lane era, na verdade, o início de uma reserva florestal de oito hectares, doada não ao estado, mas ao Conselho Municipal de Holloman, por Isaac Ponsonby, avô de Charles e Claire. Isaac tinha sido um amante dos cervos, que lamentava que fossem caçados; aqueles oito hectares, dizia seu testamento, deveriam ser preservados como um parque para os cervos, dentro do distrito próximo à cidade. Além de colocar alguns cartazes dizendo CAÇA PROIBIDA, o Conselho Municipal não dera maior atenção ao legado. Hoje estava exatamente como tinha sido no tempo de Isaac, uma floresta bastante densa amplamente povoada de cervos. Estendia-se da cadeia de colinas, descendo por uma ladeira até a rua conhecida como Deer Lane — Travessa dos Cervos —, sem saída e com quatro casas no final; o parque dos cervos prosseguia além da extremidade final circular da Deer Lane e havia impedido que houvesse mais construções. Embora Carmine estivesse certo de que Charles não era suficientemente atlético para fazer aquele tipo de caminhada com dezoito graus abaixo de zero, ele teve de posicionar outros carros nas cercanias: na Deer Lane, nas suas esquinas e na Rota 133. Esses vigilantes o informaram de que não havia nenhum outro carro estacionado na Deer Lane.

A noite era típica daquelas condições árticas: um céu que não era negro, mas azul-marinho e salpicado, com teias e círculos brilhantes de estrelas e nenhuma nuvem à vista. Lindo! Nenhum som além do produzido por seus próprios dentes, nenhum movimento ou luz de lanterna lá fora, nenhum ruído de pneus de carros na estrada congelada.

E como a inércia era um conceito desconhecido para ele, Carmine começou a brincar com uma ideia que surgiu em sua mente no segundo exato em que uma estrela cadente traçou seu caminho de fogo através da abóbada celeste.

Olhe para o aspecto religioso das coisas, Carmine. Pense nas treze garotas, recuando até Rosita Esperanza, a primeira a ser apanhada... dez delas eram católicas. Rachel Simpson era filha de um ministro episcopal. Francine Murray e Margaretta Bewlee eram batistas. Mas nenhuma das garotas protestantes era de uma igreja *branca*. Então, por que não acrescentar catolicismo ao protestantismo negro? O que isso indica, para você, Carmine? Um fanático protestante branco, é isso que indica. Nós nos afastamos da enorme preponderância das garotas católicas, talvez porque os Fantasmas pareceram afastar-se delas com Francine e Margaretta. Mais de 75% das garotas são católicas, mais a filha de um ministro negro protestante, a filha de um casamento inter-racial e... Margaretta. Margaretta, a única que não se encaixa. Existe alguma coisa a respeito da família Bewlee que desconhecemos?

Esquecendo-se do frio, ele ficou ali sentado, ansioso para que a manhã chegasse para liberá-lo daquele turno infrutífero, contraproducente, e o deixasse ir conversar com o Sr. Bewlee.

Seu rádio emitiu um som breve, baixo, o sinal de que um policial estava se aproximando de seu carro. Uma olhada em seu relógio disse a Carmine que eram cinco da manhã, tarde demais para que algo acontecesse, se o plano fosse de um rapto noturno. Uma coisa era certa: os Ponsonby não tinham se mexido.

Patrick escorregou para o banco do passageiro e lhe estendeu uma garrafa térmica com um sorriso. — O melhor do Malvolio's. Fiquei em cima do Luigi e o obriguei a coar um bule de café fresco, e as roscas de passas tinham acabado de chegar.

— Patsy, eu te amo.

Eles beberam e comeram por cinco minutos, então Carmine contou ao primo sua nova teoria. Para sua decepção, a opinião de Patrick a respeito não foi muito boa.

— O problema é que você está neste caso há tanto tempo que já esgotou todas as probabilidades e não tem mais onde olhar, exceto para as improbabilidades.

— *Existe* um viés religioso, e está ligado à raça!

— Eu concordo, mas a religião não é o que interessa aos Fantasmas. O que interessa a eles é o fato de que são as famílias tementes a Deus que produzem o tipo de garota que eles querem.

— Os Bewlee estão escondendo alguma coisa, têm de estar — Carmine resmungou. — Caso contrário, Margaretta não se encaixa.

— Ela não se encaixa — disse Patrick pacientemente — porque a sua hipótese é maluca. Volte para o básico! Se você acha que os Fantasmas são estupradores, antes de serem assassinos, então você *não* está procurando por um fanático religioso de qualquer cor ou seita, cristã ou não. Está procurando por um homem ou dois que odeiam todas as mulheres, algumas mais do que outras. Os Fantasmas odeiam a virtude aliada à juventude aliada à cor aliada a um rosto aliado a outras coisas que não sabemos. Mas *sabemos* sobre a virtude, a juventude, o rosto, a cor. Nenhuma delas era totalmente branca, e nenhuma será, disso eu tenho certeza absoluta. Seu melhor grupo de amostragem é o das latinas católicas, só isso. As garotas são criadas um tanto imaturas para sua idade, estritamente supervisionadas e intensamente amadas. Você *sabe* disso, Carmine! Mas as famílias não são recém-chegadas nos Estados Unidos, e eu acho que um assassino fanático religioso estaria se concentrando em novos imigrantes... para manter o influxo baixo, para espalhar a notícia de que se você imigrar para cá, suas filhas serão estupradas e assassinadas. A resposta está nos elementos básicos do caso.

— Ainda assim, vou falar com o Sr. Bewlee — disse Carmine teimosamente.

— Se você acha que precisa fazer isso, faça. Mas ela não vai se encaixar porque o padrão que você está vendo é um produto da sua imaginação. Você é uma vítima de fadiga de combate.

Eles ficaram em silêncio; faltavam menos de três horas e o turno estaria terminado.

Pouco depois das sete da manhã, o rádio emitiu um ruído secreto diferente: o que dizia saia daí discretamente e vá para seu ponto de encontro, porque uma garota foi raptada.

O ponto de encontro de Carmine era o motel Major Minor's, onde ele e Patrick requisitaram o uso do telefone da recepção. O Major em pessoa estava na recepção, ansioso para saber o que estava acontecendo. Todos os seus quartos tinham sido reservados pela polícia de Holloman por uma soma que eles (e ele) sabiam que era exorbitante, principalmente pelo fato de que ninguém os usava. O sinal luminoso de NÃO HÁ VAGAS era uma camuflagem adicional para os carros estacionados, e o Major não o acenderia a não ser que dissesse a mais absoluta verdade.

Enquanto Carmine falava, Patrick observava o Major Minor, perguntando-se, apenas a título de curiosidade, se, assim como tantas pessoas com nomes sugestivos, o jovem F. Sharp Minor tinha entrado para a academia militar de West Point determinado a conseguir a patente que faria dele uma contradição semântica. Na faixa dos cinquenta anos, com o nariz inchado e vermelho de um beberrão e a atitude de um guerreiro administrativo: se os formulários estão devidamente preenchidos e a documentação, adequada, pode fazer o que você quiser, desde espancar um soldado até roubar armas de fogo do depósito. Esse traço da personalidade do Major Minor favorecia o seu negócio que costumava hospedar clientes por uma hora, no meio da tarde; o estacionamento principal ficava nos fundos, de forma que nenhuma mulher passando pela Rota 133 pudesse identificar o carro do maridão. A certa altura, Carmine tinha ficado desesperado o suficiente para classificar o Major F. Sharp Minor como suspeito, por nenhuma outra razão além de saber que todos os quartos tinham buracos por onde se podia espiar. O velho safado tinha se livrado das câmeras depois que um detetive particular o apanhou filmando o diretor de uma companhia com sua secretária, mas o Major Minor ainda podia *olhar*.

— Norwich — disse Carmine. — Corey, Abe e Paul estarão aqui em um minuto. — Ele se afastou um pouco mais do Major. — Ela é de origem libanesa, mas a família já vive em Norwich desde 1937. O nome dela é Faith Khouri.

— Eles são muçulmanos? — Patrick perguntou, parecendo incrédulo.

— Não, católicos da seita maronita. Duvido que exista uma igreja maronita, então eles devem ir à católica comum.

— Norwich é uma cidade bem grande.

— Sim, mas eles moram um pouco fora da cidade. O Sr. Khouri tem uma loja de conveniência em Norwich. A casa dele fica ao norte, a cerca de meio caminho de Willimantic.

Abe chegou no Ford, com Paul logo atrás, na van preta sem identificação de Patrick.

— Nem sei por que nos vamos dar ao trabalho de ir até lá — disse Corey quando o Ford saiu, à velocidade normal; nada de sirenes nem luzes até que eles estivessem bem longe da Ponsonby Lane.

Esse, pensou Carmine, suspirando intimamente, é o comentário de um homem sem esperanças. Não sou o único sofrendo de um caso grave de fadiga de combate. Estamos começando a acreditar que jamais apanharemos os Fantasmas. Essa é a quarta garota desde que ficamos sabendo da existência dos Fantasmas, e não estamos nem um pouco mais perto, nem um pouco. Corey chegou ao fundo de seu poço particular, e eu não sei a que distância estou do fundo do meu.

— Nós vamos, Cor — Carmine disse, como se o comentário de Corey fosse uma questão de rotina —, porque precisamos ver pessoalmente o local do rapto. Abe, se seguirmos na direção norte pela I-91 até Hartford e, depois, virarmos para leste, encontraremos melhores condições de estrada do que na I-95 para New London.

— Não dá — disse Abe brevemente. — Cinco carretas acidentadas.

— Pelo menos — disse Carmine, acomodando-se confortavelmente em seu querido banco traseiro —, o aquecimento está ligado. Vou dormir um pouco.

A casa dos Khouri ficava numa travessa sinuosa não muito longe do rio Shetucket e era tão charmosa quanto seus arredores. A casa em si era tradicional, mas construída com linhas assimétricas que lhe conferiam ângulos encantadores e três níveis. Entre a casa e a estrada ficava um enorme lago, completamente congelado nesta época do ano, assim como o riacho que ia dele até o rio barrado pelo gelo; ele tinha sido liberado de toda a neve para que pudesse ser usado como pista de patinação, mas um diminuto cais de madeira indicava de forma igualmente clara o uso de canoas no verão. Uma porção de juncos chocalhava uns contra os outros com um ruído oco e, por toda parte, à distância, um brilho dourado de sol revestia os campos brancos e lisos. Em volta da casa havia os esqueletos invernais das bétulas e salgueiros, com um enorme carvalho antigo no alto de uma elevação além do lago. Piqueniques à sombra no verão, ele indicava. Que ambiente mais adorável poderia haver para as crianças do que este perfeito sonho americano?

Havia sete filhos, Carmine soube: apenas um garoto de dezenove anos, Anthony, já havia saído de casa. Seu irmão, Mark, tinha dezessete, depois vinha Faith, aos dezesseis, Nora de quatorze, Emily de doze, Matthew de dez; Philippa, de oito anos, era a mais nova.

A dimensão da tristeza da família tornou impossível interrogar qualquer um deles, incluindo o pai. Quase trinta anos nos Estados Unidos não haviam impedido sua reação levantina à perda de um filho. Quando Carmine conseguiu encontrar uma foto de Faith, viu o que Patrick tinha tentado fazer com que ele visse, na Ponsonby Lane. Faith parecia irmã das demais vítimas, da cabeleira negra encaracolada aos grandes olhos escuros e a boca carnuda. Em termos de tom de pele ela era a mais clara; como uma garota do sul da Itália ou da Sicília, de um tom moreno mediterrâneo.

Patrick parecia derrotado ao encontrar Carmine lá fora, na varanda gelada. — A neve está congelada de forma tão sólida que eles puderam colocar uma faixa de palha da estrada à varanda dos fundos... parece uma passadeira barata para escadas — ele disse. — Eles rasparam e jogaram sal na estrada, no local onde estacionaram, então não há marcas de pneus que não tenham sido borradas pelos policiais locais. Eles abriram a porta dos fundos com uma chave ou um jogo de michas, e eu diria que eles sabiam exatamente qual era o quarto de Faith. Ela tinha seu próprio quarto, como todos os filhos, no segundo andar, que é o andar em que todos dormem. Eles devem tê-la encontrado adormecida. Os únicos sinais de luta são algumas alterações nos lençóis, nos pés da cama, talvez de alguns chutes fracos. Então, a carregaram para fora, pelo mesmo caminho que entraram, subiram pela passadeira de palha até a estrada e até seu veículo. Pelo que sabemos, ninguém ouviu nada. Sentiram sua falta quando ela não apareceu para o café da manhã, que a mãe serve cedo nesta época do ano; é uma hora de carro até Norwich, por estradas malconservadas. As crianças vão com o pai e ficam na loja dele até a hora de ir para a escola, a uma distância não muito grande, caminhando.

— Você está fazendo o meu trabalho, Patsy. Temos alguma ideia da altura dela? De seu peso?

— Não teremos até que o padre Hannigan e suas freiras cheguem. A tristeza lá dentro é avassaladora, e ninguém me deixa dar um calmante para ninguém. Os cabelos estão sendo arrancados aos tufos.

— E o sangue está voando, onde a Sra. Khouri não para de arranhar a própria pele. É por isso que estou aqui fora, e não lá dentro — disse Carmine, suspirando. — Não que cabelos e sangue importem muito. Os Fantasmas não terão deixado vestígios de nenhum dos dois.

— A família já deu Faith por morta.

— Você, sinceramente, pode culpá-los, Patsy? Nós somos, praticamente, tão úteis quanto tetas num touro, e isso já está afetando a Abe e Corey. Eles estão sofrendo muito, só não podem demonstrar.

Patrick apertou os olhos e soltou um suspiro de alívio. — Aí vêm nosso padre e companhia. Talvez eles saibam como acalmar todo mundo.

Se eles não pudessem fazer isso, pelo menos poderiam dar a Carmine a informação de que ele precisava. Faith tinha um metro e sessenta e pesava quarenta quilos. Magra, ainda não totalmente desenvolvida. Uma garota querida, devota, com médias excelentes em todas as matérias e que se inclinava às ciências biológicas; sua ambição tinha sido estudar medicina. Ela iria se integrar ao programa de voluntárias do St. Stan's Hospital no próximo verão, mas, até agora, sua mãe e seu pai a haviam mantido em casa, não queriam que ela começasse a fazer suas caridades cedo demais. Anthony, o irmão que não estava lá, fazia o curso preparatório para medicina na Universidade Brown; parecia que todos os filhos estavam interessados nas ciências humanas. A família, em si, era bastante unida e altamente respeitada. Sua loja ficava numa parte boa de Norwich e nunca havia sido roubada, sua casa nunca tinha sido arrombada, e nenhum deles havia sido assediado nem atacado.

— E sempre voltamos à inocência incontestável, ao rosto e à idade, com a possibilidade da religião — Carmine disse a Silvestri quando voltou a Holloman. — Ultimamente, a cor parece não ter preocupado os Fantasmas, nem o tamanho, mas sempre temos esses três primeiros elementos e, na maioria dos casos, o quarto. O presente de aniversário de dezesseis anos de Margaretta Bewlee, dado pela mãe, foi uma visita ao salão de beleza para alisar o cabelo e cortá-lo ao estilo de Dionne Warwick; ela estava interpretando uma das músicas de Dionne num concerto da escola. Essa notícia me fez repensar o caso dela, mas depois que verifiquei tudo, percebi que isso não era evidência de... como posso explicar?... de virtude decadente? Embora Margaretta seja uma das que me atormentam, John. Ela é a única pérola negra numa coleção de pérolas de cor creme. Alta demais, negra demais, inadequada demais.

— Talvez os Fantasmas estejam adotando a questão da raça. Suas atividades certamente não estão ajudando a situação racial.

— Então, por que não outra vítima igualmente negra, agora? As palavras-cruzadas do *Times* apresentaram uma pista recentemente: "rima com pele". Seis letras. A resposta era "repele". Quando me dei conta, ri tanto que até chorei. Em todo lugar aonde vou, sou repelido.

Silvestri não disse aquilo que estava pensando: você precisa é de umas longas férias no Havaí, Carmine. Mas não ainda. Não posso me dar ao luxo de tirá-lo deste caso. Se você não puder solucioná-lo, ninguém mais pode. — Está na hora de realizar uma conferência de imprensa — ele disse. — Não tenho nada para dizer aos miseráveis, mas preciso me humilhar em público. — Ele pigarreou, mastigou a ponta de um charuto bastante esfarrapado. — O governador concorda que eu devo me humilhar em público.

— Sua moral está baixa com o pessoal de Hartford, hein?

— Não, ainda não. Como você acha que eu passo a maior parte dos meus dias? Precisamente ao telefone com o pessoal de Hartford.

— Nenhum dos huggers pôs o focinho para fora ontem à noite. Mas isso não significa que eu não pretenda vigiá-los por mais trinta dias, John. Ainda tenho uma intuição de que o Hug está bastante envolvido, e não simplesmente como alvo de uma vingança — disse Carmine. — Quanto de verdade você vai contar à imprensa?

— Um pouco disto e daquilo. Nada sobre o vestido de festa de Margaretta. E nada a respeito de haver dois assassinos.

21

Terça-feira, 1º de fevereiro de 1966

A Prefeitura de Holloman era famosa por sua acústica e, depois que os serviços administrativos do prefeito foram transferidos para o prédio de Serviços Municipais, uma década antes, a Prefeitura de Holloman foi destinada àquilo que fazia melhor: servir de sede para os melhores virtuoses e as melhores orquestras sinfônicas do mundo.

Atrás do auditório havia uma sala de ensaios projetada para que esses artistas pudessem gravar, além de ensaiar; o aglomerado de pedestais para música e cadeiras, dispostos em fileiras semicirculares, não sugeria o terrível assassinato de nada além da música. John Silvestri colocou-se no púlpito do maestro, vestido em seu melhor uniforme, com a Medalha de Honra do Congresso ao redor do pescoço. Isso, mais as condecorações de campanhas no seu peito, diziam que ele não era um homem qualquer.

Cerca de cinquenta jornalistas vieram, a maioria de jornais e revistas, uma equipe de TV da rede local de Holloman e um repórter da rádio WHMN. Os principais jornais diários da nação enviaram representantes; embora o Monstro de Connecticut fosse uma notícia importante, qualquer editor astuto entendia que aquela atividade da polícia não iria revelar nenhum avanço muito surpreendente. O que sairia da conferência seria a chance de escrever editoriais destrutivos a respeito da incompetência policial.

Mas Silvestri em público era uma beleza, principalmente quando precisava se humilhar. Ninguém, pensou Carmine enquanto o ouvia, sabia se humilhar com mais graça, aparentando maior contentamento.

— Apesar das condições congelantes do tempo, vários departamentos de polícia de todo o estado mantiveram um total de noventa e seis possíveis suspeitos sob vigilância, durante as vinte e quatro horas de cada dia, da terça-feira da semana passada até o rapto de Faith Khouri. Trinta e duas destas pessoas estavam em Holloman ou nas redondezas. Nenhuma delas poderia ser implicada, o que significa que não estamos mais perto de conhecer a identidade do homem a quem vocês chamam de Monstro de Connecticut, mas que agora nós passamos a chamar de Fantasma.

— Bom nome — disse a redatora criminal do *Holloman Post*. — Vocês têm alguma evidência que implique alguém? Qualquer pessoa?

— Acabei de dizer isso, Sra. Longford.

— Este assassino... o Fantasma, até que eu gosto do nome... deve ter um lugar especial para manter suas vítimas. Já não é hora de vocês começarem a procurar por esse local com mais seriedade? Inspecionando propriedades, por exemplo?

— Não podemos inspecionar nenhuma propriedade habitada sem mandado, madame, a senhora sabe disso. E mais ainda, a senhora seria a primeira a atacar, se o fizéssemos.

— Em circunstâncias normais, sim. Mas isto é diferente.

— Diferente como? Na natureza horrível dos crimes? Concordo, como pessoa, mas como homem da lei, não posso. A força policial pode ser um braço vital da lei, mas numa sociedade livre como a nossa, ela também é restringida pelas mesmas leis a que serve. O povo americano tem direitos constitucionais que nós, da polícia, somos obrigados a respeitar. Suspeitas não comprovadas não nos permitem marchar para dentro da casa de alguém e procurar evidências que não fomos capazes de encontrar em outra parte. A evidência deve vir primeiro. Nós temos de apresentar, ao braço judicial da lei, um caso baseado em *fatos* para então obtermos permissão de realizar uma busca. Falar até ficar sem saliva não irá convencer um juiz a emitir um mandado sem fatos concretos. E nós não temos fatos concretos, Sra. Longford.

Os demais jornalistas ficaram felizes em nomear a Sra. Longford como seu burro de carga; nada resultaria de sua inquisição, de qualquer forma, e eles podiam sentir o cheiro do café e dos donuts frescos, à disposição nos fundos da sala.

— E por *que* vocês não têm fatos concretos, Sr. Comissário? Quer dizer, é de dar nó na cabeça pensar que um grande número de homens experientes vem investigando esses assassinatos desde o início de outubro do ano passado sem encontrar nenhum fato concreto! Ou está dizendo que o assassino é um fantasma *de verdade*?

Ironia cáustica não afetava Silvestri mais do que agressão ou charme; ele prosseguiu, sem se alterar.

— Não um fantasma de verdade, madame. Alguém muito mais perigoso, muito mais letal. Pense no nosso assassino como um felino de caça muito forte, no seu auge... um leopardo, por exemplo. Ele descansa confortavelmente numa árvore, nas margens da floresta, perfeitamente camuflado, vigiando uma manada inteira de cervos que pastam cada vez mais perto da floresta e de sua árvore. Para um pássaro naquela árvore, todos os cervos são iguais. Mas o leopardo vê cada um de forma diferente, e seu alvo é um deles, em particular. Para ele, aquela criatura é mais saborosa, mais suculenta que as demais. Ah, ele é bastante paciente! O cervo passa sob ele... ele não se move... o cervo não o vê nem o fareja em seu galho... e, então, *seu* cervo vagueia embaixo dele. O ataque é tão rápido que o resto da manada mal tem tempo de começar a correr antes que ele volte a subir em sua árvore com a presa, os membros inertes, o pescoço quebrado.

Silvestri respirou fundo; ele havia conquistado a atenção deles. — Admito que não seja uma metáfora brilhante, mas a uso para ilustrar a magnitude do que estamos enfrentando com o Fantasma. De onde estamos, ele é invisível. Assim como não passa pela cabeça do cervo olhar para cima da árvore, assim como os cheiros que o vento transporta até as narinas do cervo se originam no seu nível, e não em cima de uma árvore, o mesmo ocorre conosco. Não nos ocorreu olhar ou farejar no lugar certo para procurá-lo porque não temos ideia de onde seja esse lugar, de que tipo de lugar ele usa. Podemos passar por ele na rua todos os dias... a senhora pode passar por ele na rua todos os dias, Sra. Longford. Mas o rosto dele é comum, seu caminhar é comum... tudo nele é comum. Na superfície, ele é um gatinho de rua, não um leopardo. Por baixo, ele é Dorian Gray, Mr. Hyde, as faces de Eva, Satã reencarnado.

— Então, que proteção a comunidade pode ter contra ele?

— Eu diria que a vigilância, exceto que vigilância não o impediu de capturar garotas de um tipo específico nem depois que saturamos Connecticut com boletins e avisos. No entanto, está claro para mim que nós o assustamos, o forçamos a desistir de seus raptos à luz do dia em favor da noite. Isso não é nada de que se gabar, pois não o deteve. Nem sequer o desacelerou. Porém, é um raio de esperança. Se ele estiver mais assustado do que antes, e nós não aliviarmos a pressão, ele começará a cometer alguns erros. E, senhoras e senhores da imprensa, vocês têm a minha palavra de que não vamos deixar passar seus erros. Eles farão com que nós sejamos o leopardo na árvore, e ele, nosso cervo particular.

— Ele fez muito bem — Carmine disse a Desdemona naquela noite. — O representante da Associação de Imprensa perguntou a ele se estava planejando concorrer para o cargo de governador nas próximas eleições. “Não, senhor, Sr. Dalby”, ele disse, sorrindo de orelha a orelha, “comparado ao governo, o fardo de um policial é leve, com fantasmas e tudo”.

— As pessoas reagem a ele. Quando eu o vi no noticiário das seis, ele me fez lembrar de um urso de pelúcia velho e desgastado.

— O governador gosta dele, o que é mais importante. Não se dispensam heróis de guerra como idiotas incompetentes.

— Ele deve ter sido um herói de guerra bastante maduro.

— E foi mesmo.

— Você parece um pouco fanho, Carmine. Vai ficar gripado? — ela perguntou, pegando outra fatia de pizza. Ah, como era bom estar novamente às boas com ele!

— Depois de ficar sentado em carros sem aquecimento com o termômetro abaixo de zero, todos nós estamos ficando gripados.

— Pelo menos vocês não tiveram que me vigiar.

— Mas vigiamos, Desdemona.

— Ah, a quantidade de gente necessária! — ela exalou, a gerente nela se espantando, como sempre. — Noventa e seis pessoas?

— Pois é.

— Quem você herdou?

— É confidencial, você não pode me perguntar. O que vem acontecendo no Hug, desde o desaparecimento de Faith?

— O professor ainda está no hospício. Quando ele descobrir que Nur Chandra aceitou um cargo em Harvard, vai surtar novamente. É mais do que perder sua estrela mais brilhante; é o fato de que o contrato de Nur diz que os macacos devem ir com ele. Parece que Nur estendeu o convite a Cecil para se mudar para Massachusetts também; Cecil está explodindo de alegria com isso. Chega de morar no gueto. Os Chandra compraram uma propriedade chique e Cecil terá uma linda casinha lá. Fico contente por ele, mas muito triste pelo professor.

— Parece bastante estranho para mim. Um contrato que te permite trazer coisas que foram pagas por outras pessoas? É como um membro do Congresso levando embora o quadro de Remington da parede do seu escritório quando perde o cargo.

— Na época em que Nur veio para o Hug, o professor tinha todos os motivos para ignorar essa cláusula. Ele sabia que Nur jamais encontraria um lugar tão perfeito para sua pesquisa quanto o Hug. E isso era verdade, até esse monstro bestial e assassino aparecer.

— Sim, quem poderia ter previsto isso? Estou ficando tão paranoico que isso sugere outro motivo ainda. Afinal, há um Prêmio Nobel em jogo.

— Você sabia — ela disse, pensativa — que sempre tive a estranha sensação de que Nur Chandra não ganhará o Prêmio Nobel? De certa forma, tudo tem sido fácil demais. O único dos macacos que apresentou qualquer evidência de um estado epilético condicionado foi Eustace, e é muito perigoso, em ciência, colocar todas as suas esperanças numa estrela solitária. E se Eustace estivesse hospedando uma tendência epilética todo o tempo, e algo inteiramente não relacionado ao estímulo de Chandra, de repente, a trouxe à tona? Coisas mais estranhas do que essa já aconteceram.

— Você é muito mais inteligente que todos eles reunidos em um — Carmine disse, elogiosamente.

— O suficiente para saber que não vou ganhar nenhum Prêmio Nobel!

Eles passaram para as poltronas. Geralmente, Carmine se sentava ao lado de Desdemona, mas esta noite, ele se sentou de frente para ela, na suposição de que olhar para seu rosto equilibrado e sensato o animaria um pouco.

Ontem ele tinha ido a Groton para conversar com Edward Bewlee, um homem tão equilibrado e sensato quanto Desdemona. Mas a entrevista não havia solucionado nenhum dos mistérios.

— Etta estava tão determinada a se tornar uma estrela famosa do rock — dissera o Sr. Bewlee. — Sua voz era linda e ela sabia se mover.

E ela sabia se mover. Seria isso que atraía os Fantasmas?

De volta ao presente... ao rosto equilibrado e sensato de Desdemona.

— Alguma outra novidade no front do Hug? — ele perguntou.

— Chuck Ponsonby está substituindo o professor. Ele não é uma das minhas pessoas favoritas, mas pelo menos ele vem discutir os problemas comigo e não com Tamara. Parece que ela tentou falar com Keith Kyneton e ele bateu a porta do seu escritório na cara dela. Portanto, Hilda está, definitivamente, usando os louros da vitória. A aparência dela melhorou absurdamente: um terninho preto de bom corte, blusa de seda vermelho-tomate, sapatos italianos, novo corte de cabelo e tintura, maquiagem apropriada... e, acredite se quiser, lentes de contato em vez de óculos! Ela parece a mulher perfeita para um neurocirurgião proeminente.

— Pronta para exibir seu novo estilo nova-iorquino — disse Carmine, com um sorriso. — É bom saber que alguma coisa do que eu disse para o Kyneton foi absorvida. — Ele se remexeu na cadeira. — Há um rumor aqui no prédio de que Satsuma não vai renovar o aluguel da cobertura nem do apartamento de Eido.

— Pode bem ser verdade. Ele está hesitando entre propostas das universidades de Stanford, Washington State e Geórgia. O que significa que ele, provavelmente, terminará em Colúmbia.

— Como você chegou a essa conclusão?

— Hideki é um homem urbano e ficar na cidade de Nova York significa que ele não terá de abrir mão de sua casa em Cape Cod. Fica um pouco mais longe, sim, mas ainda é factível. Ele teria ido para Boston se Nur Chandra não tivesse chegado primeiro a Massachusetts. Qualquer outra universidade que não Harvard teria sido um declínio terrível. Porém, para mim, Hideki é uma aposta melhor para o Prêmio Nobel. Pesquisadores ostentosos podem fascinar a imprensa científica, mas eles raramente cumprem com o prometido. — Ela se levantou de um salto, agilmente. — Hora de ir para a cama. Obrigada pela pizza, Carmine.

Privado de uma resposta adequada, ele a levou dois andares abaixo até sua porta de aço com fechadura e combinação, certificou-se de que ela estivesse devidamente trancada e voltou a seu próprio domínio sentindo-se curiosamente deprimido. Ele estivera prestes a perguntar a ela se teria alguma chance de avançar o relacionamento deles a um plano mais íntimo, mas viu suas palavras silenciadas por aquele pulo atlético com que ela se levantara e por sua partida rápida, sem irrelevâncias.

A verdade era que as sondagens de Carmine não haviam sido óbvias o suficiente para que Desdemona sequer suspeitasse de sua existência; e, se suas próprias emoções estivessem se inclinando na direção dele, então ela não se atrevia a permanecer na sua presença depois que houvessem dito tudo que podiam dizer a respeito do Hug e de outros tópicos ordinários de conversa. O que ela havia temido era um longo silêncio, incerta de que poderia tolerá-lo.

Além disso, estava muito cansada. Após discussões calorosas, ela havia conquistado o privilégio de retomar suas caminhadas de fim de semana... com a condição de que fosse levada até o ponto de partida por uma viatura, cujos condutores policiais garantissem que não fosse seguida, e depois apanhada em algum ponto que ela determinasse como sua linha de chegada. Assim, ela havia caminhado na parte noroeste do estado no sábado e no domingo, e estava dolorida do que havia se tornado um exercício ao qual não estava mais acostumada. A Trilha dos Apalaches tinha seu charme no inverno, mas algumas vezes ela havia se arrependido de não ter trazido suas botas para neve.

Portanto, depois de um longo banho quente de banheira, ela se secou bem e vestiu seu traje costumeiro de dormir: um pijama masculino de flanela e meias grossas de lã. Não era ao gosto de Desdemona ter um termostato produzindo ar quente! No que, se ao menos ela soubesse, ela se parecia exatamente a Carmine Delmonico.

Ela pegou no sono assim que se deitou, e não sonhou com nada de que se lembrasse posteriormente, apenas que algum ruído peculiar a despertou num momento em que seu despertador dizia que eram quatro horas da manhã. Um raspar, com um leve rangido.

Sentando-se rapidamente, ela começou a pensar que não fora o ruído que a tinha despertado; um sentido primitivo de perigo iminente o fizera. A porta do quarto estava aberta, mostrando a área social do pequeno apartamento imersa em trevas. Assim como o quarto. Nenhum bicho-papão que exigisse luzes de abajures assombrava o sono de Desdemona. Porém, um facho de luz do corredor lá fora penetrava levemente, com uma sombra no centro, de altura humana, forma humana. Que desapareceu num instante, quando a porta externa foi fechada. *Não estou sozinha.* Ele está aqui dentro, ele veio para me matar.

Numa cadeira ao lado da cama estavam as “miudezas” do dia, que ela não tinha tido tempo de lavar: calcinha, sutiã, meias e um par de luvas tricotadas de lã. Desdemona saiu da cama sem um ruído, foi até a cadeira, seus dedos procurando pelas luvas. Uma vez encontradas, ela calçou uma em cada mão e se obrigou a ir, fora de qualquer luz que se refletisse, até as portas corrediças da sacada, trancadas e protegidas por uma barra de aço que se encaixava em seus trilhos. Ela se inclinou, retirou a barra de aço, abriu o trinco e deslizou a porta, abrindo apenas o suficiente para sair na sacada, uma protuberância de concreto rodeada por uma estrutura de um metro e vinte de lanças de ferro encimadas por uma barra.

Carmine estava dois andares acima, no lado nordeste do edifício da Seguros Nutmeg, quase exatamente no lado oposto ao que ela estava. Significava que, para chegar até ele, ela teria que subir dois andares e que haveria uma dúzia de apartamentos entre eles, tanto no nível dele quanto no dela. Será que deveria subir os dois andares primeiro, ou seguir pelos apartamentos de seu próprio andar até ficar diretamente sob o apartamento dele? Não, suba primeiro, Desdemona! Saia deste andar o mais rápido possível. Só que... como?

Cada andar ocupava três metros de espaço vertical: lá dentro, o teto ficava a dois metros e setenta de altura e havia mais trinta centímetros de concreto, representando o piso do andar de cima, com seus canos de água e de escoamento, e condutos de eletricidade. Alto demais para que ela alcançasse, alto demais...

O vento sibilava, mas após fechar a porta corrediça da sacada, ele não passaria pelo isolamento duplo até o interior do quarto. Estava dolorosamente gelado, atravessando seu pijama como se fosse feito de papel. Só havia uma coisa a fazer. Ela jogou suas pernas compridas e as passou por cima da grade da sacada, parou ali, vacilando, dez andares acima da rua, enquanto o vento a açoitava, apalpando além da plataforma de concreto até encontrar a parte inferior da balaustrada do andar de cima. Pronto! Apenas sua altura e a propensão adolescente à ginástica tornaram aquilo possível. Com ambas as mãos agarrando a parte de baixo da balaustrada do andar de cima, ela tirou os pés da grade e dobrou seu corpo, no ar, até que estivesse perpendicular, então balançou as pernas para dentro para enganchá-las na grade, por trás dos joelhos dobrados. Um enorme impulso e ela chegou à sacada acima da sua.

Uma já foi, falta outra. Com os dentes batendo, ela sentia o corpo feito gelo, por baixo do calor gerado pelo exercício; sem parar para descansar, ela subiu na grade e se estendeu para alcançar a balaustrada do andar de Carmine. Vamos, Desdemona, faça isto logo enquanto você consegue! Subindo novamente, de novo segura na sacada, dois andares acima do seu.

Agora só precisava se deslocar naquele nível, indo de uma sacada à outra... mais fácil falar do que fazer, já que havia um vão de três metros entre o fim de uma sacada e o começo da seguinte. Ela optou por fazer a ponte sobre o vão equilibrando seus pés sobre a grade e se impulsionando, com toda força, até a próxima balaustrada. Quantas vezes? Doze. E seus pés estavam ficando dormentes, as mãos dentro das luvas de lã estavam perdendo toda a sensibilidade. Mas poderia ser feito... *tinha* de ser feito, dado o que esperava por ela lá embaixo, se ela falhasse. Como ela podia ter certeza de que seu agressor não era tão ágil quanto ela?

Finalmente, estava feito; ela parou no balcão de Carmine e começou a bater na porta corrediça de seu quarto, daquele lado.

— Carmine, Carmine, me deixe entrar! — ela gritou.

A porta foi aberta de um puxão; ele estava ali, usando apenas sua cueca samba-canção; percebeu a presença dela num milésimo de segundo e a puxou para dentro.

No instante seguinte, ele arrancou a colcha de sua cama e enrolou em volta dela.

— Ele está no meu apartamento — ela conseguiu dizer.

— Fique aqui e se concentre em aquecer-se — ele disse, girou o termostato ao máximo e desapareceu ao mesmo tempo em que vestia a calça.

— Olhe isto — ele disse a Abe e Corey vinte minutos depois, na porta de Desdemona, totalmente aberta.

A fechadura de aço carbono tinha sido cortada; havia uma pequena pilha de limalhas no chão, onde ela tinha sido colocada na posição de trancada.

— Jesus! — exclamou Abe.

— Temos uma arte completamente nova para aprender — Carmine disse com raiva. — Se isto prova alguma coisa, é que nossas ideias a respeito de segurança são uma merda. Para mantê-lo fora daqui, deveríamos ter sobreposto o metal no lado de fora da porta, mas não o fizemos. Ah, ele fugiu... no minuto em que descobriu que Desdemona tinha ido embora, imagino. Sumiu como um fantasma.

— Como diabos ela conseguiu passar por ele? — Corey perguntou.

— Foi para a sacada, saltou dois andares acima e, então, seguiu pelos apartamentos entre aqui e onde eu moro. Eu a ouvi socando a porta da minha sacada.

— Então, ela deve estar destruída, com este frio... e as grades de metal, o vento.

— Não ela! — Carmine disse, com um toque de orgulho na voz. — Ela colocou luvas e estava usando meias grossas.

— Uma mulher e tanto — disse Abe, com reverência.

— Tenho que voltar para ela. Ponham as engrenagens para funcionar, rapazes. Revistem o prédio, da cobertura aos porões. Mas ele já foi embora.

Encontrando Desdemona ainda sob sua coberta, ele a desembrulhou. — Está se sentindo melhor?

— Como se eu tivesse arrancado meus braços das articulações, mas... oh, Carmine, eu escapei! Ele *estava* lá, não estava? Não foi só a minha imaginação?

— Ele estava lá, sim, embora já tenha sumido faz tempo. Cortou a fechadura com algo parecido a um serrote diamante: delgado, de boa qualidade, que corta qualquer coisa, se usado por um especialista. Portanto, sabemos que ele é um especialista. Ele não tentou fazer rápido demais e quebrar o serrote. Filho da puta! Ele cuspiu na nossa segurança. — Carmine se ajoelhou para tirar suas meias ensopadas, examinou a pele dos pés dela. — Você sobreviveu, nesta extremidade. Agora, vamos dar uma olhada nas suas mãos. — Elas também haviam sobrevivido. — Você é uma mulher e tanto, Desdemona.

Completamente aquecida, ela ficou radiante. — Este é um elogio que vou guardar no coração, Carmine. — Então, estremeceu. — Ah, mas eu fiquei tão apavorada! Tudo que vi foi a sombra dele, quando ele abriu a porta da frente, mas eu sabia que ele tinha vindo para me matar. Mas por quê? Por que eu?

— Talvez para chegar a mim. Para chegar aos policiais. Para provar que se e quando ele decidir agir, nada o deterá. O problema é que nós estamos acostumados a criminosos comuns, homens que não teriam cérebro nem paciência de tentar uma façanha como serrar uma fechadura de cinco centímetros. Com ou sem serra de diamante, ele deve ter levado várias horas.

De repente, ele a pegou, puxou-a com força contra seu corpo num abraço quase frenético. — Desdemona, Desdemona, eu quase te perdi! Você teve de salvar a si mesma enquanto eu roncava! Ah, Jesus, mulher, eu teria morrido se te perdesse!

— Você não vai me perder, Carmine — ela disse num suspiro, enterrando a cabeça no ombro dele, os lábios em seu pescoço. — Eu fiquei apavorada, sim, mas nunca pensei, nem por um instante, em ir a qualquer outro lugar além de onde você estava. Com você, eu sabia que estaria segura.

— Eu te amo.

— E eu amo você. Mas eu me sentiria ainda mais segura se você me levasse para a cama — disse Desdemona, emergindo do pescoço dele. — Existem algumas partes de mim que não se degelam há anos.

PARTE QUATRO

FEVEREIRO e MARÇO

1966

22

Segunda-feira, 14 de fevereiro de 1966

Meados de fevereiro anunciaram o início de um degelo. Começou a chover sem dó nem piedade numa sexta-feira e não parou até tarde da noite no domingo. Todas as partes baixas de Connecticut ficaram debaixo da água congelante que tentava, em vão, se escoar. A casa dos Finch foi isolada da Rota 133, exatamente como Maurice Finch havia descrito para Carmine; o nível da água do riacho de Ruth Kyneton tinha se elevado tanto que ela teve de pendurar suas roupas no varal usando galochas de borracha; e o Dr. Charles Ponsonby chegou ao Hug queixando-se amargamente de uma inundação em sua adega de vinhos.

Frustrado pela intensidade do dilúvio e atormentado pelos músculos endurecidos de suas pernas, no amanhecer da segunda-feira, Addison Forbes decidiu dar uma corrida curta ao redor da área de East Holloman e, depois, descer até a margem da água em seu quebra-mar. Ali ele havia construído um abrigo para guardar seu pequeno barco de 15 pés, embora fossem poucas as vezes em que seu estado de espírito o movesse a lançá-lo à água para um passeio de lazer no Porto de Holloman. Durante os últimos três anos, o lazer tinha sido um pecado para Addison Forbes, senão um crime.

Uma viatura estava estacionada suspeitosamente próxima à estrada bastante íngreme que dava acesso à casa dos Forbes, e seus ocupantes lhe dirigiram um aceno admirado quando ele passou por eles, concentrado em terminar sua corrida. O suor escorria por seu corpo enquanto ele descia pela trilha frondosa que saía da estrada; três dias de chuva torrencial haviam derretido a neve congelada, causando os alagamentos por todo o estado, e o chão sob os tênis de corrida de Forbes estava saturado, escorregadio. Anos atrás ele havia plantado uma fileira de forsítias na parte de baixo da ladeira; era sempre maravilhoso quando aquele prenúncio da primavera explodia em flores amarelas!

Mas, em fevereiro, as moitas de forsítias não passavam de galhos marrons rígidos, então, quando Forbes notou uma gritante mancha lilás no chão, por baixo das plantas secas, ele parou. Uma fração de segundos depois, ele viu os braços e pernas saindo da mancha lilás, e seu coração traiçoeiro subitamente retumbou em seus ouvidos como ondas no oceano. Ele apertou seu peito, abriu a boca seca para gritar e não conseguiu. Ah, meu bom Deus, o choque! Ele iria ter outro infarto, isto *tinha* de provocar outro infarto! Agarrando-se ao encosto de um velho banco de jardim que Robin colocara ali para "sonhar acordada", ele foi rodeando-o devagar até que pudesse se sentar e esperar que a dor lhe apertasse, o velho e imutável instinto fazendo-o flexionar a mão esquerda constantemente, enquanto esperava pela dor que se lançaria pelo braço e chegaria até ela. Olhos dilatados, boca aberta, Addison Forbes sentou e esperou. Eu vou morrer, eu vou morrer...

Dez minutos depois, a dor ainda não havia chegado, e ele não podia mais ouvir seu coração. Sua pulsação havia diminuído, precisamente como fazia depois de todas as suas corridas; e ele não sentia nada diferente do que sentia, depois de todas as suas corridas. Um enorme espasmo o fez se levantar de um salto, e aquilo tampouco lhe causou qualquer dor; ele voltou seu olhar para a mancha lilás com seus braços e pernas, então, subiu a ladeira até sua casa em passos largos e rítmicos, a alegria se acumulando em seu íntimo.

— O corpo dela está lá embaixo, perto da água — ele disse, entrando na cozinha. — Chame a polícia, Robin.

Ela gritou e se alvoroçou, mas deu o telefonema, depois veio até ele, a mão tateando para sentir sua pulsação.

— Estou bem — ele disse, irritado. — Não se afobe, mulher, eu estou bem! Acabei de passar por um choque colossal, mas meu coração não falhou. — Um sorriso sonhador dançou em seus lábios. — Estou com fome, quero um bom café da manhã. Ovos fritos com bacon, torrada de passas com muita manteiga e creme no meu café. Vamos, Robin, mexa-se!

— Eles nos enganaram — disse Carmine, parado à beira da água junto a Abe e Corey. — Como pudemos ser tão burros? Vigiando todas as estradas, e nem lembrando do porto. Eles a desovaram aqui com um barco.

— A Costa Leste inteira estava congelada até sábado à noite — disse Abe. — Isto teve de ser feito de improviso, não pode ser onde planejaram deixá-la.

— O cacete que não pode — Carmine disse, com certeza. — O degelo tornou tudo mais fácil, só isso. Se a água tivesse continuado congelada, eles teriam andado pelo gelo por todo o caminho, vindo de uma rua que não estamos vigiando. Como descongelou, eles puderam usar um barco a remo, trazê-lo perto o bastante para jogá-la aqui. Eles nem sequer colocaram os pés na terra.

— Ela está completamente congelada — disse Patrick, vindo se juntar a eles. — Um vestido de festa lilás bordado com pérolas, não pedras falsas. Um tecido de renda que eu nunca vi antes... não é renda de verdade. O vestido lhe serve melhor do que o da Margaretta, pelo menos no comprimento. Ainda não a virei para ver se as costas estão abotoadas. Não há marcas de ataduras e não há corte duplo no pescoço. À exceção de umas folhas molhadas, ela está bastante limpa.

— Já que eles não chegaram a pôr o pé na margem, não haverá nada por aqui. Vou deixar com você, Patsy. Vamos, rapazes — ele disse a Abe e Corey —, temos de perguntar a todos os proprietários com acesso à água se eles viram ou ouviram alguma coisa a noite passada. Mas você, Corey, vai jogar nossa rede mais longe. Pegue a lancha da polícia e vá até os cargueiros e petroleiros que estejam atracados em qualquer parte do porto. Talvez alguém tenha subido ao deque para respirar um pouco de ar fresco, depois de dias trancafiado na coberta, e viu algum barco a remo. É o tipo de coisa que um marinheiro notaria.

— É uma repetição de Margaretta — Patrick disse a Silvestri, Marciano, Carmine e Abe; Corey havia saído na grande lancha da polícia. — Os ombros de Faith eram mais estreitos e seus seios eram pequenos, então eles conseguiram abotoar o vestido. Não havia nenhuma mancha nele, o que significa que ela devia ter sido enrolada num lençol de nylon à prova d'água para o percurso de barco. Algo mais fino e macio do que um encerado comum. Os barcos sempre têm alguns centímetros de água suja no fundo, mas o vestido estava totalmente seco, impecável.

— Como ela morreu? — perguntou Marciano.

— Estuprada até a morte, como Margaretta. O que eu não sei é se essa nova arma deles é propositalmente projetada para matar ou se eles prefeririam que fizesse o trabalho de forma mais lenta... ao longo de, digamos, vários ataques. Assim que Faith morreu, eles a colocaram num congelador, mas não um desses caseiros. Mais parecido com um de supermercado. É suficientemente comprido para que Margaretta coubesse deitada, e largo o bastante para que ambas as garotas fossem posicionadas dentro dele com os braços afastados do corpo e as pernas um pouco abertas. Eles vestiram ambas as garotas quando elas já estavam enrijecidas. A calcinha de Faith era recatada, mas lilás em vez de cor-de-rosa. Pés descalços, mãos desnudas. Faith tem dois dedos do pé esquerdo deformados, de uma fratura antiga. Isso fará com que seja mais fácil identificá-la, se a família algum dia sair de seu furor.

— Você acha que a mesma pessoa fez os dois vestidos? — Silvestri perguntou. — Quer dizer, eles são diferentes, mas iguais.

— Não sou especialista em vestidos de festa. Acho que a namorada do Carmine deveria dar uma olhada neles e nos dizer — Patrick disse com uma piscadela.

Carmine enrubesceu. Então é assim tão óbvio? E se for, afinal de contas? Estamos num país livre, e eu só espero que nunca precisemos do testemunho de Desdemona para apanhar esses filhos da puta. Um advogado da polícia me diria que Desdemona é o erro mais sério que eu cometi neste caso, mas estou preparado para seguir meu instinto que diz que ela é irrelevante, apesar da tentativa contra sua vida. O amor não faria com que eu perdesse meus instintos policiais. Meu Deus, e eu a amo! Quando ela apareceu na minha sacada, eu soube num segundo que ela significava mais para mim do que minha própria vida. Ela é a luz de toda a minha existência.

— Você teve alguma sorte rastreando o vestido rosa, Carmine? — perguntou Danny Marciano.

— Não, nenhuma. Mandei verificarem todas as lojas que vendem vestidos infantis, de uma ponta do estado à outra, mas vestidos de festa de cem dólares parecem demais para os gostos de Connecticut. E isso é estranho, considerando que Connecticut possui algumas das áreas mais ricas de toda a nação.

— Mães abastadas com filhas pequenas passam a vida dirigindo seus Cadillacs de um shopping center a outro — disse Silvestri. — Pelo amor de Deus, elas vão até a Filene's, em Boston! E a Manhattan.

— Entendi — disse Carmine com um sorriso. — Vamos examinar as páginas amarelas do Maine até Washington, D.C. Quem está a fim de umas panquecas com bacon e calda, aí no vizinho?

Pelo menos ele voltou a comer, pensou Patrick, concordando com o plano. Deus sabe o que ele vê naquela mulher inglesa, mas ela não se parece em nada à sua ex-mulher. Ele não vai cair de quatro por uma bonitona pela segunda vez, embora, quanto mais eu a veja, menos pense nela como sendo totalmente sem atrativos. Uma coisa é certa: ela tem um cérebro e sabe como usá-lo. Isso, inevitavelmente, atrai um homem como Carmine.

* * *

— Ah, Addison foi ao Hug — disse alegremente Robin Forbes a Carmine quando ele chegou à sua casa.

— A senhora parece contente — ele disse.

— Tenente, por três anos tenho vivido num inferno — ela disse, movendo-se de forma saltitante. — Depois que ele teve aquele infarto agudo, Addison se convenceu de que estava vivendo tempo extra. *Tinha tanto medo!* As corridas, nada além de frutas e vegetais crus... eu tinha de dirigir até Rhode Island para encontrar um pedaço de peixe que ele não rejeitasse. Ele tinha certeza de que um susto o mataria, então ele fazia qualquer coisa para evitar sustos. Então, esta manhã, ele encontra aquela pobre garota, e fica assustado... realmente assustado. Mas ele não sente nem sequer uma dorzinha, e muito menos morre. — Com os olhos brilhando, ela saltitou. — Voltamos à vida normal.

Não fazendo a menor ideia de que Addison Forbes cultivava fantasias homicidas a respeito da mulher, Carmine partiu, após outra caminhada pela propriedade, pensando que, de fato, até mesmo a pior situação podia ser benéfica para alguém. O Dr. Addison Forbes seria um homem muito mais feliz... ao menos até que os advogados de Roger Parson Jr. encontrassem uma cláusula contestável no testamento do tio William. Será que era uma parte do esquema dos Fantasmas destruir o Hug, além de garotas lindas e jovens? E, se fosse, por que motivo? Poderia ser que, ao destruir o Hug eles estariam, na verdade, destruindo o professor Robert Mordent Smith? Se sim, então eles estavam a caminho do sucesso. E onde diabos se encaixava Desdemona? Ele tinha passado o café da manhã, que tomaram juntos, interrogando-a à verdadeira e desumana moda policial: ela tinha visto alguma coisa que enterrara por baixo de qualquer lembrança consciente? Ela havia passado por alguma rua no momento em que uma garota fora raptada? Alguém no Hug tinha dito algo inapropriado a ela? Alguma coisa diferente penetrara o conteúdo de seus dias? A tudo, suportando pacientemente suas perguntas, até mesmo tomando o tempo suficiente para se espantar com elas, ela respondera com firmes negativas.

Após uma passada infrutífera pelo Hug, Carmine voltou a entrar no Ford e se dirigiu à alameda Merritt, que levava até Nova York pelo lado de Bridgeport que dava para Trumbull. Embora não esperasse ter permissão para ver o professor, não pôde encontrar nenhum motivo para não inspecionar o máximo possível de Marsh Manor, verificar por si mesmo o que a polícia de Bridgeport já havia informado: que seria fácil, para um interno, conseguir escapar do local.

Sim, ele decidiu, virando para atravessar os imponentes portões encimados por decorações em forma de coroa de abacaxi, a agorafobia seria mais responsável por manter os pacientes lá dentro do que as patrulhas de segurança. Que não existiam, aliás.

Certo. Aonde, agora? Casa dos Chandra. Sua propriedade ficava próxima a Wilbur Cross, onde o curso aparentemente despropositado da Rota 133 a conduzia até uma região de fazendas e celeiros, em campos aprazíveis e pomares de macieiras. Tarde demais para ter outra conversa com Nur Chandra no Hug: ele havia saído de lá na última sexta-feira, assim como Cecil.

A casa não era tão grande quanto o hospício Marsh Manor, mas a propriedade lembrou Carmine de um condomínio de Cape Cod: meia dúzia de residências espalhadas pelo terreno; embora este, de quatro hectares, fosse muito maior. Se aquilo impressionou Carmine de alguma forma, foi em fazê-lo constatar quanta organização era necessária para fazer a vida confortável para dois adultos e algumas crianças com dinheiro para torrar. Sem dúvida, os Chandra empregavam um gerente, um vice-gerente e um gerente de investimentos, além do exército de lacaios de turbante. A coisa toda era estruturada de forma que os Chandra, em si, nunca tivessem de parar para pensar naquele esforço todo. Um estalar metafórico dos dedos e qualquer coisa que fosse desejada apareceria imediatamente.

— É altamente inconveniente — disse Nur Chandra, que conversava com Carmine em sua imponente biblioteca —, mas necessário, tenente. O Hug era perfeito para as minhas necessidades, até mesmo com relação a Cecil.

— Então, por que sair? — perguntou Carmine.

Chandra pareceu arrogante. — Ah, vamos, meu bom homem, certamente você consegue ver que o Hug faz parte do passado. Robert Smith não vai voltar, e me disseram que os diretores do Parson estão procurando uma forma de se eximir de financiar o Hug. Portanto, eu prefiro sair agora, enquanto as coisas ainda estão fluindo, a esperar até que tenha de pisar sobre mais cadáveres ainda. Preciso sair enquanto esse monstro ainda está matando, para que eu me distancie de qualquer suspeita. Pois você não vai apanhá-lo, tenente.

— Isso parece bom e lógico, Dr. Chandra, mas desconfio que a verdadeira razão pela qual o senhor está ansioso em escapulir neste instante tem a ver com os macacos. Suas chances de levá-los consigo, no meio do caos atual, é muito maior do que depois que a situação no Hug estiver ocupando mais a atenção dos Parson do que um testamento. O senhor está, efetivamente, se mandando com quase um milhão de dólares em propriedades do Hug, independentemente de como seu contrato esteja redigido.

— Ah, muito astuto, tenente! — Chandra disse, elogiosamente. — Esse é precisamente o motivo pelo qual estou saindo agora. Uma vez que eu tenha ido, e meus símios comigo, será fato consumado. Destrinchar a situação, legal e logisticamente, será um pesadelo.

— Os símios ainda estão no Hug?

— Não, estão aqui em abrigos provisórios. Com Cecil Potter.

— E quando vocês partem para Massachusetts?

— As coisas já estão em movimento. Eu irei pessoalmente na sexta-feira, com minha mulher e meus filhos. Cecil e os macacos irão amanhã.

— Ouvi dizer que o senhor comprou uma propriedade bonita, na periferia de Boston.

— Sim. Muito parecida com esta, na verdade.

Nisso, entrou Surina Chandra, vestida num sári escarlate incrustado com bordados e fios de ouro, seus braços, pescoço e cabelo resplandecentes de joias. Atrás dela, duas garotinhas de aproximadamente sete anos de idade; gêmeas, pensou Carmine, espantado com a beleza delas. Mas a emoção desapareceu num segundo quando seus olhos absorveram as vestimentas. Vestidos combinando em renda, cobertos por pedras cintilantes, com a saia rígida e armada e pequenas mangas bufantes. Ambos num tom etéreo de verde-gelo.

De alguma forma ele passou pelas apresentações. As garotas, Leela e Nuru, eram realmente gêmeas; almas recatadas com enormes olhos negros, e cabelo negro em tranças grossas como cordas, pendendo sobre seus ombros. Assim como a mãe, elas cheiravam a algum perfume oriental, do qual Carmine não conseguia gostar: almiscarado, pesado, tropical. Elas tinham diamantes nas orelhas que ofuscavam as pedras falsas dos vestidos.

— Adorei seus vestidos — ele disse às gêmeas, abaixando-se ao nível delas sem se aproximar demais.

— Sim, são bonitos — disse a mãe. — É difícil encontrar este tipo de roupa infantil nos Estados Unidos. É claro que elas têm um monte de vestidos que são enviados do nosso país, mas quando vimos estes, eles nos atraíram.

— Se não for uma pergunta mal-educada, Sra. Chandra, onde a senhora encontrou estes vestidos?

— Num shopping center não muito longe de onde vamos morar. Uma loja adorável para meninas, melhor do que qualquer uma que eu tenha encontrado em Connecticut.

— A senhora poderia me dizer onde fica o shopping center?

— Minha nossa, infelizmente, não. Eles são todos parecidos, para mim, e ainda não conheço bem a área.

— Imagino que não se lembre do nome da loja, então?

Ela riu, com os dentes brancos reluzindo. — Tendo sido criada com as histórias de J. M. Barrie e de Kenneth Graham, é claro que me lembro! *Sininho.*

E, então, elas foram embora, as gêmeas acenando timidamente para ele.

— Minhas filhas gostaram de você — disse Chandra.

Legal, mas sem importância. — Posso usar seu telefone, doutor?

— Certamente, tenente. Vou deixá-lo à vontade.

Não se pode acusá-los de não ter modos, ainda que sua ética seja diferente, Carmine pensou ao discar para Marciano, com os dedos tremendo.

— Eu sei de onde vêm os vestidos — ele disse sem preâmbulos. — Sininho. Si-ni-nho, é o nome da loja. Há uma num shopping center fora de Boston, mas pode haver outras. Comece a procurar.

— Duas lojas — disse Marciano, quando Carmine entrou. — Em Boston e em White Plains, ambas em shopping centers finos. Você tem certeza disso?

— Absoluta. Duas das filhas de Chandra estavam usando cópias do vestido de Margaretta, a exceção da cor, verde. A questão é: de qual das Sininho o nosso Fantasma é cliente?

— De White Plains. Fica mais perto, a não ser que eles morem perto da divisa com Massachusetts. O que é possível, lógico.

— Então Abe pode ir a Boston amanhã, enquanto eu fico com a de White Plains. Jesus, Danny, finalmente temos uma chance!

23

Terça-feira, 15 de fevereiro de 1966

A loja Sininho em White Plains ficava localizada num shopping center de lojas finas de roupas e móveis, entremeadas pelas inevitáveis delicatéssens, lanchonetes de fast-food, farmácias e lavanderias. Também havia vários restaurantes que funcionavam mais para almoço do que para jantar. Era uma estrutura nova, em dois níveis, mas a Sininho era esperta demais para se colocar no segundo andar. Ficava perto da entrada, no térreo.

Tratava-se, Carmine percebeu, ao analisar a Sininho do lado de fora, de uma dependência muito ampla, completamente dedicada a roupas para meninas. Estavam fazendo uma liquidação de casacos e roupas de inverno; nada de peças baratas de nylon, tudo em fibras naturais. Havia inclusive, ele viu, uma seção destinada a peles de verdade, através de uma passagem arcada que dizia *Coquetezinhas.* Várias dezenas de clientes examinavam os cabides, mesmo àquela hora da manhã, algumas com crianças a reboque, outras sozinhas. Nenhum homem. Quantos ladrões de lojas vêm a um lugar como este?, perguntou-se o policial.

Ele entrou com o máximo de confiança que pôde reunir, parecendo — e se sentindo — profundamente destoante. Aparentemente, ele tinha um aviso em neon na testa que piscava POLICIAL, já que as mulheres se afastaram rapidamente dele e as atendentes da loja começaram a se juntar num canto.

— Posso falar com a gerente, por gentileza? — ele perguntou a uma atendente azarada que não conseguiu fugir a tempo.

Ah, que bom, elas poderiam tirá-lo dali! A garota o conduziu imediatamente até os fundos da loja e bateu em uma porta sem placa de identificação.

A Sra. Giselle Dobchik o levou a um cubículo minúsculo, cheio de caixas de papelão e arquivos; havia um cofre a um lado da mesa que servia como escrivaninha para a Sra. Dobchik, mas não havia espaço para uma cadeira para visitas. Sua resposta à apresentação da credencial dele foi um calmo interesse; na verdade, a Sra. Dobchik pareceu, para Carmine, ser do tipo que dificilmente se alterava. Quarenta e poucos anos, muito bem vestida, cabelo louro, unhas esmaltadas de vermelho no comprimento adequado para não danificar a mercadoria.

— A senhora reconhece isto? — ele perguntou, retirando de sua maleta o vestido de renda cor-de-rosa claro que Margaretta tinha usado. Também tirou o vestido lilás de Faith. — Ou isto?

— Quase certeza de que sejam da Sininho — ela disse, começando a examinar as costuras internas e franzindo a testa. — Nossas etiquetas foram retiradas, mas, sim, posso garantir que são autênticos Sininho. Nós temos métodos especiais para costurar os adornos.

— Imagino que a senhora não saiba quem os comprou?

— Qualquer pessoa, tenente. São ambos de tamanho dez, ou seja, para garotas entre dez e doze anos. Depois dos doze, as garotas geralmente querem se parecer a Annette Funicello, e não a uma fada. Nós sempre temos em estoque um de cada modelo e cor, em cada tamanho, mas dois é querer muito. Vamos, venha comigo.

Seguindo-a para fora do escritório e até uma área repleta de vestidos de festa brilhantes e cheios de babados, em compridas araras, Carmine entendeu o que ela quis dizer com "querer muito" que houvesse dois do mesmo tamanho e modelo; devia haver mais de dois mil vestidos, em tons que iam do branco ao vermelho-escuro, todos decorados com pedrarias, pérolas ou contas opalescentes.

— Seis tamanhos, de três a doze anos, vinte modelos diferentes, e vinte cores diferentes — ela disse. — Somos famosos por estes vestidos, sabe? Eles são vendidos assim que os trazemos. — Uma risada. — Afinal, não podemos permitir duas garotas vestindo o mesmo modelo e a mesma cor na mesma festa! Usar um Sininho é um sinal de status social. Pergunte a qualquer mãe ou menina do Distrito de Westchester. A fama se estende até Connecticut... várias de nossas clientes vêm de Fairfield ou Litchfield.

— Posso apanhar meus vestidos e minha maleta e convidá-la para almoçar? Ou para uma xícara de café? Me sinto como um rinoceronte numa loja de cristais aqui, e isso não pode ser bom para seus negócios.

— Obrigada, seria bom mesmo fazer um intervalo — disse a Sra. Dobchik.

— O que a senhora disse sobre duas meninas usarem o mesmo Sininho para a mesma festa me leva a supor que vocês mantêm registros bastante detalhados — ele disse, sorvendo um milkshake de chocolate pelo canudinho; coisas infantis demais.

— Oh, sim, temos de fazê-lo. É que ambos os modelos que você me mostrou vêm sendo produzidos de forma contínua há alguns anos, então já vendemos uma porção deles. O modelo de renda cor-de-rosa é vendido há cinco anos; o lilás, há quatro. Seus exemplares foram tão maltratados que não é possível dizer exatamente quando foram feitos.

— Onde eles são confeccionados?

Ela mordiscou uma rosca, claramente gostando do papel de especialista. — Temos uma pequena fábrica em Worcester, Massachusetts. Minha irmã gerencia a loja de Boston, eu, a de White Plains e nosso irmão gerencia a fábrica. Um negócio de família... somos os únicos donos.

— Alguma vez vêm homens comprar aqui?

— Às vezes, tenente, mas, em geral, as clientes da Sininho são mulheres. Homens podem comprar lingerie para suas mulheres, mas eles normalmente evitam comprar vestidos de festa para as filhas.

— A senhora venderia dois vestidos do mesmo tamanho e cor à mesma pessoa, no mesmo dia? Para gêmeas, por exemplo?

— Sim, às vezes acontece, mas envolve uma espera de um dia para que possamos trazer o segundo vestido. Mulheres com gêmeas encomendam antecipadamente.

— E alguém comprando, digamos, o meu de renda rosa e o meu de sei-lá-o-quê lilás...

— *Broderie Anglaise* — ela interrompeu.

— Obrigado, vou anotar isso. Alguém viria comprar dois modelos em cores diferentes no mesmo tamanho, no mesmo dia?

— Só aconteceu uma vez — ela disse, e suspirou, com prazer reminiscente. — Ah, que venda foi aquela! Doze vestidos no tamanho 10-12, cada um de modelo e cor diferentes.

Os cabelos da nuca de Carmine se eriçaram. — Quando?

— No final de 1963, acho que foi. Posso verificar.

— Antes de voltarmos e eu lhe pedir para fazer isso, Sra. Dobchik, a senhora se lembra quem era essa pessoa? Como era sua aparência?

— Me lembro muito bem — disse a testemunha perfeita. — Não do *nome* dela... ela pagou em dinheiro. Mas ela estava na faixa etária das avós. Cerca de cinquenta e cinco anos. Vestia um casaco de zibelina e um chapéu elegante, também de zibelina, tinha cabelo branco-azulado, maquiagem benfeita, mas não exagerada, nariz grande, olhos azuis, óculos elegantes de lentes bifocais, uma voz agradável. Sua bolsa e seus sapatos eram Charles Jourdan, combinando, e ela usava luvas de pelica três-quartos em marrom-escuro, como os sapatos e a bolsa. Um chofer uniformizado carregou todas as caixas até sua limusine. Era um Lincoln preto.

— Ou seja, não era nenhuma pobretona.

— Minha nossa, de jeito nenhum! Continua sendo a maior venda individual de vestidos de festa que já fizemos. Cento e cinquenta cada um, mil e oitocentos dólares. Ela sacou notas de cem dólares de um maço de cinco centímetros de espessura.

— A senhora por acaso perguntou a ela por que estava comprando tantos vestidos de festa do mesmo tamanho?

— Claro que perguntei... quem não perguntaria? Ela sorriu e disse que era a representante local de uma instituição de caridade que ia mandar os vestidos para um orfanato em Buffalo, como presentes de Natal.

— A senhora acreditou nela?

Giselle Dobchik sorriu. — É tão crível quanto comprar doze vestidos no mesmo tamanho, não?

— Imagino que sim.

Eles voltaram à loja, onde a Sra. Dobchik mostrou seu registro da venda. Nenhum nome, dinheiro vivo.

— A senhora anotou o número das cédulas — observou Carmine. — Por quê?

— Tínhamos medo das notas falsas, na época, então verifiquei com meu banco enquanto as garotas encaixotavam tudo.

— E não eram falsas?

— Não, eram reais, mas o banco ficou interessado nelas porque tinham sido emitidas em 1933, logo após termos abandonado o padrão ouro, e estavam novinhas em folha. — A Sra. Dobchik deu de ombros. — Pergunta se eu me importei? Era dinheiro legal. Meu gerente do banco achou que as notas tinham sido guardadas como economia.

Carmine examinou a lista de dezoito números. — Eu concordo. Elas são consecutivas. Muito incomum, mas não me ajuda em nada.

— Isto faz parte de algum caso grande, excitante? — perguntou a Sra. Dobchik, acompanhando-o até a porta.

— Infelizmente, não, senhora. Outra suspeita de falsificação de notas de cem dólares.

— Agora sabemos que os Fantasmas haviam planejado a segunda série de assassinatos antes de começarem a primeira — Carmine disse à sua fascinada plateia. — A venda foi feita em dezembro de 1963, muito antes de a primeira vítima, Rosita Esperanza, ser raptada. Eles pegaram doze garotas, à velocidade de uma a cada dois meses, durante dois anos, guardando doze vestidos Sininho encaixotados com naftalina até o dia em que seriam usados. Quem quer que sejam os Fantasmas, eles *não* estão seguindo um ciclo lunar, que é no que os psiquiatras querem acreditar, agora que eles reduziram para uma garota a cada trinta dias. A Lua não tem nada a ver com os Fantasmas. Eles estão seguindo o ciclo do Sol... doze, doze, doze.

— Ter descoberto sobre a Sininho ajuda em alguma coisa? — perguntou Silvestri.

— Não até que haja um julgamento.

— Mas, primeiro, encontre os Fantasmas — disse Marciano. — Quem você acha que é a Vovó, Carmine?

— Um dos Fantasmas.

— Mas você disse que esses crimes não são femininos.

— Ainda acho isso, Danny. No entanto, é muito mais fácil para um homem se disfarçar de uma mulher mais velha do que de uma jovem. Pele mais áspera e rugas não importam muito.

— Adorei os acessórios — disse Silvestri secamente. — Casacos de zibelina, um chofer e uma limusine. Poderíamos tentar investigar o ângulo da limusine?

— Colocarei Corey para fazer isso amanhã, John, mas não alimente esperanças. O chofer era o outro Fantasma, suponho. Engraçado que a Sra. Dobchik pudesse se lembrar de todos os detalhes sobre a Vovó, inclusive das lentes bifocais, mas nadinha com relação ao chofer, além do terno preto, o quepe e as luvas de couro.

— Não, é bastante lógico — disse Patrick. — A sua Sra. Dobchik está no ramo das roupas. Ela atende mulheres ricas todos os dias, mas não empregados do sexo masculino. As mulheres, ela arquiva em sua memória, e conhece cada tipo de pele, cada marca francesa de bolsas e sapatos. Aposto que a Vovó não tirou as luvas de pelica nem por um segundo, nem mesmo quando sacou as notas de cem dólares do maço.

— Você está certo, Patsy. Ficou o tempo todo enluvada.

Silvestri resmungou. — Então, não estamos nem um pouco mais perto dos Fantasmas.

— De certa forma, John, fizemos algum progresso. Como eles não deixam qualquer evidência e ninguém se apresentou com uma descrição, estamos procurando uma agulha num palheiro. Há quantas pessoas em Connecticut, três milhões? Como estado, é bastante pequeno... não há cidades grandes, uma dúzia de cidades pequenas, uma centena de municípios. Bem, este é nosso palheiro. Mas eu não precisei estar neste caso por muito tempo para perceber que procurar pela agulha não é o melhor caminho a seguir. Os vestidos Sininho podem parecer mais um beco sem saída, mas não acho que sejam, realmente. Eles são mais um prego no caixão, mais uma evidência. Qualquer coisa que nos dê uma informação a respeito dos Fantasmas nos aproxima um pouco mais deles. O que estamos contemplando é um quebra-cabeça formado pela imagem de um céu azul sem nuvens, mas os vestidos Sininho preencheram um espaço em branco. A quantidade de céu está aumentando.

Carmine se inclinou à frente, seguindo sua ideia. — Primeiro de tudo, um Fantasma se transformou em dois Fantasmas. Segundo, os dois Fantasmas são próximos como irmãos. Não sei de que cor é a pele deles, mas o que eles veem, em sua mente coletiva, é um rosto. Mais do que qualquer outra coisa, um rosto. O tipo de rosto que não se vê em garotas totalmente brancas, nem com muita frequência nas totalmente negras. Os Fantasmas trabalham em equipe no sentido literal: cada um tem um conjunto de tarefas específicas, áreas de especialidade. Isso provavelmente se estende ao que eles fazem com e para suas vítimas, uma vez capturadas. O estupro os excita, mas a vítima tem de ser uma virgem em *todos* os sentidos... eles não estão interessados apenas em hímens intactos. Um dos Fantasmas dá o primeiro beijo da vítima, então, talvez, o outro a deflore. Eu vejo o trabalho de equipe prosseguindo... você faz isso, eu faço aquilo. Com relação ao assassinato em si, não sei ao certo, mas desconfio que seja o Fantasma subserviente quem o faz. Ele limpa tudo. A única razão pela qual eles guardam as cabeças é o rosto, que significa que, quando os encontrarmos, vamos achar todas as cabeças, retrocedendo até à de Rosita Esperanza. Enquanto suas atividades eram desconhecidas da polícia, eles se excitavam com os raptos à luz do dia, mas, de Francine

Murray em diante, eles tiveram de suar. Estou começando a achar que eles mudaram para a noite por causa da atenção policial, não como parte de um método novo conscientemente desenvolvido. Raptos noturnos são menos arriscados, só isso.

Patrick estava sentado, com os olhos semicerrados como se estivessem focando em algo muito pequeno. — O rosto — ele disse. — Esta é a primeira vez que te ouço descartar todos os outros critérios, Carmine. O que te faz pensar que seja apenas o rosto? Por que descartou cor, credo, raça, tamanho e inocência?

— Ah, Patsy, você sabe quanto eu me fixei em todos eles e em cada um deles, mas, finalmente, me decidi pelo rosto. Me veio à mente enquanto dirigia... bam! — Ele socou a palma da mão com o punho. — Foi Margaretta Bewlee que me disse. Minha pérola negra, depois de uma dúzia de pérolas creme. O que ela *realmente* tinha em comum com as outras garotas? E a resposta é: o rosto. Nada *além* do rosto. Traço por traço, o dela é exatamente igual ao das outras. Eu me desviei por causa de suas diferenças, tanto que passei por alto a única semelhança: o rosto.

— E quanto à inocência? — Marciano perguntou. — Ela também a tinha.

— Sim, isso é fato. Mas não é a inocência o que leva essa dupla de Fantasmas a raptar essas garotas em particular. É o rosto. Se uma garota não tiver o rosto, nem toda a inocência do mundo irá fazer com que os Fantasmas se interessem por ela. — Ele fez uma pausa, franzindo a testa.

— Prossiga, Carmine — instigou Silvestri.

— Os Fantasmas... ou talvez um Fantasma, conhecia alguém com aquele rosto. Alguém que eles odeiam mais do que todo o resto da raça humana junto.

Ele abaixou a cabeça até suas mãos, agarrou os cabelos. — Um deles, ou os dois? O dominante, com certeza, enquanto o submisso pode, simplesmente, estar acompanhando só pela incrível diversão... ele é o servo, odeia a quem quer que o dominante odeie. Quando você me disse que os Fantasmas não estão interessados em seios, Patsy, encaixou outra pecinha do céu. O peito chato, o púbis depilado. Esses elementos devem sugerir que a dona do rosto era pré-púbere, e no entanto... se é assim, por que eles não raptam garotas pré-púberes? Eles têm tanto os colhões quanto o cérebro para fazer isso. Portanto, será que a dona do rosto é alguém que pelo menos um dos Fantasmas conheceu desde sua infância, até se tornar uma jovem moça? E a odiava mais como mulher do que como criança? Eis um enigma para o qual não tenho resposta.

Silvestri cuspiu seu charuto com animação. — Mas eles foram mais longe com o aspecto "criança", nesta segunda dúzia, Carmine. Vestido de festa de menina pequena.

— Se soubéssemos quem é a dona do rosto, saberíamos quem são os Fantasmas. Passei o caminho todo da volta de White Plains vasculhando mentalmente a casa de cada um dos huggers, procurando por aquele rosto em alguma parede, mas ele não está em nenhuma parede, de nenhum hugger.

— Você ainda acredita que seja o Hug? — Marciano perguntou.

— Um dos Fantasmas é, sem dúvida, um hugger. O outro, não. Ele é a metade que faz a vigilância, talvez alguns dos raptos sem ajuda. Sempre teve de ser um hugger, Danny. Sim, você pode alegar que os corpos poderiam ter sido colocados em qualquer frigorífico de animais mortos da faculdade de medicina; mas, onde mais, além do Hug, é possível levar de dois a dez sacos volumosos de um veículo até o frigorífico sem ser notado? Quanto menos sacos por viagem, mais viagens a fazer. As pessoas vêm e vão, nos estacionamentos, durante as vinte e quatro horas do dia, enquanto o estacionamento do Hug é fechado por portões que só se abrem com cartões-chave e fica absolutamente deserto às, digamos, cinco da manhã. Notei que há um grande carrinho de supermercado preso à parede dos fundos do Hug para ajudar os pesquisadores a levarem seus livros e papéis para dentro. Eu *não* estou dizendo que os Fantasmas não poderiam ter usado outros frigoríficos, simplesmente estou dizendo que usar o do Hug é mais simples e fácil.

— Simples e fácil é melhor — disse Silvestri. — Então, é o Hug.

— É melhor você rezar para que não seja Desdemona, Carmine — disse Patrick.

— Ah, tenho certeza de que não é Desdemona.

— Rá! — Patrick gritou, retesando-se. — Você suspeita de alguém!

Carmine respirou fundo. — Não suspeito de ninguém, e essa é minha maior preocupação. Eu *deveria* suspeitar de alguém, então por que não suspeito? O que tenho é a sensação de não estar vendo algo que está bem debaixo do meu nariz. Nos meus sonhos, fica tudo claro como a água, mas, quando acordo, desaparece. Só o que posso fazer é continuar pensando.

— Fale com Eliza Smith — disse Desdemona, a cabeça apoiada no ombro de Carmine; ele a havia mudado para o apartamento dele um dia depois de ela ter recebido seu visitante. — Eu sei que você não me conta realmente nada de significativo, mas estou convencida de que você acredita que o Fantasma seja um hugger. Eliza tem sido parte do Hug desde sua abertura e, embora ela nunca tenha metido o nariz no que não devia, sabe um monte de coisas que as outras pessoas não sabem. O professor conversa com ela, às vezes, como quando ele está com problemas com os funcionários... Tamara é um parto, Walt Polonowski tem seus momentos e Kurt Schiller também. Eliza se formou em psicologia na Smith e fez doutorado em psicologia pela Chubb. Não sou muito fã de psicólogos, mas o professor tem muito respeito pelas opiniões de Eliza. Vá falar com ela.

— O professor precisa falar com Eliza sobre você também?

— Certamente que não! De certa forma, eu flutuo numa órbita exterior, fora de compasso com as demais órbitas... um pouco como música em compasso quatro por cinco. Sou vista como contadora, não como cientista, e isso me torna irrelevante para o professor. — Ela se aninhou. — Estou falando sério, Carmine. Fale com Eliza Smith. Você sabe perfeitamente bem que é com conversa que se vai solucionar este caso.

24

Segunda-feira, 21 de fevereiro de 1966

As consequências do degelo mantiveram Carmine ocupado demais para visitar a Sra. Eliza Smith até quase uma semana depois de Desdemona tê-lo incentivado a ir. Além disso, ele não conseguia enxergar, por mais que tentasse, o que a Sra. Smith poderia ter para acrescentar à sua investigação. Principalmente agora, que corria a notícia de que o professor não iria retornar ao Hug.

As temperaturas se elevaram e o vento decidiu morrer; do frio congelante, o clima passou a ser ideal para manifestações, fresco o bastante para roupas quentes, mas não muito desagradável. Derreteu-se a tampa de gelo sobre a efervescência racial por todo o estado; a violência irrompeu em todas as partes.

Em Holloman, Mohammed el Nesr proibiu firmemente que se fizessem tumultos, já que não fazia parte de seus planos, a esta altura de sua formação, conquistar mandados de prisão e de busca. Sozinha entre as massas descontentes de negros criando caso, a Brigada Negra e seus líderes possuíam um arsenal extraordinário de armamentos, em vez dos simples revólveres que podiam ser roubados de lojas de armas ou de residências particulares. E, agora, não era a hora de revelar a existência daquele arsenal. Apesar disso, Mohammed fazia incansáveis manifestações. Se ele havia esperado juntar multidões maiores, a quantidade de pessoas que se reunia era suficientemente grande para que fossem colocados grupos gritando e sacudindo o punho no ar em frente à Prefeitura, ao edifício de Serviços Municipais, à Administração da Chubb, à estação ferroviária, à estação rodoviária, à residência oficial de M.M. e, é claro, ao Hug. Todos os cartazes enfatizavam o fato de o Monstro de Connecticut ser branco, inviolável e de selecionar suas vítimas segundo a raça.

— Afinal — Wesley/Ali disse ansiosamente a Mohammed —, o que queremos é ressaltar a *discriminação* racial. As garotas adolescentes do Homem Branco estão a salvo, mas nenhuma outra está... e este é um fato que nem mesmo a torre de marfim do governador pode questionar. Todas as cidades industriais em Connecticut são pelo menos oitenta por cento negras, o que nos coloca numa posição de vantagem.

Mohammed el Nesr se parecia à águia da qual vinha seu nome, um homem magnificamente altivo, de nariz aquilino, estatura e porte imponentes, cabelo curto sob um chapéu que ele próprio havia criado, com alguma semelhança a um turbante, mas reto em cima. A princípio, ele havia usado barba, mas depois decidira que a barba obscurecia muito um rosto que nenhuma câmera poderia fazer parecer bestial, cruel ou feio. O punho branco em sua jaqueta de couro da Brigada Negra era bordado, em vez de estampado, e ele a usava por cima de uma farda de combate, movendo-se como o ex-militar que era. Assim como Peter Scheinberg, ele havia ascendido à patente de coronel do Exército dos Estados Unidos, cuja insígnia mostrava uma águia prateada e, portanto, podia realmente ser chamado de águia. Uma águia com dois diplomas de Direito.

Por dentro do isolamento de colchões, seu quartel-general no número 18 da Fifteenth Street estava repleto de livros, pois ele lia de forma insaciável a respeito de Direito, política e história, estudava fervorosamente seu Corão e sabia ser um líder de homens. Porém, ainda estava procurando pela maneira certa de realizar sua revolução; as cidades industriais podiam contar com maiorias negras, mas o Homem Branco era dono da nação inteira, a qual, em geral, não era majoritariamente urbana. Sua primeira inspiração tinha sido recrutar membros para a

Brigada Negra dentre a abundância de homens negros nas forças armadas, apenas para descobrir que pouquíssimos soldados negros, a despeito de como se sentissem particularmente com relação ao Homem Branco, estavam inclinados a se alistar. Portanto, após ter dado baixa — de forma honrada —, ele havia migrado para Holloman, pensando que uma cidade pequena seria o melhor lugar para começar a cortejar as massas inquietas dos guetos. Pensando que a pedra que ele atirara no lago de Holloman provocaria ondulações que se ampliariam de forma a abranger outros lugares distantes e muito maiores. Um excelente orador, ele de fato recebeu convites para falar em comícios nas cidades de Nova York, Chicago e Los Angeles. Mas os líderes locais de cada cidade ficaram enciumados por sua influência e não consideraram Mohammed el Nesr importante. Aos cinquenta e dois anos de idade, ele sabia que não tinha dinheiro nem organização em nível nacional para unir seu povo como este precisava ser unido. Assim como ocorria com outros autocratas, as pessoas estavam começando a mostrar a ele que se recusavam a ser lideradas na direção em que ele as queria levar. Infinitamente mais pessoas queriam seguir Martin Luther King, que era pacifista e cristão.

E, agora, ali estava aquele joão-ninguém magricelo da Louisiana dando-lhe conselhos... como havia deixado que isso acontecesse?

— Também estive pensando — gargarejou Wesley/Ali — no que você disse há alguns meses... você se lembra? Você disse que nosso movimento precisava de um mártir. Bem, estou trabalhando nisso.

— Que bom, Ali, trabalhe nisso, meu rapaz. Nesse ínterim, volte à sua ideia original, no Hug. E à Eleventh Street.

— Como vai indo o comício do próximo domingo?

— Excelente. Parece que vamos reunir cinquenta mil pessoas negras no parque central da cidade, por volta do meio-dia. Agora, dê o fora, Ali, me deixe continuar escrevendo meu discurso.

Como ordenado, Wesley/Ali deu o fora e foi para a Eleventh Street, espalhar a notícia de que Mohammed el Nesr iria fazer um discurso no próximo domingo no parque de Holloman. Não apenas todos tinham de estar lá, como também deveriam convencer seus vizinhos e amigos a comparecer. Mohammed era um orador brilhante e carismático, elogiou seu discípulo, e valia muito a pena escutá-lo. Venham, descubram com que intensidade o Homem Branco vem prejudicando as pessoas negras. Nenhuma garota negra estava a salvo, mas Mohammed el Nesr tinha a solução.

Era uma pena, pensou Wesley/Ali em um canto de seu cérebro perpetuamente ocupado, que nenhum branco pensaria em dar um tiro em Mohammed el Nesr. Que mártir ele seria! Mas aquele era o velho e tranquilo Connecticut, não o sul, ou o oeste: não havia neonazis, Ku Klux Klan ou mesmo caipiras conservadores típicos. Era um dos treze estados originais, um oásis da liberdade de expressão.

Independentemente do que pensava Wesley/Ali, Carmine sabia que Connecticut tinha sua cota de neonazis, Ku Klux Klan e caipiras; também sabia que a maior parte era só conversa, e que falar era fácil. Mas todos os inimigos raivosos dos negros estavam sendo vigiados, pois Carmine estava decidido a não deixar que ninguém fizesse Mohammed el Nesr de alvo no domingo à tarde. Enquanto Mohammed planejava seu comício, Carmine planejava como protegê-lo: onde os atiradores da polícia ficariam, e quantos policiais à paisana ele poderia colocar nas redondezas para patrulhar a multidão antibrancos. De jeito nenhum ele deixaria que uma bala acertasse Mohammed el Nesr e o transformasse num mártir.

Então, no sábado à noite, a neve voltou, uma nevasca de fevereiro que deixou mais de quarenta centímetros de neve no chão, da noite para o dia; um vento agudo e congelante garantiu que não houvesse comício algum no parque de Holloman. Salvos novamente pelo inverno.

Assim, hoje, Carmine estava livre para dirigir até a Rota 133 e ver se a Sra. Eliza Smith estava em casa. Ela estava.

— Os meninos foram à escola, muito decepcionados. Se a neve ao menos tivesse esperado até ontem à noite, não haveria aula hoje.

— Fico triste por eles, mas contente por mim, Sra. Smith.

— A manifestação negra no parque de Holloman?

— Exatamente.

— Deus ama a paz — ela disse simplesmente.

— Então, por que ele não distribui mais dela? — perguntou o veterano de conflitos militares e civis.

— Porque, tendo nos criado, Ele se mudou a outra parte de um universo muito amplo. Talvez, quando Ele nos criou, tenha de fato colocado um dente na engrenagem do nosso mecanismo que nos tornasse amantes da paz. Então, esse dente se desgastou e plaft! Tarde demais para que Deus voltasse.

— Uma teoria interessante — ele disse.

— Eu estava fazendo bolinhos de borboleta — Eliza disse, conduzindo-o até sua falsa cozinha antiga. — Que tal tomar um bule de café fresco e experimentar alguns bolinhos?

Bolinhos de borboleta, segundo ele descobriu, eram pequenos bolos amarelos dos quais Eliza tinha removido o topo, recheado o interior com creme batido adocicado e, então, cortado os topos pela metade e recolocado ao avesso; pareciam mesmo asinhas gorduchas. E eram, além disso, deliciosos.

— Tire-os de perto de mim, por favor — ele implorou, depois de ter devorado quatro. — Senão, vou ficar aqui sentado e comer o resto.

— Tudo bem — ela disse; colocou-os sobre o balcão e se sentou como se pretendesse ficar ali. — Agora, o que o traz aqui, tenente?

— Desdemona Dupre. Ela disse que a senhora era a pessoa com quem eu deveria conversar sobre os membros do Hug porque é quem os conhece melhor. A senhora vai me contar o que sabe, ou vai me mandar ver se a senhora está na esquina?

— Três meses atrás eu o teria mandado dar uma olhada na esquina, mas agora as coisas são diferentes. — Ela brincou com sua xícara de café. — Você sabia que Bob não vai voltar para o Hug?

— Sim. Todo mundo no Hug parece saber disso.

— É uma tragédia, tenente. Ele é um homem acabado. Sempre houve um lado negro nele e, como o conheço durante toda a minha vida, também sempre soube desse lado negro.

— O que a senhora quer dizer com lado negro, Sra. Smith?

— Depressão profunda... um abismo imenso... o nada. Ele o chama por um desses nomes, dependendo. Seu primeiro ataque completo aconteceu após a morte de nossa filha, Nancy. Leucemia.

— Eu sinto muito.

— Nós também sentimos — ela disse, piscando para afastar as lágrimas. — Nancy era a mais velha, morreu aos sete anos. Ela teria dezesseis agora.

— Tem uma foto dela?

— Centenas, mas eu as guardei por causa da tendência de Bob à depressão. Espere um minuto. — Ela saiu e logo retornou com uma fotografia em cores, sem moldura, de uma criança adorável, obviamente tirada antes que a doença a houvesse mirrado. Cabelo louro crespo, grandes olhos azuis, a boca meio fina da mãe.

— Obrigado — ele disse e colocou a foto em cima da mesa, virada para baixo. — Suponho que ele tenha se recuperado daquela depressão?

— Sim, graças ao Hug. A necessidade de cuidar do Hug o manteve são. Mas não desta vez. Ele irá se isolar nos trens para sempre.

— Como vocês vão sobreviver, financeiramente? — ele perguntou, sem perceber o desejo com que olhava para os bolinhos de borboleta.

Ela se levantou para servir-lhe mais café e colocou dois bolinhos no prato dele. — Tome, coma-os. É uma ordem. — Os lábios dela pareciam secos; ela os lambeu. — Financeiramente, não temos preocupações. Ambas as nossas famílias nos deixaram bens que significam que não teremos de ganhar a vida pessoalmente. Que perspectiva horrível para um par de ianques! A ética do trabalho é algo que não se erradica.

— E quanto a seus filhos?

— Nossos bens passam para eles. São bons meninos.

— Por que o professor bate neles?

Ela não tentou negar. — O lado negro. Não ocorre com frequência, sinceramente. Só quando eles o atormentam, como fazem todos os garotos: não querem deixar um assunto delicado de lado ou não aceitam uma resposta negativa. São garotos típicos.

— Acho que eu estava especulando se algum dia os meninos vão se juntar ao pai para brincar com os trens.

— Eu acho — Eliza disse deliberadamente — que ambos os meus filhos prefeririam morrer a entrar naquele porão. Bob é... egoísta.

— Eu já tinha notado — ele disse gentilmente.

— Ele detesta compartilhar seus trens. Foi por isso, na verdade, que os meninos tentaram destruí-los... ele te disse que o dano foi catastrófico?

— Sim, que levou quatro anos para reconstruir tudo.

— Isso simplesmente não é verdade. Um menininho de sete anos e outro de cinco? Que bobagem, tenente! Foi mais uma questão de circular por ali pegando coisas que estavam no chão do que qualquer outra coisa. Daí, ele os espancou sem dó nem piedade... tive de lutar para arrancar a vara de suas mãos. E eu disse a ele que, se ele voltasse a machucar os meninos daquela maneira, eu iria à polícia. Ele sabia que eu falava sério. Embora ele ainda bata neles, de tempos em tempos. Nunca num ataque de fúria, como fez por causa dos trens. E nada de castigos sádicos, também. Ele gosta de criticá-los porque eles não se comparam à sua santa irmã. — Ela sorriu, um retorcer dos lábios que não continha divertimento. — Embora eu possa te assegurar, tenente, que Nancy não era mais santa do que Bobby ou Sam.

— As coisas não foram fáceis para a senhora, Sra. Smith.

— Talvez não, mas não é nada com que eu não saiba lidar. Enquanto consiga lidar com a vida, estarei bem.

Ele comeu os bolinhos. — Maravilhoso — ele disse, suspirando. — Me conte a respeito de Walter Polonowski e sua mulher.

— Eles se enrolaram perdidamente numa rede de religião — disse Eliza, balançando a cabeça como se estivesse diante de uma inacreditável burrice. — Ela achou que ele não aprovaria o controle da natalidade, ele achou que ela nunca concordaria com o método. Então, tiveram quatro filhos quando, na verdade, nenhum dos dois queria ter nenhum, principalmente antes de o casamento ter dado tempo suficiente para que conhecessem direito um ao outro. Se adaptar à vida com um estranho já é difícil, mas é muito mais complicado quando esse estranho muda, bem diante dos seus olhos, em questão de poucos meses: vomita, incha, reclama e tudo mais. Paola é muitos anos mais jovem do que Walt... ah, ela era uma moça *tão* linda! Bastante parecida a Marian, a nova namorada dele. Quando Paola descobriu sobre Marian, ela deveria ter ficado de bico calado e deixado que Walt a sustentasse. Mas, agora, ela vai ter de criar quatro filhos com uma ninharia da pensão alimentícia, porque ela, certamente, não pode trabalhar. Walt não vai dar a ela nem um centavo a mais do que o necessário, então ele vai vender a casa. Como está hipotecada, a parte de Paola será outra ninharia. Somando-se aos problemas de Walt há Marian, que está grávida. Isso quer dizer que Walt terá duas famílias para sustentar. Ele terá que passar a atender em clínicas particulares, o que é uma verdadeira pena. Ele é realmente bom com as pesquisas.

— A senhora é pragmática, Sra. Smith.

— Alguém na família tem de ser.

— Ouvi um rumor, de várias pessoas — ele disse lentamente, sem olhar para ela —, de que o Hug deixará de existir, ao menos como é hoje.

— Tenho certeza de que os rumores são verdadeiros, o que facilitará a decisão de alguns huggers. Walt Polonowski é um caso. Maurie Finch, outro. Entre a tentativa de suicídio de Kurt Schiller e a descoberta do corpo daquela pobre garota, Maurie Finch é outro homem perturbado. Não da mesma forma que Bob, mas igualmente perturbado. — Ela suspirou. — No entanto, de quem eu mais sinto pena é de Chuck Ponsonby.

— Por quê? — ele perguntou, espantado por essa nova visão de Ponsonby, o homem que ele simplesmente deduziu que seria o herdeiro do professor. Independentemente do quanto mudasse o Hug, Ponsonby certamente sobreviveria aos melhores dentre eles.

— Chuck não é um pesquisador brilhante — Eliza Smith disse num tom de voz cuidadosamente neutro. — Bob o vem carregando nas costas desde que o Hug abriu. É a mente de Bob que dirige o trabalho de

Chuck, e os dois sabem disso. Há uma conspiração entre eles. Além de mim, não acho que mais ninguém tenha a menor ideia disso.

— Por que o professor faria isso, Sra. Smith?

— Velhos laços, tenente... extremamente antigos. Nós viemos da mesma leva de ianques, os Ponsonby, os Smith e os Courtenay, que é a minha família. As amizades existem há gerações, e Bob pôde assistir à forma como vários caprichos do destino destruíram os Ponsonby... bem, eu também.

— Caprichos do destino?

— Len Ponsonby, pai de Chuck e Claire, era imensamente rico, assim como seus antepassados. Ida, a mãe deles, veio de uma família endinheirada de Ohio. Então, Len Ponsonby foi assassinado. Deve ter sido em 1930, não muito depois da Quebra da Bolsa de Wall Street. Ele foi espancado até a morte, na frente da estação ferroviária de Holloman, por uma gangue de vagabundos num surto de violência. Eles também espancaram mais duas pessoas até a morte. Ah, colocaram a culpa na Depressão, no contrabando de bebida alcoólica etc.! Ninguém nunca foi apanhado. Mas o dinheiro de Len havia desaparecido na grande quebra, o que deixou a pobre Ida praticamente na miséria. Ela se capitalizou vendendo as terras dos Ponsonby. Uma mulher corajosa!

— Como a senhora conheceu Chuck e Claire, em particular? — Carmine perguntou, fascinado com o que podia existir por trás das fachadas públicas.

— Nós todos estudávamos juntos na Dormer Day School. Chuck e Bob estavam quatro anos à frente de mim e de Claire.

— *Claire?* Mas ela é cega!

— Isso aconteceu quando ela tinha quatorze anos. Em 1939, logo depois do início da guerra na Europa. Sua visão sempre fora fraca, mas, então, ela sofreu descolamento de retina em ambos os olhos, simultaneamente, devido à retinite pigmentosa. Ela, literalmente, ficou cega da noite para o dia. Ah, foi um acontecimento terrível! Como se aquela pobre mulher e seus três filhos já não houvessem sofrido o suficiente!

— *Três* filhos?

— Sim, os dois garotos e Claire. Chuck é o mais velho, depois veio Morton e, finalmente, Claire. Morton era mentalmente desequilibrado, nunca falava nem parecia notar que existiam outras pessoas no mundo. Não que ele tivesse perdido a sanidade, tenente. Ele nunca a teve. E sofria surtos de violência. Bob diz que hoje em dia o diagnosticariam como autista. Portanto, Morton nunca foi à escola.

— A senhora o viu, alguma vez?

— Ocasionalmente, embora Ida Ponsonby tivesse medo de que ele sofresse um de seus ataques de fúria e costumava trancá-lo, se nós fôssemos lá para brincar. Mas quase não íamos. Chuck e Claire vinham à casa de Bob ou à minha.

Com a cabeça a mil, Carmine continuou sentado, lutando para manter a calma, para manter as meadas daquela história separadas, como deveriam ficar... um irmão desequilibrado! Por que ele não tinha percebido que havia algo errado no lar dos Ponsonby? Porque, na superfície, não havia nada de errado, absolutamente nada de errado! No entanto, no momento em que Eliza Smith dissera três filhos, ele *soube*. Começou a se encaixar. Chuck no Hug, e o irmão louco em algum outro lugar... Ciente de que Eliza Smith o estava encarando, Carmine se obrigou a fazer uma pergunta razoável.

— Como é o Morton? Onde ele está agora?

— Era, tenente, estava, tenente. Passado. Tudo aconteceu de uma vez, embora eu ache que houve um pequeno intervalo entre os acontecimentos. Dias, uma semana. Claire ficou cega e Ida Ponsonby a enviou a uma escola para cegos em Cleveland, onde Ida ainda tinha família. De alguma forma, eles tinham uma ligação com a escola de cegos de lá... uma doação, eu acho. Era difícil ser admitido em uma escola para cegos naquela época. Enfim, assim que Claire foi para Cleveland, Morton morreu, acho que de hemorragia cerebral. Nós fomos ao funeral, é claro. As coisas que eles obrigavam as crianças a fazer, naqueles dias! Nós tivemos que ir de fininho até o caixão aberto de Morton e nos inclinarmos para dar um beijo em seu rosto. Estava úmido e gorduroso... — ela estremeceu — e foi a primeira vez na minha vida que senti o cheiro da morte.

Pobre coitado, finalmente descansou. Como ele era? Igual a Chuck e Claire. Está enterrado nos lotes da família no antigo cemitério de Valley.

Carmine ficou ali, com sua hipótese totalmente em ruínas. De jeito nenhum Eliza Smith estaria inventando aquilo. A história dos Ponsonby era verdadeira e tudo se resumia a um fato amplamente comprovado: que algumas famílias, por nenhum motivo lógico, sofriam séries inteiras de desastres. Não que fossem dados a acidentes; eram dados à tragédia.

— Parece que existe um ponto fraco na família — ele comentou.

— Ah, sim. Bob estudou isso na faculdade de medicina, assim que terminou o curso de genética. Loucura e cegueira ocorriam na família de Ida, mas não nos Ponsonby. Ida também enlouqueceu, um pouco mais tarde. Acho que a última vez que a vi foi no funeral de Morton. Com Claire em Cleveland, eu nunca mais visitei a casa dos Ponsonby.

— Quando foi que Claire voltou para casa?

— Quando Ida enlouqueceu de vez... não muito tempo depois de Pearl Harbor. Chuck e Bob nunca foram convocados, passaram os anos da guerra no curso preparatório de medicina e na faculdade. Claire estava em Ohio havia dois anos... o suficiente para aprender Braille e a se locomover com uma bengala branca, como fazem as pessoas cegas. Ela foi uma das primeiras pessoas a ter um cão-guia. Biddy já é seu quarto cão.

Carmine se levantou, devastado pela magnitude de sua decepção. Por um momento ele havia genuinamente pensado que tudo estava terminado; que ele havia conseguido o impossível e encontrado os Fantasmas. Só para descobrir que estava tão distante da resposta quanto antes.

— Obrigado por me informar tão bem, Sra. Smith. Há algum outro hugger sobre o qual a senhora ache que eu deva me informar? Tamara? — Ele respirou fundo. — Desdemona?

— Elas não são assassinas, tenente, assim como Chuck e Walt também não são. Tamara é uma dessas mulheres azaradas que não conseguem escolher um homem decente, e Desdemona... — ela riu — é britânica.

— "Britânica" diz tudo sobre ela, não?

— Para mim, sim. Quando ela era criança, deve ter sido engomada.

Ele se despediu de Eliza na porta da frente e seguiu lentamente de volta a seu Ford.

No entanto, havia uma coisa que ele podia fazer: ver Claire Ponsonby e descobrir por que ela tinha mentido para ele sobre a data de sua cegueira. E talvez, além disso, ele só quisesse *vê*-la... olhar no rosto de uma tragédia viva e palpitante. Perda do pai e da fortuna da família aos cinco anos de idade, da visão aos quatorze, e de toda sua liberdade quando, aos dezesseis, ela teve de voltar para casa para cuidar da mãe desequilibrada. Um emprego que durou cerca de vinte e um anos. Ainda assim, ele nunca havia sentido a mais leve vibração de autopiedade emanando dela. Que mulher, a Claire Ponsonby. Só que, por que ela havia mentido?

Biddy começou a latir no instante em que o Ford virou na entrada da casa de número 6 da Ponsonby Lane; então, Claire estava em casa.

— Tenente Delmonico — ela disse, na porta aberta, segurando a coleira de Biddy.

— Como você sabia que era eu? — ele indagou, entrando.

— O barulho do seu carro. Deve ter um motor muito potente, porque estronda mesmo quando está parado. Venha para a cozinha.

Ela atravessou a casa sem nem sequer relar em um só item da mobília, até o cômodo superaquecido pelo fogão Aga.

Biddy ficou deitada num canto, os olhos fixos em Carmine.

— Ela não gosta de mim — ele disse.

— Existem poucas pessoas de quem ela goste. O que posso fazer por você?

— Me dizer a verdade. Acabei de visitar a Sra. Eliza Smith, que me contou que você não é cega de nascimento. Por que mentir para mim?

Claire suspirou, bateu com as mãos nas coxas. — Bem, dizem que a mentira tem pernas curtas. Eu menti porque detesto as perguntas que inevitavelmente se seguem quando digo a verdade. Tais, como: o que você sentiu quando não pôde mais enxergar? Foi muito angustiante? Foi a coisa mais horrível que já te aconteceu? É mais difícil ser cega depois de ter podido enxergar? E assim por diante. Bem, posso te dizer que foi como uma sentença de morte, que foi extremamente angustiante, que foi, sem dúvida, a coisa mais horrível que já me aconteceu. Você acaba de reabrir minhas feridas, tenente, e estou sangrando. Espero que esteja satisfeito. — Ela virou-lhe as costas.

— Eu sinto muito, mas tinha de perguntar.

— Sim, posso *ver* isso! — De repente, ela se voltou novamente, sorrindo para ele. — Minha vez de me desculpar. Vamos começar novamente.

— A Sra. Smith também me contou que você e Charles tinham um irmão, Morton, que morreu subitamente, muito próximo da época em que você ficou cega.

— Minha nossa, como a língua da Eliza trabalhou esta manhã! Você deve ser um colírio para os olhos... ela sempre teve um fraco pelos bonitões. Me perdoe por ser maliciosa, mas Eliza conseguiu o que queria. Eu não.

— Posso perdoar a malícia, Srta. Ponsonby.

— Não me chama mais de Claire?

— Acho que a magoei demais para chamá-la de Claire.

— Você estava me perguntando sobre Morton. Ele morreu logo depois que eu fui mandada para Cleveland. Não se deram ao trabalho de me trazer para casa para o funeral, embora eu quisesse ter me despedido. Ele morreu de forma tão repentina que foi um caso de autópsia, então *houve* tempo de me trazer para casa antes de liberarem seu corpo para o funeral. Apesar de sua demência, ele era um carinha gentil. Triste, triste, triste...

Saia já daí, Carmine! Você já abusou demais. — Meus agradecimentos, Srta. Ponsonby. Muito obrigado mesmo, e me desculpe por tê-la angustiado.

Um caso de autópsia... Isso significava que a morte de Morton Ponsonby estaria em um arquivo na Caterby Street; ele enviaria um funcionário para encontrá-lo.

Na volta para Holloman, ele telefonou para o antigo cemitério do Valley, cujos lotes haviam se esgotado noventa anos antes. Continha túmulos dos Ponsonby aos montes, alguns muito mais antigos do que a mais antiga das fotos na cozinha da casa da família. A lápide mais nova pertencia a Ida Ponsonby, morta em novembro de 1963. Antes dela, Morton Ponsonby, morto em outubro de 1939. E, antes dele, Leonard Ponsonby, morto em janeiro de 1930. Um trio de tragédias das quais um arqueólogo de tumbas não teria sequer desconfiado, ao ler os epitáfios singelos e pouco informativos. Os Ponsonby não exibiam suas tristezas. Não mais do que os Smith, ele pensou, ao encontrar o túmulo de Nancy. Curto e simples, sem nenhuma explicação de sua morte.

O que, ele se perguntou, de volta ao carro, faria Chuck Ponsonby sem o Hug? E sem as dicas de pesquisa do professor? Iria para a clínica geral? Não, Charles Ponsonby não tinha estrutura para isso. Distante demais, austero demais, elitista demais. Era até mesmo possível, pensou Carmine, que não houvesse qualquer outro trabalho na área médica disponível para Chuck e, se fosse assim, então ele não teria nenhum motivo para destruir o Hug.

Ele entrou no escritório de Patrick com um grunhido e se jogou de lado na poltrona que ficava num canto.

— Como vão as coisas? — Patrick perguntou.

— Nem pergunte. Sabe do que eu gostaria neste momento, Patsy?

— Não, do quê?

— De um bom tiroteio no estacionamento do estádio Chubb Bowl, de preferência com metralhadoras. Ou de um agradável passeio no meio de dez delinquentes, carregando a bandeira confederada de Holloman. Algo *revigorante*.

— Isso é um comentário típico de um policial inativo com a bunda quadrada.

— Você está totalmente certo! Este caso é feito de conversas, de infinitas conversas, conversa, conversa, conversa. Nada de tiroteios, nada de roubos.

— Suponho que nada resultou do desenho que Jill Menzies fez, baseado na descrição da mulher da Sininho.

— Nadinha. — Carmine se endireitou, ficando alerta. — Patsy, como você está nesta terra perturbada há dez anos mais do que eu, você se lembra de um assassinato na estação ferroviária em 1930? Três pessoas foram espancadas até a morte por uma gangue de vagabundos ou algo do tipo. Pergunto porque uma dessas pessoas era o pai de Charles e Claire Ponsonby. Como se isso não fosse suficiente, descobriu-se que ele havia perdido todo o dinheiro da família na quebra da bolsa de valores.

Patrick pensou intensamente, então balançou a cabeça. — Não, não me lembro... minha mãe censurava tudo que eu ouvia quando era pequeno. Mas deve haver um relatório do caso nos arquivos. Você conhece o Silvestri... ele não é capaz de jogar fora nem um lenço de papel usado, e seus predecessores eram iguais a ele.

— Eu ia enviar alguém até a Caterby Street para apanhar outro arquivo de caso, mas, já que não tenho nada melhor para fazer, posso ir para aqueles lados e dar uma olhada pessoalmente. Estou curioso sobre as tragédias dos Ponsonby. Eles poderiam ser vítimas dos Fantasmas também?

Só faltava pouco mais de uma semana para que os Fantasmas atacassem novamente; fevereiro era um mês curto, então talvez a data marcada para seu próximo rapto fosse no começo de março. Tomado por um medo crescente, Carmine teria dirigido até o Maine naquela época do ano para verificar alguma pista pouco promissora nos arquivos, mas Caterby Street ficava muito mais perto do que o Maine. Armazenamento de papéis era o pesadelo de todo funcionário público, fossem eles registros policiais, médicos, previdenciários, valores e impostos prediais, taxa de água, ou qualquer uma das centenas de categorias diferentes. Quando o Hospital de Holloman foi reconstruído, em 1950, um andar inteiro do subsolo fora reservado para arquivos; portanto, eles não estavam atrapalhando. Tendo assumido como comissário em 1960, John Silvestri havia lutado ferozmente para manter cada pedacinho de papel que a polícia tinha, recapitulando até a época em que Holloman contara com apenas um chefe de polícia e que o roubo de um cavalo era crime punido com enforcamento. Então, uma empresa de concreto local foi à falência, e Silvestri acossou todos os funcionários do governo para conseguir o dinheiro e a autorização para comprar as instalações, cerca de doze mil metros quadrados na Caterby Street, uma área de indústrias famosa pela sujeira e pelo ruído e que, portanto, não era uma propriedade da melhor qualidade. Os doze mil metros quadrados e seus conteúdos foram obtidos por doze mil dólares em leilão, tendo a Polícia de Holloman como o licitante ganhador.

No terreno havia um enorme depósito no qual a empresa de concreto guardara seus caminhões e reservas, e equipamentos de todo tipo. E, uma vez que se limpou toda a poeira e o restante do local foi arrumado, todos os arquivos da polícia haviam sido colocados no depósito, em prateleiras de aço. O teto não tinha vazamentos — um ponto importantíssimo a se considerar — e contava com dois grandes exaustores, um em cada extremidade, que significavam que havia circulação de ar suficiente para controlar o nível de bolor no verão.

A dupla de arquivistas levava uma vida confortável, num trailer com isolamento térmico que ficava estacionado ao lado da entrada do depósito; o integrante-peão da dupla passava uma vassoura pelo chão do depósito, ocasionalmente, e ia até a delicatéssen ali perto para buscar café e coisas para comer, enquanto a integrante-qualificada trabalhava numa tese de doutorado sobre o desenvolvimento das tendências criminais em Holloman desde 1650. Nenhum dos dois estava sequer ligeiramente interessado naquele tenente estranho o bastante para vir à Caterby Street pessoalmente. A integrante-qualificada simplesmente disse a ele onde procurar e voltou à sua tese, enquanto o peão desaparecia, dirigindo uma caminhonete policial.

Os registros de 1930 ocupavam dezenove caixas grandes, enquanto os relatórios do legista referentes a 1939 chegavam quase à mesma quantidade: o nível de criminalidade havia aumentado imensamente durante aquele intervalo de nove anos. Carmine escavou o caso de Morton

Ponsonby, em outubro de 1939, e depois olhou na primeira caixa da década de 1930 à procura de Leonard Ponsonby. O formato dos registros não havia mudado desde aquela época. Apenas folhas de papel de tamanho legal reunidos numa pasta de arquivos de papel pardo, algumas folhas grampeadas, outras soltas. Em 1930 eles não possuíam um sistema que mantivesse as folhas presas à pasta... nem, provavelmente, uma equipe de funcionários para lidar com os arquivos depois de encerrados e retirados das gavetas de casos "em andamento".

Mas ali estava, onde deveria estar: PONSONBY, Leonard Sinclaire, empresário, Ponsonby Lane nº 6, Holloman, Connecticut. Idade 35. Casado, três filhos.

Alguém havia colocado uma mesa e uma cadeira de escritório debaixo de uma claraboia de plástico; Carmine levou os dois arquivos dos Ponsonby até lá, e outro arquivo fino, sem identificação, que continha os detalhes dos dois outros assassinatos na estação ferroviária.

Ele olhou primeiro o registro de Morton Ponsonby. Como a morte tinha sido tão repentina e inesperada, o médico dos Ponsonby havia se recusado a assinar o atestado de óbito. Não havia nada naquilo que sugerisse alguma desconfiança por sua parte; ele simplesmente queria que se fizesse uma autópsia para verificar se algo lhe havia passado despercebido em todos aqueles anos em que tinha sido praticamente impossível se aproximar de Morton Ponsonby, que dirá tratá-lo. Um relatório patológico típico começava com a frase comum da época: "Este é o corpo de um adolescente do sexo masculino bem-nutrido e aparentemente saudável". Mas a causa da morte não fora hemorragia cerebral, como Eliza Smith tinha dito. A autópsia não revelara a causa da morte, o que significava que o patologista a havia declarado como provocada por insuficiência cardíaca, possivelmente em consequência da paralisia do nervo vago. O cara não era do nível de Patsy, mas ele havia realizado toda a gama de testes de envenenamento, sem encontrar nada, e também apontara a presença de psicose no histórico médico. Não havia nenhuma alteração cerebral que indicasse a causa da psicose. O pênis do garoto, ele anotara, era muito grande e não-circuncidado, ao passo que os testículos haviam descido apenas parcialmente. Para 1939, um trabalho bastante minucioso. Não restou em Carmine nenhuma dúvida de que Morton Ponsonby fosse nada mais, nada menos do que uma vítima azarada da tendência familiar à tragédia. Ou, talvez, o que realmente indicasse era que a contribuição genética de Ida Ponsonby à sua prole fosse insatisfatória.

Certo, vamos a Leonard Ponsonby. O crime ocorreu em meados de janeiro de 1930, no meio de sessenta centímetros de neve — um dos invernos mais frios, para haver produzido nevascas em janeiro. O trem, que havia partido de Washington, D.C., viera através da Penn Station, na cidade de Nova York, com duas horas de atraso, devido a pontos de congelamento e uma avalanche de neve sobre a linha. Em vez de ficar sentados lá dentro e perecer, os passageiros tinham escolhido limpar a neve da linha do trem. Um vagão continha um grupo de cerca de vinte bêbados, homens desempregados que esperavam encontrar trabalho em Boston, o destino final do trem; eles tinham sido os mais relutantes a cavar, embebedados, irritados, agressivos, trabalhando apenas para manter o corpo quente. Quando o trem chegou a Holloman, parou por quinze minutos, permitindo que os passageiros que fossem seguir viagem comprassem algo de comer na cafeteria da estação, uma alternativa mais barata do que o pouco frequentado vagão-restaurante.

Ah, ali estavam as notícias mais interessantes! Leonard Ponsonby não ia desembarcar! Ele estava tomando o trem para ir a Boston, pois era isso que dizia em sua passagem. Ele havia optado por esperar lá fora no frio e, segundo um passageiro observador, ele parecia furtivo. *Furtivo?* Ponsonby não havia mostrado qualquer inclinação a se exibir no calor da sala de esperas da estação, nem entrou no trem assim que este parou ali. Não, ele ficou lá fora, na neve.

A hora era nove da noite e aquele trem para Boston era o último do dia. Ele partiu soltando vapor para seguir sua jornada, enquanto os funcionários da estação faziam as rondas para trancar as salas de espera, as salas femininas e os banheiros contra o exército de vagabundos que circulavam pelo país à procura de trabalho ou esmolas, embora a vintena de bêbados não houvesse descido do trem em Holloman. Em algum ponto entre Hartford e a divisa de Massachusetts, eles saltaram para a noite, que foi o motivo pelo qual haviam ficado sob suspeita e também por que, após investigações infrutíferas, eles haviam levado a culpa.

Leonard Ponsonby estava deitado na neve com a cabeça moída de pancadas; perto dele havia uma mulher e uma criança do sexo feminino, ambas com a cabeça também esmagada por pancadas. O conteúdo da carteira de Ponsonby o identificou, mas a mulher e a criança não carregavam nada que dissesse quem eram. Ela levava uma bolsa velha e barata, contendo um dólar e noventa centavos em moedas, um lenço amarrotado e dois biscoitos. Uma sacola de viagem de tecido continha roupas íntimas limpas, mas muito baratas, para uma mulher e uma menina, meias, meias finas, dois cachecóis e um vestidinho de criança. A mulher era bastante jovem, a menina tinha cerca de seis anos. Ponsonby foi descrito como bem-vestido e próspero, com dois mil dólares em notas em sua carteira, um alfinete de gravata de diamante e quatro diamantes valiosos em cada uma de suas abotoaduras de platina. Enquanto a mulher e a criança tinham sido resumidas numa palavra altamente sugestiva: "miseráveis".

Para o faro sensível de Carmine, três assassinatos estranhos. Um homem, próspero, sozinho, mais uma mulher e uma criança miseráveis não relacionadas a ele. Roubo não era o motivo. Os três esperando lá fora na neve, quando deveriam estar dentro, aquecendo as mãos num radiador de vapor. De uma coisa ele tinha certeza: a gangue do trem não tivera nada a ver com aqueles assassinatos.

A verdadeira pergunta era: qual delas era a vítima desejada? As outras duas tinham sido meras testemunhas, mortas porque tinham visto o usuário do instrumento contundente que havia eliminado as três vítimas, com um grau de selvageria que fora ressaltado até mesmo num relatório policial que, fora isso, era bastante superficial. Cara, a vítima desejada era Leonard Ponsonby. Coroa, era a mulher. Se a moeda parasse no meio, então era a menininha.

Não havia qualquer fotografia. As informações sobre a mulher e sua suposta filha ou parente estavam contidas em um arquivo fino, ao lado do arquivo mais grosso de Ponsonby, na Caixa 2 de janeiro. Os três haviam sofrido morte por golpes de um instrumento contundente, restringidos ao crânio, que fora golpeado até a destruição, mas o detetive não havia sido suficientemente esperto para ver que Ponsonby tinha de haver sido a primeira vítima; a mulher e a criança ficaram olhando, paralisadas pelo medo, até chegar a vez da mulher, e depois da criança. Se Ponsonby não fosse o primeiro, ele teria lutado. Portanto, quem quer que houvesse empunhado o objeto contundente — a aposta experiente de Carmine era num taco de beisebol —, havia se esgueirado pela neve e atingido Ponsonby antes que ele percebesse alguém se aproximando. Outro fantasma, que extraordinário.

Quando ele saiu para ver os arquivistas, estes já haviam trancado o trailer e dado o dia por encerrado... com meia hora de antecipação. Está na hora, John Silvestri, de dirigir o holofote ofuscante de seus supervisores ao Arquivo da Polícia da Caterby Street. Com os três arquivos na mão esquerda, Carmine também foi embora; aquelas baratas não iriam sentir falta de nenhum arquivo desaparecido até que ele decidisse devolvê-los. Uma dupla de patifezinhos burocráticos, seguros pelo conhecimento de que, desde que os arquivos não pegassem fogo, ninguém se interessaria o suficiente pela sua existência para se preocupar com eles. Errado, errado, errado.

No caminho de volta ao edifício de Serviços Municipais, ele parou no arquivo do *Holloman Post* e descobriu que a morte estranha e terrível de Leonard Ponsonby havia saído na primeira página. Violência despropositada, fora dos crimes domésticos, era algo quase inaudito em 1930; era o tipo de coisa que impelia os jornais a bradar sobre lunáticos foragidos do manicômio. Houvera uma fartura de assassinatos no mundo do crime organizado durante os longos anos da Lei Seca, mas eles não recaíam na categoria de violência despropositada. De fato, mesmo depois de ter sido comprovado que nenhum lunático fugira de um manicômio, o *Holloman Post* continuou insistindo que o assassino deveria ser algum lunático foragido, de outra parte do estado.

* * *

Com uma coisa e outra, ele se atrasou para encontrar-se com Desdemona no Malvolio's.

— Desculpe — ele disse, deslizando para o banco da cabine, de frente para ela. — Agora você tem uma amostra de como é a vida quando seu namorado é policial. Montes de compromissos perdidos, uma porção de jantares esfriando. Fico feliz por você não ser uma cozinheira. Comer fora é a melhor alternativa e nenhum lugar é melhor do que o Malvolio's, uma lanchonete de policiais. Eles embalam qualquer coisa para viagem, de uma refeição completa a uma garfada de torta de maçã, no minuto em que alguém bate à janela.

— Eu meio que gosto de ter um namorado policial — ela disse, sorrindo. — Eu já fiz o pedido, mas disse ao Luigi para segurar a comida por um tempo. Você é generoso demais, nunca me deixa pagar pelo menos a minha metade da conta.

— Na minha família, um homem que deixasse a mulher pagar seria linchado.

— Você está com cara de quem teve um dia bom, para variar.

— Sim, descobri um monte de coisas. O problema é que eu acho que todas são pistas falsas. Apesar disso, é divertido descobrir. — Ele estendeu a mão por cima da mesa para pegar a mão dela e a virou. — Também é divertido descobrir sobre você.

Ela apertou os dedos dele. — Idem, Carmine.

— A despeito desse caso horrível, Desdemona, minha vida melhorou nos últimos dias. Você faz parte disso, minha bela dama.

Ninguém nunca a havia chamado de bela dama antes; ela sentiu um fluxo de gratidão confusa percorrer seu corpo, ficou intensamente vermelha e não sabia para onde olhar.

Seis anos atrás, em Lincoln, ela tinha acreditado estar apaixonada por um homem maravilhoso, um médico; até que, passando em frente à sua porta, ela ouviu a voz dele.

— Quem, a Desesperada Desdemona? Meu caro colega, as feias são sempre tão gratas que valem a pena cortejar. Elas se tornam boas mães e nunca precisamos nos preocupar com o leiteiro, não é mesmo? Afinal, não é preciso olhar para a lareira quando se está atiçando o fogo; portanto, me casarei com Desdemona. De quebra, nossos filhos serão inteligentes. Altos também.

Ela havia começado a fazer planos para emigrar no dia seguinte, jurando a si mesma que nunca mais se abriria àquele tipo de crueldade pragmática.

Agora, graças a um monstro sem rosto, ali estava ela, morando com Carmine em seu apartamento e, talvez, dando como certo que ele a amasse da mesma forma que ela o amava. Palavras não valiam nada... o médico de Lincoln não tinha provado isso? Quanto do que ele havia falado para ela tinha se devido a seu trabalho, seu instinto de proteção, seu choque diante do que quase havia acontecido com ela? Ah, por favor, Carmine, não me desaponte!

25

Sexta-feira, 25 de fevereiro de 1966

O trigésimo dia depois do rapto de Faith Khouri chegaria dentro de uma semana, e ninguém, nem Carmine, tinha motivos para acreditar que tinham mais chances agora de impedir outro assassinato do que tinham tido quatro meses atrás. Quando é que um caso havia se estendido por tanto tempo, a despeito de tanta força de trabalho, de tantas precauções, avisos, de tamanha publicidade em nível estadual?

Eles haviam concordado que o procedimento geral seria o mesmo: todos os suspeitos do estado seriam colocados sob vigilância vinte e quatro horas a partir da segunda-feira, 28 de fevereiro, até a sexta-feira, 4 de março. Isso abrangia os trinta e dois suspeitos de Holloman. A ação policial seria mais rígida, mais integrada; no caso do professor Bob Smith, por exemplo, a segurança deplorável de Marsh Manor seria compensada por quatro equipes de vigilantes da polícia de Bridgeport. A não ser que houvesse escolhido uma vítima de Bridgeport, o professor teria de nadar o rio Housatonic, caso fosse para o leste, ou esquivar-se de seis bloqueios rodoviários, caso fosse para o oeste. Isso representava a maior diferença entre o plano do mês anterior e o novo: viaturas e policiais uniformizados, assim como carros e agentes à paisana, além de bloqueios rodoviários por toda parte. Eles haviam concordado, durante uma reunião de âmbito estadual, que se os Fantasmas fossem apanhados num bloqueio antes que tivessem a chance de realizar o rapto, paciência. Qualquer suspeito conhecido numa situação de bloqueio rodoviário teria sua ficha assinalada com uma marca vermelha e receberia vigilância mais concentrada. Se, com isso, o período de fevereiro e março fosse um fracasso para os Fantasmas, então, em março e abril haveria novos métodos policiais e outros possíveis suspeitos.

Carmine, pessoalmente, havia decidido não participar dos turnos de vigilância; não era provável que a temperatura caísse muito abaixo de zero no começo de março, então, ele ficaria melhor em outro lugar, onde tivesse contato claro por rádio com todos os demais e um mapa gigantesco de Connecticut preso a uma parede a seu lado. Dois ataques consecutivos no extremo leste sugeriam que, desta vez, os Fantasmas iriam para o norte, oeste ou sudoeste. As polícias estaduais de Massachusetts, Nova York e Rhode Island haviam concordado em colocar mais agentes do que moscas na carniça para patrulhar suas fronteiras com Connecticut. Era guerra a todo vapor.

Pensando mais numa noite com Desdemona do que num caso que havia envelhecido tanto a ponto de se tornar cansativo, no fim daquela tarde Carmine levou os arquivos dos casos Ponsonby de volta à Caterby Street.

— Você ainda tem bens móveis não reclamados referentes a um passado tão distante quanto 1930? — ele perguntou à integrante Ph.D. da dupla de arquivistas; o integrante peão não estava por ali. Tampouco a caminhonete da polícia. E, droga, ele não havia se lembrado de contar a Silvestri o que andava acontecendo por ali.

— Nós devemos ter bens móveis tão antigos quanto o chapéu de Paul Revere — ela disse sarcasticamente, nem um pouco contente com o fato de ele ter surrupiado seus arquivos e tampouco preocupada com sua própria ausência na última segunda-feira.

— Estas duas vítimas de assassinato — ele disse, agitando o arquivo fino e sem identificação debaixo do nariz dela. — Quero ver seus artigos pessoais.

Ela bocejou, examinou suas unhas, olhou para o relógio na parede. — Infelizmente, você deixou sua visita para muito tarde, tenente. São cinco horas e o local está fechado por hoje. Volte amanhã, nós abriremos.

Amanhã Silvestri iria escutar a novela toda, mas por que não dar àquela vaca uma noite sem dormir antes que o machado caísse? — Então, eu sugiro — ele disse, de forma agradável —, que na primeira hora do dia você peça para o seu peão usar essa caminhonete de forma legal e entregar a caixa de artigos pessoais para o tenente Carmine Delmonico no edifício de Serviços Municipais. Se a caixa requisitada não for entregue, minha sobrinha Gina acabará ocupando a sua mesa. Ela está ansiosa para conseguir um emprego municipal, em algum canto esquecido por todos, porque precisa estudar. Ela quer entrar para o FBI, mas o exame de admissão é difícil pra caramba para uma mulher.

26

Domingo, 27 de fevereiro de 1966

Às onze horas da manhã do domingo anterior ao começo da vigilância, Carmine entrou na seção policial do edifício de Serviços Municipais sentindo-se solitário, impaciente e tenso.

Solitário, porque na última sexta-feira à noite Desdemona havia anunciado que, se o clima no fim de semana estivesse pelo menos suportável, iria caminhar pela Trilha dos Apalaches, subindo até a fronteira de Massachusetts. Como ele adorava a presença dela em sua cama, isso o deixou surpreso; ela também não quis ouvir seus protestos com relação a desperdiçar uma viatura para levá-la até lá e trazê-la de volta. Preocupava-o que suas expectativas desse relacionamento fossem tão diferentes daquelas que sentira com Sandra. Embora incongruente em ambos os papéis, ela tinha sido esposa e mãe, guardada em um compartimento que ele nunca pensava em abrir enquanto estava trabalhando. Ao passo que Desdemona pairava todo o tempo em alguma parte de sua mente, e não tinha nada a ver com o papel que ela representava no caso. Simplesmente, ele não via a hora de estar com ela. Talvez fosse uma coisa da idade: ainda com vinte e poucos anos quando conhecera Sandra e com mais de quarenta, ao conhecer Desdemona. Como pai, ele não tinha sido lá grandes coisas, mas como marido havia sido muito pior. No entanto, ele sabia que a resposta para Desdemona não era um amante. Casamento, tinha de ser casamento. Só que, será que ela queria um casamento? Ele não tinha ideia. Sair para caminhar pela Trilha dos Apalaches parecia argumentar que a necessidade que ela sentia dele não estava no mesmo nível que a dele por ela. Mas ela era tão *carinhosa* quando eles estavam juntos, e ela nunca o havia censurado por negligenciá-la a favor de seu trabalho. Ah, Desdemona, não me desaponte! Fique comigo, seja fiel a mim!

Impaciente, porque a deserção de Desdemona o havia deixado com dois dias para preencher sem ninguém com quem preenchê-los; Silvestri o havia proibido de meter o nariz em qualquer outro caso além do dos Fantasmas, com exceção da situação racial, se ela explodisse. E agora, com um domingo razoavelmente bom, com a temperatura acima de zero, estaria Mohammed el Nesr ocupado? Não estava fazendo manifestações ou comícios, de qualquer forma. Seu silêncio não era nenhum mistério. Assim como Carmine, Mohammed estava esperando que os Fantasmas raptassem outra vítima esta semana, para renovar a dor e a indignação. O grande comício seria realizado no próximo domingo, com certeza. Retirando policiais extremamente necessários da vigilância dos Fantasmas. Um pé no saco, mas uma boa estratégia por parte de Mohammed.

Tenso, porque o trigésimo dia estava quase ali.

— Tenente Delmonico? — perguntou o sargento administrativo.

— Esse era eu, da última vez que chequei — Carmine respondeu, com um sorriso.

— Encontrei uma caixa antiga de evidências enfiada entre aqueles pacotes, quando cheguei hoje de manhã. Não havia nome, e é por isso que acho que o senhor não a recebeu. Daí, encontrei uma etiqueta com seu nome, a metros de distância. — Ele se abaixou, vasculhou sob sua mesa e levantou uma caixa grande, quadrada, que se parecia bastante às utilizadas atualmente.

Os pertences da mulher e da criança espancadas até a morte em 1930! Ele havia se esquecido completamente, tão absorto estivera no planejamento da vigilância. Apesar de haver se lembrado de pedir a Silvestri para atear fogo no rabo da vaca dos arquivos e de seu peão.

— Obrigado, Larry, te devo uma — ele disse; apanhou a caixa e a levou para seu escritório.

Algo que fazer numa manhã de domingo, se a sua amada está pisoteando folhas úmidas por uma trilha.

Quando abriu a tampa, não surgiu à sua frente nenhuma relíquia fétida de um crime ocorrido trinta e seis anos antes; eles não haviam se dado ao trabalho de guardar as roupas que as duas estavam usando, o que significava que elas deviam estar cobertas de sangue até os sapatos. Como ninguém havia pensado em registrar a que distância exata estava o "perto" Leonard Ponsonby, parte do sangue poderia ter sido dele, pelo que Carmine sabia. Ninguém tinha nem mesmo esboçado um desenho para mostrar como os corpos estavam dispostos com relação um ao outro. "Perto" era tudo que ele tinha para seguir.

A bolsa estava lá, no entanto. Por habito, ele havia calçado luvas para retirá-la cuidadosamente e poder examiná-la com seu olhar mais sofisticado. Feita em casa. Em tricô, como as mulheres faziam naquela época de falta de dinheiro, com duas alças de bambu e um forro de algodão grosseiro. Sem fecho. Essa mulher não tinha dinheiro nem para comprar a napa mais barata, muito menos couro. A bolsa continha um minúsculo moedeiro no qual havia um dólar de prata, três moedas de vinte e cinco centavos, uma moeda de dez centavos e uma de cinco centavos. Carmine colocou o moedeiro em cima da sua mesa. Um lenço masculino, limpo, mas amarrotado; de algodão, não de linho. E, no fundo, fragmentos e migalhas do que ele deduziu que fossem os dois biscoitos. A mãe os havia, provavelmente, roubado da cafeteria da estação para que a criança tivesse algo para comer no trem, e poderia ser essa a razão pela qual elas estavam se escondendo na neve. As autópsias tinham dito que ambas estavam de estômago vazio. Sim, ela havia roubado os biscoitos.

A bolsa de viagem de pano não era muito grande, embora fosse suficientemente antiga para ter sido usada pelos exploradores do norte que foram para o sul depois da Guerra Civil, e que tipicamente as usavam. Desbotada, esgarçando-se em alguns pontos, deselegante mesmo quando fora nova. Ele a abriu com delicada reverência; ali dentro estava quase tudo que a pobre mulher tivera, e nada era mais tocante do que a evidência silenciosa de vidas há muito tempo encerradas.

No alto havia dois longos cachecóis de lã, tricotados à mão em listras multicoloridas, como se a artesã houvesse utilizado uma porção de sobras. Mas por que os cachecóis estavam na bolsa, se o clima era tão terrível? Extras? Debaixo deles havia duas calcinhas de mulher limpas, feitas de tecido de musselina crua, e duas muito menores, que obviamente pertenciam à criança. Um par de meias três-quartos tricotadas e um par de meias sete-oitavos tricotadas. No fundo, cuidadosamente dobrado entre folhas de papel de seda, um vestido de menina.

Carmine parou de respirar. Um vestido de menina. Feito de renda francesa azul-clara, primorosamente bordado com perolazinhas. Mangas bufantes com punhos delicados, botões de pérolas nas costas, forro de seda e, por baixo dele, tela engomada e pregueada para sustentar a saia erguida como se fosse um tutu de bailarina. Um precursor da Sininho, de 1930, exceto pelo fato de que este tinha sido completamente feito à mão, cada pérola pregada de maneira separada e firme, nenhum ponto costurado à máquina. Ah, as coisas que os policiais de 1930 tinham deixado de ver! No lado esquerdo do peito a palavra EMMA tinha sido bordada em pérolas escuras, de tom arroxeado.

Com a cabeça girando, Carmine pousou o vestido em sua mesa e, então, ficou ali, apenas olhando-o pelo que poderiam ser cinco minutos ou uma hora; ele não saberia dizer, não havia olhado para seu relógio nem para o relógio na parede.

Finalmente, ele se sentou e colocou a bolsa de viagem no colo, abrindo-a o máximo que suas dobradiças enferrujadas permitiam. O forro estava gasto, havia se desmanchado em uma costura lateral; ele colocou ambas as mãos dentro da bolsa e a apalpou, com os olhos fechados. Ali! Alguma coisa!

Uma fotografia, e não daquelas tiradas com uma câmera Brownie. Era um retrato feito em estúdio, ainda montado na pasta de papelão bege carimbado com o nome do fotógrafo. *Estúdio Mayhew, Windsor Locks.* Alguém havia escrito o que parecia ser "1928" na borda inferior, mas a lápis, já tão apagado que era só uma suposição.

A mulher estava sentada numa cadeira, a criança, de cerca de quatro anos de idade, sentada em seu colo. Na foto, a mulher estava muito mais bem-vestida, usava um colar de pérolas verdadeiras no pescoço e pérolas verdadeiras nas orelhas. A menina usava um vestido parecido ao da bolsa, o nome EMMA aparecendo claramente. E ambas tinham o rosto. Mesmo em preto e branco, a pele delas sugeria uma tonalidade café com leite; os cabelos eram densamente negros e encaracolados, os olhos, muito escuros, e os lábios, cheios. Para Carmine, que as olhava através de uma parede de lágrimas, elas eram lindas. Destruídas em toda a sua juventude e beleza, cada vestígio transformado numa massa sangrenta.

Um crime passional. Por que ninguém tinha visto aquilo? Nenhum assassino desperdiçaria sua energia numa torrente de golpes, se não fosse motivado pelo ódio. Principalmente quando o crânio sob o porrete pertencia a uma menininha. Não havia nenhuma possibilidade de que aquelas duas criaturas do sexo feminino não estivessem relacionadas a Leonard Ponsonby. Elas estavam ali porque ele estava ali, ele estava ali porque elas estavam ali.

Então, é Charles Ponsonby, afinal. Embora ele não fosse suficientemente velho para ter feito aquilo. Nem Morton, nem Claire. Aquilo era obra da louca da Ida, mais de uma década antes de ela enlouquecer. O que significa que Leonard e a mãe de Emma eram... amantes? Parentes? Uma coisa era tão provável quanto a outra; Ida era ultraconservadora, *ela* não toleraria nenhuma gota de sangue negro. Tantas perguntas a fazer! Por que Emma e sua mãe mostravam tanta privação em janeiro de 1930, quando Leonard estava com elas, levando dois mil dólares e exibindo joias de diamante? O que havia acontecido com Emma e sua mãe, entre a prosperidade da foto de 1928 em Windsor Locks, e sua pobreza em janeiro de 1930?

Chega, Carmine, chega! Mil novecentos e trinta pode esperar, 1966, não. Chuck Ponsonby é um dos Fantasmas... ou será que ele é *o* Fantasma, fazendo tudo sozinho? Quanta ajuda Claire dá a ele? Quanta ajuda ela é capaz de dar a ele? Pode um Ponsonby ser um Fantasma e o outro, não? Sim, por causa da cegueira de Claire. Eu *sei* que ela é cega! Chuck poderia se movimentar por aí, em algum porão secreto, à prova de som, sem que ela jamais soubesse. Tenho certeza de que é à prova de som. Os gritos não podem sair dali, e eles são muito, muito altos.

Charles Ponsonby... Um solteirão caseiro, incapaz de produzir pesquisas originais nem para salvar a própria vida. Sempre à sombra de alguém... da mãe louca, do irmão louco, da irmã cega, do melhor amigo muito mais exitoso. Não se dá ao trabalho de combinar as meias, de manter o cabelo penteado, de comprar um blazer novo de tweed. Um professor distraído arquetípico, medroso demais para pegar um rato sem calçar luvas de forno, desinteressante de tal forma que sugere uma profunda falha de ego, a despeito do verniz de esnobismo intelectual.

Mas pode esse Charles Ponsonby ser o arquétipo de um estuprador/assassino múltiplo tão brilhante que vem nos despistando desde que descobrimos sua existência? Parece impossível de acreditar. O problema é que não existe um paradigma definido do assassino múltiplo, exceto que o sexo parece estar sempre envolvido. Portanto, cada vez que desenterramos um espécime, precisamos dissecá-lo minuciosamente. Sua idade, sua raça, seu credo, sua aparência, o tipo de vítima que ele escolhe, a personalidade que ele apresenta para o mundo, sua infância, histórico, gostos e aversões... um milhão de fatores. Com relação a Charles Ponsonby, podemos certamente afirmar que, no lado da família de sua mãe, existe um histórico tanto de loucura quanto de cegueira.

* * *

Carmine recolocou os conteúdos na caixa de evidências exatamente como os havia encontrado e a levou até a recepção.

— Larry, coloque esta caixa num depósito de segurança imediatamente — ele disse ao entregá-la. — *Ninguém* deve chegar perto dela.

Então, antes que Larry pudesse responder, Carmine saiu porta afora. Estava na hora de dar outra olhada no número 6 da Ponsonby Lane.

As perguntas rodavam em sua cabeça, como um enxame de vespas à procura do ninho chamado respostas: por exemplo, como Charles Ponsonby havia conseguido ir do Hug ao colégio Travis High e voltar, enquanto convencia a todos de que estava numa conferência no telhado? Trinta preciosos minutos antes que Desdemona o encontrasse junto com os demais lá em cima e, no entanto, todas as seis pessoas que estavam no telhado haviam jurado que ninguém se ausentara tempo suficiente para ir ao banheiro. Quanto se podia confiar na atenção de um pesquisador distraído? E como Ponsonby tinha saído de sua casa na noite em que Faith Khouri foi capturada, já que estava sendo vigiado tão de perto? Será que os conteúdos da caixa de evidências de 1930 representavam prova suficiente para arrancar um mandado de busca do juiz Douglas Thwaites? As perguntas abundavam.

Ele desceu a Rota 133 pelo lado nordeste, o que o levou primeiro à Deer Lane. Na opinião do conselho municipal, as quatro casas existentes na extremidade mais distante da rua não justificavam a colocação de asfalto; os 460 metros da Deer Lane eram de cascalho de pedra vulcânica. No final, ela se abria num pátio circular que continha espaço suficiente para se estacionarem seis ou sete carros. Em todos os lados, a floresta chegava até a estrada — crescimento secundário, claro. Duzentos anos antes, ela teria sido limpa e cultivada, mas como os solos mais férteis de Ohio e do oeste atraíram as pessoas, o cultivo tinha deixado de ser tão rentável para os ianques de Connecticut quanto as linhas de montagem das indústrias de precisão, fundadas por Eli Whitney. Portanto, os bosques haviam crescido novamente em abundância: carvalhos, bordos, bétulas, sicômoros, alguns pinheiros. Arbustos e louro-americano que brotavam na primavera. Macieiras silvestres. E os cervos também haviam retornado.

Os pneus rangeram sonoramente no cascalho, o que reforçou sua opinião de que os carros vigiando a Deer Lane em sua junção com a Rota 133 teriam escutado um veículo e visto o vapor branco de seu escapamento na noite em que Faith Khouri desaparecera. E os únicos carros estacionados na Deer Lane naquela noite tinham sido os que estavam sendo usados pelos policiais de tocaia. Portanto, ainda que fosse possível que Chuck Ponsonby tivesse subido a ladeira atrás de sua casa sem uma lanterna, aonde ele teria ido depois dali? Ele não tinha guardado seu carro em nenhum lugar mais próximo do que alguns metros acima, pela Rota 133, ou se o veículo pertencesse a um parceiro, este não o haveria apanhado mais perto do que aquilo. Uma caminhada daquela distância a -18°C? Improvável. Frigoríficos eram mais quentes do que aquilo. Então, como foi que ele fez?

Carmine tinha uma regra: se você for obrigado a dar um passeio num dia agradável, então, faça-o perto de um suspeito; e se o passeio envolver uma floresta, leve binóculos para observar os passarinhos. Com os binóculos pendurados no pescoço, Carmine subiu a ladeira entre as árvores em direção ao morro que dava vista para o número 6 da Ponsonby Lane. O chão estava coberto por trinta centímetros de folhas úmidas, a neve havia derretido, a não ser na lateral protegida de alguma rocha ou em cantinhos onde o calor não havia penetrado. Vários cervos saíram do seu caminho conforme ele andava, mas não assustados; os animais sempre sabiam quando estavam numa reserva. Era, ele refletiu, um lugar bonito e tranquilo naquela época do ano. No verão, o zumbido queixoso dos cortadores de grama e as gargalhadas vindas dos piqueniques estragariam o local. Devido a diligências policiais anteriores, ele sabia que ninguém se aventurava além do estacionamento, nem mesmo para encontros sexuais ilícitos; na reserva de oito hectares não haviam encontrado latas de cerveja, anéis de latas, garrafas, detritos plásticos ou camisinhas usadas.

Uma vez no alto do morro, ficava surpreendentemente fácil ver a casa dos Ponsonby. As árvores da ladeira da casa tinham sido drasticamente podadas para que houvesse apenas uma sugestão de floresta: um grupo de bétulas americanas de três troncos, um lindo olmo antigo que parecia saudável, dez bordos agrupados de tal forma que suas folhas caídas criariam uma paisagem deslumbrante, e espécimes de mudas de arbustos que, na primavera, deixariam o lugar parecendo um sonho de flores cor-de-rosa e brancas. A poda das árvores devia ter sido feita muito tempo atrás, já que os tocos das árvores retiradas não estavam mais visíveis.

Erguendo os binóculos, ele observou a casa como se estivesse a quinze metros de distância. Lá estava Chuck, no alto de uma escada, com um formão e um maçarico, descascando a tinta velha da maneira apropriada. Claire estava estendida numa cadeira de jardim, de madeira, perto da varanda da lavanderia, com Biddy a seus pés; a leve brisa estava soprando no rosto de Carmine, portanto, a cachorra não havia farejado sua presença. Então, Chuck a chamou. Claire se levantou e foi até a lateral da casa de forma tão certeira que Carmine ficou espantado. No entanto, ele *sabia* que Claire era cega.

Como ele sabia com tanta certeza? Porque Carmine não deixava pedra sobre pedra, e a cegueira de Claire era uma pedra em seu caminho. Às vezes, ele utilizava os serviços de uma carcereira do presídio feminino, Carrie Tallboys, que se esforçava muito para sustentar o filho promissor e, portanto, estava disposta a trabalhar fora de seu horário de serviço. Carrie tinha um curioso talento, que envolvia representar um papel de forma tão convincente que as pessoas lhe contavam muito mais do que deveriam. Então, Carmine havia mandado Carrie fazer uma visita ao oftalmologista de Claire, o eminente Carter Holt. Sua história era que ela estava pensando em doar algum dinheiro para a retinite pigmentosa, já que sua querida amiga Claire Ponsonby sofrera daquele mal, antes de ter ficado completamente cega. Ah, ele se lembrava bem do dia em que Claire viera com descolamento de retina bilateral; era tão raro que ambos os olhos se fossem ao mesmo tempo! Seu primeiro caso importante, e tinha de ser logo algo que estava além de seu poder de cura. Mas, Carrie protestou, certamente hoje em dia isso poderia ser curado. Definitivamente não, disse o Dr. Holt. Claire Ponsonby estava irreparavelmente cega, para sempre. Ele havia examinado seus olhos e visto o dano pessoalmente. Triste!

Carmine observou a cega Claire conversando animadamente com Chuck, que desceu da escada, passou seu braço pelo da irmã e a levou para dentro através da varanda da lavanderia. A cachorra os seguiu; então soaram as leves melodias de uma sinfonia de Brahms. Pronto: os Ponsonby já haviam tido ar fresco suficiente. Embora... espere, espere! Ah, sim, claro. Chuck saiu, juntou suas ferramentas e as levou, juntamente com a escada, para a garagem, antes de voltar para a casa. Ele com certeza tinha um lado cada-coisa-em-seu-lugar, mas poderia ser uma obsessão?

Deixando os binóculos caírem, Carmine se virou para retornar à Deer Lane. Era mais difícil descer o morro, em meio aos montes de folhas viscosas que apodreciam; nem mesmo os cervos haviam feito trilhas, embora, até o verão, fosse haver muitas. Imerso em pensamentos sobre Charles Ponsonby e suas contradições, Carmine começou a apressar o passo, excitado para voltar a seu escritório e digerir aquele quebra-cabeça com tempo. E, também, almoçar alguma coisa no Malvolio's.

Ato contínuo, seus pés escorregaram e ele foi atirado para a frente, ambas as mãos estendidas para suportar o impacto da queda. Folhas mortas voaram em massas úmidas e grudentas quando ele caiu sobre as palmas das mãos, com um baque surdo e oco. Ele foi escorregando para a frente, lutando para se segurar, antes de, gradualmente, perder o impulso e conseguir se deter. Dois sulcos marcavam o percurso seguido por suas mãos, profundamente cavados na lama. Praguejando baixinho, ele rolou no chão e se levantou, sentindo o ardor da pele raspada, mas aliviado em descobrir que não havia sofrido nenhum dano mais sério. Burro, Carmine, que burro! Estava ocupado demais pensando para olhar por onde ia, seu idiota.

Só que... por que o ruído oco? Curioso, porque assim era ele, Carmine se agachou e escavou um dos canais que a palma de sua mão havia feito; quinze centímetros abaixo, ele descobriu uma prancha de madeira. Cavando freneticamente, ele empurrou as folhas para longe até conseguir ver uma parte do que havia ali: a superfície do que poderia ser a porta de uma antiga adega.

Ai, Jesus, Jesus, Jesus! Repentinamente reanimado, ele arrastou as folhas de volta a onde estavam, empurrando-as para baixo, apertando-as, a testa molhada de suor, a respiração arranhando. Quando ficou razoavelmente satisfeito de haver apagado a prova de sua queda, contorceu-se para trás, com o traseiro no chão, antes de se levantar novamente para examinar seu trabalho. Não, não estava bom o bastante. Se alguém fosse examinar a área de perto, iria notar. Ele tirou a jaqueta e a usou para juntar mais folhas mortas a uns trinta metros dali, trouxe-as de volta e as distribuiu, então, jogou a jaqueta no chão e a usou como uma vassoura para apagar todos os vestígios de sua intrusão. Finalmente, engolindo em seco e ofegando, ele teve certeza de que ninguém suspeitaria do que acontecera. Agora caia fora daqui, Carmine! Isso ele fez de joelhos, espalhando folhas no seu rastro; estava quase no estacionamento quando se levantou. Com um pouco de sorte, os cervos passariam por ali, em sua constante busca por forragem invernal.

De volta ao Ford, ele rezou para que a extraordinária audição de Claire não se estendesse até o ronco de um motor na Deer Lane. Ele pisou gentilmente no acelerador e foi roncando até a esquina em primeira marcha. Parte dele estava morrendo de ansiedade para transmitir suas notícias a Silvestri, Marciano e Patrick, mas ele decidiu não telefonar para eles do ninho de amor Major Minor's, num informe rápido de domingo. Seria melhor voltar na direção nordeste e ir embora pelo caminho que viera. Ele não morreria se esperasse.

Afinal, não era uma caminhada tão longa assim no frio de -18°C, Chuckie queridinho! E você tampouco precisaria de uma lanterna, naquele lado da colina que dava para a casa, porque você tem um túnel que só sai à superfície bem abaixo da ladeira da reserva. Alguém — foi você, ou muito antes de você? — cavou profundamente abaixo da colina e encurtou a distância. Em Connecticut, a centenas de quilômetros da Linha Mason-Dixie, que demarcava o início dos estados do sul, aquele túnel certamente não havia sido escavado para a fuga de escravos. Aposto que você o escavou pessoalmente, Chuckie queridinho. Na noite em que você raptou Faith Khouri só o que teve de fazer foi sair; quando voltou com ela, nós havíamos ido embora da vizinhança. Esse foi *um* dos nossos erros. Nós deveríamos ter mantido a vigilância. Embora, justiça nos seja feita, nós não teríamos te apanhado voltando para cá; estávamos vigiando a Ponsonby Lane e a sua casa, não sabíamos a respeito do túnel. Portanto, daquela vez, a sorte estava do seu lado, Chuckie queridinho. Mas, desta vez, a sorte está conosco. Nós sabemos do túnel.

Como estava morrendo de fome e queria um pouco mais de tempo para pensar, Carmine almoçou no Malvolio's antes de chamar seus companheiros.

— Agora eu entendo o total significado de um antigo chavão — ele disse quando Patrick, o último a chegar, entrou pela porta do escritório de Silvestri.

— Que chavão? — Patrick perguntou, sentando-se.

— Prenhe de novidades.

— Você está diante de três exímios parteiros, portanto, pode dar à luz.

Com palavras concisas e uma sequência de eventos lógica e correta, Carmine conduziu sua plateia, passo a passo, por tudo que havia acontecido depois de sua visita a Eliza Smith.

— Tudo brotou dela... o que ela disse, como ela disse. Meu catalisador. Culminando com uma queda numa encosta... isso que é sorte! Tenho tido tanta sorte neste caso — ele disse quando a história havia terminado e sua plateia tinha conseguido levantar o queixo caído no chão.

— Não, não é sorte — Patrick objetou, com os olhos brilhando. — Trata-se de determinação teimosa de gente caxias, Carmine. Quem mais teria se dado ao trabalho de reexaminar a morte de Leonard Ponsonby? E quem mais teria se dado ao trabalho de olhar uma caixa de evidência de trinta e seis anos atrás? Perseguindo um crime marcado como não solucionado porque você é uma das poucas, pouquíssimas pessoas em quem eu posso pensar, que sabem que quando o raio cai duas vezes no mesmo lugar, alguma coisa o está conduzindo para lá.

— Tudo isso é muito bonito, Patsy, mas não reúne elementos suficientes para ser levado diante do juiz Thwaites. Eu encontrei a evidência real por puro acidente... um tombo numa ladeira escorregadia.

— Não, Carmine. O tombo pode ter sido acidental, mas o que você descobriu não foi por acidente. Qualquer outra pessoa teria se levantado, limpado a roupa... — Patrick tirou folhas mortas da jaqueta arruinada de Carmine — e ido embora mancando. Você encontrou a porta porque seu cérebro registrou um barulho errado, não porque sua queda tivesse revelado a porta. Não revelou. E, de qualquer forma, você não estaria no morro, para começo de conversa, se não tivesse encontrado nosso rosto numa fotografia tirada por volta de 1928. Vamos lá, assuma um *pouco* do mérito!

— Está bem, está bem! — Carmine exclamou, levantando as mãos. — O mais importante é decidir o que faremos, a partir daqui.

A atmosfera no escritório de Silvestri apresentava uma efervescência quase visível de excitação, alívio, e da alegria maravilhosa e inimitável que surge no instante em que um caso se desata. Principalmente o caso dos Fantasmas, tão obscuro, tão perturbador, tão lento em se desvendar. Não importava quantos obstáculos fossem aparecer — eles eram experientes demais para acreditar que não haveria nenhum —, eles tinham informações suficientes para seguir adiante, para sentir que o fim não estava muito longe.

— Em primeiro lugar, não podemos supor que o sistema legal esteja do nosso lado — Silvestri disse, mordendo o charuto. — Não quero que este merda consiga escapar por conta de alguma formalidade jurídica... principalmente uma que sua defesa possa usar para culpar a polícia. Vamos admitir, nós somos sempre o alvo dos ovos podres. Será um grande julgamento, com cobertura em rede nacional. Isso quer dizer que a defesa de Ponsonby não será formada por advogados chulés de porta de cadeia, ainda que ele não tenha muito dinheiro. Todo mequetrefe que conhecer a lei de Connecticut e a lei federal irá fazer qualquer coisa para ser parte da equipe de defesa. E irá fazer qualquer coisa para nos cobrir de ovos podres. Não podemos cometer um errinho sequer.

— O que você está dizendo, John, é que se conseguirmos um mandado agora e invadirmos pelo túnel de Ponsonby, só o que realmente teremos é algo que se parece a uma sala de cirurgia, na casa de um médico — disse Patrick. — Assim como Carmine, sempre acreditei que esse otário não tem um lugar ensanguentado e imundo, onde comete seus assassinatos; ele tem uma sala de cirurgia. E se ele for a metade cuidadoso com relação aos vestígios em sua sala de cirurgia quanto é com suas vítimas, é possível que não consigamos encontrar nada. É este o rumo que sua mente está seguindo?

— Sim — disse Silvestri.

— Nada de erros — disse Marciano. — Nenhum.

— E nós já cometemos uma porção deles — disse Carmine.

Caiu o silêncio; a excitação havia morrido completamente. Por fim, Marciano emitiu um ruído exasperado e desandou a falar.

— Se vocês não vão dizer, então digo eu. Nós temos de apanhar o Ponsonby no ato. E se isso é o que temos de fazer, então é o que temos de fazer.

— Oh, Danny, pelo amor de Deus! — exclamou Carmine. — Colocar a vida de outra garota em risco? Fazê-la passar pelo horror de ser raptada por aquele homem? Não vou fazer isso! Eu me recuso!

— Ela ficará aterrorizada, sim, mas vai superar isso. Nós sabemos quem ele é, certo? Nós sabemos como ele atua, certo? Então, nós o vigiamos... não precisamos vigiar ninguém mais...

— Não podemos fazer isso, Danny — Silvestri interrompeu. — Temos de vigiar todo mundo, da mesma forma como fizemos um mês atrás. Caso contrário, ele irá perceber. Não pode ser feito sem uma vigilância completa.

— Está bem, admito isso. Mas nós sabemos que é ele, então damos a ele atenção extraespecial. Quando ele se mover, estaremos lá. Iremos segui-lo até a casa de sua vítima e o deixamos apanhá-la antes de o agarrarmos. Com a captura, o túnel e a sala de cirurgia, ele não poderá sair livre do julgamento — disse Marciano.

— É tudo circunstancial, esse é o problema — Silvestri resmungou. — Ponsonby já cometeu pelo menos quatorze assassinatos, mas nossa contagem de corpos é de quatro. Sabemos que as primeiras dez vítimas foram incineradas, mas como vamos provar isso? Você vê Ponsonby como sendo do tipo que confessa? Eu, com toda certeza, não vejo. Como garotas de dezesseis anos fogem de casa todos os dias, há dez assassinatos pelos quais nunca vamos conseguir condená-lo. Tudo se resume a Mercedes, Francine, Margaretta e Faith, mas nada o relaciona a elas além de uma suposição, tão frágil quanto o vidro soprado. Danny tem razão. Nossa única esperança é pegá-lo no ato. Se entrarmos lá agora, ele conseguirá se livrar. Seus advogados serão bons o bastante para convencer um júri a livrar Hitler ou Stalin.

Eles olharam uns para os outros, parecendo perplexos e irritados.

— Temos outro problema — disse Carmine. — Claire Ponsonby.

O comissário Silvestri não era um homem blasfemo, mas hoje, além de tudo um domingo, ele estava rompendo suas próprias regras. — Merda! Caralho! — ele sibilou. Então, num rugido: — Porra!

— Quanto você acha que ela sabe, Carmine? — Patrick perguntou.

— Não faço a menor ideia, Patsy, e essa é a mais pura verdade. Eu sei que ela é realmente cega, pois seu oftalmologista confirmou. E ele é o Dr. Carter Holt, professor titular de Oftalmologia da Chubb. No entanto, nunca vi uma pessoa cega mais habilidosa do que ela. Se ela é a isca sacudida na frente de uma garota santinha de dezesseis anos, cheia de vontade de fazer o bem, então ela é cúmplice de estupro e assassinato, mesmo que nunca entre na sala de cirurgia de Ponsonby. Que isca seria melhor do que uma mulher cega? No entanto, uma mulher cega é bastante notável, e é por isso que estou inclinado a desconsiderar essa teoria. Ela teria que se movimentar em terrenos que não conhece tão bem quanto a propriedade na Ponsonby Lane, portanto, quão rápido seria capaz de se mover? Como ela reconheceria seu alvo, a não ser que Chuck estivesse do seu lado? Ah, passei grande parte desta manhã pensando a respeito de Claire! Fico vendo-a na frente da escola St. Martha's em Norwalk... vocês sabiam que a calçada está em más condições há mais de um ano devido às obras públicas de reparação dos canos? Com duas garotas desaparecendo no mesmo local, *alguém* a teria notado. Para mim, Claire teria precisado treinar para caminhar numa calçada cheia de buracos. Acabei concluindo que Claire seria mais um obstáculo para Chuck do que uma vantagem. Imagino que ela pudesse ter vigiado a vítima, enquanto ele voltava para seu covil, mas essa teoria parece um tanto frágil. No entanto, ele deve ter tido um cúmplice que pudesse enxergar... quem era o chofer, por exemplo?

— Você quer excluir Claire? — Silvestri perguntou.

— Não completamente, John. Apenas como uma ajudante improvável para a captura.

— Concordo que ela não deva ser excluída totalmente — disse Patrick —, mas não consigo acreditar que ela seja capaz de dar muita ajuda, de qualquer tipo. Isso não quer dizer que ela não saiba o que o irmão vem fazendo.

— Existe uma ligação imensa entre eles. Agora que sabemos como foi a infância deles, a ligação faz mais sentido. A mãe assassinou o pai, eu apostaria minha vida nisso. O que significa que Ida Ponsonby era mentalmente instável muito antes de Claire vir para casa cuidar dela. Deve ter sido um inferno.

— Os filhos teriam sabido sobre o assassinato, Carmine?

— Não faço ideia, Patsy. Como Ida teria chegado em casa numa nevasca em 1930? Supostamente, com o carro de Leonard, mas, naquela época, eles limpavam as estradas? Eu não me lembro.

— As principais, com certeza — disse Silvestri.

— Ela devia ter sangue espalhado sobre ela. Talvez as crianças tenham visto.

— Especulações! — Marciano disse com uma fungada. — Vamos nos ater aos fatos, rapazes.

— Danny tem razão, como sempre — disse Silvestri, enfiando o toco de charuto sob o nariz de Danny, em retribuição. — Começaremos a vigiar as pessoas amanhã à noite, então é melhor decidirmos sobre as mudanças necessárias agora.

— A mudança mais importante — disse Carmine — é que Corey, Abe e eu vamos vigiar a entrada do túnel na reserva.

— E a cachorra? — Patrick perguntou.

— É uma complicação. Duvido que ela comesse carne drogada, pois os cães-guia são treinados para não aceitar comida de estranhos nem apanhar comida do chão. E como é uma fêmea castrada, ela não vai se afastar à procura de companhia canina. Quando nos escutar, ela vai latir. O que não dá para garantir ao certo é que Chuck não leve Biddy com ele para guardar a porta do túnel, durante sua ausência. Se ele fizer isso, o animal nos farejará.

Patrick riu. — Não se vocês estiverem usando *eau* de gambá!

Todos eles recuaram, horrorizados.

— Meu Jesus, Patsy, nem pensar!

— Bem, Abe e Corey, pelo menos — Patrick emendou, com uma expressão diabólica. — Aliás, apenas um de vocês já seria o suficiente.

— Um de nós *não* irá usar *eau* de gambá, e sou eu — disse Carmine, de cara feia. — Tem de haver outro jeito.

— Não sem que Ponsonby perceba. Não podemos sequestrar a cachorra, isso é certo. Ele não é um caipira qualquer com um plano malfeito; trata-se de um médico que sempre esteve um passo à frente de nós. Se a cachorra desaparecer, ele saberá que desconfiamos dele, e será o fim de seus raptos — disse Patrick. — O ás escondido em sua manga é a porta do túnel na reserva, e nós temos de fazê-lo pensar que ainda é um segredo só dele. Pode ser que ele a proteja de alguma forma: com um fio esticado próximo ao chão, um sino de alarme, uma campainha na qual vocês possam pisar como uma mina terrestre, uma lâmpada em cima de uma árvore... antes de se aproximarem, verifiquem tudo isso, pelo amor de Deus. Portanto, claro, ele usará a cachorra. Como, eu não sei, apenas que ele a usará. Se eu fosse ele, colocaria um tranquilizante na última bebida de Claire, à noite.

— Patsy, você é tão perturbado! — disse Silvestri, sorrindo.

— Não chego nem aos pés de Carmine, John. Vamos, tudo que eu falei é lógico.

— Sim, eu sei. Mas onde é que vamos encontrar *eau* de gambá?

— Tenho uma garrafa inteira — disse Patrick, quase ronronando.

Carmine olhou para Silvestri, com ameaça no olhar. — Então, o orçamento da polícia de Holloman terá de incluir litros e litros, literalmente, de suco de tomate. Não posso pedir que Abe e Corey se perfumem com *eau* de gambá sem oferecer-lhes uma banheira de suco de tomate na manhã seguinte. — Ele franziu a testa, parecendo frustrado. — Nós temos alguma banheira aqui nas celas, ou somente chuveiros?

— Há uma banheira grande de ferro numa sala nos fundos, na parte antiga do edifício. Lá pela época em que Leonard Ponsonby foi macetado até a morte, a banheira era usada para apaziguar os loucos furiosos, antes de mandá-los embora com os homens de jaleco branco — disse Marciano.

— O.k., peça a alguém para esfregar o lugar e desinfetar tudo. Depois, quero a banheira cheia de suco de tomate, porque eu acho que tanto Abe quanto Corey deverão usar a essência. Se eles forem obrigados a se separar, a cachorra não irá farejar aquele que estiver limpo.

— Combinado — disse Silvestri, sua expressão indicando que a reunião havia terminado.

— Ei! Não podemos nos separar ainda — disse Carmine. — Ainda temos de discutir possibilidades. Tipo, Ponsonby está trabalhando sozinho ou ele tem um cúmplice de quem não sabemos nada? Supondo que Claire não esteja envolvida, por que, de repente, descartamos a probabilidade de que existam dois Fantasmas? Ponsonby, de fato, tem uma vida fora do Hug e de sua casa. Sabe-se que ele vai a exposições de arte, mesmo que para isso tenha de tirar um ou dois dias de folga do trabalho. De agora em diante, nós o seguimos para todo lugar aonde ele for. Nossos melhores agentes, Danny, os melhores. Sutis como sombras, homens e mulheres... e nada de rádios de comunicação desajeitados. Vamos usar os novos microfones de lapela para coordenar as trocas de guarda, portanto, os agentes à espera para assumir a guarda não podem ficar fora do alcance do rádio; esses dispositivos são fraquíssimos. Nosso material técnico está melhorando, mas certamente precisamos de um Billy Ho e de um Don Hunter. Se o Hug realmente afundar, John, poderia ser uma boa ideia trazê-los a bordo. Anexá-los ao departamento de Patsy, que talvez devesse incorporar a palavra "criminalística" a seu nome. E não diga nada, John! *Encontre* o dinheiro necessário, maldição!

— Se Morton Ponsonby estivesse vivo, nós saberíamos a identidade do segundo Fantasma — disse Marciano.

— Danny, Morton Ponsonby não está vivo — Carmine disse pacientemente. — Eu vi seu túmulo e também vi o relatório de sua autópsia. Não, ele não foi assassinado, apenas caiu morto de forma muito repentina. Não se detectaram venenos, embora não se tenha descoberto a verdadeira causa da morte.

— *Talvez* a Ida Maluca tenha atacado novamente.

— Duvido, Danny. Parece que ela era miudinha, e Morton Ponsonby era um adolescente saudável. Difícil de sufocar com um travesseiro. Além disso, não havia felpas nas vias aéreas.

— Talvez houvesse um quarto filho — Marciano insistiu. — Pode ser que Ida não tenha registrado seu nascimento.

— Ah, não vamos nos empolgar! — Carmine exclamou, agitando as mãos no ar. — Em primeiro lugar, com Leonard morto, quem seria o pai desse misterioso quarto filho? Chuck? Caia na real, Danny! A presença de uma criança é notória... eles não eram moradores recém-chegados à Ponsonby Lane, eram os *donos* da rua! Morando ali desde a chegada do *Mayflower*. Veja o Morton, por exemplo. Vivia no mundo da lua, mas as pessoas sabiam que ele existia. Havia gente em seu funeral.

— Então, se existe um segundo Fantasma, ele nos é absolutamente desconhecido.

— No momento, sim — disse Carmine.

27

Quarta-feira, 2 de março de 1966

A noite de segunda e a noite de terça passaram sem incidentes exceção feita ao praguejar perpétuo de Abe e Corey. Viver em meio a um miasma de gambá era um tormento que se comparava à tortura, pois nenhum cérebro na criação havia podido fazer o que os cérebros geralmente fazem com os cheiros, sejam estes horríveis ou não: encobri-los depois de algum tempo. O cheiro de gambá ficava, o cheiro de gambá era o verdadeiro inferno olfativo. Apenas sua afeição por Carmine os havia convencido a consentir, mas, uma vez que a essência foi aplicada, eles se arrependeram amargamente. Por sorte, a banheira no antigo setor do edifício de Serviços Municipais era suficientemente grande para caber dois homens de uma vez, caso contrário uma amizade muito antiga poderia ter sido arruinada.

O clima continuava bom e com temperaturas acima de zero; perfeito para raptos. Sem chuva, sem vento.

Carmine havia tentado pensar em todas as possibilidades. Além disso, Abe, Corey e ele mesmo se escondiam num lugar de onde tinham visão irrestrita da porta do túnel, havia viaturas sem identificação em cada esquina da Deer Lane, em cada esquina da Ponsonby Lane, uma em frente à recepção do Major Minor's, uma no local em que Carmine tinha se escondido, um mês antes, e mais viaturas na Rota 133. Esses carros eram para causar efeito; Ponsonby os estaria esperando porque devia ter visto as viaturas na Deer Lane um mês atrás. Os verdadeiros carros de vigilantes estavam escondidos nas garagens das quatro casas da Deer Lane. Não havia nenhum carro que já estivesse estacionado nelas; Carmine supunha que o carro utilizado por Ponsonby estivesse, definitivamente, bem adiante na Rota 133. Embora não fosse nenhum dos carros de sua garagem: nem a caminhonete nem o Mustang vermelho conversível; eles tinham estado na garagem um mês atrás e estavam lá agora. Talvez seu cúmplice fornecesse o transporte? Neste caso, Ponsonby tinha de caminhar até um ponto de encontro.

— Pelo menos vocês dois podem usar tampões de nariz — Carmine os consolou enquanto os três subiam a ladeira, sentindo-se seguros pelo fato de que Ponsonby ainda estava voltando do Hug para casa. — Eu posso não estar usando *eau* de gambá, mas tenho de sentir o cheiro de vocês dois. Cara, como vocês fedem!

— Respirar pela boca não ajuda muito — Corey se queixou. — Posso sentir o *gosto* desta coisa fedorenta horrorosa! E agora sei por que os cachorros ficam enlouquecidos com isto.

Contando com os talentos do observador de pássaros do departamento, Pete Evans, eles haviam construído um bom esconderijo, a uns seis metros de distância da porta, sem que houvesse um tronco de árvore entre os dois pontos. Os três se deitaram, mas podiam se revezar virando de lado para impedir que os músculos se travassem; um homem era suficiente para manter a vigilância, desde que os outros dois estivessem alertas.

No fim não existia nenhum dispositivo de alarme, nem mesmo um fio rente ao chão; devido a seu próprio tombo, Carmine tinha achado que alarmes seriam mesmo improváveis. Ponsonby tinha certeza de que o túnel era um segredo só seu. Sua prepotência com relação ao assunto era interessante, como se estivesse numa parte de sua psique diferente do Dr. Charles Ponsonby, pesquisador e *bon vivant*. Na verdade, Ponsonby era um mundo de contradições: tinha medo de pegar um rato, mas não tinha medo da polícia.

Para distrair-se nas entediantes horas de espera, Carmine ponderou a respeito do túnel. Quem o havia feito? Quantos anos tinha? Apesar de encurtar a distância extra de subir e descer a ladeira envolvida, o túnel tinha de ter, ao menos, duzentos e cinquenta metros, talvez mais. Ainda que fosse bastante pequeno, em diâmetro interno, para permitir que um homem fizesse mais do que rastejar de barriga, o que havia acontecido com a terra e as pedras que tinham sido retiradas? Connecticut era um território cheio de muros de pedra porque os fazendeiros haviam removido as rochas de seus campos ao ará-los. Quantas toneladas de terra e pedras pequenas? Cem? Duzentas? Como o túnel era ventilado, já que tinha de ser ventilado? Será que aqueles dois celeiros velhos do norte do estado de Nova York tinham fornecido a madeira para escorá-lo?

Às duas da manhã daquela madrugada nublada ouviu-se um ruído leve, um grunhido que aumentou gradualmente, então mudou para o suave rangido de dobradiças bem lubrificadas obstruídas por partículas de poeira. Mais seca do que quando Carmine havia caído, a cobertura de folhas mortas cascateou para o lado oposto, quando a porta se abriu na direção dos três policiais em seu esconderijo. A figura que emergiu da cavidade negra era igualmente negra; ela se equilibrou, agachando-se, e emitiu um levíssimo gemido de aversão quando um odor forte de gambá flutuou na sua direção. A cabeça da cachorra surgiu, então desapareceu imediatamente. Biddy não ficaria de guarda esta noite. Eles podiam ouvir Ponsonby tentando convencer a cachorra a sair, mas não saiu cachorro nenhum. *Gambá*.

O acordo era que Carmine seguiria Ponsonby, enquanto Corey e Abe continuariam perto da entrada do túnel; ele esperou com a respiração suspensa enquanto a figura se endireitava até adquirir a altura de um homem, tão escuro que era difícil ver em meio à sombria penumbra daquela noite sem lua e sem estrelas. O que era *aquilo* que ele estava vestindo? Carmine se perguntou. Até o rosto estava invisível. E quando a figura começou a se mover, foi de forma silenciosa, mal se ouvia o sussurro dos pés no chão da floresta. Carmine também estava vestido de preto, havia enegrecido seu rosto e calçado tênis, mas ele não se atreveu a se aproximar demais da figura — a seis metros no máximo, rezando para que aquilo que cobria a cabeça de Ponsonby dificultasse sua audição.

Ponsonby esvoaçou ladeira abaixo na direção do pátio circular no final da Deer Lane. Quase chegando à área de estacionamento, Ponsonby se desviou rumo à Rota 133, ainda oculto pelo bosque, que seguia por aquele lado da estrada até a Rota. Agora que o chão era mais nivelado, Carmine achou sua presa ainda mais difícil de enxergar; ele se sentiu tentado a desviar a curta distância até a estrada, na qual ele conseguiria melhor progresso, mas a economia do Conselho Municipal de Holloman não permitiu que ele fizesse isso. Cascalho.

O suor manava dele, cegando-o; ele o limpou rapidamente dos olhos, mas, quando olhou para onde a figura havia estado no início de seu gesto, ela não estava mais lá. Não porque Ponsonby houvesse percebido que estava sendo seguido, Carmine tinha certeza. Um capricho do destino. Ele tinha deixado a porta do túnel aberta; no instante em que achasse que estava sendo seguido, teria voltado para lá e, naquela direção, ele definitivamente não tinha ido. Ele ainda seguia para a Rota 133, perdido na escuridão.

Carmine fez a coisa mais sensata: tomou o caminho de cascalho e correu o mais rápido que pôde até o Chrysler básico estacionado na esquina próxima à floresta da Deer Lane.

— Ele saiu, mas eu o perdi — ele disse a Marciano e Patrick, depois de entrar no carro e fechar a porta de trás delicadamente. — Fantasma é a palavra certa para ele. Ele está usando preto dos pés à cabeça, não faz barulho e deve ter olhos melhores do que os de uma ave noturna. Ele também deve conhecer cada centímetro desta floresta. Não há nada mais a fazer agora, temos de esperar até que ele volte para casa com alguma pobre garota aterrorizada. Deus, eu não queria que isso fosse tão longe!

— Avisamos pelo rádio? — perguntou Marciano.

— Não, já que não temos ideia de que tipo de veículo ele está usando. Ele pode ter alguma coisa no painel de seu carro que seja boa o bastante para sintonizar todas as frequências que usamos. Vocês esperam aqui até que eu os avise pelo meu walkie-talkie que ele voltou ao túnel, me dão dez minutos e depois, vocês e o resto dos rapazes cercam a casa. Ainda é o melhor a fazer.

Carmine saiu do carro e foi para as árvores, retomando o caminho de volta ao estacionamento e, depois, subiu até o esconderijo.

— Eu o perdi, então temos de esperar.

— Ele não pode estar indo muito longe — Corey disse baixinho. — É tarde demais para que ele vá além do município de Holloman.

Quando Ponsonby voltou, às cinco da manhã, foi um pouco mais fácil vê-lo; embora o corpo pendurado em seus ombros estivesse enrolado em negro, conferia a ele mais volume e acrescentava ruído a seus passos. Em vez de subir da Deer Lane, ele se aproximou da porta aberta do túnel pela lateral, tombou sua carga no chão, na frente da abertura, e se introduziu um pouco antes de arrastar o fardo atrás de si. A porta se fechou, aparentemente movida por uma alavanca, e a noite voltou a seus ruídos florestais de hábito.

Carmine estava com o dedo no botão de chamada de seu walkie-talkie para enviar o sinal a Marciano quando escutou algo: ele ficou imóvel e cutucou seus companheiros para que ficassem imóveis e em silêncio. Uma figura surgiu por cima do morro e começou a descer até a porta, precedida pela cachorra que arfava e gemia, relutante entre suas obrigações de cão-guia e o insuportável fedor de gambá. Claire Ponsonby. Ela carregava um balde grande e um rastelo. Desesperada para ir embora, Biddy seguia ganindo e puxando sua correia enquanto Claire a segurava, obrigada a trabalhar com uma só mão, tentando convencer a cachorra a ficar ali. Primeiro, ela usou o rastelo para cobrir a porta com as folhas que já estavam amontoadas a um lado, depois, esvaziou seu balde cheio de folhas por cima delas e espalhou-as novamente com o rastelo. Finalmente, desistiu de lutar com a cachorra, deu de ombros e se virou para deixar que Biddy a guiasse ladeira acima.

— O que fazemos agora? — Abe perguntou quando o ruído da caminhada dela havia morrido completamente.

— Nós damos a ela tempo para voltar até a casa, depois chamamos os reforços, como planejado.

— Como ela sabia onde cobrir a evidência? — Corey perguntou.

— Vamos descobrir — disse Carmine, levantando-se e indo até a porta camuflada. — Assim, eu acho. — Seu pé levantou um pedaço de cano, aparentemente pintado de um marrom manchado, embora fosse difícil dizer, na ausência de luz. — A cachorra sabe o caminho até a porta, mas não pode avisar quando chegaram a ela. Quando Claire sente o cano, sabe que está na borda superior da porta. Depois disso é fácil. Ou teria sido fácil em outras ocasiões. Esta noite, ela teve de lidar com um cão assustado, e vocês puderam ver como isso a atrapalhou.

— Então, ela é o segundo Fantasma — disse Abe.

— É o que parece. — Carmine pressionou o botão de seu walkie-talkie. — O.k., prontos para dar uma volta no inferno? Temos nove minutos antes que Marciano se mexa.

— Detesto ter de desmanchar todo o trabalho caprichoso de Claire — disse Corey com um sorriso, varrendo as folhas para o lado.

O túnel era amplo o bastante para engatinhar, e era quadrado; mais fácil, supôs Carmine, para escorar com as tábuas de madeira que cobriam paredes e teto. A cada quatro ou cinco metros, aproximadamente, havia um pequeno tubo de ventilação que parecia feito de canos de dez centímetros. Sem dúvida, o cano mal apontava acima do chão, tinha uma grade e só era descoberto no momento em que se usava o túnel. Se você pisasse na extremidade de saída do cano, nem perceberia. Ah, o tempo! O esforço! Este era o trabalho de anos e anos. Cavado à mão, escorado à mão, as pedras e a terra, transportadas para longe à mão. Em sua vida relativamente ocupada, Charles Ponsonby não teria tido tempo suficiente de lazer para cavar aquilo. Outra pessoa o havia feito.

Parecia seguir adiante eternamente; pelo menos duzentos e setenta metros, calculava Carmine. Cinco minutos engatinhando apressadamente. Então, terminava numa porta, não uma coisa frágil de madeira, mas de aço sólido com uma fechadura enorme de combinação e uma trava circular, como de uma porta hermética de escotilha de navio.

— Jesus, é um cofre de banco! — Abe exclamou.

— Cale a boca e me deixe pensar! — Carmine baixou os olhos para o facho de luz de sua lanterna, no qual dançavam partículas de poeira, pensando que deveria saber que tipo de porta seria usada para impedir que o ambiente se contaminasse. — O.k., é lógico supor que ele esteja aí dentro e que não desconfie do que está acontecendo do lado de fora. Merda, merda, merda! Se Claire é o segundo Fantasma e ela não usou o túnel, então tem de haver outra entrada para o local dos assassinatos. Está dentro da casa e nós temos de encontrá-la. Mexa-se, Corey! *Mexa-se!*

Outro rastejo frenético, seguido, para Carmine, de um galope a toda velocidade ladeira acima até a casa dos Ponsonby. As luzes estavam se acendendo, conforme as pessoas acordavam ao som das sirenes; a rua estava entupida de carros, uma ambulância estava parada ali perto. Biddy se debatia, rosnando, em uma rede do canil público, enquanto Claire estava parada ali, bloqueando o caminho de Marciano.

— Algeme-a e a informe das acusações, Danny — Carmine ofegou, agarrando-se num pilar da varanda para se estabilizar. — Ela cobriu a porta secreta com folhas, e isso a torna uma cúmplice. Mas não podemos entrar no local dos assassinatos pelo túnel, ele tem uma porta de cofre de banco bloqueando a entrada. Deixei Abe e Corey guardando o túnel... mande alguns homens até lá e libere os pobres coitados para que eles possam chafurdar no suco de tomate. — Ele se aproximou de Claire, que parecia fascinada pelas algemas, sentindo o que podia delas com dedos, finos como patas de aranha. — Srta. Ponsonby, não se transforme em algo mais que cúmplice de assassinato, por favor. Diga-nos em que parte da casa fica a entrada para a câmara de horrores do seu irmão. Temos provas cabais de que ele é o Monstro de Connecticut.

Ela suspirou com um soluço, balançando a cabeça. — Não, não, isso é impossível! Eu não acredito nisso, não posso acreditar!

— Leve-a para a delegacia — Marciano disse a dois detetives —, mas deixe-a levar seu cão. É melhor deixar que ela desenrosque o animal, que está furioso conosco. E certifique-se de que ela seja bem tratada.

— Danny, você e Patrick vêm comigo — disse Carmine, já apto a ficar em pé sozinho novamente. — Ninguém mais. Não queremos policiais pela casa inteira antes que Paul e Luke comecem a examiná-la, mas temos de encontrar a outra porta antes que Chuck possa fazer alguma coisa com aquela pobre garota. Quem é ela?

— Ainda não sabemos — Marciano disse com tristeza ao seguir Carmine para dentro da casa. — Provavelmente ninguém em sua casa acordou ainda, não são nem seis da manhã. — Ele tentou se animar um pouco. — Quem sabe poderemos devolvê-la a seus pais antes que eles sequer percebam que ela sumiu?

Por que ele achava que a entrada ficava na cozinha? Porque aquele era o cômodo onde os Ponsonby pareciam viver, o centro de seu universo. A antiga casa em si era um museu, e a sala de jantar não era mais do que um lugar onde instalar seus alto-falantes de sala de concertos, o equipamento de som e sua coleção de discos.

— O.k. — ele disse, guiando Marciano e Patrick para a velha cozinha —, é aqui que começamos. Foi construída em 1725, então as paredes devem emitir um ruído de material frágil. Já uma proteção de aço não emitirá esse som.

Nada, nada, nada. A não ser que o cômodo estava gelado porque o fogão Aga não estava aceso. Agora, por que isso? A descoberta de um fogão a gás escondido por um painel de madeira e um cilindro de água quente num armário havia mostrado que os Ponsonby não faziam assados no verão, mas o verão ainda estava muito longe. Portanto, por que o Aga estava desligado?

— A resposta tem alguma coisa a ver com o Aga — disse Carmine. — Vamos lá, temos de nos concentrar nisso.

Atrás ficava seu reservatório de água, ainda quente ao toque. Apalpando, os dedos de Patrick encontraram uma alavanca.

— Está aqui! Encontrei!

De olhos fechados, sussurrando uma prece, Patrick puxou. O fogão inteiro se moveu para fora e para o lado num eixo, suavemente, silenciosamente. E ali, na alcova de pedra da lareira havia uma porta de aço. Quando Carmine, com a .38 na mão, girou a maçaneta, ela se abriu suavemente, silenciosamente. De repente, ele hesitou e deslizou a arma novamente para seu coldre.

— Patsy, me dê a sua câmera — ele disse. — Esta não é uma situação de tiroteio, mas Danny pode me dar cobertura. Você espera aqui.

— Carmine, é um risco desnecessário! — exclamou Patrick.

— Me dê a sua câmera, é a arma mais adequada neste caso.

Uma porta comum de madeira ficava lá embaixo, no final de um lance de escada de pedra. Não havia fechadura, apenas uma maçaneta.

Carmine a girou e entrou numa sala de cirurgia. Seus olhos não registraram nada além de Charles Ponsonby, inclinado sobre uma cama na qual jazia uma garota gemendo, grogue, já completamente despida, amarrada por uma faixa de lona que prendia seus braços desde logo abaixo dos ombros até acima dos pulsos. Ponsonby havia despido o que quer que usasse para seus assaltos às casas adormecidas e estava nu, sua pele ainda úmida em alguns pontos devido ao banho rápido de chuveiro. Cantarolando uma melodia alegre enquanto suas mãos experientes avaliavam o estado de consciência de seu butim. Morrendo de ansiedade para que ela despertasse.

A câmera disparou. — Te peguei! — disse Carmine.

Charles Ponsonby se virou, a boca aberta, os olhos cegados pela brilhante luz azul, sem qualquer indício de luta em sua pessoa.

— Charles Ponsonby, você está preso por suspeita de múltiplos homicídios. Você não tem de dizer nada, e tem direito a um representante legal. Você está entendendo? — Carmine indagou.

Parecia que não; Ponsonby apertou seus lábios e continuou olhando de forma intensa.

— Eu te aconselho a chamar seu advogado assim que chegar à delegacia. Sua irmã também precisará de um.

Danny Marciano tinha aberto outra porta e agora estava saindo da sala, trazendo um casaco de chuva preto brilhante. — Ele está sozinho — ele disse, guardando sua arma —, e isto foi só o que pude encontrar. Enfie os braços aí, seu merda. — Depois de haver embrulhado Ponsonby no casaco, ele pegou suas algemas. Fechou-as cruelmente apertadas.

— Pode descer, Patsy! — Carmine chamou.

— Jesus! — foi tudo que Patrick pôde encontrar para dizer ao olhar em volta; então, ele foi ajudar Carmine a enrolar a garota num lençol e carregá-la escada acima, com Marciano e Ponsonby atrás.

Quando o colocaram na traseira gradeada de uma viatura, Ponsonby pareceu voltar ao mundo real por um momento, arregalando os olhos azuis aquosos e, então, inclinou a cabeça para trás e começou a gargalhar, num guincho de profundo júbilo. Os policiais que dirigiam o carro não alteraram a expressão do rosto.

A vítima, de identidade ainda desconhecida, foi colocada na ambulância que estava à espera; quando esta se afastou; a van de Paul e Luke chegou, espalhando os moradores da Ponsonby Lane, que haviam se juntado em grupos murmurantes e espantados para assistir ao circo que se armava na casa número 6. Até o Major Minor estava ali, tagarelando avidamente.

— Posso pegar minha câmera de volta? — Patrick perguntou a Carmine quando entraram no local dos assassinatos, com Paul e Luke os seguindo.

Tudo ali era branco ou do tom cinza-prateado do aço inoxidável. As paredes estavam cobertas por painéis de aço inoxidável; o piso parecia ser de concreto cinza, o aço do teto era entrecortado pela luz das lâmpadas tubulares fluorescentes. Nenhuma sujeira do túnel poderia penetrar naquele local incrivelmente imaculado, pois aquela porta era hermética, além de ter trinta centímetros de espessura. Passagens de ar e um leve sussurro revelavam um sistema muito bom de ar condicionado e a sala cheirava a lugar clinicamente limpo. A cama era sustentada por quatro pernas redondas de metal, uma plataforma de aço inoxidável coberta por um colchão de borracha, encapado com um lençol de borracha, sobre o qual estava estendido um lençol branco ajustado, não só limpo, como também passado a ferro. As extremidades das amarras eram passadas por ranhuras nas bordas da plataforma e presas no lugar por hastes que eram ligeiramente menores em diâmetro do que as ranhuras. Também havia uma mesa de cirurgia de aço inoxidável, friamente descoberta. E, mais terrivelmente explícito, um gancho para pendurar carnes e uma alça, pendentes do teto acima de um declive no chão que continha um grande ralo gradeado. Havia gabinetes com portas de vidro para instrumentos cirúrgicos, drogas, equipamentos para injeções, latas de éter, gazes, fita adesiva, ataduras. Um gabinete continha uma coleção de pênis ocos, incluindo o pesadelo que havia matado Margaretta e Faith. Uma lavadora de alta pressão e um higienizador a vapor ficavam num armário; em outro, havia lençóis de borracha, roupas de cama, cobertores de algodão. Um grande congelador horizontal de supermercado ficava encostado numa parede; Carmine o abriu, revelando seu interior imaculado.

— Ele descartava todos os lençóis e cobertores depois de cada vítima — Patrick disse, com os lábios rigidamente apertados.

— Olhe isto, Patsy — Carmine disse, abrindo uma cortina.

Alguém chamou de cima da escada. — Tenente, nós sabemos quem é a vítima! Delice Martin, uma interna do colégio católico feminino Stella Maris.

— Então, ele não precisou de carro — Carmine disse a Patrick. — O colégio Stella Maris fica a só oitocentos metros daqui. Ele carregou a garota nos ombros por todo o caminho da volta.

— Estava atraindo atenção para si mesmo, ao capturar uma garota tão perto de Ponsonby Lane — foi o comentário de Patrick.

— Por um lado, sim, mas por outro, não. Ele sabia que nós estávamos monitorando todos os huggers, então por que deveria ser ele? Até o final, ele acreditava que o túnel fosse um segredo só dele. Agora, você pode vir aqui e olhar isto, Patsy? *Olhe* isto!

Carmine puxou uma cortina de cetim branco passada a ferro para o lado para revelar uma alcova forrada em mármore branco. Uma mesa, parecida com um altar, sustentava dois castiçais com velas brancas novas, como se algo devesse ser depositado numa bandeja de prata, que ficava sobre uma toalha de tecido caprichosamente bordada. Um sacrifício.

Na parede acima havia quatro prateleiras, e em cada uma das duas superiores, seis cabeças; havia mais duas cabeças na terceira prateleira, e a quarta estava vazia. As cabeças não estavam congeladas. Não estavam em recipientes de formol. Elas haviam sido mergulhadas em plástico transparente, no processo usado por lojas de suvenir para vender borboletas bonitas.

— Ele teve problemas com os cabelos — disse Patrick, apertando os punhos para impedir que suas mãos tremessem. — Se pode ver como ele foi melhorando consideravelmente com a prática. Terrivelmente lento, com estas seis primeiras cabeças! Uma braçadeira para segurar a cabeça virada para baixo no molde enquanto ele despejava um pouco de plástico dentro, esperava que se acomodasse, e então despejava um pouco mais. Ele conseguiu algum progresso na sétima cabeça... provavelmente desenvolveu uma maneira de deixar o cabelo duro como concreto. Então, ele poderia encher o molde de uma só vez. Gostaria de saber como ele lidou com a deterioração anaeróbica, mas poderia apostar que ele removeu o cérebro, talvez tenha preenchido a cavidade cranıal com um gel de formol. Debaixo daquele belo babado de folhas douradas, os pescoços estão selados. — Patrick teve ânsias de vômito e controlou-se, com esforço. — Me sinto mal.

— Eu sei que plástico líquido é proibitivamente caro, mas pensei que não funcionasse para espécimes tão grandes assim — Carmine disse. — No entanto, até a cabeça de Rosita Esperanza parece estar em boas condições.

— Não importa muito o que os manuais ou os fabricantes dizem. Estas quatorze contradições nos dizem que Charles Ponsonby era um mestre da técnica. Além disso, o molde é justo, não muito maior do que a cabeça. Um litro de plástico já seria demais.

— Transformando seus talismãs em borboletas.

Os dois técnicos tinham vindo olhar, mas não por muito tempo; a eles caberia a tarefa de remover as cabeças e encaixotá-las como evidências. Mas só depois que cada centímetro do local tivesse sido fotografado, desenhado e catalogado.

— Vamos dar uma olhada no banheiro — sugeriu Patrick.

— Ele trouxe Delice Martin para cá — Carmine disse, após uma olhada —, jogou-a na cama, então veio aqui e tomou um banho de chuveiro. Foi isto que ele vestiu para raptá-la.

Era um traje de mergulho de borracha preta, do tipo usado pelas pessoas que não mergulhavam muito fundo: fino e leve. Ponsonby tinha removido as faixas e listras coloridas e embotado seu brilho. Um par de botas de borracha sem salto e de solado macio estavam no chão, arrumadas caprichosamente, e um par de luvas finas de borracha preta estavam dobradas de forma ordenada sobre uma banqueta.

— Flexíveis — disse Carmine, dobrando uma das botas com suas mãos enluvadas. — Ele pode ser um pesquisador fracassado, mas como assassino, Ponsonby é fenomenal. — Ele recolocou a bota exatamente onde estava.

Eles voltaram para a sala principal, onde Paul e Luke haviam começado a fotografar; eles levariam dias e dias para cumprir todas as tarefas que Patrick exigiria.

— As cabeças são toda a evidência de que necessitamos para acusá-lo por quatorze assassinatos — Carmine disse, fechando a cortina. — É engraçado, de certa forma, que ele as tenha mantido tão notavelmente expostas, mas não parece ter passado pela cabeça dele que alguém, um dia, encontraria este lugar. Ponsonby vai para a cadeira elétrica. Ou será condenado a quatorze penas consecutivas de prisão perpétua. Espero que nosso Fantasma morra na cadeia, estuprado todo santo dia pelos outros presos. Eles vão odiá-lo!

— É um bom pensamento, mas você sabe tão bem quanto eu que o carcereiro irá isolá-lo.

— Sim, uma pena, mas é verdade. Eu só quero que ele sofra, Patsy. O que é a morte, senão um sono eterno? E o que é o isolamento na prisão, senão a oportunidade de ler livros?

28

Quinta-feira, 3 de março de 1966

Por razões que ele não queria explorar, Wesley le Clerc nunca conseguia pensar em si mesmo como Ali el Kadi na casa de sua tia. Portanto, foi Wesley le Clerc quem se arrastou para fora da cama às seis da manhã; a Tante Celeste insistia que ele o fizesse. Depois de estender seu tapetinho e rezar, ele foi ao banheiro para o que chamava de seus três B: banho, barba e bosta.

O comício de Mohammed já estava organizado e, de qualquer forma, Mohammed disse que ele deveria ser um empregado-modelo da Parson Materiais Cirúrgicos, assim como seu espião no Hug. Em seu trabalho, Wesley havia passado das pinças Halstead mosquito para instrumentos de microcirurgia, e seu supervisor estava falando de um treinamento especial que capacitaria Wesley a aperfeiçoar ou, até mesmo, inventar instrumentos. Com o governo federal apoiando fortemente a igualdade de oportunidade de trabalho, um trabalhador negro talentoso era valioso em mais formas do que simplesmente a excelência profissional; ele ou ela era uma estatística que mantinha o Congresso sob controle. Nada disso importava para o frustrado Wesley, que ansiava por obter uma mudança para seu povo *agora*, não em um futuro remoto quando tivesse um papelzinho mixuruca dizendo que ele havia passado no exame da Ordem dos Advogados de Connecticut.

Otis estava saindo para ir ao Hug quando Wesley entrou na cozinha. Tante Celeste estava fazendo as unhas, as quais ela mantinha compridas, escarlates e um tanto pontudas, para ressaltar seus dedos delgados e estreitos. O rádio estava trombeteando; ela o desligou e se levantou para servir a Wesley seu desjejum de suco de laranja, flocos de milho e torrada integral.

— Eles pegaram o Monstro de Connecticut — ela observou, espalhando margarina na torrada.

A colher de Wesley caiu com um *plop* dentro do cereal molhado, respingando a mesa. — Eles o quê? — ele perguntou, enxugando o leite antes que ela visse o que ele havia feito.

— Pegaram o Monstro de Connecticut há uns quinze minutos. Está em todos os noticiários do rádio, ainda nem tocaram uma música.

— Quem é ele, um hugger?

— Não disseram.

Ele estendeu a mão e ligou o rádio. — Então, provavelmente, vou ouvir alguma coisa agora?

— Acho que sim. — Ela voltou a suas unhas.

Wesley ouviu o boletim de notícias com a respiração contida, mal podendo acreditar em seus ouvidos. Embora a identidade do Monstro não houvesse sido revelada, a rádio WHMN estava em posição de saber que ele era um profissional médico sênior e que havia uma cúmplice do sexo feminino. Os dois iriam comparecer diante do juiz Douglas Thwaites no tribunal de Holloman às nove da manhã daquele dia para a leitura da acusação e a fixação de fiança.

— Wes? Wes? *Wes!*

— Hã? Sim, Tante?

— Você está bem? Não vai desmaiar, vai? Um coração fraco na família é o suficiente.

— Não, não, Tante, estou me sentindo bem, de verdade — Ele a beijou no rosto e foi para seu quarto vestir sua jaqueta mais macia, luvas e um gorro de lã. Embora fosse um dia ensolarado, a temperatura não estava muito acima de zero.

Quando chegou ao número 18 da Fifteenth Street, encontrou Mohammed e seus seis amigos mais íntimos reunidos, em pânico; três dias eram tudo que eles tinham para reorganizar o tema do comício de alguma forma que tirasse vantagem daquele acontecimento inesperado. Quem poderia ter sequer sonhado que aqueles porcos incompetentes da polícia iriam conseguir prender alguém?

Com um sorriso sem-graça e apologético, Wesley passou de fininho por eles e entrou no que Mohammed chamava de sua "sala de meditação". Para Wesley, mais parecia um arsenal, as paredes cobertas por prateleiras contendo espingardas, metralhadoras e rifles automáticos; as pistolas ficavam armazenadas numa variedade de armários de metal que já haviam pertencido a uma loja de armas, as gavetas projetadas especificamente como mostruário de pistolas. Caixas de munições ficavam no chão, em pilhas altas espalhadas por todos os espaços possíveis.

A despeito de, ou talvez por causa dos armamentos, aquele era o lugar mais tranquilo da casa e tinha o que Wesley precisava naquele momento: uma mesa e uma cadeira, uma folha de cartolina, tintas, canetas, pincéis, réguas, tesouras, uma guilhotina. Wesley pegou uma folha de cartolina de 45cm x 75cm e marcou com uma régua uma seção de 20cm de largura; então, cortou com um estilete apoiado na régua. Não havia muito espaço para a mensagem, mas esta não seria muito longa. Letras pretas, fundo branco. E onde estava a roupa de hóquei daquele moleque mimado, o filho do Mohammed? Ele a havia visto jogada por ali em algum lugar, agora que o garoto descobrira que Alá não queria que ele fosse uma estrela do hóquei. A mania mais recente era o salto em altura, por causa de um campeão do colégio Travis High.

— Ei, Ali! Tá ocupado, cara? — Mohammed perguntou, entrando.

— Pois é, estou ocupado te fazendo um mártir, Mohammed.

— Me transformando em um, você quer dizer?

— Não, fabricando um para você com alguém menos importante.

— Tá brincando?

— Negativo. Onde está o equipamento de hóquei de Abdullah?

— Há dois quartos daqui. Me conte um pouco mais, Ali.

— Não tenho tempo agora, tenho um monte de coisas a fazer. Apenas certifique-se de que sua TV esteja ligada no canal seis às nove horas desta manhã. — Wesley apanhou um pincel, mas não o mergulhou na tinta preta. — Preciso de privacidade, Mohammed. Então, eles não poderão provar que você estava sabendo, cara.

— Claro, claro! — sorrindo, com as palmas das mãos para cima, Mohammed jocosamente se inclinou e foi saindo da sala de meditação, deixando Wesley sozinho.

Quando Carmine entrou na delegacia, parecia que uma centena de policiais estava ali para apertar sua mão, dar tapinhas em suas costas e sorrir bobamente para ele. Para a imprensa, Charles Ponsonby ainda era o Monstro de Connecticut, mas para todos os policiais, ele era o Fantasma.

Silvestri estava tão feliz que andou desajeitadamente até sua porta e deu um sonoro beijo na bochecha de Carmine, abraçando-o. — Meu garoto, meu garoto! — ele cantarolou, os olhos reluzentes de lágrimas. — Você salvou a todos nós.

— Ah, que é isso, John! Corte o teatro, este caso demorou tanto que acabou morrendo de velho — Carmine disse, embaraçado.

— Vou te recomendar para uma medalha, mesmo que o governador tenha de inventá-la.

— Onde estão Ponsonby e Claire?

— Ele está numa cela com dois policiais lhe fazendo companhia... de jeito nenhum vou deixar que esse palhaço se enforque, e também não há nenhuma cápsula de cianureto no reto dele, nós verificamos. A irmã está num escritório vazio neste andar com duas policiais. E a cachorra. No pior dos casos, ela é cúmplice. Nós ainda não temos nenhuma evidência que indique que ela seja o segundo Fantasma, pelo menos nenhuma evidência que impressione o juiz Douglas Duvidoso Thwaites, aquele velho peidorrento pedante. Nossas celas de custódia são limpas, Carmine, mas não foram pensadas para acomodar uma *dama*, especialmente uma dama cega. Achei que seria uma boa política tratá-la de tal forma que seus advogados não possam nos criticar quando ela for a julgamento... *se* ela for a julgamento. No momento, é algo controvertido.

— Ele já falou alguma coisa?

— Nem uma palavra. De tempos em tempos, ele solta uma gargalhada, mas não diz nada. Olha fixamente para o espaço, murmura uma melodia, dá risadinhas.

— Ele vai alegar insanidade.

— Certo como dois e dois são quatro. Mas pessoas insanas, segundo as regras de M'Naghten, não planejam um ambiente para assassinatos até o mais ínfimo dos detalhes.

— E Claire?

— Apenas continua repetindo que se recusa a acreditar que seu irmão seja um assassino múltiplo e que ela mesma não fez nada de errado.

— A não ser que Patsy e sua equipe consigam encontrar algum vestígio de Claire no local dos assassinatos ou no túnel, ela vai sair livre. Quer dizer, uma mulher cega e seu cão-guia esvaziam um balde de folhas mortas na reserva de cervos e as espalha bem com um rastelo? Um advogado medianamente competente poderia provar que ela achou que estivesse carregando comida para os cervos para despejar onde seu irmão Chuck havia feito um comedouro para eles. É claro que sempre podemos ter a esperança de uma confissão.

— Até parece! — Silvestri disse com uma fungada. — Nenhum dos dois é do tipo que confessa. — Ele fechou um olho, deixando o outro aberto e fixando-o em Carmine. — *Você* acha que ela é o segundo Fantasma?

— Sinceramente, não sei, John. Nós não vamos conseguir provar isso.

— De qualquer forma, eles serão formalmente acusados na corte do Douglas Duvidoso às nove. Eu queria que fosse num local menos público e com discrição, mas Doug não quis abrir mão. Vai ser uma festa! A única peça de roupa de Ponsonby é um casaco de chuva e ele se recusa a colocar qualquer outra coisa. Se nós o obrigarmos e ele sofrer o mais ínfimo hematoma ou corte, vão gritar que foi brutalidade policial, portanto, ele vai para o tribunal de casaco de chuva. Danny apertou demais as algemas dele, o que já é suficientemente ruim. O bonitinho filho da puta se esfregou até os pulsos ficarem em carne viva.

— Imagino que todos os jornalistas que conseguirem chegar a Holloman a tempo estarão na frente do tribunal, incluindo os apresentadores do canal seis — Carmine disse, suspirando.

— E por que não estariam? São notícias importantes para uma cidade pequena.

— Não podemos fazer a acusação de Claire separadamente?

— Poderíamos, se o Thwaites quisesse colaborar, mas ele não quer. Ele quer os dois na frente dele ao mesmo tempo. Curiosidade, acho.

— Não, ele quer uma prévia que o ajude a tomar sua decisão a respeito da cumplicidade de Claire.

— Você já comeu, Carmine?

— Não.

— Então, vamos comer alguma coisa no Malvolio's antes do ataque.

— Como estão o Abe e o Corey? Desgambazados?

— Sim, e mais azedos que nunca. Eles queriam estar com você lá naquele porão.

— Sinto muito por isso, mas eles tinham de ser desgambazados. Sugiro que você aperte o governador por algumas medalhas a mais, John. E uma grande cerimônia.

O tribunal de Holloman ficava na Cedar Street, no parque central, a uma curta caminhada de distância do edifício de Serviços Municipais; porém, nem essa curta distância os Ponsonby poderiam percorrer. Alguns jornalistas mais ousados, acompanhados por fotógrafos, estavam na frente da entrada da delegacia quando Ponsonby foi apressadamente retirado, com uma toalha sobre a cabeça e seu casaco de chuva abotoado do pescoço aos joelhos, onde alguém havia prendido um alfinete de segurança para garantir que não pudesse se abrir com um puxão. Assim que Ponsonby saiu na calçada, começou a lutar com os agentes de sua escolta, não para escapar, mas para se livrar da toalha. No fim, ele foi colocado na viatura com a cabeça descoberta, em meio a uma explosão de flashes azuis; ninguém ia se arriscar com a luz. Seu carro havia partido quando Biddy saiu, guiando Claire. Assim como o irmão, ela não iria permitir que ninguém cobrisse sua cabeça. Os guardas de sua escolta eram obviamente gentis com ela, e o veículo que a levou até o tribunal, no final do quarteirão, foi o carro oficial de Silvestri, um grande Lincoln.

A multidão ao redor do tribunal era tamanha que o tráfego tinha sido completamente desviado da Cedar Street; uma linha de policiais de braços dados se movia, para a frente e para trás, com a pressão das pessoas que tentavam conter. Talvez a metade da multidão fosse negra, mas ambas as metades estavam furiosas. A imprensa estava por dentro do cordão de isolamento, os operadores de câmera com suas filmadoras no ombro, os fotógrafos de jornais clicando loucamente no automático, os radialistas tagarelando no microfone e o apresentador do canal seis fazendo a mesma coisa. Um dos jornalistas era um homem negro pequeno, magro, vestindo uma jaqueta volumosa; ele foi avançando aos poucos entre sorrisos e pedidos de desculpas murmurados, com as mãos enfiadas dentro do casaco para se aquecer.

Quando Charles Ponsonby foi retirado da viatura, os jornalistas correram até ele, o homenzinho negro e magro na dianteira do grupo. Uma mão fina e negra emergiu de dentro da jaqueta e se elevou à cabeça, colocando um chapéu estranho sobre ela, um chapéu com uma faixa de papelão branco que dizia, em letras pretas benfeitas NÓS SOFREMOS. Todos os olhos se voltaram para o chapéu, inclusive os de Charles Ponsonby; ninguém viu a outra mão de Wesley le Clerc surgir segurando uma pistola preta vagabunda. Ele meteu quatro balas no peito e no abdome de Ponsonby antes que os policiais mais próximos pudessem sacar a arma. Mas ele não foi derrubado por uma saraivada de tiros. Carmine havia pulado para cobri-lo, berrando com todas as suas forças:

— *Não atirem!*

E estava tudo lá, na televisão, cada milissegundo do evento, desde o chapéu NÓS SOFREMOS até o olhar de surpresa de Charles Ponsonby e o salto suicida de Carmine. Mohammed el Nesr e seus comparsas viram o desenrolar da coisa toda, rígidos com o choque. Então, Mohammed tombou para trás em sua cadeira e ergueu os braços em júbilo.

— Wesley, meu rapaz, você nos deu nosso mártir! E esse policial idiota Delmonico te salvou para um julgamento. Cara, e em que julgamento nós vamos transformá-lo!

— Ali, você quer dizer — disse Hassan, sem entender.

— Não, ele é Wesley le Clerc, a partir de agora. Tem de parecer que ele agiu em nome de todas as pessoas negras, não só pela Brigada Negra. É assim que nós vamos fazer.

Tudo aconteceu dois minutos antes que o carro de Claire chegasse, então ela não havia testemunhado o destino de seu irmão. A princípio, ela ficou presa numa massa de corpos em movimento, depois a polícia conseguiu abrir espaço suficiente para que o Lincoln fizesse o retorno e voltasse pela Cedar Street até o prédio de Serviços Municipais.

— Jesus, Carmine, você está louco? — inquiriu Danny Marciano, com o rosto pálido e o corpo trêmulo. — Meus rapazes estavam no piloto automático, eles teriam atirado até no papa!

— Bem, por sorte, eles não atiraram em mim. E o que é mais importante, Danny, não houve balas perdidas para aleijar um operador de câmera ou matar Di Jones... como Holloman sobreviveria sem sua coluna de fofocas de domingo?

— É, eu sei por que você fez o que fez... e eles também sabem, dê-lhes algum crédito. Tenho que dispersar esta multidão.

Patrick estava ajoelhado próximo à cabeça de Charles Ponsonby, que estava virada para cima e para trás, com uma expressão de ultraje no rosto fino e aquilino; um lago de sangue se espalhava sob o corpo, minguando conforme fluía para longe.

— Morto? — Carmine perguntou, inclinando-se.

— Mortinho. — Patrick passou levemente a mão sobre os olhos fixos, descrentes, para fechá-los. — Pelo menos ele não sairá livre, e eu, pelo menos, acredito que exista um Inferno esperando por ele.

Wesley le Clerc estava entre dois policiais uniformizados, parecendo inofensivo e insignificante; todas as câmeras ainda apontavam para ele, o homem que havia executado o Monstro de Connecticut. Justiça bruta, mas, de certa forma, era justiça. Nunca ocorreu a ninguém que Ponsonby não havia sido julgado e que poderia, dentro do possível, ser inocente.

Silvestri desceu a escada do tribunal enxugando a testa. — O juiz não está nada contente — ele disse a Carmine. — Cristo, que fiasco do cacete! E tire-o daqui! — ele gritou para os homens que seguravam Wesley. — Vamos, levem-no e façam sua autuação!

Carmine seguiu Wesley para dentro da viatura e se sentou na parte de trás, no banco manchado e fedorento, com a cabeça virada de lado. Wesley ainda estava usando o chapéu tolo com sua mensagem comovente: NÓS SOFREMOS. Mas a primeira coisa que Carmine fez foi informar Wesley de sua situação em tom suficientemente alto para que os policiais sentados na frente ouvissem. Então, apanhou o chapéu, virando-o em suas mãos. Um capacete de hóquei de plástico rígido que ele havia recortado com uma tesoura para metal de forma que se encaixasse bem sobre suas orelhas. Enfiando bem, ele ficaria no lugar tempo suficiente para ser visto.

— Acho que você pensou que o chapéu iria sair na salva de balas que você esperava que fosse te atingir e, no entanto, aí está, na sua cabeça até o fim. Sobreviveu até mesmo à sua entrada nesta merda deste carro. Você é um artesão melhor do que imagina, Wes.

— Eu fiz uma coisa grandiosa — Wesley disse em tons ressoantes — e seguirei em frente para fazer coisas ainda mais grandiosas!

— Não se esqueça de que qualquer coisa que você disser poderá ser usada como evidência.

— E o que me importa *isso*, tenente Delmonico? Eu sou o vingador do meu povo, eu matei o homem que estuprou e assassinou nossas jovens. Eu sou um herói e é assim que serei reconhecido.

— Ah, Wes, você desperdiçou a sua vida, não consegue ver isso? O que te deu essa ideia, foi Jack Ruby? Você pensou, por um minuto, que eu te deixaria morrer como ele? Você tem uma cabeça tão boa! E a maior pena é que se você ao menos houvesse feito o que eu te pedi para fazer, poderia ter feito uma diferença *de verdade* para seu povo. Mas não, você não quis esperar. Matar é fácil, Wes. Qualquer um pode matar. Para mim, indica um QI de aproximadamente quatro pontos acima das espécies vegetais. Charles Ponsonby provavelmente teria ido para a cadeia pelo resto da vida. Tudo que você fez foi livrá-lo do castigo.

— Então era ele? O Dr. Chuck Ponsonby? Ora, ora! Um hugger, afinal. Você não poderia nem começar a entender, tenente. Ele foi apenas um meio para o meu objetivo. Ele me deu a chance de me tornar um mártir. Você acha que eu ligo a mínima se ele está vivo ou morto? Não, não ligo! Sou *eu* quem deve sofrer, e é isso que pretendo fazer.

Enquanto Wesley le Clerc estava sendo levado para as celas, Silvestri entrou pisando duro, mastigando furiosamente seu charuto. — Aí está outro que teremos de vigiar todos os segundos — ele resmungou. — Se deixarmos que *ele* se suicide, vai ser o fim do mundo.

— Ele também é um cara muito inteligente e com muita habilidade manual; então, tirar seu cinto e qualquer coisa que ele possa cortar em tiras não o impedirá de tentar se ele estiver pensando nisso. Particularmente não acho que esteja. Wesley quer tudo exposto em público.

Eles entraram no elevador. — O que fazemos com a Srta. Claire Ponsonby? — perguntou Carmine.

— Retiramos as acusações e a liberamos imediatamente. É o que o promotor público diz. Um balde de folhas mortas não é evidência suficiente para mantê-la aqui, quanto menos para acusá-la. A única coisa que podemos fazer é proibir que ela saia do município de Holloman... por enquanto. — O rosto de queixo-duplo se contorceu como o de um bebê com cólicas. — Oh, que pé no saco tem sido este caso, do começo ao fim! Todas aquelas garotas jovens, bonitas e comportadas, mortas e ninguém para lhes dar justiça *de verdade*. E como diabos eu lido com as famílias, com relação às cabeças?

— Pelo menos as cabeças significam o fechamento de uma porta para as famílias, John. Não saber é pior do que saber — Carmine disse ao saírem do elevador. — Onde está Claire?

— De volta ao mesmo escritório.

— Se importa se eu fizer as honras?

— Me *importar*? Fique à vontade. Eu é que não quero ver aquela cadela!

Ela estava sentada numa cadeira confortável, Biddy deitada a seus pés, ignorando as duas jovens constrangidas que receberam a ordem de não tirar os olhos dela nem por um segundo. Como ela não podia enxergar, aquilo parecia, de alguma forma, uma imperdoável invasão de sua privacidade.

— Ora, ora, tenente Delmonico! — ela exclamou, empertigando-se quando ele entrou.

— Não há nenhum motor V-8 de carro para me entregar desta vez. Como é que faz isso, Srta. Ponsonby?

Ela expressou um sorriso afetado que a fez parecer velha, dissimulada, atormentada, lamentável; alguma coisa naquela expressão deu a ele um daqueles flashes de percepção tão vitais para sua carreira policial. Dizia que ela, definitivamente, era o segundo Fantasma. Oh, Patsy, Patsy, me encontre alguma coisa que a coloque nas cenas dos crimes! Encontre uma fotografia ou um filme com ela e Chuck no meio do estupro e do assassinato. Cresça, Carmine! Não há nada. O único suvenir que eles guardavam eram as cabeças. Qual é a utilidade de uma imagem, estática ou móvel, para uma pessoa cega? E qual é a utilidade, aliás, de uma cabeça?

— Tenente — ela disse, ronronando —, você carrega seu V-8 consigo aonde for. O motor não está no seu carro, está em você.

— A senhorita foi informada de que seu irmão, Charles, está morto?

— Sim, fui. Também sei que ele não fez nenhuma dessas coisas que vocês dizem que ele fez. Meu irmão era um homem altamente intelectual, meticuloso e terrivelmente gentil. Aquele ignorante do Marciano me acusou de ser amante dele, humpf! Ainda bem que *eu* não tenho a mente suja como uma fossa.

— Temos que considerar todas as possibilidades. Mas a senhorita está livre para ir embora, Srta. Ponsonby. Todas as acusações foram retiradas.

— É o que eu espero. — Ela puxou a coleira de Biddy.

— Onde a senhorita vai ficar? Sua casa ainda é uma cena de crime sob investigação policial e continuará assim ainda por algum tempo. Gostaria que eu telefonasse para a Sra. Eliza Smith?

— Certamente que não! — ela retrucou. — Se não fosse pelas fofocas daquela mulher, nada disso teria acontecido. Espero que ela morra de câncer na língua!

— Então, aonde a senhorita vai?

— Ficarei no Major Minor's até que possa voltar para minha casa, então, esteja avisado. Pretendo contratar advogados para defender meus interesses como proprietária da casa número 6 da Ponsonby Lane; portanto, sugiro que vocês não danifiquem nada. A casa não cometeu crime nenhum.

E lá foi ela. Tudo para a vencedora, Carmine. Fantasma ou não, era uma mulher formidável.

Ele voltou para a casa que não havia cometido crime nenhum, embora não tivesse se oferecido para levar Claire até o Major Minor's. Silvestri havia doado seu Lincoln para isso. Agora eles estavam entrando na fase mais triste de qualquer caso: as consequências tediosas e desinteressantes.

Até que todos chegassem ao Hug, a notícia de que o Monstro de Connecticut havia sido apanhado já era, em termos jornalísticos, novidade velha. Cada rosto parecia mais suave, mais jovem e cada par de olhos estava brilhando. Ah, que alívio! Talvez agora o Hug pudesse voltar ao normal, já que, obviamente, o Monstro não era um hugger.

Desdemona não tinha visto Carmine desde que retornara de sua caminhada, e tampouco havia esperado vê-lo, com a vigilância do

Fantasma mantendo-o ocupado. Porém, justo quando ela estava saindo para ir ao Hug em sua viatura escoltada, naquela manhã de quarta-feira, o telefone tocou: era Carmine, parecendo curiosamente tranquilo.

— Há um aparelho de TV na sala de diretoria do Hug, se bem me lembro — ele disse. — Ligue-a e assista ao canal seis, o.k.? — Clique! Desligou.

Arrastando os pés, abalada por seu tom impessoal, Desdemona destrancou a porta da sala da diretoria e acionou o botão da TV, precisamente quando o relógio da parede marcava 9h. Ah, como ela não queria ver isso! Mal havia cruzado a porta do Hug e todo mundo estava gritando que o Monstro tinha sido capturado. Como se os policiais de sua viatura tivessem falado em outra coisa! Agora ela teria de ver o que Carmine vinha fazendo nas rondas noturnas e isso era algo que temia. Supostamente, ele não estava ferido, mas durante três noites ela havia sido consumida pela preocupação, até mesmo pelo pavor. O que ela iria fazer se ele nunca mais voltasse para casa? Ah, o que havia passado por sua cabeça para declarar sua independência, saindo para caminhar no fim de semana anterior ao início dessa vigilância ao Fantasma? Por que ela não havia percebido que ele não voltaria para casa no domingo à noite? Todas as suas esperanças tinham sido colocadas naquilo enquanto ela percorria os mágicos bosques: em como ela jogaria seus braços em volta de seu corpo e lhe diria que não podia viver sem ele. Porém... nada de Carmine. Apenas os ecos de seu apartamento esplendorosamente vermelho.

A TV tremulou à vida. Sim, lá estava o tribunal, rodeado por uma multidão de centenas de pessoas, jornalistas por toda parte, polícia por toda parte. Um operador de câmera do canal seis aparentemente encontrara um posto no teto de uma van e podia filmar uma panorâmica da cena toda; outro estava no meio da multidão, e um terceiro na calçada perto de uma viatura da polícia. Ela identificou Carmine ao lado de um capitão uniformizado grandalhão que ela reconheceu como Danny Marciano. O comissário Silvestri estava no alto da escadaria do tribunal, parecendo muito elegante num uniforme cintilando com galões de prata. Então, da traseira da viatura da polícia, saiu o Dr. Charles Ponsonby. Com o coração parecendo se apertar, Desdemona assistiu de queixo caído. Meus deuses, *Charles Ponsonby!* Um hugger. O melhor e mais antigo amigo de Bob Smith. Estou testemunhando, ela pensou, a extinção do Hug. Será que os diretores Parson estão assistindo a isto, em Nova York? Sim, é claro que estão! Nosso canal é afiliado a uma rede. Será que os diretores Parson já encontraram a cláusula de irresponsabilidade? Se ainda não o fizeram, redobrarão seus esforços depois desta bomba.

O que aconteceu a seguir foi tão rápido que pareceu haver terminado antes de começar: o homenzinho negro, o chapéu dizendo NÓS SOFREMOS, o som dos tiros, Charles Ponsonby caindo, e Carmine deliberadamente se colocando na frente do homenzinho negro que ainda empunhava uma pistola pequena e feia. Quando Carmine fez aquilo, no instante em que todos os policiais à volta sacavam a arma, Desdemona achou que ela fosse morrer, congelada no tempo, esperando pelo som de uma dúzia de armas abatendo-o em um ato reflexo. Seu grito de "Não atirem!" soou claramente na transmissão televisiva. Carmine permaneceu milagrosamente ileso, os policiais recolocando a arma no coldre e movendo-se para agarrar o homenzinho negro, que não fez qualquer tentativa de evasão. Ela ficou sentada, tremendo, as mãos sobre a boca, os olhos saltando das órbitas. Carmine, seu tolo! Seu idiota! Seu *soldado* dos infernos! Você não morreu... dessa vez. Mas estou fadada ao destino de uma mulher de soldado, sempre.

A quem deveria contar primeiro? Não, era melhor contar a todos eles de uma vez, agora mesmo. O Hug tinha um sistema de alto-falantes: Desdemona o utilizou para convocar todos os huggers ao anfiteatro de palestras.

Então, ela foi até o escritório de Tamara; alguém teria de lidar com os telefones. Pobre Tamara! Ela era apenas uma sombra da pessoa que havia sido, desde que Keith Kyneton lhe batera a porta na cara. Até seu cabelo parecia ter mirrado, sem brilho e desalinhado. Ela nem sequer reagiu, apenas assentiu com a cabeça e continuou sentada, olhando para o nada.

* * *

A notícia das atividades secretas de Charles Ponsonby recaiu sobre as pessoas no anfiteatro de palestras como o retumbar de um trovão: houve gritos reprimidos, exclamações, um certo grau de incredulidade.

Para Addison Forbes, era Deus falando na sarça ardente: sem Ponsonby e Smith no caminho, o Hug seria dele. Por que o Conselho de Administração deveria procurar em outra parte, quando ele era tão eminentemente adequado? Ele tinha a experiência clínica que atraía pesquisadores a produzir, e sua reputação era internacional. O Conselho de Administração *gostava* dele. Com Smith e Ponsonby fora de cena, o Hug, sob a direção do professor Addison Forbes, progrediria em níveis maiores e melhores! E quem precisava do arrogante Marajá Prepotente da Índia? O mundo estava repleto de ganhadores em potencial do Prêmio Nobel.

Walter Polonowski mal ouviu o resumo sucinto e quebrado de Desdemona; ele estava deprimido demais. Quatro filhos com Paola e um quinto a caminho, com Marian. Com uma aliança de casamento brilhando no dedo, Marian estava despindo sua pele de amante para revelar uma nova epiderme, matizada de cores conjugais. Elas *são* serpentes, nós *somos* suas vítimas.

Para Maurice Finch a notícia trouxe tristeza, mas uma tristeza pacífica. Ele sempre pensara que abandonar a medicina seria o mesmo que uma sentença de morte, mas os eventos dos últimos meses o haviam ensinado que não tinha de ser assim. Suas plantas também eram pacientes; suas mãos habilidosas e carinhosas podiam cuidar delas, curá-las, ajudá-las a se multiplicar. Sim, a vida com Cathy numa granja de galinhas parecia muito boa. E ele ainda daria conta daqueles cogumelos.

Kurt Schiller não estava surpreso. Ele nunca havia gostado de Charles Ponsonby, que suspeitava que fosse secretamente homossexual; a atitude de Chuck era um pouco astuciosa demais e sua arte sugeria um mundo de pesadelo, sob aquele exterior anônimo. Não com respeito à matéria em si; era mais uma emanação de Chuck. Para Kurt, ele havia sido catalogado como um sujeito do tipo couro-e-correntes, que gostava muito da dor, embora Schiller sempre tivesse presumido que Chuck estivesse no polo receptor. O tipo passivo, esfalfando-se para servir a algum mestre aterrorizante. Bem, evidentemente, ele, Kurt, estivera enganado. Charles era um verdadeiro sádico... tinha de ser, para ter feito o que fez com aquelas pobres crianças. Quanto a si mesmo, Kurt não esperava nada. Suas credenciais lhe garantiriam um posto, independentemente do que acontecesse com o Hug, e ele tinha o embrião de uma ideia sobre a transmissão de doenças entre a barreira de espécies que sabia que iria excitar o chefe de qualquer unidade de pesquisas. Agora que a fotografia de seu pai com Adolf Hitler se transformara em cinzas na lareira e sua homossexualidade fora revelada, ele se sentia pronto para a nova vida que pretendia levar. Não em Holloman. Na cidade de Nova York, entre seus pares.

— Otis — Tamara gritou da porta —, estão precisando de você na sua casa, então vá embora! Eu não consegui entender nada do que a Celeste estava dizendo, mas é uma emergência.

Don Hunter e Billy Ho se colocaram um a cada lado de Otis, ajudando-o a sair da fileira de assentos.

— Nós o levaremos, Desdemona — disse Don. — Não podemos arriscar que este coração fraco se acelere, se estão precisando dele.

Cecil Potter assistiu a filmagem do canal seis repetida pela CBS em Massachusetts, com Jimmy sentado em seu joelho.

— Cara, olhe só isto! — ele disse ao macaco. — Uhu! Viva! Estou tão feliz por ter saído de lá!

Quando Carmine abriu a porta de seu apartamento naquela noite, Desdemona avançou sobre ele, chorando ruidosamente e socando com raiva seu peito. O nariz dela estava escorrendo e seus olhos, inundados em lágrimas.

Imensamente satisfeito, ele a colocou gentilmente no sofá novo que havia comprado porque, embora as poltronas fossem muito lindas e boas para se conversar, nada era melhor do que um sofá para que duas pessoas se agarrassem. Ele deixou que a tormenta de lágrimas e ira se acalmasse, acalentando-a e murmurando; então, usou seu lenço para limpar o rosto dela.

— O que foi tudo isso? — ele perguntou, sabendo a resposta.

— Você! — ela disse, soluçando. — Maldito he-he-herói!

— Não sou maldito, e não sou herói.

— Maldito herói! Atirando-se na frente para levar o ti-ti-tiro! Ah, eu poderia *matar* você!

— É muito bom ver você também — ele disse, rindo. — Agora, coloque os pés para cima e eu prepararei uns cálices de conhaque X-O para nós.

— Eu sabia que te amava — ela disse mais tarde, já calma —, mas que forma terrível de descobrir o *quanto* eu te amo! Carmine, não quero viver num mundo em que você não esteja.

— Isso significa que você preferiria ser a Sra. Carmine Delmonico a viver em Londres?

— Sim.

Ele a beijou com amor, gratidão, humildade. — Tentarei ser um bom marido para você, Desdemona, mas você já teve uma prévia televisionada do que implica a vida de um policial. O futuro não será diferente: trabalhar até tarde, ausências, balas perdidas. No entanto, imagino que exista alguém olhando por mim. Até agora, estou inteiro.

— Desde que você entenda que, toda vez que correr riscos estúpidos e desnecessários, eu vou te encher de pancada.

— Estou com fome — foi a resposta dele. — Que tal comida chinesa?

Ela soltou um imenso suspiro de satisfação. — Acabo de perceber que já não estou mais em perigo. — Um toque de ansiedade permeou sua voz. — Estou?

— O perigo já passou, eu apostaria minha carreira nisso. Mas não existe nenhuma razão para você procurar outro apartamento. Não vou te deixar sair deste aqui. Aqui mora o pecado.

* * *

— O problema — ele disse a ela quando estavam deitados na cama — é que muita coisa continua sendo um mistério. Duvido que Ponsonby teria falado alguma coisa, mas quando ele morreu, toda a esperança de que isso acontecesse morreu junto. Wesley le Clerc! É o problema seguinte.

— Você se refere ao assassinato de Leonard Ponsonby? A identidade da mulher e da menina com o rosto? — Ele havia contado tudo a ela.

— Sim. E quem cavou o túnel, e como Ponsonby conseguiu levar todos aqueles equipamentos para sua sala de assassinatos, de um gerador a uma porta de cofre de banco? Quem fez as instalações hidráulicas? Um trabalho enorme! O piso do lugar fica *nove metros* abaixo do nível da casa. A maioria dos porões é úmida a três, quatro metros, mas aquela sala era completamente seca. Os engenheiros municipais estão fascinados, ansiosos para investigar seus drenos.

— E você acha que Claire é o segundo Fantasma?

— "Achar" não é a palavra certa. Meu instinto diz que sim, minha mente diz que não pode ser. — Ele suspirou. — Se ela for o segundo Fantasma, conseguiu escapar impune.

— Não importa — ela o tranquilizou, acariciando seu cabelo. — Pelo menos os assassinatos acabaram. Chega de garotas raptadas. Claire não poderia fazer nada sozinha, ela é mulher e terrivelmente incapacitada. Portanto, reconheça o que tem, Carmine.

— Admita minha burrice, você quer dizer. Estraguei este caso do começo ao fim.

— Só porque é um tipo novo de crime, cometido por um tipo novo de criminoso, meu amor. Você é um policial extremamente capaz e altamente inteligente. Considere o caso Ponsonby como uma nova experiência de aprendizado. Na próxima vez, tudo será melhor para você.

Ele estremeceu. — Se eu puder escolher, Desdemona, não haverá uma próxima vez. Os Fantasmas foram um caso ímpar.

Ela não disse mais nada, apenas pensou.

29

Sexta-feira, 11 de março de 1966

Levou pouco mais de uma semana para que Patrick, Paul e Luke investigassem tudo que a sala de assassinatos de Ponsonby tinha a oferecer, da mesa de cirurgia ao banheiro. O relatório final de Patrick e de sua equipe de criminalística deixava claro que fora muito bom que houvessem apanhado Charles Ponsonby nu, inclinando-se sobre uma garota raptada nua, amarrada a uma cama equipada para a tortura.

— O lugar estava mais limpo do que Lady Macbeth. Impressões digitais dele por toda parte, sim, mas é a sala dele, sob a casa dele, então, por que não? Mas de sangue, fluidos corporais, fragmentos de carne ou cabelo humano... nem uma faísca, uma centelha, nem nada que fosse ainda que microscopicamente pequeno. Quanto a Claire, nenhuma impressão digital, nem mesmo na alavanca atrás do fogão.

Eles haviam descoberto as várias técnicas de limpeza de Ponsonby, espantados com a quantidade de trabalho envolvido, o comportamento obsessivo. Sendo da área médica, ele sabia que o calor fixava sangue e tecidos, então, tanto a mangueira que usava primeiro, quanto a lavadora de alta pressão com que a seguia, eram abastecidas com água gelada; a alcova dos talismãs era selada por uma porta corrediça de aço. Quando todas as superfícies estavam secas novamente, ele as limpava com vapor.

Finalmente, limpava tudo esfregando com éter. Seus instrumentos cirúrgicos, o gancho de carne e sua haste e os pênis ocos eram mergulhados numa solução para dissolver o sangue antes de passar pelos mesmos tratamentos. Também eram colocados na autoclave.

Como a sala não revelou nada, eles começaram a analisar os ralos com um aspirador movido a compressor, sugando água que não continha qualquer matéria orgânica. Reverter o fluxo da água tampouco funcionou, levando os engenheiros municipais a acreditar que o fluxo não era depositado numa fossa. Ponsonby dirigira seu escape a uma corrente de água subterrânea, das quais havia muitas naquela vizinhança. A única esperança restante era cavar até os canos de esgoto e segui-los.

No momento em que os engenheiros municipais começaram a escavar seu jardim por nenhum motivo além de chutar um cachorro já morto, Claire Ponsonby opôs embargos à destruição proposital de sua propriedade e, respeitosamente, peticionou à corte para que dessem a uma senhora cega a permissão de viver na referida propriedade, sem precisar sofrer perpétuos e extremamente dolorosos aborrecimentos por parte da polícia de Holloman e seus aliados. Uma vez que Charles Ponsonby havia sido positivamente identificado como o Monstro de Connecticut e que nada do que acontecesse no número 6 da Ponsonby Lane fosse necessário para produzir maiores evidências disso, a Srta. Ponsonby já tinha se fartado.

— O poço não tem fundo e a potência da bomba é de três cavalos-força — disse o engenheiro-chefe municipal, frustrado e nervoso. — Como há uma reserva de cervos de oito hectares, assim como lotes residenciais de dois hectares, o nível da água é alto e o consumo local, baixo. Vocês não encontraram nenhum vestígio de matéria orgânica porque o miserável deve ter lançado milhares e milhares de litros de água depois de cada assassinato. O resíduo está no fundo do estuário Long Island Sound. E, merda, que importância tem isso? Ele está morto. Encerre o caso, tenente, antes que aquela vaca maldosa comece a te processar pessoalmente.

— É um completo mistério, Patsy — Carmine disse a seu primo.

— Me diga alguma coisa que eu já não saiba.

— Obviamente, Chuck era resistente e forte, mas ele nunca me deu a impressão de ser um atleta, e seus colegas do Hug estavam convencidos de que ele não era capaz de trocar uma torneira. No entanto, o que encontramos está maravilhosamente construído e com materiais caros. Quem diabos instalou o piso de concreto e não está querendo assumir, agora que o segredo se revelou? Idem com o encanamento? Ninguém comunica o desaparecimento de um encanador ou de um instalador de piso desde a guerra! — Carmine apertou os dentes. — A família não tem dinheiro, disso nós sabemos. Claire e Chuck viviam tão bem que devem ter gastado cada centavo do que ele ganhava. E, no entanto, existem duzentos mil dólares em obras e materiais no subterrâneo. Droga, ninguém admite ter vendido a eles os lençóis nem o plástico líquido para as cabeças!

— Citando as palavras do engenheiro municipal, que importância tem isso, Carmine? Ponsonby está morto e é hora de encerrar o caso — Patrick disse, dando tapinhas no ombro de Carmine. — Por que se provocar um infarto por causa de um homem morto? Pense em Desdemona, em vez disso. Quando é o casamento?

— Você não gosta dela, gosta, Patsy?

Os olhos azuis se turvaram, mas se recusaram a desviar. — Usar o verbo no passado pode ser mais exato. Eu não gostava dela no começo... estranha demais, estrangeira demais, distante demais. Mas ela está diferente agora. Espero que, com o tempo, eu venha a amá-la, além de gostar dela.

— Você não está sozinho. Sua mãe *e* a minha estão tremendo como varas verdes. Ah, elas jorram entusiasmo, mas eu não sou detetive à toa. É uma fachada para ocultar a apreensão.

— Que é intensificada pelo fato de ela ser notavelmente mais alta do que você — disse Patrick, rindo. — Mães, tias e irmãs *odeiam* isso. Entenda uma coisa, elas estavam esperando que a segunda Sra. Delmonico fosse uma garota italiana simpática de East Holloman. Mas você não se sente atraído por garotas simpáticas, italianas ou não. E eu prefiro mil vezes Desdemona a Sandra. Desdemona tem cérebro.

— Que dura mais do que um rosto ou um belo físico.

O caso foi oficialmente encerrado naquela tarde. Uma vez que o relatório do médico-legista foi formalmente entregue, o Departamento de Polícia de Holloman foi obrigado a admitir que não conseguira encontrar nenhuma evidência que implicasse Claire Ponsonby nos assassinatos. Se Carmine tivesse tido tempo, poderia ter ido até Silvestri e pedido para reabrir o assassinato de Leonard Ponsonby, da mulher e da criança em 1930, mas o crime não espera por ninguém, menos ainda por um detetive. Duas semanas depois de Charles Ponsonby ter morrido com um tiro, um caso de drogas ocupava toda a atenção de Carmine. De volta a terreno conhecido! Criminosos que ele sabia serem culpados, seus dotes intelectuais ocupados em reunir evidências suficientes para levá-los a julgamento.

30

Segunda-feira, 28 de março de 1966

O machado caiu sobre o Centro de Pesquisas Neurológicas Hughlings Jackson no final de março.

Quando o Conselho de Administração se reuniu na sala de diretoria do Hug, às dez da manhã, todos os diretores estavam presentes, à exceção do professor Robert Mordent Smith, que havia tido alta de Marsh Manor duas semanas antes, mas não queria deixar seu porão e seus trens. Um constrangimento para Roger Parson Jr., que odiava pensar que seu julgamento de Bob Smith tinha sido tão equivocado.

— Como diretora administrativa, Srta. Dupre, queira se sentar, por favor — Parson disse energicamente; então, dirigiu a Tamara um olhar zombeteiro. — Srta. Vilich, está disposta a preparar as minutas?

Uma pergunta bastante legítima, visto que aquela Srta. Vilich não se parecia em nada à mulher que os diretores Parson haviam conhecido antes. Sua luz tinha se apagado, foi o que Richard Spaight pensou.

— Sim, Sr. Parson — Tamara disse num tom monótono.

O presidente Mawson MacIntosh já sabia aquilo que o reitor Wilbur Dowling apenas suspeitava; no entanto, a certeza de um e a forte desconfiança do outro produziam expressões satisfeitas e posturas relaxadas. A Universidade Chubb iria herdar o Hug, isso era certo, juntamente com uma enorme quantidade de dinheiro que não seria destinado à pesquisa neurológica.

Com os óculos em meia-lua equilibrados em seu nariz fino como uma lâmina, Roger Parson Jr. passou à leitura do parecer jurídico que havia tornado nulo e ineficaz o último testamento de seu finado e saudoso tio com relação ao fundo que financiava o Hug. Ele demorou quarenta e cinco minutos para ler algo mais árido que a poeira do Saara, mas aqueles obrigados a ouvir o fizeram com uma expressão de alerta e um interesse ávido, à exceção de Richard Spaight, sobre quem recairiam os aspectos mais monótonos do caso. Ele girou sua cadeira para olhar pela janela e observou dois rebocadores escoltando um grande petroleiro para o estaleiro no novo complexo da reserva de hidrocarbonetos, no final da Oak Street.

— Nós poderíamos, é claro, simplesmente incorporar o capital de cento e cinquenta milhões do fundo, acrescido de seus juros acumulados, a nossas holdings — Parson disse, na conclusão de seu discurso —, mas esse não teria sido o desejo de William Parson... disso, nós, seus sobrinhos e sobrinhos-netos, temos certeza absoluta.

Rá, rá, rá, pensou M.M., até parece que vocês não iriam querer incorporar tudo! Mas abandonaram essa ideia depois que eu disse que a Chubb iria processá-los. O melhor que vocês podem fazer é surrupiar os juros acumulados que, por si só, já consistirão em um acréscimo bem polpudo à Produtos Parson.

— Portanto, nós propomos que a metade do capital seja doada à Faculdade de Medicina Chubb, com o objetivo de financiar a continuidade da carreira do Centro Hughlings Jackson, sob qualquer que seja o nome que este venha a adotar. O edifício e o terreno em que ele se encontra serão doados à Universidade Chubb. E a outra metade do capital irá para a Universidade Chubb para financiar infraestruturas relevantes de qualquer espécie que o Conselho de Administração julgue necessário. Com a condição de que cada item de infraestrutura receba o nome de William Parson.

Humm, delícia!, estava estampado no rosto do reitor Dowling, ao passo que a expressão de M.M. continuava complacentemente impassível. O reitor Dowling estava visualizando a transformação do Hug em um centro de pesquisa de psicoses orgânicas. Ele havia tentado convencer a Srta. Claire Ponsonby a doar o cérebro de seu falecido irmão para pesquisa, ao que ela tinha, educadamente, recusado. *Aquele* sim era um cérebro psicótico! Não que ele tivesse esperado ver qualquer alteração anatômica grosseira, mas tivera esperanças de localizar atrofia no córtex pré-frontal ou alguma aberração no *corpus striatum*. Ainda que fosse um pequeno astrocitoma.

Os pensamentos de Mawson MacIntosh giravam em torno da natureza dos edifícios que levariam o nome de William Parson. Um deles tinha de ser uma galeria de arte, ainda que ficasse vazia até que o último dos Parson estivesse morto. Que este dia chegasse logo!

— Srta. Dupre — estava dizendo Roger Parson Jr. —, será seu dever fazer circular este comunicado oficial — ele o empurrou por cima da mesa — entre todos os membros do Centro Hughlings Jackson, funcionários e corpo docente. O fechamento será na sexta-feira, 29 de abril. Todos os equipamentos e móveis serão descartados conforme a vontade do reitor de Medicina. Isto é, com a exceção de alguns itens selecionados, que serão doados aos laboratórios de medicina legal do município como uma mostra de nosso agradecimento. Um desses itens selecionados será o novo microscópio eletrônico. Eu tive uma conversa, sabe, com o governador de Connecticut, e ele me disse quão importante, e pouco financiada, se tornou a ciência da medicina legal.

Não, não, não!, pensou o reitor Dowling. Aquele microscópio é *meu!*

— O presidente MacIntosh me garantiu — continuou Roger Parson Jr. — que todos os membros que queiram ficar poderão fazê-lo. No entanto, salários e remunerações serão reavaliados de acordo com a política fiscal padrão da faculdade de medicina. Membros do corpo docente que desejem ficar serão colocados sob as ordens do professor Frank Watson. Para aqueles que não queiram ficar, Srta. Dupre, a senhorita providenciará pacotes de demissão que incluirão um ano de salário ou remuneração, mais todas as contribuições previdenciárias.

Ele pigarreou, ajeitou seus óculos mais confortavelmente. — Há duas exceções a essa regra. Uma é o professor Bob Smith que, infelizmente, não está suficientemente bem para retomar o exercício da medicina, em qualquer forma que seja. Como sua contribuição foi formidável, durante os dezesseis anos de sua administração, nós providenciamos para que ele seja recompensado da maneira prescrita neste documento. — Outra folha de papel foi empurrada na direção de Desdemona. — A segunda exceção é a senhorita, Srta. Dupre. Infelizmente, o cargo de diretor administrativo desaparecerá, e sou levado a entender, pelo presidente MacIntosh, que será impossível encontrar para a senhorita um cargo equivalente dentro da universidade. Portanto, nós concordamos que seu próprio pacote de demissão consistirá no que está relacionado aqui. — Uma terceira folha de papel.

Desdemona deu uma espiada. Dois anos de salário mais todas as contribuições previdenciárias. Se ela se casasse e parasse de trabalhar de vez, vivendo com a média salarial, estaria perfeitamente bem.

— Tamara, ligue as cafeteiras — ela disse.

— Dou dois anos para o reitor Dowling destruir o lugar — ela disse a Carmine, naquela noite. — Ele é psiquiatra demais e neurologista de menos, para conseguir tirar proveito de uma unidade de pesquisas bem administrada. Todos os pesquisadores mais malucos acabarão confundindo-o. Diga a Patrick para não ser acanhado com relação ao equipamento, Carmine. Ele deve pegá-lo enquanto a situação está boa.

— Ele vai beijar suas mãos e pés, Desdemona.

— Ele não precisa fazer isso, não é mérito meu. — Ela suspirou, satisfeita. — De qualquer forma, sua noiva vem com um dote. Se você puder sustentar a mim e a quantos filhos você considerar suficientes, então meu dote nos comprará uma casa decente. Eu adoro este apartamento, mas não é adequado para se criar uma família.

— Não — ele disse, tomando as mãos dela —, você guarda o seu dote para si mesma. Então, se mudar de ideia, terá o suficiente para voltar para Londres. Não estou precisando de dinheiro, de verdade.

— Bem — ela disse —, então, pense nisto, Carmine. Quando Addison Forbes leu a circular de Roger Parson Jr., perdeu o controle. Trabalhar sob as ordens de Frank Watson? Ele preferiria morrer de sífilis terciária! Ele anunciou que vai trabalhar com Nur Chandra em Harvard, mas eu imagino que Harvard não está com falta de neurologistas clínicos; então, acho que Addison deveria esperar sentado. A questão é que eu amo de paixão a casa dos Forbes. Se eles realmente se mudarem, imagino que a casa será vendida por um valor altíssimo; porém, será que nós teríamos esperanças financeiras de comprá-la? Você paga aluguel por este apartamento ou é proprietário?

— É parte de um condomínio, mas sou proprietário, sim. Acho que poderíamos nos mudar para a casa dos Forbes, se você gosta tanto dela. A localização é ideal: East Holloman, o bairro da minha família. Tente gostar da minha família, Desdemona — ele implorou. — Minha primeira mulher achava que eles a espionavam porque a minha mãe, ou a mãe de Patsy, ou uma de nossas irmãs sempre a estavam visitando. Mas não era isso. As famílias italianas são bastante unidas.

Embora Desdemona não tivesse mudado muito em aparência, de alguma forma, para Carmine, ela não era mais tão sem-graça quanto antes. Não que o amor estivesse cegando seus olhos; era mais uma questão de o amor os estar abrindo.

— Sou um pouco tímida — ela confessou, apertando os dedos dele — e isso me faz parecer esnobe. Não acho que vá ter nenhuma dificuldade em gostar da sua família, Carmine. E uma das razões pelas quais eu gosto tanto da casa dos Forbes é a torre. Se Sophia quiser vir para casa algum dia, talvez estudar na Dormer Day School e, depois, na dita faculdade mista Chubb, a torre seria um quarto delicioso para ela. Pelo que você me contou, acho que Sophia precisa de um lar de verdade, não de um cópia do palácio Hampton Court. Se você não a recuperar agora, em questão de mais um ano ela estará fugindo para alguma comunidade hippie em San Francisco.

Lágrimas encheram os olhos dele. — Eu não te mereço — ele disse.

— Que bobagem, deve merecer, sim! As pessoas sempre têm aquilo que merecem.

PARTE CINCO

PRIMAVERA e VERÃO

1966

31

Na semana seguinte ao recebimento da denúncia de Wesley le Clerc pelo assassinato de Charles Ponsonby, o estado de espírito mudou por todo Connecticut, estimulado com ardor pela televisão. A indignação pública diante da existência de um Monstro de Connecticut aumentou ainda mais, em vez de morrer; ele foi visto como uma prova de ateísmo, da moral decadente, da falta de ética, de um mundo enlouquecido pelas pressões da modernidade e pela avalanche de tecnologia. A comunidade era tolerante com esses cientistas da genética, permitindo que eles amadurecessem para se tornar uma nova espécie de assassino; no entanto, ninguém compreendia o fato de que eles se apresentassem como cidadãos comuns e cumpridores das leis. Ou que, de fato, estavam se multiplicando.

Wesley conseguiu o que queria: ele havia se tornado um herói. Embora grande parte de seus admiradores fossem negros, muitos não eram, e todos estavam convencidos de que Wesley le Clerc havia aplicado justiça com um alcance muito maior do que a capacidade da Lei. Embora a tendência da Lei a favorecer os brancos já houvesse desaparecido em alguns estados e estivesse em processo de desaparecer em outros, isso era algo por vezes difícil de enxergar. Era muito mais fácil ver as famílias de algumas vítimas do Monstro aparecerem num programa de TV e terem de responder perguntas sem qualquer moral, ética ou educação: Qual era a sensação de ver a cabeça da sua filha envolta em plástico transparente? Você chorou? Você desmaiou? O que você acha de Wesley le Clerc?

Wesley tinha sido acusado de homicídio em primeiro grau, do tipo premeditado, e o único ponto legalmente discutível era a respeito da premeditação. Havendo se colocado sob os holofotes, Wesley sabia muito bem que, para continuar ali, teria de ir a julgamento. Uma declaração de culpa significaria que sua única aparição diante do tribunal seria para a leitura da sentença. Portanto, ele se declarou inocente e foi mantido sob prisão até o julgamento, sem benefício de fiança. Fora do tribunal, depois da audiência, Wesley foi abordado por um advogado branco famoso que se apresentou como líder de sua nova equipe de defesa. Um grupo de outros advogados brancos importantes, atrás dele, completava a equipe. Para o horror de todos eles, Wesley os rejeitou.

— Deem o fora daqui e vão dizer a Mohammed el Nesr que eu vi a verdadeira luz — disse Wesley. — Vou fazer isso à moda negra e pobre, com um advogado designado pela defensoria pública. — Sua mão indicou um jovem negro com uma maleta. Uma leve sombra de dor cruzou sua fisionomia e ele suspirou. — Poderia ser eu, daqui a dez anos, mas escolhi meu caminho.

Depois que a excitação de seu retorno à prisão na companhia de Carmine Delmonico morrera, Wesley havia passado por uma mudança que talvez não tivesse muito a ver com o que Carmine lhe tinha dito, e sim com o fato de testemunhar, da distância de um metro, a vida esvair-se de um par de olhos. Tudo que havia restado de Charles Ponsonby fora um invólucro, e o que aterrorizara Wesley fora o fato de que ele houvesse liberado aquele espírito indizivelmente maligno para fazer seu lar em outro corpo. Alá lutava com Cristo e Buda, e ele começou a rezar para os três.

Porém, também se sentiu inundar por um tipo diferente de força. Ele iria, de alguma forma, conseguir transformar aquele erro fundamental numa vitória.

* * *

Os primeiros sinais de vitória se apresentaram quando ele foi enviado à Prisão Municipal de Holloman para aguardar durante os meses entre o crime e o julgamento. Quando ele chegou, os presos o aclamaram com animação. Seu beliche, na cela para quatro homens, estava coberto de presentes: cigarros e charutos, isqueiros, revistas, doces, acessórios de roupas da moda, um relógio Rolex de ouro, sete pulseiras de ouro, nove correntes de ouro, um anel para o dedo mindinho com um enorme diamante. Ele não precisava ter medo de ser estuprado no setor dos chuveiros! Nem de ser atormentado pelos carcereiros; todos eles acenaram com a cabeça respeitosamente, sorriram, fizeram-lhe sinais de o.k. Quando ele pediu um tapete de orações, um lindo Shiraz apareceu e, toda vez que ele entrava no refeitório ou no pátio de exercícios, era aclamado novamente. Negros ou brancos, os prisioneiros e seus guardas o amavam.

Um grande número de pessoas, de todas as raças e cores, não achava que Wesley le Clerc deveria ser condenado em absoluto. Cartas a editores de vários jornais por todo o país começaram a inundar as redações. As linhas telefônicas de programas de rádio estavam sobrecarregadas. Telegramas se acumulavam na mesa do governador. O promotor público de Holloman tentou convencer Wesley a se declarar culpado por homicídio em troca de uma redução na pena, mas o novo herói não queria nem ouvir falar daquele tipo de evasão de responsabilidade. Ele queria ir a julgamento, e foi exatamente o que fez.

Um julgamento que começou no início de junho, meses antes do que deveria; as "Autoridades Supremas" judiciais decidiram que adiá-lo apenas pioraria a situação. Não se tratava de um fogo de palha qualquer, de que as pessoas logo se esqueceriam. Vamos realizá-lo agora, terminar logo com tudo e pronto!

Nunca um júri fora escolhido com tanto cuidado. Oito jurados eram negros e quatro, brancos, seis mulheres e seis homens, alguns abastados, outros, simples trabalhadores, e dois desempregados, embora não por culpa própria.

Sua história, no banco dos réus, era que ele não havia planejado nada além do chapéu... que um movimento da multidão o havia colocado no local onde terminara... e que ele não se lembrava de ter disparado nenhum tiro, não conseguia sequer se lembrar de ter uma arma consigo. O fato de que a ação estivesse imortalizada em videoteipe era irrelevante; tudo o que ele quisera fazer fora protestar contra a forma como seu povo era tratado.

O júri optou pelo homicídio não premeditado e recomendou fortemente que lhe fosse concedida indulgência. O juiz Douglas Thwaites, um homem nada indulgente, pronunciou uma sentença de vinte anos de prisão, acumulada com prestação de trabalhos forçados, com a condição de que ele cumprisse doze anos em regime fechado antes de lhe ser concedida a liberdade condicional. Praticamente o veredito esperado.

Seu julgamento levou cinco dias e terminou numa sexta-feira, marcando o fim de uma primavera que o governador, pelo menos, esperava nunca mais ver repetir-se. Manifestações haviam se transformado em tumultos, casas queimadas, lojas saqueadas, trocas de tiros. Apesar do fato de seu discípulo Ali el Kadi ter lhe dado as costas, Mohammed el Nesr aproveitou a oportunidade e liderou a Brigada Negra numa batalha menor, que terminou quando uma batida policial ao número 18 da Fifteenth Street, no Recôncavo, apreendeu mais de mil armas de fogo. O que nenhum policial pôde entender foi por que Mohammed não havia mudado seu arsenal de lugar muito antes da batida. À exceção de Carmine, que achava que Mohammed estava cometendo um deslize e sabia disso; até mesmo seus homens já começavam a admirar mais Wesley le Clerc.

Não obstante o destino da Brigada Negra, ficou claro, uma semana antes do início do julgamento de Wesley le Clerc, que aquilo iria se tornar uma grande manifestação em massa em apoio ao matador do Monstro, e que nem todos que planejavam marchar a Holloman tinham inclinações pacíficas. Espiões e informantes relataram que cem mil manifestantes negros e setenta e cinco mil brancos se instalariam no parque central de Holloman no alvorecer da segunda-feira em que o julgamento de Wesley deveria começar. Eles vinham de lugares distantes como Los

Angeles, Chicago, Baton Rouge (a cidade natal de Wesley) e Atlanta, embora a maioria vivesse em Nova York, Connecticut e Massachusetts. Havia-se designado um ponto de encontro: o Parque Maltravers, um jardim botânico a dezesseis quilômetros de Holloman. E lá, do sábado em diante, as pessoas se concentraram aos milhares. A marcha até o parque central de Holloman fora agendada para as cinco da manhã da segunda-feira, e fora muito bem organizada. Os aterrorizados moradores de Holloman vedaram com tábuas as vitrines de suas lojas, portas e janelas térreas, temendo a guerra urbana que certamente viria.

No domingo cedo, o governador convocou a Guarda Nacional, que entrou em Holloman com estrondo no amanhecer da segunda-feira para ocupar o parque central antes dos manifestantes; veículos de transporte de tropas, carros armados e caminhões gigantes que fizeram tremer as fundações dos edifícios, enquanto todos em Holloman se encolhiam, de olhos arregalados e trêmulos, para observá-los passar com todo o seu poderio.

Porém, os manifestantes nunca apareceram. Ninguém realmente soube por quê. Talvez fosse a perspectiva do confronto com tropas treinadas que os tivesse detido, ou talvez o Parque Maltravers fosse o mais longe que a maioria houvesse desejado chegar. Ao redor do meio-dia da segunda-feira, o Parque Maltravers estava vazio, e isso foi tudo. O julgamento de Wesley le Clerc prosseguiu com menos de quinhentos manifestantes no parque central de Holloman, em meio a um mar de agentes da Guarda Nacional e, quando o veredito foi anunciado, na tarde da sexta-feira, aqueles quinhentos foram para casa tão docilmente quanto ovelhas. Teria sido a exibição deliberada do poderio oficial? Ou o simples ato de se congregar já havia satisfeito àqueles que tinham ido ao Parque Maltravers?

Wesley le Clerc não perdeu tempo se preocupando ou se perguntando a respeito de seus partidários. Transferido na noite de sexta-feira a uma prisão de alta-segurança no norte do estado, na segunda-feira seguinte

Wesley entrou com uma petição para que o diretor da penitenciária lhe permitisse estudar para o preparatório de Direito; esse oficial, muito inteligente, ficou satisfeito em conceder a permissão. Afinal, Wesley le Clerc tinha apenas vinte e cinco anos de idade. Se ele conseguisse a liberdade condicional em sua primeira tentativa, teria trinta e sete anos e, provavelmente, um doutorado em jurisprudência. Seus antecedentes criminais impediriam que ele fosse admitido à ordem dos advogados, mas o conhecimento que teria adquirido seria muito mais importante. Sua especialidade seria a Suprema Corte dos Estados Unidos. Afinal, ele era o Matador do Monstro, o Homem Santo de Holloman. Morra de inveja, Mohammed el Nesr, você já era. *Eu* sou O Cara.

32

Carmine e Desdemona se casaram no começo de maio e escolheram Los Angeles para sua lua de mel, como hóspedes de Myron Mendel Mandelbaum; a cópia do Palácio de Hampton Court era tão gigantesca que a presença deles não representava qualquer constrangimento para Myron ou Sandra. Myron se colocou totalmente à disposição deles, ao passo que Sandra vivia flutuando, totalmente alienada. Um pouco para a surpresa de Carmine e de Myron, Sophia decidiu gostar de Desdemona, cuja hipótese era de que sua nova enteada aprovava a forma pouco emotiva e trivial com que a nova madrasta a tratava. Como uma adulta responsável e sensata. O presságio era favorável.

Enquanto isso, em Holloman, nem tudo era assim tão favorável. Como se o Hug não tivesse enfrentado suficientes emoções e escândalos nos últimos meses, seus estertores finais produziram mais um quando a Sra. Robin Forbes se queixou à polícia de Holloman de que seu marido a estava envenenando. Interrogado pelos recém-condecorados sargentos-detetives Abe Goldberg e Corey Marshall, o Dr. Addison Forbes negou a acusação com escárnio e repugnância, convidou-os a coletar amostras de quaisquer produtos alimentícios e líquidos em sua propriedade e se retirou à sua torre. Quando as análises (inclusive de vômito, fezes e urina) resultaram negativas, Forbes encaixotou seus livros e papéis, arrumou duas malas e partiu para Fort Lauderdale. Lá, ele entrou para uma clínica lucrativa de neurologia geriátrica; coisas como derrames e demência senil nunca lhe haviam interessado, mas eram infinitamente preferíveis ao professor Frank Watson e à Sra. Robin Forbes, a quem ele pediu o divórcio. Quando os advogados de Carmine o contataram a respeito do interesse na compra de sua casa no East Circle, ele a vendeu por menos do que valia só para se vingar de Robin, que pediu a metade. Após um esforço desgastante para decidir qual de suas filhas precisava mais dela, Robin se mudou a Boston para viver com a emergente ginecologista, Roberta. Robina enviou à irmã um cartão de condolências, mas Roberta estava, de fato, maravilhada por ter uma governanta.

Tudo isso significou que Desdemona pôde oferecer a Sophia a posse da torre.

— É um verdadeiro charme — ela disse de forma casual, não querendo parecer entusiasmada demais. — O cômodo de cima tem uma sacada... você poderia usá-lo como sala de estar; e o cômodo de baixo daria um quarto bem pequeno, se nós cortarmos uma parte dele para fazer um banheiro, assim como uma cozinha pequena. Carmine e eu achamos que talvez você pudesse terminar o ensino médio na Dormer e, então, pensar numa boa universidade. Quem sabe, a Chubb poderia se tornar mista antes de você ter idade suficiente para começar a faculdade. Você estaria interessada?

A adolescente sofisticada gritou de alegria; Sophia atirou os braços ao redor de Desdemona e a abraçou. — Oh, sim, por favor!

Julho estava quase se transformando em agosto quando Claire Ponsonby mandou uma mensagem para Carmine, dizendo que gostaria de vê-lo. O pedido chegou como uma surpresa, mas nem mesmo ela tinha o poder de estragar seu humor otimista, naquele dia tão bonito de flores desabrochando e pássaros cantando. Sophia havia chegado de Los Angeles há duas semanas e ainda estava tentando decidir se preferia papel de parede ou tinta nas paredes interiores de sua torre. O tanto de coisas que ela e Desdemona encontravam para conversar era algo que o surpreendia, assim como, sem dúvida, surpreendia a sua anteriormente rígida mulher.

Como ela devia ter se sentido solitária, sempre apertando o cinto e economizando para conquistar uma vida que, a julgar pela maneira em que havia se adaptado ao casamento, jamais a teria satisfeito. Embora parte disso talvez se devesse a sua gravidez, iniciada um pouquinho depois do dia de seu casamento; o bebê nasceria em novembro e Sophia mal podia esperar. Não era de surpreender que nem mesmo Claire Ponsonby tivesse o poder de estragar a sensação de bem-estar de Carmine, conquistada de forma um tanto quanto tardia.

Ela e a cachorra estavam esperando na varanda. Duas cadeiras estavam arrumadas, a cada lado de uma mesinha de bambu que sustinha uma jarra de limonada, dois copos e um prato de biscoitos.

— Tenente — ela disse quando ele subiu os degraus.

— Capitão, atualmente — ele disse.

— Ora, ora! *Capitão* Delmonico. Soa bem. Sente-se, por favor, e aceite um pouco de limonada. É uma velha receita de família.

— Obrigado, vou me sentar, mas nada de limonada.

— O senhor não comeria ou beberia nada que houvesse sido preparado pelas minhas mãos, não é mesmo, capitão? — ela perguntou docemente.

— Sinceramente, não.

— Eu o perdoo. Vamos simplesmente nos sentar, então.

— Por que pediu para me ver, Srta. Ponsonby?

— Dois motivos. O primeiro é que estou me mudando e, apesar de ter sido informada por meus advogados de que ninguém pode me impedir de me mudar, achei que seria prudente comunicá-lo do fato. A caminhonete de Charles está carregada com as coisas que quero levar comigo e contratei um estudante da Chubb para dirigi-la, levando a mim e a Biddy para Nova York hoje à noite. Vendi o Mustang.

— Pensei que o número 6 da Ponsonby Lane fosse seu lar até a morte.

— Descobri que nenhum lugar pode ser meu lar sem o querido Charles. Então, recebi uma oferta simplesmente irrecusável por esta propriedade. Seria perdoável que o senhor acreditasse que ninguém a compraria, mas não foi esse o caso. O major F. Sharp Minor me pagou uma quantia bastante notável pelo que, acredito, ele pretende transformar num museu de horrores. Várias agências de viagem de Nova York concordaram em agendar passeios de dois dias. Dia um: passear de ônibus pela charmosa região rural de Connecticut, jantar e passar a noite no motel Major Minor's... ele o está reformando em grande estilo. Dia dois: uma visita guiada pela propriedade do Monstro de Connecticut, incluindo arrastar-se pelo famigerado túnel. Alimentar os cervos que, garante-se, estarão esperando diante da porta do túnel. Uma caminhada de volta ao covil do Monstro para ver quatorze imitações das cabeças em seu autêntico ambiente. Naturalmente, tudo será acompanhado por uma trilha sonora de gritos e uivos. O Major está demolindo a antiga sala de estar para acomodar trinta hóspedes à mesa e está transformando nossa velha sala de jantar em cozinha. Afinal, ele não pode permitir que um *chef* prepare o almoço num fogão Aga enquanto as pessoas observam o fogão se deslocar para a frente e para trás. Depois, retorno a Nova York de ônibus — Claire disse, com neutralidade.

Jesus, que sarcasmo! Carmine ficou ali ouvindo como se hipnotizado, contente que ela não pudesse ver sua boca aberta.

— Pensei que não acreditasse em nada disso.

— E não acredito. No entanto, me garantem que essas coisas realmente existem. Se existem, então mereço lucrar com elas. Estão me dando a chance de começar do zero em algum lugar longe de Connecticut. Estou pensando no Arizona ou no Novo México.

— Te desejo sorte. Qual é o segundo motivo?

— Uma explicação — ela disse, parecendo mais gentil, mais como a Claire com que ele havia simpatizado e pela qual havia sentido carinho. — Eu o absolvo de ser o estereótipo de policial brutamonte, capitão. O senhor sempre me pareceu um homem dedicado a seu trabalho... honesto, até mesmo altruísta. Posso entender por que fiquei sob suspeita daqueles crimes horríveis, já que o senhor continua insistindo que o assassino foi meu irmão. Minha teoria pessoal é que Charles e eu fomos ludibriados, que outra pessoa fez todas as... hã... *reformas* nas nossas adegas. — Ela suspirou. — Seja como for, decidi que o senhor é cavalheiro o bastante para me fazer algumas perguntas como um cavalheiro faria... com cortesia e discrição.

Vitória, por fim! Carmine se inclinou para a frente em sua cadeira, as mãos entrelaçadas. — Obrigado, Srta. Ponsonby. Eu gostaria de começar perguntando o que a senhorita sabe a respeito da morte de seu pai?

— Eu imaginei que fosse me perguntar isso. — Ela estendeu suas pernas compridas e delgadas e as cruzou na altura dos tornozelos, um pé brincando com o pelo de Biddy. — Nós éramos muito ricos antes da Depressão, e vivíamos bem. Os Ponsonby sempre gostaram de viver bem: boa música, boa comida, bons vinhos, coisas boas à nossa volta. Mamãe vinha de uma criação semelhante... de Shaker Heights, como o senhor sabe. Mas o casamento não foi uma união por amor. Meus pais foram obrigados e se casar porque Charles estava a caminho. Mamãe estava disposta a fazer qualquer coisa para "prender" o Papai, que realmente não a queria. Mas, quando chegou o momento de agir, ele arcou com sua responsabilidade. Charles nasceu seis meses depois. Dois anos depois disso, veio Morton e dois anos depois *dele*, eu nasci.

O pé parou de se mover; Biddy ganiu até que recomeçou, então, se deitou com os olhos fechados e o focinho apoiado nas patas dianteiras. Claire prosseguiu.

— Nós sempre tivemos uma governanta, além de uma faxineira. Quer dizer, uma empregada que vivia conosco e fazia os trabalhos domésticos mais leves, exceto cozinhar. Mamãe gostava de cozinhar, mas ela detestava lavar a louça ou descascar batatas. Não acho que ela fosse particularmente tirânica, mas um dia a governanta se demitiu. E o Papai trouxe a Sra. Catone para casa... Louisa Catone. Mamãe ficou furiosa. *Furiosa!* Como ele se atrevia a usurpar suas prerrogativas, e coisa e tal. Mas o Papai gostava das coisas a seu modo tanto quanto a Mamãe, portanto, a Sra. Catone ficou. Ela era uma joia rara, o que acabou acalmando a Mamãe...

imagino que Mamãe soubesse desde o começo que a Sra. Catone era amante do Papai, mas as coisas ficaram bem por um bom tempo. Então, houve uma briga horrível... oh, horrível! Mamãe insistia que a Sra. Catone fosse embora, o Papai insistia que ela ficasse.

— A Sra. Catone tinha algum filho? — Carmine perguntou.

— Sim, uma menininha chamada Emma. Uns meses mais velha do que eu — Claire disse de forma sonhadora e sorriu. — Nós brincávamos juntas, fazíamos nossas refeições juntas. Minha visão já não era muito boa, mesmo então, e Emma se fazia um pouquinho as vezes de meu cão-guia. Charles e Morton a detestavam. Sabe, a briga aconteceu porque a Mamãe descobriu que Emma era filha do meu pai... nossa meia-irmã. Charles encontrou a certidão de nascimento.

Ela ficou calada, o pé ainda mexendo nos pelos de Biddy.

— E qual foi o resultado da briga? — Carmine instigou.

— Surpreendente e, ainda assim, não muito surpreendente. O Papai teve de fazer uma viagem urgente de negócios no dia seguinte e a Sra. Catone foi embora com Emma.

— Quando foi isso, com relação à morte do seu pai?

— Deixe-me ver... Eu tinha quase seis anos quando ele foi assassinado... foi um ano antes disso. Entre um inverno e outro.

— Quanto tempo a Sra. Catone havia trabalhado para vocês quando ela foi embora?

— Um ano e meio. Ela era uma mulher incrivelmente bonita... e Emma era o retrato dela. Morena. Sangue mestiço, embora mais branca do que qualquer outra coisa. Seu tom de voz era adorável... ritmado, doce. Uma pena que as palavras que ela dizia fossem sempre tão banais.

— Então, sua mãe a despediu enquanto seu pai estava viajando

— Sim, mas eu acho que existem mais coisas aí. Se nós, os filhos, fôssemos um pouco mais velhos, eu poderia te dar mais detalhes, ou se eu, a menina, fosse a mais velha... os meninos não são muito observadores quando se trata de emoções, acho. Mamãe podia assustar as pessoas. Ela tinha um certo poder em si. Conversei muitas vezes sobre isso com Charles, e nós concluímos que Mamãe ameaçou matar Emma a não ser que elas duas desaparecessem permanentemente. E a Sra. Catone acreditou nela.

— Como seu pai reagiu ao voltar para casa?

— Houve uma briga de gritos. O Papai bateu na Mamãe e, então, saiu correndo de casa. Ele não voltou durante... dias? Semanas? Um longo tempo. Mamãe andava de um lado para outro o tempo todo, eu me lembro. Então, o Papai voltou para casa. Ele estava terrivelmente pálido, nem sequer falava com Mamãe, e se ela tentasse tocá-lo, ele batia nela ou a empurrava para longe. Quanto ódio! E ele... ele chorava. O tempo todo, era o que nos parecia. Me atrevo a dizer que ele voltou para casa por nossa causa, mas ele parecia simplesmente vagar por ali.

— A senhorita acha que seu pai tenha ido procurar a Sra. Catone, mas não pôde encontrá-la?

Os olhos azuis aquosos olharam para uma infinidade cega. — Bem, é a explicação lógica, não? O divórcio era algo perdoável, mesmo naquela época, mas, ainda assim, o Papai preferia ter a Sra. Catone como uma empregada em sua casa. A Mamãe para manter as aparências, a Sra. Catone para seu prazer carnal. Casar-se com uma mulata do Caribe o teria arruinado socialmente, e o Papai se importava muito com seu status social. Afinal, ele era um Ponsonby de Holloman.

Como ela é desprendida, pensou Carmine. — Sua mãe sabia que o dinheiro tinha sido perdido na quebra de Wall Street?

— Não antes da morte do Papai.

— Ela o matou?

— Ah, sim. Eles tiveram a pior briga de todas durante aquela tarde... nós podíamos ouvir lá de cima. Não podíamos entender tudo que eles gritavam um para o outro, mas ouvimos o bastante para perceber que o Papai havia encontrado a Sra. Catone e Emma. Que ele pretendia deixar a Mamãe. Ele vestiu seu melhor terno e foi embora dirigindo seu carro. Mamãe trancou a nós três no quarto de Charles e saiu com nosso segundo carro. Estava começando a nevar. — A voz dela tinha um tom infantil, como se a simples força daquelas memórias a estivesse empurrando para o passado. — Giravam e giravam, os flocos de neve rodopiavam da maneira como fazem dentro dos globos de neve. Nós esperamos por tanto tempo! Então, ouvimos o carro da Mamãe e começamos a socar a porta. Mamãe a abriu e nós saímos correndo... ah, estávamos morrendo de vontade de ir ao banheiro! Os meninos me deixaram ir primeiro. Quando eu saí, Mamãe estava parada no hall com um taco de beisebol na mão direita. Que estava coberto de sangue, assim como ela. Então, Charles e Morton saíram do banheiro, viram-na e a levaram embora. Eles a despiram e a lavaram, mas eu estava com tanta fome que havia descido até a cozinha. Charles e Morton acenderam o fogo na velha lareira onde agora fica o Aga e queimaram o taco de beisebol e as roupas dela. Foi tão triste! Morton nunca mais foi o mesmo.

— Você quer dizer que até então ele havia sido... bem, normal?

— Praticamente normal, capitão, embora ele ainda não houvesse começado a ir à escola... Mamãe não nos deixou começar antes dos oito anos. Mas, depois daquele dia, Morton nunca mais falou uma palavra sequer. Nem admitia que o mundo existisse. Oh, os ataques de fúria! Mamãe não tinha medo de nada nem de ninguém. À exceção de Morton num ataque de fúria. Raivoso, incontrolável.

— A polícia veio?

— É claro. Nós dissemos que Mamãe tinha estado em casa conosco, de cama com uma enxaqueca. Quando contaram a ela que o Papai estava morto, ela ficou histérica. A mãe de Bob Smith veio até nossa casa, nos alimentou e se sentou com a minha mãe. Alguns dias depois, descobrimos que nosso dinheiro havia sido perdido na quebra da bolsa.

Os joelhos de Carmine estavam doendo; a cadeira era baixa demais. Ele se levantou e deu uma volta até a extremidade da varanda, viu pelo canto dos olhos que Claire Ponsonby estava, de fato, preparada para partir. O porta-malas da caminhonete, estacionada na entrada da casa, estava sobrecarregado de bolsas, caixas e continha um par de baús pequenos iguais, que datavam de uma era em que as viagens tinham mais charme e estilo. Não querendo se sentar novamente, ele encostou o traseiro na grade da varanda.

— A senhorita sabia que a Sra. Catone e Emma também morreram naquela noite? — ele perguntou. — Sua mãe usou o taco de beisebol com os três.

O rosto de Claire se congelou numa expressão de absoluto e genuíno choque; o pé que vinha mexendo com a cachorra foi levantado como se estirado num ataque epilético. Carmine serviu um copo de limonada, perguntando-se se deveria tentar achar algo mais forte. Mas Claire tomou o conteúdo do copo com avidez e recuperou sua compostura.

— Então foi *isso* o que aconteceu com elas — ela disse lentamente —, e durante todo este tempo, Charles e eu continuamos especulando. Ninguém nunca nos disse quem eram as outras duas pessoas, apenas falavam de uma gangue de vagabundos que cometeram vários crimes. Nós deduzimos que Mamãe houvesse usado as atividades desses vagabundos para encobrir seu próprio feito, que as outras duas pessoas fossem membros da gangue.

De repente, ela se inclinou adiante em sua cadeira, estendeu uma mão para Carmine de forma suplicante. — Me conte tudo, capitão! O quê? Como?

— Tenho certeza de que a senhorita tinha razão em pensar que seu pai disse à sua mãe que iria deixá-la para começar uma nova vida. Certamente, ele havia achado a Sra. Catone e Emma, mas quando ele foi se encontrar com elas na estação ferroviária foi pela primeira vez, pois as duas estavam numa situação de completa miséria. Sem dinheiro, sem qualquer comida. Os dois mil dólares que ele estava levando provavelmente representavam tudo que ele pôde juntar para esse novo começo — disse Carmine. — Eles estavam se escondendo lá fora, na neve, o que me leva a pensar que sua mãe tinha, de fato, a habilidade de assustar terrivelmente as pessoas. Pobre homem. Ele contou coisas demais à sua mãe, e três pessoas morreram.

— Todos esses anos e eu nunca, nunca soube... Nunca sequer desconfiei... — Seus olhos se voltaram para o rosto dele como se pudessem ver, cintilando de emoção. — A vida não é mesmo irônica?

— A senhorita gostaria que eu lhe pegasse uma bebida de verdade?

— Não, obrigada. Estou bem. — Ela puxou as pernas e as dobrou sob a cadeira.

— Poderia me falar um pouco sobre a sua vida depois disso?

Um ombro se ergueu, a boca se retorceu para baixo. — O que o senhor gostaria de saber? Mamãe nunca mais foi a mesma.

— Ninguém de fora tentou ajudar?

— O senhor se refere a pessoas como os Smith e os Courtenay? Mamãe dizia que era meter o nariz onde não eram chamados. Algumas doses da grosseria da Mamãe funcionavam melhor do que óleo de rícino. Eles pararam de tentar, nos deixaram em paz. Nós sobrevivemos, capitão. Sim, nós sobrevivemos. Havia uma pequena renda que Mamãe complementou com as vendas de terras. Sua própria família ajudou, eu acho. Charles foi para a Dormer Day School, assim como eu, e ela pagava as mensalidades regulamente.

— E quanto ao Morton?

— Um agente da área de educação veio vê-lo, deu uma olhada nele e nunca mais voltou. Charles dizia a todos que ele era autista, mas isso era só para satisfazer os curiosos. Autismo não aparece simplesmente no dia em que sua mãe assassina seu pai. Trata-se de uma questão psiquiátrica profundamente diferente. Embora nós gostássemos muito dele, sabe? Seus ataques de fúria nunca eram dirigidos a Charles ou a mim, só à Mamãe e a qualquer estranho que viesse nos visitar.

— A senhorita ficou surpresa quando ele morreu de forma tão inesperada?

— É mais certo dizer que fiquei horrivelmente chocada. Até este ano, 1939 foi o pior ano da minha vida. Estou sentada com meus livros, estudando, e uma parede cinza baixa diante dos meus olhos... zás! Estou cega para sempre. Uma visita ao oftalmologista e, em seguida, já estou num trem para Cleveland. Mal chego à escola para cegos e Charles me telefona para dizer que Morton morreu. Simplesmente... caiu morto! — Ela estremeceu.

— A senhorita parece indicar que sua mãe já não estava mentalmente estável antes de janeiro de 1930, mas, obviamente, ela escondia bem.

Então, o que aconteceu no final de 1941 que desencadeou a verdadeira demência?

O rosto de Claire se contorceu. — O que aconteceu logo depois de Pearl Harbor? Charles disse que iria se casar. Aos vinte anos de idade, mas aproximando-se da maioridade. Cursando o preparatório de medicina na Chubb. Ele conheceu uma garota da família Smith em um baile e foi amor à primeira vista. A única maneira de a Mamãe romper o relacionamento era atacando com força total. Quer dizer, ela ficou absolutamente louca. A garota sumiu. Eu me ofereci para voltar para casa e cuidar da Mamãe... por quase vinte e dois anos, no fim das contas. Não que eu não tivesse feito até mais por Charles do que uma coisa tediosa como essa. Não pense que eu era escrava da Mamãe... eu aprendi a controlá-la. Mas, enquanto ela viveu, Charles e eu não podíamos nos entregar completamente ao nosso amor pela comida, pelo vinho e pela música. Entre vocês dois, capitão, o senhor e a Mamãe arruinaram a minha vida. Três preciosos anos tendo a companhia de Charles apenas para mim, essa é a soma total das minhas lembranças. Três preciosos anos...

Fascinado, Carmine se pegou cogitando se Danny Marciano não estaria certo em sua dedução. Será que irmão e irmã tinham sido amantes?

— Você não gostava da sua mãe — ele disse.

— Eu a odiava! *Odiava!* O senhor consegue visualizar — ela prosseguiu, com repentina ferocidade — que dos treze aos dezoito anos, Charles viveu no armário debaixo da escada? — A raiva se evaporou; um brilho aterrorizado passou por seus olhos e desapareceu quando suas mãos subiram até a boca para tocar a língua. — Ah, eu não quis dizer isso. Não, isso foi algo que eu não tive a intenção de dizer. Foi mais forte do que eu. Do que *eu!*

— Melhor desabafar do que ficar guardando — disse Carmine tranquilamente. — Vá em frente. Agora que já começou, é melhor que continue.

— Anos depois, Charles me contou que ela o havia pegado se masturbando. Isso fez com que ficasse histérica. Berrou e gritou e cuspiu e mordeu e socou... ele jamais revidaria contra a Mamãe. Eu revidava o tempo todo, mas Charles era como o coelho hipnotizado pela serpente. Ela nunca mais falou com ele, o que magoou demais o seu pobre coração. Quando ele voltava para casa da escola ou da casa de Bob Smith, ia para dentro do armário. Era um armário grande, e tinha uma lâmpada lá dentro. Ah, Mamãe era *tão* atenciosa! Ele tinha um colchão no chão e uma cadeira dura... e havia uma prateleira que podia usar como mesa. Ela lhe passava uma bandeja com sua refeição e a retirava quando ele houvesse terminado. Ele fazia suas necessidades fisiológicas em um balde que ele mesmo tinha de esvaziar e lavar todas as manhãs. Até eu partir para Cleveland, era minha tarefa dar-lhe suas refeições, mas eu não tinha permissão de falar com ele.

Carmine estava estupefato. — Mas isso é ridículo! — ele exclamou. — Ele frequentava uma ótima escola... e lá havia conselheiros, um diretor... tudo que ele precisava fazer era *contar* para alguém! Eles teriam agido imediatamente.

— Contar não estava na natureza de Charles — Claire disse, de queixo erguido. — Ele adorava Mamãe, e culpava o Papai por tudo. Tudo que ele tinha de fazer era desafiá-la, mas ele se recusava a fazer isso. O armário era seu castigo por um pecado terrível, e ele optou por cumprir esse castigo. No dia em que completou dezoito anos, ela o deixou sair. Mas nunca voltou a falar com ele. — Ela deu de ombros. — Esse era o Charles. Talvez te permita ver por que eu ainda me recuso a acreditar que ele tenha feito aquelas coisas terríveis. Charles jamais poderia ter estuprado ou torturado alguém, ele era passivo demais.

Carmine se endireitou, flexionou os dedos, um pouco adormecidos por agarrar a grade com força demais. — Deus sabe que não tenho nenhum desejo de piorar sua tristeza, Srta. Ponsonby, mas garanto à senhorita que Charles era o Monstro de Connecticut. Se não fosse, seu novo começo no Arizona ou no Novo México não teria sido financiado pelo major F. Sharp Minor. — Ele foi até os degraus. — Tenho que ir. Não, não precisa se levantar. Eu lhe agradeço muito por tudo, solucionou o quebra-cabeça que vem me atormentando há meses. Elas se chamavam Louisa e Emma Catone? Ótimo. Eu sei onde elas estão enterradas. Agora vou lhes dar uma lápide. A senhorita sabe se a Sra. Catone tinha alguma crença religiosa?

— Falou como um verdadeiro policial, capitão. Sim, ela era católica. Imagino que eu deveria contribuir para a lápide, já que Emma era minha meia-irmã, mas tenho certeza de que o senhor entenderá se eu não o fizer. *Arrivederci*.

33

Claire Ponsonby continuou sentada na varanda muito tempo depois de o capitão Carmine Delmonico ir embora.

Seus olhos vagavam pelas árvores que rodeavam a casa, lembrando-se de como Morton passava as muitas e muitas horas de seus dias sem escola. Ele cavou um túnel porque sabia que, um dia, um túnel seria de grande utilidade. Enquanto ele trabalhava, pensava, e seu corpo ia adquirindo a resistência esguia de alguém que trabalhava muito mais do que permitia sua má alimentação. Oh, Charles o *amava!* Amava-o ainda mais do que amava a Mamãe. Ensinou-o a ler e a escrever, e deu a ele uma erudição genuína. Charles, um irmão que entendia a inevitável inteireza da irmandade. Compartilhar os livros, tentar valentemente compartilhar o trabalho. Mas Charles tinha tanto medo do túnel que não suportava ficar lá dentro por muito tempo. Ao passo que Morton nunca se sentia mais vivo do que quando estava no túnel, cavando, cinzelando, esburacando, retirando a terra e as pedras, que Charles espalhava em volta das árvores.

E assim começara a colaboração. Charles pensava na Sala Catone como o paraíso de um cirurgião a mil pés de altitude. Enquanto Morton sabia que a Sala Catone era a florescência orgástica do túnel, sob o peso silencioso da terra. Morton, Morton, liga, desliga. Cobra cega, toupeira cega na escuridão, cavando e cavando, com um interruptor mágico em sua mente que podia ligar ou desligar seus olhos. Liga, desliga, liga, desliga, liga, desliga. Cava-cavouca, liga, desliga.

Agora, deixe-me ver... Aquele carvalho foi onde nós enterramos o italiano de Chicago depois que ele instalou nosso piso de concreto. E aquele bordo está sugando a essência dos restos rechonchudos do encanador; nós o contratamos em San Francisco. O carpinteiro de Duluth está apodrecendo perto do que deve ser o último olmo saudável de Connecticut. Não consigo me lembrar de onde enterramos o resto, mas eles não têm importância. Que serviçal excelente é a ganância! Um trabalho secreto em troca de dinheiro na mão, e todos ficam felizes. Ninguém mais feliz do que Charles, ao entregar o dinheiro. Ninguém mais feliz do que eu, ao tomá-lo de volta depois de golpear com a marreta. Ninguém mais feliz do que nós dois ao apalpar e examinar as vias de ventilação, canais, tubos, cavidades.

Não que precisássemos pegar o dinheiro de volta. O que gastamos na Sala Catone durante os intermináveis anos enquanto esperávamos que Mamãe morresse foi uma ninharia, comparada à quantia de dinheiro que ela trouxe, ao voltar da estação ferroviária, em dois baús pequenos e elegantes, naquele mês de janeiro de 1930. O Papai, tolo o bastante para perder todo o seu dinheiro numa quebra da bolsa de valores? Até parece. Seus investimentos haviam sido convertidos em dinheiro vivo muito antes disso. Ele instalou um pequeno cofre de banco (cuja porta veio bem a calhar, mais tarde) na adega de vinhos e guardou ali o dinheiro até seu detetive encontrar a Sra. Catone. Muito obrigada, capitão Delmonico, por preencher as lacunas! Agora eu sei por que ele esvaziou o cofre, colocou o dinheiro naqueles dois baús e os carregou em seu carro para ir até a estação ferroviária.

Depois que o matou, Mamãe transferiu os baús para o carro dela; nós olhamos dentro deles e os roubamos enquanto suas roupas e o taco de beisebol queimavam alegremente. Enquanto eu os escondia em meu minúsculo apêndice de túnel, Charles começou a cavar um túnel mais a seu gosto pessoal: um que penetrava na mente da Mamãe. Vezes e vezes sem fim ele sussurrava para ela que o caso Catone não passava de um produto de sua imaginação, que ela não havia matado o Papai, que Catone rimava com abone e Emma era um livro de Jane Austen. Quando ela precisava de dinheiro, nós o dávamos a ela, embora nunca houvéssemos lhe contado onde estavam os baús. Então, depois que aquele traidor do Roosevelt aboliu o padrão ouro em 1933, nós levamos Mamãe e os baús até o Banco Sunnington, em Cleveland, onde, como a família dela era dona do banco, nós não tivemos nenhum problema para trocar as cédulas antigas por novas. Naqueles dias da Depressão, muitas pessoas preferiam guardar seus fundos em dinheiro vivo. E, naquela época, ela já não passava de uma indefesa marionete de dois garotos recatados que mal entravam na adolescência.

Trazer o dinheiro novamente para casa não foi fácil, liga, desliga. Alguém no banco abriu o bico. Mas Charles planejou nossa estratégia com todo o seu extraordinário brilhantismo. No que diz respeito a logística e planejamento, Charles era um gênio. Como vou conseguir substituí-lo? Quem, além de um irmão, poderá entender?

De volta à casa, o túnel de Charles na mente de Mamãe se concentrou no dinheiro, em como Roosevelt o havia roubado para financiar seu plano contra tudo que nossa pátria simbolizava, desde a liberdade até a decisão de deixar que a Europa cozinhasse em seu próprio e merecido caldo. Sim, ambos os nossos túneis cresceram, e quem sabe dizer qual deles era o mais belo? Um túnel para a insanidade, um túnel para a Sala Catone, liga, desliga.

Espero que o capitão Delmonico esteja satisfeito com minha história de amor com final triste e loucura desenfreada. Uma pena que aquela mulher dele tenha se revelado tão esperta. Eu estava esperando com tanta ansiedade por uma sessão especial com ela, poder esfolar aquele corpanzil olímpico enquanto ela assistia a tudo pelo espelho. Não se pode ficar de olhos fechados o tempo todo, Desdemona, liga, desliga. No entanto, quem sabe? Talvez algum dia, um dia, isso aconteça. Eu jamais teria me fixado nela se não houvesse desenvolvido tamanho fascínio por Carmine, o Curioso. Mas já que, apesar de toda a sua curiosidade, ele não é presciente, liga, desliga, ele jamais me fez as perguntas que poderiam ter acionado a chave em seu cérebro teimoso.

Perguntas como: por que todas elas tinham dezesseis anos? A resposta a isso está na simples aritmética, liga, desliga. A Sra. Catone tinha vinte e seis e Emma tinha seis e isso soma trinta e dois, mas nós só queríamos uma Catone, então dividimos por dois e o número foi... dezesseis! Perguntas como: o que poderia atrair uma jovem boazinha a seu delicioso destino? A resposta a isso está na qualidade da misericórdia. Uma mulher cega chorando sobre a perna quebrada de seu cão-guia. Biddy sabe fingir uma perna quebrada maravilhosamente. Perguntas como: qual é o significado da dúzia? Ciclos solares, ciclos motores... A resposta é a burrice. A Sra. Catone tinha o costume de dizer "É mais barato por dúzia!", como se fosse um comentário no mínimo tão iluminado quanto Deus. Perguntas como: por que esperamos tanto tempo antes de começar? Uma resposta presa na teia de Édipo, de Orestes. Matar Catones pode ser mais barato por dúzia, mas ninguém consegue matar a própria mãe. Perguntas como: como Claire podia fazer parte disso e, no entanto, quem mais havia, senão Claire? A resposta a isso está nas aparências. As aparências são tudo; tudo está nos olhos de quem vê, liga, desliga.

Mamãe nunca teve uma garotinha. Só três garotos. Liga, desliga, liga, desliga. Mas ela queria muito uma garotinha, e tudo que Mamãe queria, ela tinha. Então, ela vestiu o último de nós como menina desde o dia de seu nascimento. As pessoas acreditam naquilo que seus olhos lhes dizem, liga, desliga. Até mesmo o senhor, capitão Delmonico. Nós todos, os garotos da família Ponsonby, nos parecemos à nossa mãe: somos passáveis como mulheres, mas fracotes como homens. Nada da masculinidade impetuosa do Papai. Oh, como ele costumava atacar a Sra. Catone! Charles e eu espiávamos os dois por um buraco na parede, liga, desliga, liga, desliga.

Meu queridíssimo Charles, sempre pensando em formas de satisfazer as minhas necessidades. Teria sido muito mais difícil, depois que Claire ficou cega, se ele não tivesse a inspiração de me vestir com as roupas de Claire e me mandar para Cleveland, liga, desliga. Assim que cheguei lá, ele apertou um travesseiro de borracha sobre o rosto de Claire, e Morton, a Toupeira, se transformou em Claire, a Cega. Liga, desliga, liga, desliga.

Escuridão, enfim. Meu verdadeiro ambiente, liga, desliga. Hora de Morton, a Toupeira, ir à procura de um novo campo onde cavar.